Identiteit onbekend

Van Patricia Cornwell zijn eerder bij LS verschenen:

DE KAY SCARPETTA-THRILLERS

1 *Fataal weekend*
2 *Corpus delicti*
3 *Al wat overblijft*
4 *Rigor mortis*
5 *Modus operandi*
6 *Het Kaïnsteken*
7 *Doodsoorzaak*
8 *Onnatuurlijke dood*
9 *De brandhaard*
10 *Zwarte hoek*
11 *Het eindstation*
12 *Aasvlieg*
13 *Sporen*
14 *Roofdier*
15 *Dodenrol*
16 *Scarpetta*
17 *De Scarpetta factor*
18 *Mortuarium*
19 *Rood waas*
20 *Link*
21 *Zuurstof*
22 *Scherp*
23 *Gewetenloos*
24 *Chaos*
25 *Autopsie*
26 *Kroongetuige*
27 *Onnatuurlijke oorzaak*

DE WINSTON GARANO-THRILLERS

Het risico
Het front

NON-FICTIE

Portret van een moordenaar

OVERIGE TITELS

Wespennest
Zuiderkruis
Hondeneiland

Patricia Cornwell

Identiteit onbekend

Vertaald door Marion Bruinenberg

LUITINGH-SIJTHOFF

Oorspronkelijke titel *Identity Unknown*
Vertaling Marion Bruinenberg
Omslagontwerp DPS Design & Prepress Studio
Omslagbeeld DPS Design & Prepress Studio / Shutterstock
Opmaak binnenwerk Crius Group, Hulshout

ISBN 978 90 210 5161 1
ISBN 978 90 210 5162 8 (e-book)
NUR 332

www.patriciacornwell.com
www.lsuitgeverij.nl
www.boekenwereld.com

Uitgeverij Luitingh-Sijthoff vindt het belangrijk om op milieuvriendelijke en verantwoorde wijze met natuurlijke bronnen om te gaan. Bij de productie van dit boek is daarom gebruikgemaakt van papier waarvan het zeker is dat de vervaardiging ervan niet tot bosvernietiging heeft geleid.

Voor Staci. Voor altijd.

‘Er is geen einde. Er is geen begin.’
Federico Fellini

1

Een botzaag knarst door botten, een mes wordt geslepen op een wetsteen, terwijl water in diepe metalen wasbakken klatert. Dokters roepen de gewichten van organen, wondafmetingen en andere bevindingen, die de assistenten noteren. Uit de vintage boombox op een plank schalt rock-'n-roll; deze autopsiekamer is niet zo rustig als je misschien zou verwachten.

We hebben veel te doen deze dinsdagochtend. Het is prachtig weer in Noord-Virginia: de zon schijnt en het is ruim 21 graden. Hordes mensen zijn naar de parken, de wandelpaden en het water getrokken, maar het goede brengt ook het kwade met zich mee. Als het mooi weer is, is er meer geweld en zijn er meer ongelukken en zinloze sterfgevallen; daarom krijg ik andere lentekriebels dan de meeste mensen.

Ik ben een ingewikkelde en bijzonder verontrustende zaak aan het afronden en daarna kan ik voorlopig niets meer doen. We moeten wachten tot de verwondingen die zich verstopt hebben uit hun schuilplaats kruipen. Kneuzingen die vlak voor de dood zijn ontstaan zorgen eerst voor heel subtiele huidverkleuringen, schaduwen die gemakkelijk over het hoofd te zien zijn. Maar na enkele dagen in de koeling zijn de verwondingen duidelijk zichtbaar, zoals de bruine plekken van een gekneusde perzik.

Ik vermoed dat de vage plekken op de bovenarmen en hals van het slachtoffer zijn ontstaan doordat ze gewelddadig vastgegrepen en gewurgd is. Als dat klopt, zal dat gevolgen hebben voor haar ouders, Ryder en Piper Briley. Mijn bevindingen kunnen ertoe leiden dat ze aangeklaagd worden voor kindermishandeling en moord. Als ik afga op wat ik in hun huis en tijdens de autopsie heb gezien, zijn de twee monsters.

Maar het is niet aan mij om te oordelen. Ik hoor me niet met straffen bezig te houden. Een forensisch patholoog moet de feiten presenteren zonder belangstelling te hebben voor de gevolgen daarvan. Dat is natuurlijk onmogelijk, tenzij je een robot bent of extreem koelbloedig. De dood van Luna Briley is weerzinwekkend en maakt me woest. Toen ik gisteren op de plaats delict was, kon ik me nog maar net beheersen. Haar hele korte leven was ongetwijfeld hels, want haar invloedrijke ouders zijn niet gewend de consequenties van hun daden te dragen.

Ik verzegel net een bewijsbakje met kogelfragmenten als de ouderwetse telefoon aan de wand naast mijn werkplek overgaat. Ik vraag me af wie er belt, want niet veel mensen kennen dit nummer.

'Verwacht er iemand een telefoontje?' Ik verhef mijn stem om boven het lawaai uit te komen.

Mijn collega's zijn verdiept in hun eigen zaken en kijken nauwelijks op. De telefoon blijft overgaan.

'Ik neem wel op,' mompel ik tegen niemand in het bijzonder. Ik doe mijn mondkapje en bebloede handschoenen af en gooi ze in de vuilnisbak voor gevaarlijke stoffen. De vloer voelt plakkerig aan onder mijn Tyvek-schoenhoezen als ik naar de muur loop waaraan een bordje met ALLEEN SCHONE HANDEN! hangt. Ik neem de telefoon op; het lange snoer is hopeloos in de war geraakt.

'Met dokter Scarpetta,' antwoord ik.

Geen antwoord.

'Hallo?' Op de achtergrond hoor ik het geroezemoes van een talkshow. 'Met wie spreek ik? Hallo?' Ik voel dat er iemand aan de andere kant van de lijn is en hang op. Net als ik weer bij de autopsietafel ben, gaat de telefoon opnieuw over.

Deze keer ben ik minder beleefd. 'Mortuarium,' zeg ik.

'Sorry dat ik je stoor, ik weet dat je het druk hebt.' Het is mijn nichtje, Lucy Farinelli, Secret Service-agent en helikopterpiloot. Aan het geluid van ronkende motoren en dreunende rotorbladen te horen is ze aan het vliegen. Ze zou me nooit op deze telefoon bellen als het niet dringend was.

'De telefoon ging net ook over, maar toen ik opnam hoorde ik niets. Was jij dat?' vraag ik haar.

'Nee, dat was ik niet. Ik heb slecht nieuws, tante Kay.'

Lucy noemt me alleen zo als niemand ons kan horen. Ze is dus alleen; in gedachten zie ik haar zitten in de rechterstoel van de cockpit, die me aan een spaceshuttle doet denken. 'Er is sprake van een bizar sterfgeval en ik vermoed dat dat op de een of andere manier verband houdt met het kleine meisje dat waarschijnlijk nu op je autopsietafel ligt,' zegt ze somber, maar met een woedende ondertoon.

'Ik ben inderdaad net klaar met Luna Briley, als je haar bedoelt.' Ik rol mijn stoel onder mijn werkplek vandaan en ga met mijn rug naar de kamer zitten.

'Ik wil wedden dat het geen ongeluk was,' zegt Lucy onheilspellend.

'Met welk bizar sterfgeval houdt haar dood volgens jou verband?' Ik trek een klembord naar me toe, waaraan met een plastic spiraalkoord een balpen is vastgemaakt.

'Haar klootzak van een vader is een miljardair en de eigenaar van het ons welbekende en inmiddels gesloten Oz-themapark. Een paar uur geleden hebben we daar het lichaam van een vermist persoon gevonden,' informeert Lucy me met tegenzin, en ik voel dat ze iets gaat zeggen wat ik niet wil horen. 'Helaas is het een bekende van ons. Vooral jij kent hem goed,' voegt ze er ongemakkelijk aan toe, en ik word overmand door angst.

Ik noteer snel de datum van vandaag, 16 april. Het is 11.40 uur als Lucy vertelt dat Nobelprijswinnaar Sal Giordano gisteravond in de buurt van de grens tussen Virginia en West-Virginia is ontvoerd. Tot mijn schrik en afschuw zegt ze dat hij op gewelddadige wijze is vermoord. Mijn innerlijke stem spreekt haar nu al tegen. *Het kan hem niet zijn.*

'Ik vind het heel erg voor je, tante Kay. Ik weet hoe close jullie met elkaar waren...'

Dit kan niet waar zijn.

Sal is een veelgeprezen astrofysicus en adviseert het Witte Huis en andere topambtenaren in de VS en in het buitenland. We zitten samen in verschillende taskforces en overheidscommissies, en zien elkaar regelmatig. Bovendien hebben we ooit een relatie gehad.

Dit kan niet kloppen.

'Heb je het lichaam van dichtbij gezien?' Ik hoor mezelf de juiste vragen stellen.

'Dichtbij genoeg om zonder iets te verstoren een goede blik te kunnen werpen. Hij is naakt en er zijn tot nu toe geen persoonlijke bezittingen aangetroffen. Volgens mij is hij nog niet lang dood...'

Het kan iemand anders zijn.

'Weet je zeker dat hij het is? Laten we dat eerst vaststellen.' Ik zie zijn vriendelijke gezicht voor me. Ik hoor zijn zangerige stem en aanstekelijke lach.

'Gemiddelde lengte, slank, met lang golvend grijs haar. Op zijn linkerpols een tatoeage van het pi-symbool,' vat Lucy samen, en ik voel me leeg worden vanbinnen. 'Er hing een doordringende geur, die ik door mijn mondmasker heen kon ruiken. Een scherp zuur, zoals witte azijn.'

'Heb je enig idee waar die vandaan kwam?' hoor ik mezelf vragen, terwijl ik mijn innerlijke onrust probeer te bedwingen.

'Nee, maar ik rook het rond het hele lichaam.'

'Zijn er zichtbare verwondingen?'

'Vele, vooral aan zijn gezicht en hoofd...'

Nee. Nee. Nee...

'Zijn huid heeft een vreemde rode kleur,' zegt ze. 'Misschien komt dat door een soort straling. En er liggen een heleboel appelbloesemblaadjes in draaikolkachtige vormen om hem heen, als in een graancirkel...'

'Een wat?'

'Het lijkt wel alsof een uap hem uit de lucht heeft laten vallen...'

'Sorry?' Ik stop met noteren.

'Een uap,' herhaalt Lucy. 'Een *unidentified aerial phenomenon.* Een ufo, of hoe je het ook wilt noemen.'

Ik druk de hoorn van de oude telefoon tegen mijn ene oor en bedek mijn andere met mijn vrije hand in een poging het lawaai om me heen buiten te sluiten. Er wordt luid gepraat, een schelle zoemer kondigt aan dat de deur van de laadruimte van het mortuarium opengaat, water klatert in elke wasbak en de deur van een koeling wordt met een klap dichtgeslagen.

Lucy legt uit dat er rond zes uur vanochtend een uap op de radar werd gedetecteerd, die laag en langzaam in de buurt van het

Oz-themapark vloog. Zodra de Secret Service wist dat Sal vermist werd, heeft mijn nichtje vanuit de lucht naar hem gezocht. Toen dat niets opleverde, besloot ze de vliegroute van het mysterieuze object te volgen, die haar rechtstreeks naar het lichaam leidde.

'Het ding – wat het ook was – vloog over de plaats delict midden in het Haunted Forest,' legt Lucy uit. 'Het laagvliegende voertuig had een signatuur die met geen enkel algoritme overeenkomt. En omdat er voor zover wij weten geen getuigen waren, hebben we geen flauw idee hoe de uap eruitzag.'

'Een uap? Als in een ruimteschip van een andere planeet?' Ik kijk om me heen om er zeker van te zijn dat niemand me kan horen.

'Tot nu toe weet ik alleen dat Sal Giordano uit een onbekend vliegend object is gegooid,' verklaart Lucy. 'De radar, elektro-optische, telemetrische en andere sensoren konden het niet oppikken. Spectrumanalyzers ook niet. Dat wil nog niet zeggen dat het uit de ruimte kwam. Maar we kunnen het ook niet uitsluiten.'

'Ik zal de mogelijkheid in mijn achterhoofd houden.' Mijn hersenen kraken over hoe ik dit het best kan aanpakken.

'Ik moet je een paar vragen stellen,' zegt Lucy dan, terwijl er achter me nog een botzaag jankt en knarst.

'Natuurlijk, vraag maar.'

'Klopt het dat je hem gisteren nog hebt gezien?'

'Ja, dat klopt. Hij was jarig.' Ik sluit mijn gevoelens buiten.

Schuldgevoel. Ik had hem meer vragen moeten stellen.

Ik zie hem weer zijn ogen half dichtknijpen tegen de zon en naar me glimlachen terwijl we op zijn oprit stonden te kletsen. We hadden allebei haast; hij popelde om weg te gaan en ik had net een rechtszitting achter de rug. Hij was gekleed in een korte cargobroek en een wijd witlinnen overhemd, als een levende reclame van Banana Republic. Hij was afwezig, alsof hem iets dwarszat, maar ik heb hem er niet naar gevraagd. Dat deed ik nooit. Ik dacht gewoon dat hij in een slechte bui was omdat hij net zestig was geworden.

'Je bent waarschijnlijk een van de laatsten die hem in levenden lijve zagen,' klinkt Lucy's stem door de telefoon, boven het gedreun van haar helikopter uit. 'Kun je me daar meer over vertellen?'

Ik leg uit dat ik gisteren aan het einde van de ochtend bij hem langs ben geweest om hem een mandje vol lekkers voor onderweg te geven. Ik wist dat hij naar de Green Bank Observatory in West-Virginia zou gaan, waar de grootste bestuurbare radiotelescoop ter wereld is. Sinds hij afgestudeerd is komt hij daar vaak voor zijn werk.

'Zei hij dat hij problemen met iemand had? Was er iets ongewoons aan de hand?' vraagt Lucy.

'Er viel me niets op, behalve dan dat hij in een wat melancholische bui was vanwege zijn leeftijd.' Ik schud een nieuwe golf van schuld en ongeloof van me af. 'Zoals gebruikelijk liet hij niet veel los over wat hij tijdens zijn trip zou gaan doen. We stelden elkaar nooit vragen over ons werk, want het meeste is geheim.'

Lucy vertelt me dat Sal gisteravond om zeven uur met twee collega's had afgesproken bij de Red Caboose, een paar kilometer van Green Bank. Op een bewakingscamera is te zien dat hij anderhalf uur later het restaurant weer verlaat en wegrijdt in zijn pick-uptruck, een oude blauwe Chevy met een mopperende dieselmotor waarmee ik hem vaak plaag. Waarschijnlijk was hij van plan om de berg op te rijden, naar de Allegheny Peak Lodge, waar hij altijd verbleef.

'Hij zou vanmorgen voor dag en dauw bij het observatorium aankomen, waar hij de radiogolven van de opkomende zon zou volgen,' zegt Lucy. 'Toen hij niet verscheen, bleek dat hij gisteravond helemaal niet heeft ingecheckt. Waarschijnlijk is hij kort nadat hij bij het restaurant wegreed de verkeerde persoon tegen het lijf gelopen.'

'Wat is er met zijn pick-uptruck gebeurd?' vraag ik, terwijl er een brancard langsdendert.

'Die is ongeveer drie kilometer van de lodge gevonden. Blijkbaar is hij van de weg geraakt terwijl er niemand in zat en ligt hij inmiddels halverwege de berg in een ravijn. Volgens de hulpdiensten draaide de motor nog, waren de portieren op slot en zaten de veiligheidsgordels vast, maar was er niemand te bekennen.'

'Hoe ver is dat van de plek waar zijn lichaam op de een of andere manier terecht is gekomen?' Ik noteer de details weer.

'Bijna honderdvijftig kilometer, in Augusta County.'

'Hoelang is het themapark al gesloten?' vraag ik. Lucy zat nog op de middelbare school toen ik haar er voor het laatst mee naartoe nam.

'In het begin van de coronapandemie werd het definitief gesloten,' antwoordt ze. 'Sindsdien is het vervallen en vernield. Je weet vast nog wel dat het buiten de gebaande paden in de Blue Ridge-heuvels ligt. De dader moet het kennen, want anders zou het niet in hem opkomen om er een lijk achter te laten. Maar we gaan niet alleen daarheen; daar zal ik je later meer over vertellen. Ik ben over een uur op Washington National.'

'Marino en ik zullen met onze spullen klaarstaan.'

'Er is een zware storm voorspeld die later op de dag voor problemen gaat zorgen,' voegt ze eraan toe. 'Hij kan dus veel turbulentie en plotselinge duikvluchten verwachten en zal waarschijnlijk niet blij zijn.'

'Dat is nog zacht uitgedrukt. Wees voorzichtig,' zeg ik haar.

Ik leg de hoorn weer op de haak; het lange snoer rolt zich kronkelend op alsof het leeft. Ik pak mijn mobiele telefoon en app Pete Marino, een voormalig rechercheur Moordzaken met wie ik het grootste deel van mijn carrière heb samengewerkt. Hij is mijn specialist forensische operaties en heeft een hekel aan helikopters, vooral als Lucy ze bestuurt.

Als het dan ook nog slecht weer is, is hij helemaal strontchagrijnig. Ik weet nu al dat zodra het gesprek op uap's komt hij nooit meer zal ophouden met praten. Hij is dol op alles wat paranormaal is, zoals Bigfoot, spoken en vliegende schotels, en vertelt graag over wat hij allemaal gezien heeft. Marino zal hopen dat de uap uit de ruimte komt, maar tegelijkertijd in paniek raken als dat echt zo blijkt te zijn.

Ik vertel hem dat we naar een plaats delict moeten, zo'n tweehonderdvijftig kilometer ten westen van ons kantoor hier in Alexandria, en dat Lucy ons daarheen en naar andere locaties vliegt. Naast onze gebruikelijke spullen moet hij ook HAZMAT-overalls die beschermen tegen gevaarlijke stoffen meenemen. We hebben hermetisch afsluitbare lijkzakken en een stralingsmeter nodig. Het is ook een goed idee om toiletartikelen en schone kleren mee te nemen, want ik heb geen idee hoelang we daar moeten blijven.

Heb je het weerbericht gezien?! stuurt hij terug, samen met emoji's van een donderwolk, bliksem en een doodskist.

Neem een regenjas mee.

We kunnen beter erheen rijden en het lichaam zelf vervoeren.

Dat kan niet, antwoord ik. *Lucy wil ons bij haar hebben. Tot snel.*

Terwijl ik handschoenen aantrek, slijpt medisch-forensisch onderzoeker Fabian Etienne een mes aan de andere kant van de kamer. Hij is achter in de twintig, een exotische schoonheid en draagt zijn gebruikelijke zwarte operatiekleding, deze keer met een spinnenwebpatroon. Zijn lange zwarte haar heeft hij opgestoken onder een bijpassend kapje en zijn armen en hals lijken net een tatoeagegalerij.

Sinds hij hier vanmorgen aankwam houdt hij zichzelf continu bezig; hij denkt dat ik niet doorheb dat hij me ontwijkt. Ik snap beter dan wie ook dat sommige sterfgevallen heel moeilijk zijn, zelfs als je bent opgegroeid in dit vak: zijn vader was een bekende lijkschouwer in Louisiana. Fabian is ervaren en deinst meestal nergens voor terug. Maar hij is ook egocentrisch en overgevoelig. Ik gebaar naar hem dat ik wel wat hulp kan gebruiken.

Hij komt er zo aan, laat hij weten. Terwijl ik wacht, label ik reageerbuisjes en ander bewijsmateriaal. Ik zie alsmaar Sal Giordano's scherpe blik en zijn wilde Einstein-haar voor me. Gedachten flitsen door mijn hoofd alsof hij ze gezonden heeft; vergaderingen zullen niet meer hetzelfde zijn nu hij niet meer naast me zal zitten. We zullen nooit meer samen lunchen, een drankje doen of samen in de auto zitten en bijpraten.

È quello che è, amore.

Het is wat het is, zou hij zeggen. Ik stel me voor dat hij zegt dat ik niet van streek moet zijn, ook al lijkt dat harteloos en respectloos. Ik moet rekening houden met de mogelijkheid dat hij in een buitenaards ruimteschip heeft gezeten – hoe onwaarschijnlijk dat ook lijkt. Hij is mogelijk blootgesteld aan onbekende ziekteverwekkers of radioactiviteit, waardoor ik zijn stoffelijk overschot als een enorm gevaarlijke stof moet beschouwen.

2

Als de zoemer van de beveiligingsmonitoren aan beide kanten van de sectieruimte opnieuw klinkt, komt Fabian mijn kant op.

Op het scherm is te zien dat de enorme deur van de laadruimte met een luid gekletter opengaat, om een raamloze witte bestelbus met een dakladder binnen te laten.

'Ik zou graag willen dat jij deze zaak afrondt,' zeg ik als Fabian bij me is. 'Lukt dat, denk je? Ik moet de stad uit.'

'Komt goed.' Hij durft nauwelijks naar het lichaam van de zevenjarige Luna Briley te kijken. Het is ontdaan van elk orgaan, de witte gebogen ribben glimmen. Haar gezicht is naar beneden getrokken als een tragisch rubberen masker, de bovenkant van haar gebroken schedel is afgezaagd. Haar ouders beweren dat ze gistermiddag alleen in haar slaapkamer met haar vaders pistool aan het spelen was, terwijl zij buiten in de tuin zaten en het pistool hoorden afgaan, maar ik heb redenen te over om hun verhaal te betwijfelen.

Ze beweren dat Luna de veiligheidspal eraf gehaald heeft, maar dat lijkt me zeer onwaarschijnlijk. Waar heeft ze de sleutel gevonden? En was de haan al gespannen? Als ze zichzelf heeft neergeschoten, waarom was de hoek van het schot dan naar beneden gericht? Dit zijn nog maar een paar van de vele vragen die ik heb; als ik me het scenario dat de ouders schetsen probeer voor te stellen, klopt er niets van.

'Ik weet hoe moeilijk dit is, Fabian. Maar als je je emoties niet kunt beheersen, zul je eraan ten onder gaan.' Ik ben streng, maar vriendelijk. 'Dat moeten we allemaal leren. We moeten er constant aan blijven werken.'

'Ryder Briley is een klootzak. Ik weet zeker dat hij het gedaan heeft.' Achter zijn gezichtsscherm glanzen Fabians vochtige ogen. 'Omdat hij macht en geld heeft, denkt hij dat hij zich niet aan de regels hoeft te houden of niet op z'n minst een fatsoenlijk mens hoeft te zijn.'

'Laat je hierdoor niet meeslepen...'

'Toen we daar gisteren waren, zat hij de hele tijd minachtend naar ons te grijnzen, alsof we dom zijn. Het dode lichaam van zijn dochter ligt op de vloer van de slaapkamer en hij zit een beetje te lachen! En dan is er nog die shit die hij achter je rug om over jou zegt. Mij een beetje vragen hoe het is om voor een K-baas te werken.'

'Hij is een berekenende pestkop, hij probeert je af te leiden en te intimideren. Laat dat niet gebeuren.' Ik trek het Tyvek-jasje dat ik over mijn operatiekleding droeg uit. 'Allereerst moet je Luna Brileys medische gegevens opvragen. Ik wil alle details van alle huisartsconsulten en ziekenhuisbezoeken, tot we al haar oude en nieuwe verwondingen kunnen verklaren.'

'Wanneer kan ze opgehaald worden? Shady Acres heeft haar al voor hun rekening genomen.'

'Dat is jammer, maar het verbaast me niets dat de Brileys hen hebben ingeschakeld.' Ik ben geen fan van de hebzuchtige begrafenisondernemer.

'Jesse Spanks.' Fabian vertelt me dat hij een bericht heeft achtergelaten.

'Ik geef het lichaam pas over een paar dagen vrij.' Ik zet mijn veiligheidsbril af. 'Zet dat maar meteen in haar patiëntenbestand. Ik wil niet dat daar verwarring over ontstaat, zeker niet als Shady Acres en de Brileys in het spel zijn.'

'Ik vond het echt heel erg dat die moeder de hele tijd huilde.' Er is woede op Fabians gezicht te lezen terwijl hij de plastic zak met organenresten uit de emmer onder de tafel tilt. 'Waarschijnlijk deed ze dat altijd: haar ogen sluiten voor wat er gebeurde. Hoe kun je dat nou doen? Zij is net zo erg als de vader.'

'Ik vermoed dat ze zelf ook misbruikt is. Dat is meestal het geval in zulke situaties.'

'Dat kan me geen reet schelen.' Hij plaatst de zak in de lege borstholte. 'Dat is geen excuus. Het is onvergeeflijk.'

'Dat vind ik ook.' Ik doe mijn haarnetje af en trek mijn Tyvek-schoenhoezen uit.

'Je kunt je vast wel voorstellen dat er in Louisiana veel occulte zaken zijn die te maken hebben met satansverering en voodoo.' Hij zweet en ademt snel, zuigt zijn mondmasker telkens naar binnen. 'Ik ging vroeger soms met mijn vader mee naar plaatsen delict en voelde de duistere krachten daar. Net als gisteren in het huis van de Brileys. Ik voelde het kwaad.' Hij praat gehaast, terwijl hij katoendraad door het oog van een hechtnaald haalt.

Ik zie dat zijn handen lichtjes trillen. 'Gaat het wel, Fabian?'

'Ik kon gisteravond toen ik thuiskwam niet slapen, zo van slag was ik. Telkens als ik mijn ogen sloot, zag ik dingen die ik niet wilde zien. Ik kreeg het gevoel dat iets kwaadaardigs me vanuit het huis van de Brileys was gevolgd. Faye voelde het ook.'

Faye Hanaday is een van de beste forensisch onderzoekers op het gebied van werktuigsporen en vuurwapens, en haar laboratorium bevindt zich op de bovenste verdieping. Zij en Fabian wonen samen in een verbouwd koetshuis en ze zweren dat het er spookt.

'We hebben salie gebrand en ermee rondgelopen. Dat lijkt de negatieve energie te hebben verjaagd.' Hij veegt zijn voorhoofd af met een handdoek.

'Moet je niet even gaan zitten?'

'Daar heb ik veel te veel koffie voor gedronken, ik voel de adrenaline stromen. En ik heb ook nog eens hoofdpijn. Misschien heb ik een te lage bloedsuikerspiegel.'

'Probeer te kalmeren,' zeg ik tegen hem. 'Langzaam, diep ademhalen. We willen niet dat je gaat hyperventileren.'

'Gisteravond dacht ik alsmaar: was ik maar haar grote broer geweest. Of haar buurman. Dan was het niet gebeurd. Ik had namelijk nooit toegestaan dat iemand haar pijn zou doen.' De tranen staan hem in de ogen. 'Ze had helemaal niemand.'

'Ik heb ook niet goed geslapen. Maar als ik me laat meeslepen door mijn emoties, kan ik haar niet helpen. En jij ook niet.'

'Wat kan ik nog meer voor je doen?' Hij zet zijn gezichtsscherm af en veegt zijn tranen weg.

'Breng haar pyjama, als die eenmaal droog is, en de kogelfragmenten naar het vuurwapenlaboratorium.' Ik vul de aanvraagformulieren voor bewijsanalyse in die hij mee naar boven moet nemen. 'Zeg tegen Faye dat ze zo snel mogelijk testschoten moet afvuren om de hoek en de afstand van het schot te bepalen. En informeer gelijk bij Sporenonderzoek naar de status van de GSR-monsters. Vooral die van de handen.'

De telefoon aan de muur gaat weer over. Ik trek mijn handschoenen weer uit. 'Wie zal het deze keer zijn?' Met tegenzin pak ik de hoorn op. 'Mortuarium.' Mijn botte begroeting wordt niet beantwoord. Ik hoor weer het geluid van een talkshow op de achtergrond. 'Hallo?'

Geen antwoord.

Ik hang op. De druktoetstelefoon hier beneden is heel oud. Hij wordt niet vaak meer gebruikt en heeft geen nummerherkenning. 'Dit is al de tweede keer binnen een paar minuten, en ik denk niet dat ze het verkeerde nummer hebben,' zeg ik tegen Fabian. 'Eerder dat iemand een eng spelletje met ons speelt.'

'Dat gebeurde vanochtend ook een paar keer; iemand belde me op mijn mobiel, wachtte een paar seconden en hing toen op. Volgens de nummerweergave was het nummer "buiten bereik".'

'Het nummer voor onderzoek is openbaar,' leg ik uit. 'Dit nummer niet.'

'Ik zei toch dat we de telefoon hier beneden moeten vervangen? Hij stamt nog uit de tijd van de Beatles.'

'Zo erg is het nou ook weer niet, maar hij moet inderdaad vervangen worden – net als zoveel andere dingen die niet binnen onze financiële mogelijkheden vallen en daarom goedgekeurd moeten worden.' Ik besproei mijn aantekeningen met lysol voordat ik ze van het klembord losmaak. 'Als ze blijven bellen, moeten we de politie inschakelen.'

'Waar moet je heen?' Fabian hecht de Y-incisie met lange halen van de naald en het garen.

'Marino en ik vliegen naar het westen van de staat. Communicatie gaat moeilijk worden.' Ik was mijn handen met desinfecterende zeep. 'Als je Luna Brileys medische gegevens gaat opvragen zullen haar ouders zich vast overal mee bemoeien, dus we moeten heel voorzichtig zijn. Met de Brileys valt niet te spotten.'

'Ik hoop dat ze wegrotten in de gevangenis.' Fabian zet de afgezaagde bovenkant van de schedel weer op zijn plek en bedekt hem met de hoofdhuid. Het korte rode haar is op sommige plekken, waar ik een paar dagen oude kneuzingen heb gevonden, afgeschoren.

In gedachten hoor ik de moeder weer snikken om haar onhandige dochter. 'Ze stootte altijd haar hoofd ergens tegen of viel,' gaf Piper Briley me te verstaan.

'Hoewel ze traag van begrip was, moesten we haar continu in de gaten houden,' vertelde de vader me, alsof het kind onhandelbaar was.

'Ik hoop dat ze een koekje van eigen deeg krijgen,' zegt Fabian.

'We horen onpartijdig te zijn, weet je nog?'

'Jij kiest altijd partij en doet vervolgens net alsof dat niet zo is.'

'Je moet dus beter worden in doen alsof.' Ik geef hem een schouderklopje als ik langs hem loop.

De lange gang met witte tegels buiten de sectieruimte is net de Styx, de rivier uit de Griekse mythologie waarop de doden dag in dag uit vervoerd worden. De muren zijn besmeurd met opgedroogd bloed en zijn op sommige plekken gebutst en afgesleten door botsingen met brancards. Aan het plafond vol vochtplekken flikkeren tl-lampen en de stank van de dood dringt diep tot je door, als een pijnlijke herinnering.

Elke keer als de vliegenlamp insecten elektrocuteert klinkt er een onaangenaam geknetter. Ik loop langs de donkere ramen van het antropologielab in de richting van de nooduitgang, omdat ik het liefst zo vaak mogelijk de trap neem na een lange dag staan en zitten. Emoties borrelen op in mijn binnenste; ik kan niet geloven dat Sal er niet meer is. Hij maakte zo lang deel uit van mijn leven, bijna mijn hele carrière.

De zomer waarin we elkaar ontmoetten was ik een van de weinige vrouwelijke forensisch pathologen in de Verenigde Staten. Doordat ik pas als dertigjarige mijn rechtendiploma op zak had, week ik nog meer af van de norm. Toen ik de eerste vrouwelijke hoofdlijkschouwer van Virginia werd, was ik naïef en wilde ik me bewijzen – ik had niet door dat mijn benoeming weinig te maken had met mijn opleiding of bekwaamheid.

Door mij aan te nemen liet de overheid zien hoe vooruitstrevend ze wel niet was. Bovendien dachten ze dat een vrouw makkelijk te manipuleren zou zijn, vooral een dochter van Italiaanse immigranten. Ik wist zeker dat ik een vreselijke vergissing had begaan door naar Richmond te verhuizen en tijdens een periode van onbetaald verlof besloot ik terug te keren naar Miami. Tot de faculteit geneeskunde van de Universiteit van Rome me vroeg om die zomer college te komen geven.

Een gasthoogleraar forensische geneeskunde had op het laatste moment afgezegd en had mij aanbevolen als vervanger. Mijn zus Dorothy en ik zijn in het Italiaans opgevoed; ik aarzelde dan ook niet en nam het aanbod aan. Lesgeven en verblijven in een prachtige faculteitswoning leek dé oplossing voor al mijn mislukkingen en teleurstellingen. Maar zoals mijn vader altijd zei: *Il destino ha la sua idea* – Het lot heeft zijn eigen plan.

Ik was nog maar een paar dagen in Rome toen Sal en ik elkaar letterlijk tegenkwamen in een bistro vlak bij de Campo de' Fiori. Terwijl we onze glazen gemorste chianti weer bijschonken, vertelde hij me dat hij professor astrofysica was aan de Georgetown University in Washington D.C. Hij nam een jaar sabbatical in Rome en schreef een boek in het huis waarin hij was opgegroeid. Een eigenaardig maar oud huisje, zoals hij het zelf beschreef.

Zijn ouders brachten de zomers door in Zuid-Frankrijk, dus we hadden het appartement voor onszelf. Ik vond het net een paleis, met uitzicht op de Fontana del Moro op de Piazza Navona. We kookten uitgebreid, probeerden regionale gerechten en wijnen uit, en sliepen weinig. Terwijl we onze plek in de kosmos probeerden te bepalen, beleefden we een kort en sprookjesachtig liefdesavontuur.

Sal was een genie, maar bovenal een goed mens, een van de besten. Hij verdiende het niet om op zo'n afschuwelijke manier aan zijn einde te komen. Ik zou graag willen dat hij niet had geleden, maar ik weet dat dat wel zo is: hij is namelijk gisteravond ontvoerd en pas onlangs gestorven. Hij werd dus ergens urenlang in leven gehouden. Ik moet er niet aan denken wat hem nog meer is aangedaan; het maakt me misselijk en diep bedroefd.

Vanuit het trappenhuis open ik de branddeur op de derde verdieping. Ik loop door de gang en knik het personeel dat ik tegenkom toe, terwijl ik hoop dat mijn ogen niet rood zijn. Sommigen zijn op weg naar buiten, anderen zitten in de kantine te lunchen. De geur van warm eten doet mijn maag knorren. Door de open deur hoor ik gepiep van de magnetron en luid het journaal op de tv.

Ik blijf staan en luister even, in de hoop dat het nieuws over Sal nog niet de media heeft bereikt. De beroemde tv-journaliste Dana Diletti bericht live vanuit Mount Vernon, waar George Washington, de eerste president van ons land, ooit woonde. 'Vandaag begint de Historic Garden Week in Virginia en de rondleidingen langs de prachtige landgoederen in de hele Commonwealth worden naar verwachting drukker bezocht dan anders,' zegt ze met haar zwoele stem. 'En wauw, wat zijn de kersenbloesems mooi. Maar dit is nog niets: morgen neem ik je mee naar Berkeley Plantation aan de James River voor een privébezoek aan de Franse tuinen...'

Ik loop verder nu ik zeker weet dat de media nog niets weten over Sals dood. Want anders zou Dana Diletti al in haar nieuwshelikopter zitten en zoals altijd proberen eerder bij de plaats delict te zijn dan ik. Ik zie al voor me hoe ze de bevolking opruit over uap's en de wezens in die uap's. Ze zal het uitgebreid hebben over Sals buitenaardse interesses; zijn bijnaam in de media is 'de ET-fluisteraar'. Als lid van het Search for Extraterrestrial Intelligence Institute (SETI) is hij een icoon voor 'gelovigen', zoals hij degenen noemt die accepteren dat wij niet de enige levende wezens in het universum zijn. Vorige week woonden Sal en ik nog in het Pentagon een vergadering bij, samen met andere experts die zich richten op potentiële bedreigingen voor onze planeet. We bespraken hoe we de mensen het best kunnen informeren als we contact hebben gelegd met niet-menselijke intelligentie.

Hij presenteerde een PowerPoint over 'Oumuamua, het interstellaire object dat in 2017 ons zonnestelsel bezocht. 'Oumuamua had de vorm van een onderzeeër en een roodachtige tint die reflecteerde als metaal, en tuimelde langs de aarde met snelheden van soms wel driehonderdduizend kilometer per uur, waardoor het zich niet als een typische asteroïde of komeet gedroeg. Sal dacht dat het een buitenaards ruimteschip was. Hij haalde het internationale nieuws omdat hij herhaaldelijk contact probeerde te leggen.

De gang op de derde verdieping komt uit op mijn hoekkantoor. Ik open de deur en doe het licht aan. De gordijnen zijn nog dicht; toen ik vanochtend vroeg binnenkwam en mijn operatiekleding aantrok heb ik ze niet opengedaan, omdat ik snel naar beneden ging om meteen met Luna Briley te beginnen.

Ik ruik de bekende geur van lysol die mijn secretaresse, Shannon Park, graag rijkelijk rondsproeit. Daardoor, en door haar krachtige bloemenparfum dat nog in de kamer hangt, weet ik dat ze hier net is geweest. Haar kantoor is verbonden met het mijne, maar de tussendeur is dicht. Normaal gesproken zou ik haar telefoongesprekken niet kunnen verstaan, maar nu praat ze luid, onvermurwbaar en met een vonkje woede. Iemand maakt het haar blijkbaar moeilijk en onderschat haar, zoals de meeste mensen doen.

Mijn secretaresse is vriendelijk en behulpzaam – totdat ze dat niet meer is. Ik ken niemand die gehaaider is dan zij. Ik loop naar de gesloten tussendeur en bespeur een stekeligheid in Shannons toon. Haar Ierse accent is nog net zo zwaar als toen ik hoofdlijkschouwer werd.

Ik vang flarden op van wat ze zegt. '... zoals ik al zei, meneer Briley, is dokter Scarpetta niet aanwezig...'

En: '... het helpt niet om hierop te blijven hameren. Ik laat me niet intimideren...'

Dan: 'Weet dat dit gesprek, net als de andere, wordt opgenomen...'

Vervolgens: 'Ik ga nu ophangen...'

Ik vermoed dat Ryder Briley belt over zijn overleden dochter, die volgens hem ziekelijk en traag van begrip was, zoals me gisteren verteld werd.

De telefoon gaat weer over en ik hoor dat Shannon hem ongeduldig oppakt. 'Zoals ik al zei: gecondoleerd met uw verlies. Maar u moet hier echt mee ophouden. Het is erg ongepast...'

Ik loop bij de deur vandaan. Marino appt me de nieuwste weersvoorspelling: harde wind en onweer in de Appalachen, met kans op hagel en tornado's.

3

Ik kijk naar wat er in mijn afwezigheid op mijn bureau is gelegd: stapels autopsierapporten, overlijdensakten en toxicologische rapporten die ik moet doornemen en paraferen. De stapel kartonnen preparatenmappen naast mijn microscoop lag er eerder ook nog niet, maar ik kom er vandaag allemaal niet aan toe.

Ik blader door de berichten die begrafenisondernemers, advocaten en forensisch wetenschappers telefonisch hebben achtergelaten. Het verbaast me niets dat Ryder Briley eist dat ik de uitkomst van de autopsie met hem bespreek. Hij wil dat het lichaam van zijn dochter onmiddellijk wordt vrijgegeven zodat *zijn kindje rust kan vinden*, schrijft mijn secretaresse op een roze briefje.

Blaise Fruge is de rechercheur in deze zaak en ze heeft geprobeerd me te bereiken. Maar voordat ik haar terugbel, bekijk ik eerst de weersvoorspelling en doe ik de jaloezieën open. De parkeerplaats lijkt wel licht te geven: mijn vale stenen gebouw wordt omringd door een palissade van hoge metalen hekken die lange schaduwen werpen.

De blauwe lucht is bezaaid met pluizige wolken en het stormfront waarover Marino blijft zeuren vormt een donkere streep aan de verre horizon. Terwijl ik toekijk hoe medewerkers het gebouw verlaten om ergens te gaan lunchen, zie ik een grote witte SUV op straat geparkeerd staan, in een dode hoek van onze bewakingscamera's. De bestuurder heeft de auto zo neergezet dat hij in de gaten kan houden wie er via het beveiligingshek onze parkeerplaats betreedt en verlaat.

Alleen iemand die het gebouw kent weet waar de camera's zijn – of het moet stom toeval zijn. Ik moet denken aan mijn bezoek gistermiddag aan het huis van de Brileys. Fabian en ik droegen onze spullen naar binnen terwijl de politie de enorme garage doorzocht. De deuren stonden open, zodat ik de dure auto's zag die erin stonden, zoals een witte Cadillac Escalade SUV, een Ferrari en een Bentley.

Ik pak mijn verrekijker en spot een Cadillac-logo op de grille van de witte SUV tegenover mijn gebouw. De kwade man van middelbare leeftijd die achter het stuur zit, herken ik. Ryder Briley heeft een zonnebril op en draagt een golfshirt en een omgekeerde honkbalpet. Zijn zware gouden horloge en diamanten pinkring glanzen in het zonlicht terwijl hij een sigaret uit het open raam van de witte Escalade gooit en Shannon lastigvalt over de telefoon.

Ik richt de verrekijker op Piper Briley, die op de passagiersstoel een halveliterblik bier drinkt. Ze heeft haar lange blonde haar in een paardenstaart en haar mooie gezicht is nog net zo strak en uitdrukkingloos als gisteren; ik vermoed door botoxinjecties. Ze heeft een zachtroze topje aan en hoewel ze grote borsten heeft draagt ze geen bh; door de rekbare stof kan ik haar tepelringen zien.

Ze houdt haar telefoon omhoog en filmt medewerkers die in en uit rijden; haar diamanten sieraden flikkeren in de felle middagzon. Dan gaat mijn eigen telefoon over. Rechercheur Blaise Fruge probeert me te facetimen en ik neem op.

'Ik ben net in mijn kantoor en wilde je bellen voordat ik weer wegga. Maar je bent me voor,' zeg ik tegen haar. 'Ik hou het lichaam van Luna Briley nog een paar dagen vast en wacht nog even het onderzoek af voordat ik de doodsoorzaak vaststel.'

'Haar ouders zorgen nu al voor enorme problemen en ik wilde dat je dit rechtstreeks van mij zou horen,' zegt ze, terwijl ze me vanaf het scherm van mijn telefoon ernstig aankijkt.

Ik kan zien dat ze haar burgerwagen ergens heeft geparkeerd, haar ogen verborgen achter een Ray-Ban-zonnebril met spiegelglazen die op die van Marino lijkt. Ze is net als hij geobsedeerd door de sportschool en neemt allerlei voedingssupplementen. Ze is uitstekend in vorm en draagt een spijkerbroek en een poloshirt – haar gebruikelijke outfit nu het warmer is.

'Ryder Briley heeft het hoofdkwartier gebeld, Interne Zaken, de wethouder én de burgemeester,' zegt Fruge, terwijl ze haar telefoon in de houder op het dashboard klemt. 'Hij schept op over alle superadvocaten die voor hem werken, werpt zijn volle gewicht in de schaal en dreigt de politie, de lijkschouwer en de gemeente Alexandria aan te klagen.'

'Hij blijft Shannon maar bellen. En op dit moment staan hij en zijn vrouw tegenover mijn gebouw geparkeerd,' zeg ik tegen Fruge, die een grote Burger King-beker oppakt. 'Bovendien krijgen we rare belletjes. Intimidatie, met andere woorden. Ik weet niet honderd procent zeker of het de Brileys zijn. Maar het is goed mogelijk.'

'Ze beweren dat Fabian hen bedreigde in hun huis. Ze liegen dat het gedrukt staat,' antwoordt Fruge. Via het rietje slurpt ze een paar slokken naar binnen.

'Ik zal niet toestaan dat ze mijn personeel of wie dan ook intimideren, ook mij niet,' vertel ik haar. Uit mijn kantoorraam werp ik een blik op de witte Escalade.

'Makkelijker gezegd dan gedaan.' Er klinkt een knisperend geluid als ze een kartonnen zak vol fastfoodeten openmaakt. 'Heb je enig idee wat hij allemaal bezit? Hotels, kantoor- en flatgebouwen, pretparken, hangars op vliegvelden. En allerlei bedrijven en enorme huizen overal ter wereld. Hij is schathemeltjerijk en kent allerlei mensen in hoge kringen die doen wat hij zegt.'

Ik ken zijn reputatie. Toen Roxane Dare zich kandidaat stelde voor gouverneur, was Ryder Briley de grootste donateur van haar tegenstander. Toen ze won, haalde hij nog steeds publiekelijk en venijnig naar haar uit in tv-reclames. Hij staat erom bekend dat hij de hoofdrol speelt in zijn politieke reclamespotjes. Meestal jaagt hij op groot wild in Afrika of laat hij zijn helikopter landen op het dak van een gebouw dat hij bezit.

'Wie weet wie hij allemaal in zijn broekzak heeft.' Fruge haalt het papiertje van een Whopper; het water loopt me in de mond. 'De Brileys zijn als een kanker voor de maatschappij en ik zweer dat ik alles op alles zal zetten om hun te geven wat ze verdienen.'

Fruge kan net zomin als Fabian haar emoties en wraakneigingen bedwingen. Toen ze de Brileys ondervroeg in een grote kamer, die me deed denken aan een skihut, stak ze haar mening niet onder stoelen of banken. Ze zaten op een met koeienhuid beklede bank, omringd door jachttrofeeën: een gazelle, een eland, een lynx, een Afrikaanse buffel, een gnoe.

Op plaquettes stonden exotische vogels en er was een prullenmand gemaakt van een olifantspoot. Op de vloer lagen tapijten van de huiden van beren, zebra's en giraffen; toen ik erlangs moest, stapte ik er niet op, maar eromheen.

'Heb je iets gevonden wat erop wijst dat Luna zichzelf heeft neergeschoten?' vraagt Fruge terwijl ik gedestilleerd water op mijn orchideeën en andere potplanten spuit. 'Zou ze het pistool zelf ontgrendeld kunnen hebben en een kogel in de kamer kunnen hebben gedaan?'

'Dat denk ik niet.' Ik zet de plantenspuit terug in een boekenkast barstensvol met medische en juridische boeken, veelal oude edities waarin ik aantekeningen heb gemaakt.

'Ze was zo klein en tenger,' vervolgt Fruge, die dooreet. 'Ik zou haar eerder drie hebben geschat. Niet zeven.'

'Ze was klein voor haar leeftijd; ze woog slechts veertien kilo en was nauwelijks een meter lang,' antwoord ik terwijl ik vanbinnen woede voel oplaaien. 'Ik vermoed dat dat door chronische ondervoeding komt; haar lichaam draagt veel sporen van misbruik.'

'En toch doen ze alsof ze heiligen zijn. Geld schenken aan goede doelen, elke gelegenheid aangrijpen om foto's met kinderen te maken,' zegt Fruge. 'Fucking hypocrieten!'

'Het oude liedje. Vooral bij gevallen van huiselijk geweld,' antwoord ik.

'Ze moeten boeten.'

'Zodra we hun schuld kunnen bewijzen, zal dat ook gebeuren.'

'Wat kun je me nog meer vertellen?' Fruge slurpt aan haar drankje.

'Röntgenfoto's laten meerdere genezen breuken van haar ledematen zien, zoals een spiraalfractuur van haar linkeropperarmbeen, ontstaan door bruut verdraaien van haar linkerarm.'

'Jezus. Ik ga ze erbij lappen.' Ze neemt nog een hap van haar hamburger.

'De littekens op haar billen, rug en armen lijken op brandplekken van sigaretten,' ga ik verder. 'Ze heeft ook duidelijk waarneembare blauwe plekken op haar hoofd die een paar dagen oud zijn. En mogelijk zijn er een paar rond het tijdstip van overlijden toegebracht – die vage plekken op haar nek en schouders die ik je op de plaats delict heb aangewezen. Later weet ik meer.'

'Door zulke mensen wil ik geloven dat er een hel bestaat.' Fruges gezicht is vertrokken van woede.

'Nou, ik geloof wel dat die bestaat – hier op aarde.' Ik loop heen en weer langs het raam met de geopende gordijnen, zodat ik de witte Escalade in de gaten kan houden zonder op te vallen.

'De vraag is hoe we aan waterdicht bewijs kunnen komen.' Ze doopt een frietje in de ketchup; ik probeer er niet aan te denken hoe hongerig ik ben. 'Wat kun je nu na de autopsie vertellen over de schietpartij zelf? Kunnen we bewijzen dat Luna het niet zelf gedaan heeft?'

Ik antwoord dat de schotwond linksboven in het voorhoofd atypisch is voor als die zelf toegebracht zou zijn. De .22 kaliberkogel met holle punt baande zich een weg door de frontale en temporale hersenkwabben en liet daar een verwoestend spoor van letsel achter, tot hij tot stilstand kwam in de kleine hersenen aan de achterkant van de schedel. 'De kogel komt van boven en we zullen zien wat het lab ons nog meer kan vertellen,' voeg ik eraan toe.

'Dat zou ook zo zijn als de vader haar zou hebben neergeschoten terwijl ze in bed tv lag te kijken, wat ik denk dat die klootzak gedaan heeft,' zegt Fruge.

'Dat is mogelijk.' Ik zie de Barbie-slaapkamer weer voor me, in perfect roze; maar dat was alleen maar voor de show, net als de rest.

Ik heb geen enkele knuffel of familiefoto gezien, geen boeken of kleurpotloden, niets wat erop wijst dat de ouders ook maar iets om hun kind geven. Luna leek me precies hetzelfde als de antieke poppen die in glazen vitrinedozen op hoge planken in haar slaapkamer stonden. Hun ogen leken me zonder te knipperen te volgen terwijl ik het lichaam onderzocht.

'Het lijkt erop dat ze haar al vanaf het begin mishandelden en dat niemand dat wist,' zegt Fruge op een ijskoude toon, terwijl ze meer ketchup uit een pakje knijpt. 'Ze zijn machtig en rijk, met een kind met een rugzakje dat zogenaamd bang was om het huis uit te gaan. Ze zou zogenaamd erg overprikkeld raken door andere mensen. Dat zeiden de ouders tenminste tegen iedereen die maar wilde luisteren.'

Terwijl we facetimen zie ik de witte Escalade wegrijden. De Brileys zijn weg, maar voor hoelang? Ik wil niet dat ze mijn gebouw in de gaten houden of dat iemand anders dat voor hen doet. De beveiliging is nu veel beter dan toen ik vier jaar geleden aan deze baan begon, maar veel kunnen ze nog steeds niet doen. Mijn bewakers mogen geen vuurwapens bij zich hebben of arrestaties verrichten. Ik kan me niet meer dan één bewaker per dienst veroorloven en moet in tijden als deze op mijn vrienden bij de politie vertrouwen.

'Als het mogelijk is, zou ik het op prijs stellen als een paar eenheden bij mijn hoofdkwartier kunnen patrouilleren totdat dit is overgewaaid,' zeg ik tegen Fruge. 'Ik heb redenen te over om me zorgen te maken over Ryder Briley.'

'Is er nog iets anders met hem aan de hand wat ik niet weet?'

'Ik moet zo naar een plaats delict toe op land dat hij bezit, bij de grens met West-Virginia,' antwoord ik. 'Meer kan ik op dit moment niet zeggen.'

'En je denkt dat de zaken met elkaar te maken kunnen hebben?' Ze pakt in wat er over is van haar Whopper.

'Op dit moment weet ik niet wat ik moet denken.'

4

Nadat Fruge en ik ons gesprek beëindigd hebben, trekken de beveiligingsschermen aan de muur mijn aandacht. Er is iets mis met de camera's in de laadruimte: de beelden zijn plotseling vervangen door zwarte vierkantjes. Ik app beveiligingsbeambte Wyatt Earle om te vragen wat er aan de hand is.

Ik zag net dat ze uit zijn. Maar ik weet niet waarom, appt hij terug, en als bij toverslag doen de camera's het weer.

De zwarte vierkanten worden vervangen door beelden in de laadruimte: de witte bestelbus die ik eerder op de schermen zag, met een logo op de deur dat ik niet goed kan zien. Iemand in een bruine overall loopt langs het busje naar de open achterklep. De metalen laaddeur is zo ver mogelijk geopend; fel zonlicht en blauwe lucht vullen de enorme vierkante opening.

De camera's lijken nu goed te werken, app ik Wyatt.

Geen idee wat er aan de hand was, antwoordt hij.

Ik vertel hem dat er een paar politieauto's langs zullen komen om ons te helpen een oogje in het zeil te houden. Ik leg hem uit waarom en geef hem het kenteken van de witte Escalade. Als ik de jaloezieën voor het raam dichtdoe, gaat mijn mobiele telefoon over. BUITEN BEREIK, staat er op het schermpje.

'Hallo?' zeg ik als ik opneem. Ik wacht een paar seconden en hoor op de achtergrond een radio of tv. 'Hallo?' Ik hang op en vraag me af wie mijn persoonlijke mobiele nummer zou kunnen hebben. Ik geef het niet aan veel mensen, evenmin als het nummer van de vaste telefoon in de sectieruimte, en in gedachten zie ik de dunne lippen en ijskoude grijze ogen van beveiligingsbeambte Norm Duffy. Ik hoor weer hoe hij me een trut noemde toen ik hem afgelopen herfst ontsloeg. Hij nam weer eens een pauze toen een gewapende indringer het gebouw binnenkwam. Norm deed niets, en ik vermoed dat hij dingen stal.

Hij was een van de slechtste werknemers die ik ooit heb gehad en zorgde voor veel problemen. Zijn agressieve gedrag en nalatigheid brachten iedereen in gevaar, en er gaat geen dag voorbij dat ik niet blij ben dat hij weg is. Een tijdlang sprak hij voicemailberichten in waarin hij dreigde dat hij me zou aanklagen wegens onrechtmatig ontslag. Dit jaar heb ik niets van hem gehoord en ik hoop dat hij het achter zich heeft gelaten. Maar stel dat dat niet zo is?

Als hij me niet belt, dan is het iemand anders.

Helaas is er een lange lijst van mensen die het niet kunnen nalaten om problemen te veroorzaken. Ik stap mijn privébadkamer binnen, misschien wel het grootste voordeel van hoofd zijn. Ik sluit de deur en trek mijn medische klompen en operatiekleding uit. Het is halfeen en ik heb geen tijd meer om me te douchen. Ik maak een washandje nat met warm water en doe er een klodder antibacteriële zeep op die zoals de verpakking beweert een aangename kruidengeur heeft. Dat is niet zo.

Ik sta te gorgelen met antiseptisch mondwater als mijn man, Benton Wesley, belt, en ik ben opgelucht en blij zijn stem te horen. Ik draai de kraan dicht en zet de luidspreker aan.

'Ik wilde even vragen hoe het met je gaat, nu het nog kan,' zegt hij. 'Ik weet dat je onderweg bent naar Lucy op Washington National.'

'Ik was van plan om je nog te bellen, maar ik dacht niet dat dat zou lukken, omdat je samen met de CIA opgesloten zit.'

'Vanwege wat er is gebeurd ben ik nu op mijn hoofdkwartier,' zegt hij.

Mijn man is forensisch psycholoog en de beste dreigingsanalist van de Secret Service. Ik twijfel er niet aan dat hij op de hoogte is van alles wat Lucy me verteld heeft en details kent die zij niet weet.

'Ik ben al van slag door het nieuws over Sal, dus ik kan me voorstellen hoe dit voor jou moet zijn,' zegt Benton, maar hij kan zich echt niet voorstellen hoe ik me voel. Niemand kan dat. 'Dit gaat zwaar voor je worden, Kay.'

'Het is nu al zwaar.' Ik smeer hydraterende crème op mijn gezicht en hals. 'Ik blijf maar denken aan wat ik had kunnen doen om dit te voorkomen. Ik zag hem gisteren nog en speel elke seconde na in mijn hoofd.'

'Je had niets kunnen doen.'

'Ik moet denken aan alle keren dat ik hem de les heb gelezen over veiligheid.' Ik open het badkamerkastje, dat niet veel groter is dan een kluisje.

'Ik waarschuwde hem elke keer als we met z'n drieën waren.' Bentons stem klinkt door de kamer. 'Maar hij wilde niet luisteren.'

'Nee, dat wilde hij inderdaad niet.' Ik kies een cargobroek uit en haal een poloshirt van de kleerhanger. 'En na een tijdje zei ik er niets meer van. Maar dat had ik wel moeten doen.'

'Hij zag altijd het goede in mensen, zelfs als dat er niet was.' Benton heeft altijd positief over Sal gesproken, hoewel de meeste echtgenoten dat niet zouden doen. 'Misschien is hij daarom gisteravond gestopt toen hij de berg op reed om in te checken in de lodge. Misschien deed iemand bijvoorbeeld alsof hij autopech had.'

'Hij wilde anderen altijd helpen.' Ik klap het wc-deksel dicht en ga erop zitten.

'De dader wist dat hij moest inspelen op Sals onbaatzuchtige aard,' zegt Benton met zijn innemende bariton. Hij klinkt zelden gehaast of gestrest. 'Om een goede moordenaar te zijn moet je allereerst je slachtoffer kennen.'

'Zo te horen geloof jij niets van dat uap-gedoe.' Ik trek mijn zwarte cargobroek aan.

'We weten dat er iets was,' zegt Benton. 'Er bewoog een stip op de radar en er waren ook andere sensoren die niet verklaard kunnen worden.'

'Ik maak me zorgen. Het is een gevaarlijke afleiding van wat er echt aan de hand is, en dat is misschien precies de bedoeling.' Ik trek de zwarte polo aan, waarop het embleem van de lijkschouwer geborduurd is.

'Ik denk niet dat het de bedoeling is. Het lijkt me vrij moeilijk om een neppe uap te maken,' antwoordt Benton. 'Maar dat wil nog niet zeggen dat we te maken hebben met een vliegende schotel, buitenaardse of interdimensionale wezens of wat dan ook.'

‘Waarom zou iemand dit Sal aandoen? Heb jij enig idee?’

‘Hij had directe toegang tot geheime informatie die onze vijanden in handen willen krijgen.’

‘En je denkt dat dat het motief was?’

‘Ik denk dat het *een* motief was. Niet het enige.’

‘Wiens motief?’

‘Dat is de vraag.’

‘Waarom heeft de dader hem achtergelaten in het Oz-themapark?’ Ik moet weer aan de eigenaar denken. ‘Dat vind ik zo verontrustend. Misschien omdat ik er geweest ben en het zo levendig voor me kan zien. Maar het park is ook van Ryder Briley; ik heb net sectie verricht op het lichaam van zijn dochter.’

‘Ja, dat weet ik. Dat vind ik ook verontrustend,’ zegt Benton. ‘Hij is in elk geval niet toevallig in het Oz-themapark achtergelaten. Ik vermoed dat de dader die plek bewust heeft uitgekozen, deels om te choqueren en te vernederen. Misschien om de ET-fluisteraar belachelijk te maken. Of misschien spelen persoonlijke redenen een rol.’

‘Persoonlijk voor wie?’

‘Lucy vond het altijd geweldig als je haar daar mee naartoe nam,’ zegt hij. ‘Het was een heel bijzondere plek voor haar.’

‘Wat heeft dat in vredesnaam te maken met de uap, het ongeïdentificeerde voertuig dat in het gebied is gedetecteerd?’ vraag ik verbijsterd.

‘We beschikken nog niet over genoeg informatie om te weten wat er precies aan de hand is, Kay. Maar we moeten alle voorzorgsmaatregelen nemen en we verontschuldigen ons alvast voor het ongemak.’

Als mijn man in het koninklijk meervoud begint te spreken, ben ik meestal niet blij met wat hij gaat zeggen, en deze keer is daarop geen uitzondering. Hij legt uit dat ik de locatie van Sal Giordano’s autopsie en andere details te zijner tijd te weten zal komen. Het heeft geen zin om hem om meer informatie te vragen. Hij zal me die niet geven.

‘Nogmaals: we verontschuldigen ons voor het ongemak.’ Hij bedoelt dat ik de sectie niet in mijn eigen gebouw kan verrichten. Ik zal ook geen gebruik mogen maken van de Remote Mobile Operating Theater Environment-autopsietrailer op mijn parkeerplaats. Normaal gesproken nemen we onze toevlucht tot de REMOTE in zaken die mogelijk biologische en chemische gevaren met zich meebrengen, maar de Secret Service heeft iets anders voor ons in petto.

'Vanwege de gevoeligheid zijn we van mening dat de autopsie niet verricht moet worden in een van je districtskantoren. We hebben een andere locatie op het oog die beter geschikt is,' zegt Benton, en ik moet direct denken aan Dover Air Force Base, waar alle militair gerelateerde sterfgevallen worden behandeld. Ik ken het mortuarium in die haven, omdat ik er af en toe heb gewerkt. Maar als ik er bij Benton op aandring, laat hij weten dat het lichaam niet naar Dover, Delaware, gaat. Ik weet pas waar ik heen ga als ik er ben.

'Het spijt me dat we je voorlopig niet meer kunnen vertellen,' voegt Benton eraan toe.

'Ik begrijp dat het nodig is bepaalde dingen geheim te houden.' Ik stop mijn shirt in mijn broek. 'Maar ik sta er wel op dat als we gaan samenwerken aan Sals zaak er sprake moet zijn van een redelijke transparantie. Ik ga niet helemaal naar een plaats delict toe om vervolgens volledig buitengesloten te worden door de Secret Service. Ik moet de klus volgens mijn normen kunnen klaren en zo nodig onder ede kunnen verklaren over mijn bevindingen.'

'Onze laboratoria en het jouwe zullen al het bewijs onafhankelijk van elkaar onderzoeken, behalve het lichaam zelf,' belooft Benton. 'We gaan ons best doen om de details zo lang mogelijk uit de handen van de mensen te houden. Wat we doen als het nieuws eindelijk bekend wordt, ga ik nu bespreken in een SCIF.'

Zijn collega's wachten op hem in een Sensitive Compartmented Information Facility en ik weet niet wanneer we elkaar weer zullen zien of spreken. Dat is vaker het geval, al sinds we samen zijn, maar het is nog steeds moeilijk.

We ontmoetten elkaar toen een seriemoordenaar vrouwen verkrachtte en wurgde in Richmond, niet lang nadat ik daarheen was verhuisd. Benton was de beste daderprofiler van de FBI en het hoofd van de Behavioral Science Unit, zoals het toen nog heette, in Quantico, Virginia.

Hij was knap, kwam van oud New England-geld en had een prachtige vrouw en familie. Hij kleedde zich als de mannen in het tijdschrift GQ en reed in een BMW. Ik ging ervan uit dat hij zichzelf heel wat vond en besloot een hekel aan hem te hebben. Maar toen hij die warme junimiddag mijn vergaderzaal binnenliep, was hij helemaal niet wat ik verwacht had. De aantrekkingskracht was magnetisch.

Ik staar naar mijn spiegelbeeld in de grote spiegel aan de badkamerdeur van mijn kantoor en denk aan de afgelopen decennia. Hoe ik me vanbinnen voel komt niet overeen met het beeld dat teruggekaatst wordt, en het verlies van Sal laat pixels verdwijnen waarvan ik vergeten was dat ik ze had.

Hij was niet mijn eerste liefde of de belangrijkste. Maar ik ontmoette hem op een moment dat ik hem het hardst nodig had en zonder hem was ik nooit iets met Benton begonnen. Ik breng lippenbalsem aan op mijn lippen en smeer me in met minerale zonnebrandcrème. Door het licht van de plafondlamp liggen de lijnen in mijn gezicht in de schaduw, de holle ruimtes die door de jaren heen zijn uitgesleten. Mijn veldkleding is niet flatteus, de cargobroek en het poloshirt zijn een beetje te klein na meerdere wasbeurten in kokend heet water.

Of dat vertel ik mezelf tenminste, maar ik kan me voorstellen wat mijn zus Dorothy zou zeggen. Haar stem klinkt altijd in mijn gedachten op momenten dat ik mezelf net zo grondig ontleed als alle anderen.

Ik doe het licht uit, loop de badkamer uit en zie dat mijn secretaresse de deur die mijn kantoor met het hare verbindt heeft geopend. Ze spuit lysol in het rond terwijl ze mijn kantoor binnenloopt met een agenda en een pen in haar hand en me vriendelijk begroet.

'Het is altijd verstandig om de boel een beetje te desinfecteren als je net uit het laboratorium komt,' legt Shannon Park uit, terwijl ze nog wat rondspuit en de bus dan in een van haar vele zakken stopt. 'Je kunt tegenwoordig niet voorzichtig genoeg zijn.' Ze heeft een gealarmeerde uitdrukking op haar normaal gesproken zo vrolijke gezicht.

'Nou, inderdaad, ik kan het altijd merken wanneer je hier net binnen bent geweest,' antwoord ik scherp. Ze heeft me ongetwijfeld afgeluisterd toen ik met Benton belde en weet dus wat er met

Sal Giordano is gebeurd – wat haar sombere stemming verklaart.

Shannon is een voormalige rechtbankverslaggeefster en 'snuffelt overal met gespitste oren rond', zoals Marino vaak zegt. De meeste mensen nemen haar niet serieus en onderschatten haar, zien in haar slechts een excentriekeling, waardoor ze in haar buurt vrijuit praten. Ik ben heel blij dat ik haar heb aangenomen. Inmiddels maak ik me niet langer zorgen over wat ik zal aantreffen als ik op kantoor kom of dat ze zoals mijn vorige secretaresse de boel van binnenuit saboteert.

Shannon en ik zien elkaar vandaag voor het eerst. Ze draagt haar gebruikelijke vintage kleding; niets past bij elkaar of heeft de goede maat. Haar ratjetoe van een outfit bestaat uit een geel paisleyvest over een lange smaragdgroene tuniek, een wijde lichtblauwe rok, een zwarte netpanty en hoge rode sneakers. Ze is nauwelijks anderhalve meter lang en is dol op oude vissershoedjes, zoals het paarse dat ze nu draagt en waar haar roze piekerige haar onderuit steekt.

'Het klonk alsof je een paar minuten geleden een vervelend telefoongesprek had.' Ik pak een paar legerkisten en ga achter mijn bureau zitten. 'Ik vind het heel erg dat je wordt lastiggevallen, maar het verbaast me niets gezien wat ik gisteren in het huis van de Brileys heb meegemaakt.'

'Die vader heeft een mond als een hooischuur, hij schold me verdorie de huid vol. Het kan me niets schelen wie hij is of hoeveel geld hij heeft. Ik vind hem walgelijk en heb hem verteld dat ik onze gesprekken opneem. Hij zal blijven bellen, en ik raad je niet aan om zelf met hem te praten, dokter Scarpetta.'

'Ik laat hem voortaan aan de politie over.' Ik trek mijn kisten aan en herinner me hoe arrogant en minachtend hij was. 'Een paar minuten geleden stonden hij en zijn vrouw tegenover ons gebouw geparkeerd. Ze dronken een biertje terwijl ze medewerkers filmden die in en uit reden.'

'Dat verbaast me niets. Dus hij bevond zich op een steenworp afstand toen hij aan de telefoon eiste het lichaam te bekijken.' Shannons stem trilt van de emotie.

'Dat gaat niet gebeuren.'

'Hij eiste zijn "lieve kleine meid" te zien voordat de begrafenisonderneming jouw "slachtpartij" zou proberen te herstellen en voordat je "verraad" kon plegen met je "politiek handlangers". Volgens mij dacht hij dat hij zo door onze poort naar binnen kon rijden en alles kon bekijken wat hij maar wilde.'

'Je hebt hem vast verteld dat we om veiligheidsredenen geen bezichtigingen of onofficiële bezoekers mogen toelaten.' Ik dreun de partijlijn op. 'De politie wil hem of zijn vrouw niet in de buurt hebben nu nog niet bekend is wie hun dochter heeft neergeschoten.'

'Hij denkt dat hij boven de wet staat, een uitzondering is op elke regel,' zegt Shannon, die zich zichtbaar zorgen maakt. 'En ik bespeurde geen enkel verdriet bij hem om zijn zogenaamde "lieve kleine meid".'

'Ik heb Wyatt gevraagd om op te letten of ze terugkomen.' Ik strik mijn veters.

Mijn secretaresse houdt alles wat ik doe nauwkeurig in de gaten. Ze heeft haar maagdenpalmblauwe ogen nieuwsgierig op me gericht en ik voel dat ze vragen en hartzeer heeft die niets met Luna Briley te maken hebben. Shannon bewonderde Sal Giordano, dat weet ik. Ik merkte hoe ze opfleurde als iemand het over hem had en dat ze met hem flirtte als ze hem aan de telefoon had, ongetwijfeld in de hoop dat hij haar mee uit zou vragen. De afgelopen maanden vermoed ik dat ze wat eenzaam is.

Het kantoor van een lijkschouwer is het tegenovergestelde van de bruisende gerechtsgebouwen waarin ze zich decennialang begaf. Shannon woont alleen in Old Town, haar dochter uren verderop in Richmond. De rest van haar familie woont in Ierland of leeft niet meer. Benton en ik nodigen haar af en toe uit, maar het onderliggende probleem is de inbraak in mijn gebouw vijf maanden geleden.

Behalve ikzelf hadden er veel doden kunnen vallen als mensen toevallig in de buurt waren geweest en het anders was gelopen. Die gedachte is niet alleen bij Shannon opgekomen; een paar andere werknemers hebben ontslag genomen en zijn ergens anders gaan werken. Ik kan zien dat ze zich kwetsbaar voelt, op een manier die ik nog niet eerder heb gezien.

'Nou, je bent gekleed voor de strijd en gaat vast ergens heen waar het niet prettig toeven is, dokter Scarpetta. Kun je me vertellen wat er aan de hand is?' vraagt ze.

'Volgens mij ben je al veel te weten gekomen doordat je onze tussendeur opendeed toen ik met Benton aan het bellen was.' Ik draai er niet omheen. 'En als je iets kunt horen, betekent dat nog niet dat je ook moet luisteren. Voor je eigen bestwil kun je dat maar beter niet doen.'

'Ik legde een paar dingen op je bureau en hoorde je praten in de badkamer. Zo te horen is Sal Giordano dood aangetroffen in dat oude Oz-themapark in de buurt van West-Virginia,' zegt ze, en als ik niet reageer vertrekt ze haar gezicht en worden haar ogen groot. 'O jee, het is echt waar. Wat vreselijk!'

'Het is erger dan vreselijk.' Ik sta op van mijn bureau en overhandig haar een doos tissues, terwijl ik mijn evenwicht probeer te bewaren.

'Hij was altijd zo aardig tegen me, nam altijd de tijd om te vragen hoe het met me ging.'

'Zo was hij nou eenmaal.' Ik schraap mijn keel. 'Hij was dol op je.'

'En zo bescheiden. Je zou nooit te weten komen dat hij een Nobelprijs heeft gewonnen.' Ze dept haar ogen droog. 'Ik kan me niet voorstellen hoe jij je voelt. Er zijn geen woorden voor.'

'Hou er alsjeblieft rekening mee dat de identiteit nog niet bevestigd is. Deze zaak is zeer vertrouwelijk.' Ik concentreer me op wat nu belangrijk is.

'Hoe kan zoiets iemand zoals hem nou overkomen?' Ze knippert nog meer tranen weg. 'Iemand die altijd het goede in de mens wil zien? Het slaat nergens op en ik kan het gewoon niet geloven. Er moet iets anders aan de hand zijn.'

'Waar heb je het over?'

'Het was uiteraard helemaal niet mijn bedoeling om iets te horen, maar ik pikte iets op over een ufo.' Shannon bekent dat ze het gesprek van Benton en mij heeft afgeluisterd.

'Nogmaals: mondje dicht,' zeg ik met klem. 'Zoiets mag echt niet uitlekken...'

'Dat vind ik erg verontrustend, omdat doctor Giordano bekendstaat om zijn pogingen met buitenaardse wezens te communiceren. Maar zo mogen we ze natuurlijk niet meer noemen. Ik denk dat het het veiligst is om de term de *Anderen* te gebruiken. Maar het zou mij verbazen als ze hem of iemand anders kwaad zouden doen, tenzij die persoon het verdiend heeft.'

'We weten nog lang niet alles. Eigenlijk weten we heel weinig.'

'Ik denk dat ze ons allang vernietigd zouden hebben als ze dat zouden willen,' antwoordt Shannon. 'Ik heb het gevoel dat mensen veel gevaarlijker zijn.'

'Dat is ook zo.' Ik gluur door de jaloezieën om te zien of de witte Escalade terug is.

5

'Als de Anderen ons iets aan willen doen, staan we machteloos,' zegt Shannon, en ze herinnert me eraan hoe snel geruchten voor opschudding kunnen zorgen. 'Stel je voor dat ze ons zouden behandelen zoals wij anderen behandelen. Hoe afschuwelijk zou dat zijn! Maar ik geloof niet dat ze dat zouden doen.'

'We moeten bang zijn voor mensen. Zij zaaien dood en verderf.' Ik kijk in de la met snacks onder het koffiezetapparaat.

'Daarom zijn de Anderen hier, denk ik. Om te helpen voordat het te laat is.'

'Nou, als zij oplossingen kunnen bedenken, zou ik ze erg dankbaar zijn.' Ik leg een paar mueslirepen en kleine zakjes pinda's op mijn vergadertafel.

'Als kind zag ik in Galway 's nachts soms vreemde lichten boven de Corrib-rivier en de oceaan dansen,' zegt Shannon op een weemoedige toon en met een afwezige blik in haar ogen. 'Mijn vader noemde hen de Sterrenmensen, die op ons letten. Volgens hem waren ze op wonderbaarlijke wijze geschapen door wezens uit een ander sterrenstelsel, wat ik een geweldig idee vond.'

'Dat is een wetenschappelijke theorie: dat het leven op aarde is gecreëerd door ruimtewezens.' Ik stop de snacks in mijn werktas. 'Door de Anderen, zoals jij ze noemt.'

'Een van mijn vroegste herinneringen is dat er een ruimtevaartuig landde op de boerderij van onze buurman toen ik nog maar een ukkie was.' Shannon begint aan een van haar verhalen. 'Volgens hem leek het op een gigantische omgekeerde tol met blauwe lichten eronder, en ik heb met eigen ogen de verbrande cirkel gezien die achterbleef in het gras –'

'Shannon...?' onderbreek ik haar voorzichtig.

'En de buurman vertelde ons over wezens die op kinderen leken en leken te zweven boven de grond. Hij vertelde dat ze grijs waren en enorme donkere ogen hadden. Ze zagen er allemaal hetzelfde uit, met handen zonder duimen die een beetje op klauwen leken. Ze waren nieuwsgierig, maar helemaal niet gevaarlijk. En ze hadden zeker –'

'We hebben niets aan wilde verhalen en hypotheses.' Ik open een kast en haal mijn noodtas tevoorschijn, waarin kleding en andere benodigdheden zitten. 'Marino en ik hebben met Lucy op het vliegveld afgesproken en ik weet niet wanneer we terug zijn. De Secret Service heeft de leiding en ik zal je zo goed mogelijk op de hoogte houden als ik daar de gelegenheid toe krijg. In de tussentijd wil ik dat je al mijn andere afspraken afzegt.'

'Dus je afspraak om één uur met de *Telegraph*, en laten we eens kijken wat er nog meer op de agenda staat.' Ze haalt een bril uit haar zak en opent haar agenda. 'Daarna zou je een afspraak met de *Boston Globe* hebben, en nog een met de *Washington Post*.'

Ik pak mijn satelliettelefoon en denk aan de vele keren dat ik Sal op het hart drukte er een mee te nemen als hij naar het observatorium in West-Virginia ging. Het observatorium ligt in het hart van de National Radio Quiet Zone, waar geen mobiele masten zijn. Alle draadloze apparaten zijn verboden en onbruikbaar, en het enige wat wel zou kunnen werken, is een satelliettelefoon. Maar Sal weigerde iets te gebruiken wat de werking van de enorme radiotelescoop van Green Bank of die van het nabijgelegen topgeheime Sugar Grove Station van de National Security Agency zou kunnen verstoren.

'Heb ik nog meer afspraken staan?' vraag ik Shannon.

'Je maandelijkse gesprek met de gouverneur om vijf uur, natuurlijk.'

'Dat moet ook verzet worden,' antwoord ik.

'Ze zal erg teleurgesteld zijn,' zegt Shannon, maar ze bedoelt dat ze kwaad zal zijn. 'Ze zal ongetwijfeld graag de Luna Briley-zaak met je willen bespreken, om voor de hand liggende redenen. Omdat de vader haar vijand is.'

'Ik kan de details sowieso niet bespreken, maar laat haar weten dat ik de stad uit moest. Bied haar alsjeblieft mijn excuses aan,' antwoord ik terwijl ik een appje van mijn zus lees.

Le Refuge vanavond? Zal ik om 19.30 uur reserveren? Dan kan ik je ALLES *vertellen over mijn geweldige weekend! Ik kan wel een rustige avond met familie en lekker eten gebruiken...* schrijft Dorothy.

'Wat moet ik zeggen als mensen vragen waar je bent?' Shannon blijft door haar agenda bladeren, met haar knotsgekke roze leesbril op het puntje van haar neus.

'Zeg maar dat ik in een gebied ben waar weinig bereik is,' zeg ik terwijl ik Dorothy's app beantwoord. Ik laat haar weten dat ik vanavond niet uit eten kan, omdat Marino en ik de stad uit moeten voor een zaak. Dat had ze al van hem kunnen weten, maar hij heeft haar overduidelijk nog niet ingelicht. Hoewel ze getrouwd zijn, verwacht hij dat ik mijn zus op de hoogte breng. Dat duidt erop dat het niet helemaal goed gaat met hun relatie.

'Bug Off is er vandaag trouwens eindelijk om het probleem in de laadruimte op te lossen,' vertelt Shannon me.

'Bug Off?' De naam komt me niet bekend voor.

'Een van de ongediertebestrijdingsbedrijven die in dienst zijn van de staat.'

'Nooit van gehoord.'

'Het bedrijf is pas onlangs toegevoegd aan de lijst van leveranciers. Ze stuurden dus niet zoals gewoonlijk een jongeman met vreemde ogen en een slechte houding die zo snel mogelijk weer weg probeert te komen – als hij al komt opdagen. Nee, deze keer stuurden ze een vrouw. Ze verscheen zonder aankondiging en ik krijg de kriebels van haar.' Shannon knikt naar de beelden op de beveiligingsmonitoren.

De verdelger draagt beschermende kleding, haar hoofd en gezicht zijn bedekt. Ze draagt een tank met pesticide op haar rug. Het valt me meteen op dat ze niet vastzit aan een veiligheidslijn. Ze bevindt zich zo'n twaalf meter boven de grond en houdt met één gehandschoende hand een sport van de ladder vast en met de andere de hogedrukspuit. Vervolgens spuit ze in het nest; gifwolken stijgen op, de verwoede horzels zijn op het beeld niet van elkaar te onderscheiden.

'Het lijkt me vreselijk gevaarlijk. Ik hoop maar dat ze niet voor onze ogen doodvalt.' Shannon fronst bezorgd terwijl ze toekijkt. 'Stel je voor dat dat je baan is.'

'Kun je haar vragen of ze ook iets aan de muggenplaag kan doen nu ze er toch is?' vraag ik. 'Er zou weken geleden al iemand langskomen.'

'Ik bel al sinds februari. Ik zal vragen of ze iets kan doen nu ze hier is, want wie weet wanneer ze eindelijk iemand anders sturen,' zegt Shannon. Op dat moment gaat haar telefoon weer over.

Terwijl mijn secretaresse weer naar haar kantoor gaat, loopt Marino het mijne binnen. Hij heeft veldkleding aan en draagt een pistool op zijn heup. Hij zet twee grote pd-koffers neer die wieltjes en intrekbare handvatten hebben en bijna vijfentwintig kilo per stuk wegen. Zijn verweerde gezicht en kaalgeschoren hoofd zijn rood van de inspanning en glimmen van het zweet. Hij heeft zeker weten de trap genomen, want de lift staat bovenaan zijn lijst van dingen waarvan hij denkt dat ze hem fataal zullen worden.

'Ik vrees dat we een lange dag voor de boeg hebben,' zeg ik tegen hem. 'Ik hoop dat jij en Dorothy wat tot rust zijn gekomen tijdens jullie lange weekend weg.'

'Niet echt,' zegt hij verbitterd, en dat verbaast me niets.

Ze zijn vanochtend in Alexandria teruggekomen na drie nachten in Atlantic City, waar mijn zus een prestigieuze prijs voor influencers op social media kreeg uitgereikt. Marino houdt niet van gokken en weet 'wel betere manieren om zijn geld te verspillen'. Sinds de pandemie en de toename van rellen en massamoorden heeft hij alleen maar een grotere hekel aan mensenmassa's gekregen.

'Het geluk lachte Dorothy toe bij de gokautomaten – haar definitie van geluk, niet de mijne. Ik kon haar er nauwelijks van wegslepen,' vertelt hij. 'En dan heb ik het nog niet eens over het diner dat eindeloos doorging. Daarna moesten we weer tot na middernacht terug naar het casino.'

'In elk geval hadden jullie wat qualitytime in een andere omgeving.'

'Ik kan betere andere omgevingen bedenken dan Atlantic City. En wie geeft er nou iets om een prijs van slechts duizend centjes?'

antwoordt Marino nors. 'Die uitreiking was op zondag. Gisteravond was er een Blues Brothers-concert. Dorothy liep recht op Dan Aykroyd af en vroeg hem haar onesie te signeren. Als het ook maar iemand anders was geweest, was ik kwaad geworden...'

Ik kijk om de deur Shannons kantoor in en hoor het snelle geklik van haar vingers op het toetsenbord. Ze heeft een koptelefoon op en typt sneller dan het licht. Ik gebaar dat Marino en ik weggaan.

'Daarna was er een karaokewedstrijd in een bar,' gaat Marino verder. 'En Dorothy deed haar gebruikelijke Cher-imitatie en won maar liefst vijftig dollar. We hadden al veel meer dan dat aan alcohol uitgegeven.'

'Jij weet net zo goed als ik dat het mijn zus niet om het geld gaat.' Ik hang mijn tassen aan mijn schouder.

'Ja, ik weet waar het haar om gaat. En als ik dat nog niet wist, weet ik het nu tenminste wel.'

'Heb je alles in je pick-uptruck? Klaar om te gaan?' vraag ik hem.

'We hebben alles wat we nodig hebben, ook K-beschermende kleding en de geigerteller. Kun je me vertellen wat er in vredesnaam aan de hand is? Ik zou het op prijs stellen te weten waar we heen vliegen in zulk slecht weer. Waarom gaan we überhaupt vliegen? Waarom is er haast geboden? Een dode is al dood.'

Ik deel wat me tot nu toe verteld is. Marino weet wie Sal Giordano was, maar niet wie hij voor mij was. Misschien herinnert hij zich dat ik toen we in Richmond woonden een zomer lesgaf in Rome, tijdens een moeilijke periode voor mij op professioneel gebied. Maar ik heb de rest van het verhaal nooit verteld. Hij zou het niet goed opvatten.

'Sal Giordano probeerde contact te leggen met ET's,' zegt Marino als we mijn kantoor uit lopen en ik de deur op slot doe. 'Hij en andere SETI-mensen zenden signalen uit door het hele universum en lijken aan te nemen dat ET's ons vriendelijk gezind zijn. Maar stel dat dat niet zo is?'

'Als we een object een uap noemen, houdt dat alleen maar in dat het niet identificeerbaar is. Het zou dus heel veel dingen kunnen zijn,' antwoord ik.

'Sommige waarnemingen vallen te verklaren. Maar andere niet.

We kunnen ze niet identificeren, omdat ze niet gemaakt zijn door ons, de Chinezen, de Russen of andere mensen,' zegt Marino alsof het buiten kijf staat. 'De aarde wordt al eeuwenlang bezocht door niet-menselijke voertuigen.'

'We weten niet of dat ook nu het geval is,' herhaal ik terwijl we de gang volgen.

'Behalve dan dat Sal tijdens het rijden werd opgestraald en werd blootgesteld aan straling? Dat aliens waarschijnlijk urenlang op hem hebben geëxperimenteerd en alles in zijn hersenen hebben gedownload? Dat het vaartuig een graancirkel achterliet en toen van de radar verdween, terug de ruimte in? Vind je dat niet verdomd overtuigend bewijs, Doc?'

'Dat zijn geen feiten.' De riemen van mijn tassen snijden in mijn schouders.

'Om er nog maar over te zwijgen dat het lijk in Oz is achtergelaten.'

'Ryder Briley is trouwens de eigenaar van het themapark.'

'Denk je dat hij iets te maken heeft met de moord op Sal Giordano? Denkt Benton dat?'

'Op dit moment heeft hij net als wij meer vragen dan antwoorden.'

'Wat Lucy beschreef lijkt enorm veel op andere uap-waarnemingen waarover ik gehoord heb. Het is maar dat je het weet. En het zou niet de eerste keer zijn in dat deel van Virginia: in de jaren zestig landde er al een ruimteschip in de buurt van Staunton. Er waren kleine wezens aan boord, volgens vele getuigen,' verkondigt Marino alsof het een evangelie is.

'Het voertuig van vanmorgen kan net zo goed een experimenteel vliegtuig zijn geweest dat niet herkend wordt door radar en andere sensoren. Net zoals wanneer in toxicologisch onderzoek de nieuwste designerdrug niet herkend wordt, of een vreemde drug die niet in het algoritme is opgenomen.' Het EXIT-bordje verderop verspreidt een rode gloed.

'Had de uap de vorm van een schotel, een bol, een driehoek of misschien een cilinder? Wat vertelden ze er nog meer over?'

'Niet veel, alleen dat er iets was.' Ik blijf voor de gesloten roestvrijstalen liftdeuren stilstaan en zijn ogen worden groot alsof ik een pistool op hem richt.

'O nee, dat gaat niet gebeuren!' roept hij. 'We stappen niet in dit verdomde ding.'

Als antwoord druk ik op de OMLAAG-knop.

'Laten we de trap nemen,' dringt hij aan.

'Nee, sorry, deze keer niet. Ik moet te veel dragen,' antwoord ik.

De deuren gaan langzaam en schokkerig open.

'Dat verdomde ding stelt je leven in de waagschaal,' moppert hij als we instappen en de koffers op de vloer zetten. 'Sinds we hier werken heeft hij nog nooit naar behoren gewerkt en hij moet nodig vervangen worden.'

'Ben ik helemaal met je eens, maar dat gaat nooit gebeuren.' Ik druk op de knop van de begane grond, en de deuren gaan hortend en stotend dicht. 'Trouwens, de verdelger is er vandaag. Hou er dus rekening mee dat de horzels in paniek zijn.'

'Toen ik mijn pick-uptruck inlaadde, bleef ik op afstand,' zegt hij terwijl de lift met een schok aan zijn langzame daling begint. 'Ik hoop maar niet dat dat verdomde ding weer vast komt te zitten!'

We kruipen hotsend langs de tweede verdieping. Dan flikkeren de lichten en komt de lift abrupt tot stilstand.

'Verdomme! Ik zei het toch?!' Zijn wijsvinger ramt op de verlichte knop. 'Dit ding wordt ooit nog onze dood! We storten neer of we stikken erin!'

'Waarom ben ik er altijd zoveel tijd aan kwijt om mannen te kalmeren?' mompel ik.

'En we hebben natuurlijk geen bereik hier.' Marino kijkt woedend naar zijn telefoon. 'Niet dat het zou helpen om iemand te bellen.'

De lift daalt weer, en stopt weer. En daalt opnieuw. Schokkend bereikt hij de verdieping van het mortuarium en stopt dan ineens. De deur springt open, alsof de lift een aanval heeft.

'Hij werkte prima toen ik hier vanmorgen aankwam,' zeg ik terwijl we snel de lift verlaten.

We lopen door de gang in de richting van de bewijskamer. Door de observatieramen zijn de patiënten van onze trieste kliniek te zien. Aan de andere kant van het glas liggen bloederige persoonlijke bezittingen, gelabeld met casusnummers, op met wit papier bedekte onderzoekstafels. Langs de achterwand staan meerdere droogkasten met doorzichtige deuren, waarvan de inhoud straks naar de laboratoria boven gaat.

'Die is van haar.' Ik wijs op Luna Brileys roze Barbie-pyjama aan een stalen kleerhanger. 'Zie je het bloedpatroon? Vooral die bloeddruppels op de voorkant van de broek?'

Het raam beslaat terwijl Marino naar de kleine pyjama tuurt, die slap aan de kleerhanger hangt en vol zwartrode vlekken zit. 'De druppels hebben een perfect ronde vorm,' zegt hij. 'Ze vielen recht naar beneden op haar dijen, in een hoek van negentig graden. En dat kan niet als ze rechtop stond, zoals ze in het nieuws zeggen. Daarvoor moest ze zitten.'

'Ik denk dat ze inderdaad zat.'

'Haar ouders beweren dat ze rondliep in haar slaapkamer en met haar vaders pistool speelde toen het afging en dat ze daarom midden op de vloer van haar kamer lag. Zij waren zelf zogenaamd buiten in de tuin toen ze het schot hoorden.'

'Dat hebben ze mij en waarschijnlijk anderen ook verteld,' antwoord ik.

'Met andere woorden: klinkklare onzin.'

We staan stil bij de CT-ruimte. Op verschillende computerschermen zijn zwart-witbeelden te zien. Ik wijs hem op het gat van de kogel in het voorhoofdsbeen, die meerdere breuken heeft veroorzaakt. De ondoorzichtige kogel, afkomstig uit een wapen van licht kaliber, zit vast in de achterkant van de schedel. Ik kan de gaten zien van uitgevallen melktanden en de schaduwen van blijvende tanden die door het tandvlees steken.

'Volgens mij zat ze toen ze werd neergeschoten in haar pyjama op bed tv te kijken, leunend tegen het hoofdeinde. Met haar benen gestrekt,' leg ik uit. 'Waarschijnlijk is het lichaam na het schot verplaatst. De kamer is opgeruimd en alles is in scène gezet.'

'Heb je een idee wat de aanleiding voor de moord kan zijn geweest?'

'Nee. We weten wel dat ze iets van de barbecue als lunch heeft gehad. En dat ze kort voor haar dood een soort M&M's heeft gegeten, die met pinda's. Haar maaginhoud bestond uit gedeeltelijk verteerde kip en aardappels, maar ik heb dus ook chocoladepinda's aangetroffen. En er zaten stukjes M&M's tussen haar tanden, wat erop wijst dat ze die kort voor haar dood heeft gegeten.' Ik leg uit dat Luna volgens haar ouders om één uur gegrilde kip van de barbecue en frietjes had gegeten; ons kantoor werd rond halfvijf op de hoogte gebracht van haar dood.

'Hoelang was ze al dood toen jullie daar aankwamen, denk je?' vraagt Marino terwijl we verder lopen.

'Fabian en ik waren rond kwart over vijf op de plaats delict, en tegen die tijd was ze al een paar uur dood,' antwoord ik. We bereiken de decompositieruimte, met het felrode licht naast de raamloze deur.

Mijn vestigingshoofd, Doug Schlaefer, verricht autopsie op wat de politie een drijflijk noemt: een lichaam in gevorderde staat van ontbinding, dat in de Chesapeake Bay is gevonden. Volgens getuigen viel het slachtoffer enkele weken geleden van een boot terwijl hij crack rookte en alcohol dronk. De sectie wordt in afzondering verricht omdat de stank niet te harden is.

'Ik heb geen M&M-wikkel in de slaapkamer gezien. Zoiets is ook niet aangetroffen in het keukenafval dat door de politie is doorzocht,' zeg ik tegen Marino. 'De vraag is dus waar Luna de chocoladepinda's vandaan had getoverd.'

'Misschien had ze ze stiekem meegenomen en werd papa of mama boos.'

'Als ze diabetes had, zoals haar ouders beweren, mocht ze zeker geen snoep hebben,' leg ik uit.

'Is er insuline in huis aangetroffen?'

'Toen ik Ryder Briley daarnaar vroeg, zei hij dat ze haar medicijnen zouden verzamelen en later zouden langsbrengen. Dat ze te erg van slag waren om het direct te doen.' Ik zie de arrogantie in zijn koude ogen weer voor me. 'Hij zei ook dat ze geen snoep in huis hadden.'

'Wat had er kunnen gebeuren als Luna suiker at?' vraagt Marino.

'Er had ketoacidose kunnen optreden en ze had in het ziekenhuis kunnen belanden.'

'Heb je Bluestar rond het bed gebruikt? Om na te gaan of papa en mama het bloed daar niet hebben weggepoetst in de veronderstelling dat we er niet achter zouden komen?'

'Ja, en Fruge filmde terwijl ik spoot.'

We hebben het over een chemisch reagens dat met het blote oog onzichtbare bloedresten blauw laat oplichten. Ik vertel Marino dat het hoofdeinde, de muren en zelfs het plafond blauw werden.

6

De gang komt uit in de koelruimte met koelers en vriezers van roestvrij staal; meters op de deuren geven voortdurend bijgewerkte informatie weer. Als patiënten vanuit de laadruimte hier binnen worden gereden, is hun eerste stop de vloerweegschaal. Hun lengte wordt gemeten met een ouderwetse houten meetlat en casusnummers worden toegekend en op labels van stijf manillapapier geschreven, die aan de tenen worden bevestigd.

Tegenover de deur die naar buiten leidt is het beveiligingskantoor en door het kogelvrije glas zie ik dat er niemand is. Op het bureau liggen een afhaalzak van Bojangles, een grote beker met een rietje erin en een stapel servetten en sauszakjes. Aan de 3D-printer te zien was Wyatt Earle bezig labels voor radiofrequentie-identificatie (RFID) te maken.

Op de beveiligingsmonitoren zie ik hem door de laadruimte lopen, waarin het witte bestelbusje nog steeds geparkeerd staat; de verdelger staat op een van de bovenste treden van haar ladder. Wyatt ziet er fantastisch uit in zijn nieuwe zwarte uniform met de OCME-patch (Office of the Chief Medical Examiner), waarop een mercuriusstaf en een weegschaal te zien zijn. Aan zijn riem hangen pepperspray, een wapenstok en een mobiele telefoon die tegelijkertijd ook een walkietalkie is.

Toen de gouverneur extra geld uittrok voor onze beveiliging, heb ik nieuwe bewakers aangenomen en oude ontslagen. Ik heb nieuwe apparatuur gekocht, trainingen aangeboden en de salarissen verhoogd. We hebben nog steeds niet alles wat we nodig hebben, maar het moreel is nog nooit zo hoog geweest. Op de monitors zie ik hoe een glimmende zwarte lijkwagen achteruit de laadruimte in rijdt onder het luide gepiep dat grote voertuigen maken als ze achteruitrijden.

De auto komt tot stilstand en Wyatt loopt ernaartoe. Het portier van de bestuurder gaat open en Jesse Spanks stapt uit, een slonzige man met sluik zwart haar dat een v-vorm op zijn voorhoofd vormt, zoals bij Eddie Munster in de gelijknamige sitcom uit de jaren zestig. Volgens Marino tenminste. Vanmiddag is de begrafenisondernemer bont gekleed in een poederblauw pak, een stropdas met stippen en bijpassende pochet. Met een zwierig gebaar opent hij de achterklep van de lijkwagen, als een goochelaar die op het punt staat het publiek te imponeren met een truc.

Ik sta op slechte voet met Shady Acres Funeral Home, een bloeiend bedrijf dat zich op minder dan anderhalve kilometer van mijn kantoor heeft gevestigd. Ze verwachtten dat ik nabestaanden naar hen zou doorverwijzen en hen op andere manieren zou voortrekken in ruil voor gunsten, net zoals mijn voorganger, Elvin Reddy, deed en misschien nu nog steeds doet. Maar toen ik hoofd werd weigerde ik dat te doen en ik zal blijven weigeren.

'Shit,' mompelt Marino. Hij staart naar Spanks op de beveiligingsmonitor. 'Wat doet hij hier? Ik heb een bijgewerkte lijst van alle lijken die opgehaald en afgeleverd worden, en Shady Acres staat daar niet op.'

'Hij heeft ons gebeld over Luna Briley.' Ik houd de voetgangersdeur open die naar de laadruimte leidt. De motor van de lijkwagen bromt.

'Maar in het logboek stond dat het lichaam nog niet wordt vrijgegeven,' zegt Marino.

'Klopt,' antwoord ik terwijl we onze koffers en tassen de betonnen helling af slepen. Hoog boven onze hoofden sproeit de verdelger met de hogedrukspuit. We blijven zo ver mogelijk uit de buurt van haar ladder. Marino kijkt nerveus in haar richting. Ik ruik de geur van pesticide en blijf alert op horzels. Er vliegen er een paar rond, maar de meeste zijn dood of bijna dood op de met epoxyhars gesealde vloer onder het nest. Het biedt een deprimerende aanblik, maar giftige insecten kunnen niet worden verplaatst zoals een muis, een eekhoorn of andere onwelkome gasten.

'... dat is mij niet verteld,' zegt Wyatt terwijl hij in tegenstelling tot Jesse Spanks ziet hoe we dichterbij komen. Jesse staat met zijn rug naar Marino en mij toe, naast de open achterklep van de lijkwagen, waarin een brancard ligt met een opgevouwen deken erop. Hij ziet ons niet aankomen en blijft proberen een verkeerde voorstelling van zaken te geven en Wyatt te manipuleren. 'Ik denk dat je niet op de hoogte bent gebracht, dat dat het probleem is,' zegt hij op een zelfingenomen toon.

'Als de chef me groen licht geeft, bel ik je – zoals gebruikelijk,' antwoordt Wyatt. 'Je kunt hier niet zomaar binnenvallen onder valse voorwendselen.'

'Ik denk dat ze vergeten is te vertellen dat ik onderweg was,' antwoordt Spanks.

'We hebben je laten weten dat het lichaam nog niet vrijgegeven wordt.'

'Sorry hoor, maar dokter Scarpetta is hier de zwakke schakel. Niet ik. Ik hoorde dat ze gisteren een slecht humeur had en erg emotioneel was op de plaats delict. Heel begrijpelijk in haar levensfase en met alles wat ze aan haar hoofd heeft.' Spanks blijft glashard liegen, en Marino en ik blijven stilstaan om te luisteren.

'Het lichaam gaat nergens heen,' zegt Wyatt onomwonden.

'We kunnen pas beginnen met de voorbereidingen als we de kleine Luna onder onze hoede hebben.' De begrafenisondernemer heeft de gewoonte om zijn stem te laten dalen als hij zich laat gelden. 'De Brileys verwachten dat je onmiddellijk aan hun wensen voldoet.'

'Ik hoef geen verantwoording af te leggen aan nabestaanden,' is Wyatts scherpe antwoord.

'Bovenal willen de Brileys er zeker van zijn dat hun geliefde dochter op de juiste manier wordt behandeld –'

'Wat is er aan de hand?' onderbreek ik.

'O, hallo, dokter Scarpetta. Hoelang staat u daar al?' Spanks schenkt me een onoprechte glimlach.

'Lang genoeg,' antwoord ik terwijl Marino en ik naar hem toe lopen.

'Het is me zoals altijd een genoegen, mevrouw.' Weer zo'n grote grijns die een reclame voor tandenbleken zou kunnen zijn. Hij schudt mijn hand en knijpt er zoals altijd pijnlijk hard in.

Deze keer doe ik hetzelfde; mijn spieren zijn sterk door tientallen jaren snijden door hardnekkig weefsel en botten.

Hij krimpt ineen en steekt zijn handen in zijn zakken. Zijn bedwelmende aftershave vermengt zich met de bijtende geur van dood en insecticide. 'Ik had het net over ons gesprek,' zegt hij tegen me.

'Een fictief gesprek, want ik kan me de laatste keer dat we elkaar spraken niet herinneren,' antwoord ik.

'Ach, er is tegenwoordig gewoon te veel om te onthouden,' zegt hij sympathiek.

'Wij hebben elkaar dit hele jaar nog niet gesproken,' verbeter ik hem.

'En Doc heeft een fucking fotografisch geheugen...' Marino doet ook een duit in het zakje.

'Ik zei tegen meneer Spanks dat je het lichaam van Luna Briley nog niet vrijgeeft,' zegt Wyatt verhit.

'Zo'n tragisch ongeluk.' Spanks schudt verdrietig zijn hoofd. 'Het is onvoorstelbaar wat kinderen tegenwoordig allemaal weten. Niets is veilig. Blijkbaar kon Luna voor zo'n schattig klein meisje behoorlijk koppig en eigenzinnig zijn.'

'Wie heeft jou gevraagd om te getuigen?' bijt Marino terug. 'En waarom ben je hier?'

'Om een streek uit te halen.' Wyatt staart Spanks met een beschuldigende blik aan. 'Ik heb hem alleen maar door het hek gelaten omdat hij beweerde dat hij een brancard had achtergelaten en die moest ophalen.'

'Welke brancard?' Marino staart naar de brancard achter in de lijkwagen.

'De brancard die hij meenam om het lichaam mee te vervoeren.' Wyatt is zo kwaad dat hij de woorden zowat uitspuugt. 'Met andere woorden: hij loog, zodat hij binnen kon komen en het lichaam kon stelen.'

'Luna Briley gaat nergens heen totdat ik toestemming geef, en dat kan nog wel even duren. In elk geval een paar dagen, zoals je vast al is verteld.' Ik kijk Spanks waarschuwend aan.

'Sorry hoor, maar ik vind het vreemd dat je nog niet klaar met haar bent. Wat moet je nu nog doen?' vraagt hij op een beschuldigende toon.

'De zaak wordt nog onderzocht.' Meer ga ik hem niet vertellen.

'Goed, ik zal de Brileys laten weten dat je niet aan hun wensen wilt voldoen. Maar eerlijk gezegd denk ik dat het geen goed idee is om hen nog meer van streek te maken dan ze al zijn. Vooral meneer Briley. Hij heeft veel invloed en kent veel belangrijke mensen. Zo belangrijk als maar kan.' Spanks staat op het punt me te bedreigen. 'Hij heeft al over je geklaagd.'

'Denk je dat dat ons ook maar iets kan schelen?' zegt Marino. Zijn spieren zijn gespannen; hij grijpt de handvatten van de zware pd-koffers zo hard vast dat zijn knokkels wit worden.

'Je kunt nu maar beter weggaan,' zeg ik tegen Spanks. 'Haal niet nog een keer zo'n stunt uit, want de volgende keer zullen we niet zo vergevingsgezind zijn. Wyatt, wil jij hem naar de parkeerplaats begeleiden?'

'Komt voor elkaar, chef,' zegt hij terwijl Spanks de achterklep van de lijkwagen dichtslaat.

Marino en ik verlaten het gebouw door de open loodsdeur. De zon schijnt recht boven onze hoofden en voor de glazen ingang met hangslot wapperen de vlaggen van Virginia en de Verenigde Staten luid, hun correctors klikken tegen de hoge metalen palen. De wind wakkert aan, de luchtdruk daalt en ik voel de storm naderen.

'Dat was een regelrechte misdaad. Er zijn geen andere woorden voor,' blaast Marino stoom af terwijl we onze zonnebrillen opzetten. 'De poging een lijk te stelen is een misdrijf. En onze beveiligingscamera's hebben het allemaal opgenomen. Eigenlijk zou ik de politie moeten bellen en Jesse Spanks laten arresteren.'

'Dat lijkt me geen goed idee,' antwoord ik terwijl we langs rijen auto's lopen. Een paar mensen lopen tijdens hun lunchpauze het gebouw in en uit. Ik merk dat ik nog steeds naar de witte Escalade speur en ben opgelucht dat hij nergens te bekennen is. Marino's Ford Raptor pick-uptruck met verduisterde ramen staat halverwege de parkeerplaats, verscholen in een hoek bij het hek, zodat geen enkel openslaand portier de lak kan beschadigen.

'Waarom sta je helemaal daar geparkeerd?' vraag ik hem.

'Ik wilde ver uit de buurt blijven van die nijdige horzels. Om nog maar te zwijgen van hun gif. Misschien moet ik een klacht indienen bij het Better Business Bureau of zo en Shady Acres een hoop problemen bezorgen.'

'Daar wordt het waarschijnlijk alleen maar erger van.'

We lopen langs de mobiele trailer die zijn eigen generator heeft, de REMOTE. Ik was ervan uitgegaan dat we die zouden gebruiken in Sal Giordano's zaak.

'Eddie fucking Munster mag hier niet mee wegkomen, Doc.'

'Het beste is om het te laten gaan. We hielden hem al in de gaten, maar nu hebben we hem helemaal in de smiezen. Als hij slim is, probeert hij zoiets niet nog een keer.'

'Maar hij is niet slim. En hij volgt overduidelijk de instructies van de Brileys op. Waarom zou je een lichaam ontvoeren als de sectie al is verricht?' Marino zoekt in zijn zak naar de sleutel van zijn pick-uptruck. 'Wat hopen ze daarmee te bereiken? Het is een beetje te laat om het bewijs te vernietigen.'

'Ik weet het niet, maar ik ben nog niet klaar. Ik heb de belangrijkste bevinding nog niet geverifieerd. Volgens mij tonen de blauwe plekken op haar vingertoppen aan dat ze gewelddadig werd vastgepakt bij haar schouders en hals, kort voordat ze werd neergeschoten. En dat zou de ouders in een heel slecht daglicht stellen.'

'Denk je dat ze dat weten?'

'Ik hoop het niet,' antwoord ik, terwijl ik nadenk over wie het wel weet. Ik heb het Fruge verteld. En Shannon kan het weten als ze de papieren die ik op mijn vergadertafel heb laten liggen heeft ingezien. Fabian was niet bij me toen ik het lichaam onderzocht. 'Maar ik wil alleen maar zeggen dat het dus nog niet te laat is om bewijs te vernietigen.'

Marino richt de sleutelhanger op zijn pick-uptruck en de lichten knipperen.

'Heb je je reisziektepillen mee?'

'Ik heb er al een genomen en ik heb er nog een paar in mijn zak.' Hij kijkt omhoog, naar de muur van donkere wolken in de verte. 'Ik hoop dat Lucy weet wat ze doet, want vliegen lijkt mij nu een nachtmerrie. Ik hoop maar dat we geen noodlanding in de bergen hoeven te maken. Of nog erger.'

We leggen onze spullen in de overdekte laadbak van de pickuptruck. Even later start Marino de krachtige motor en manoeuvreert de auto van de drukke parkeerplaats af. Bij het beveiligingshek wachten we tot de auto's voor ons erdoorheen rijden.

Als het onze beurt is, wil Marino rustig optrekken. Maar dan hakt plotseling de zwart-wit gestreepte slagboom omlaag, als in een scène uit *The Exorcist*.

'Shit!' Hij trekt de handrem aan; er zitten slechts enkele centimeters tussen zijn voorbumper en de guillotineslagboom. 'Dit is nou wat ik bedoel! Alles is hier helemaal gek geworden!'

Hij stapt uit de auto, vindt de stroomschakelaar in een klein grijs kastje en schakelt de slagboom uit die de weg naar buiten verspert. Er wachten twee auto's achter ons – medewerkers die weggaan. Ik voel hun nieuwsgierige blikken branden als Marino me beveelt uit de pick-uptruck te stappen alsof hij me gaat arresteren. Als een verkeersagent gebaart hij dat ik achter het stuur moet kruipen.

Hij tilt de slagboom op en houdt hem boven zijn hoofd, en ik rijd eronderdoor. Dan parkeer ik aan de kant van de weg. Ik ga weer op de passagiersstoel zitten terwijl hij de stroom weer inschakelt en ongelovig zijn schouders naar me ophaalt. De auto's achter ons rijden zonder problemen van de parkeerplaats af; de slagboom werkt ineens weer naar behoren.

'En nu is er niets meer aan de hand?' Hij stapt in en trekt het portier dicht. 'Hoe kan dat nou?'

'Misschien is er iets gereset toen je de schakelaar uit- en aanzette?' stel ik voor.

'Zo werkt dat niet.'

'Misschien was er sprake van een stroomstoot of een haperende sensor?'

'Verdomme, Doc. Ik hoop niet dat we weer gehackt zijn.'

'Alsjeblieft niet, zeg.'

We rijden weg van ons vier verdiepingen tellende gebouw in het achterland van het district Noord-Virginia. Het omheinde OCME-complex ligt afgelegen aan de achterkant van het kantorenpark van de overheid. Mijn gebouw is aan drie kanten omringd door met kudzu begroeide moerassen en een onderstation dat al meerdere keren beschoten is. Op het dak staat de schoorsteen van het crematorium van de anatomische afdeling; ik geef mensen geen ongelijk dat ze zo ver mogelijk bij ons uit de buurt willen blijven.

Een paar hectare verderop bevinden zich de ministeries van Volksgezondheid, Openbare Veiligheid en Spoedeisende Medische Hulp en het Bureau of Vital Records. Deze gebouwen zijn in vergelijking met het mijne modern en mooi, met getint glas en nette bloembedden, fonteinen en reflecterende vijvers. Sommige hebben cafetaria's, dakterrassen en ondergrondse parkeergarages. Er staan bankjes onder schaduwrijke bomen; de lobby's zijn niet afgesloten, bezoekers zijn welkom.

7

Een paar minuten later rijden we langs de kronkelende stenen muur die het terrein van Shady Acres omsluit. Tegenover de torenhoge smeedijzeren toegangspoort adverteert een van hun reclameborden: WIJ LATEN DE BUI NIET OVERDRIJVEN, MAAR VERWELKOMEN U MET OPEN ARMEN. Op de afbeelding drijven mensen in zwanenbootjes op het kunstmatige meer van de begraafplaats. Op andere reclameborden strooien nabestaanden as uit vanuit een heteluchtballon.

'Ik heb Dorothy laten weten dat het ons niet lukt om uit eten te gaan vanavond,' zeg ik tegen Marino. De Safeway-supermarkt iets verderop herinnert me eraan dat ik boodschappen moet doen. 'Ik heb uitgelegd waarom niet, zonder in details te treden. Ik heb haar nog niet kunnen spreken, maar ze leek heel blij met haar prijs en jullie weekendje weg in Atlantic City.'

'Ja, ze had het enorm naar haar zin.' Tijdens het rijden staart hij recht voor zich uit en kauwt op kauwgom die hem de zin om te roken moet ontnemen.

'Heb je haar nog gesproken?' Ik wil weten waarom hij haar niet heeft verteld dat we de stad uit moeten.

'Niet sinds de laatste keer dat ik haar zag. Al zou ik wat we toen deden geen praten willen noemen. Ze was zó snauwerig.'

'Gaat het wel goed tussen jullie?'

'Ze wilde per se dat we vanavond met z'n allen uit eten zouden gaan bij die Franse tent waar ze me al de hele tijd mee naartoe wil slepen, maar dat is wel het laatste waar ik zin in heb na dat vreselijke weekend.' Zijn kiezen malen op de kauwgom, zijn kaakspieren spannen zich aan. 'Ik stelde voor om lekker een avondje rustig thuis te blijven, alleen wij tweetjes. Maar zij wilde juist graag iedereen weer zien. Alsof ze eenzaam is na continu omringd te zijn geweest door menigtes. Ik snap er niets van.'

'Ik vind het jammer om te horen dat het niet zo goed tussen jullie gaat. Maar zelfs dan zou ik verwachten dat je het haar laat weten als je de stad uit moet en niet zeker weet wanneer je weer thuiskomt. Niet dat je dat aan mij overlaat,' antwoord ik. Hij heeft me dit al vaker geflikt.

'Ze is nu al zo pissig.'

'Waarover?'

'Blijkbaar heb ik haar het hele weekend genegeerd,' antwoordt hij gefrustreerd. 'Terwijl ik haar drie avonden lang op de voet heb gevolgd van gokkast naar gokkast en tijdens haar karaokewedstrijden haar persoonlijke lijfwacht was. Het is niet te geloven hoeveel mensen haar op een drankje wilden trakteren of haar rotzooi toewierpen. Kamersleutels. Geld en opgevouwen briefjes. Een sport-bh.'

'Dat lijkt me heel stressvol. En chaotisch.' Ik kijk naar zijn gespannen gezicht. Mijn zus is voor niemand makkelijk in de omgang. Misschien zijn we dat allemaal wel niet.

'Ik zie hoe gelukkig Dorothy is als ze onder de mensen is.' Marino haalt de kauwgom uit zijn mond en laat hem vallen in de afvalzak die aan de versnellingspook hangt. 'Als iedereen klapt en juicht, is ze "in de wolken", zoals ze het zelf zegt. Vroeger was ze nog in de wolken met mij.'

'Ze houdt er inderdaad van om een publiek te hebben.' Ik ga niet in op wat hij eigenlijk zegt. Ik heb me al te veel met hun liefdesleven bemoeid en weersta de neiging om om meer details te vragen. 'Je weet hoe extravert ze is, dat is ze altijd al geweest. En ja, ze hunkert naar aandacht, maar ook dat is niets nieuws.'

'Het wordt steeds erger, en we kunnen verdomme niet met elkaar praten.' Het hoge woord is eruit. 'We hadden bijna de hele rit naar huis ruzie. Wat heb ik in godsnaam verkeerd gedaan? Hoe heb ik het verpest?'

Hij lijkt oprecht gekwetst en wanhopig. Ik heb die blik eerder gezien; mijn charismatische zus verslijt mannen als Kleenex, zoals onze moeder altijd zei.

'Jij en Dorothy hebben allebei een sterke persoonlijkheid. Het is dus logisch dat jullie van tijd tot tijd botsen.' Ik hoop dat hun relatie niet stukloopt. 'Daarom zeggen ze ook: in voor- en tegenspoed.' Ik maak me al zorgen om hen sinds ze tijdens de pandemie plotseling trouwden.

'Je zei al dat ik haar zou gaan vervelen, en ik ben bang dat je gelijk had,' antwoordt hij.

Ik ben met stomheid geslagen. 'Dat heb ik nooit gezegd of ook maar geïnsinueerd.' Ik kan niet voorkomen dat ik verontwaardigd klink.

Na het Sunoco-tankstation, waar ik vaak stop, slaat Marino ironisch genoeg links af North Quaker Lane op. Dit gesprek is namelijk allesbehalve vredig of pacifistisch.

'Reageer het alsjeblieft niet op mij af,' zeg ik op een rustigere toon. 'Ik wil niet tussen jou en mijn zus komen.'

'Nee, dat snap ik.' Hij zucht geïrriteerd.

'Mensen kunnen gewoon niet altijd even goed met elkaar overweg. En Dorothy is niet de makkelijkste. Maar ze is het wel waard.'

'Niet altijd.' Hij zet de richtingaanwijzer aan, trapt het gaspedaal in en wisselt van rijbaan. 'Onze ruzies zijn niet eerlijk. Ze is altijd stiekem bezig me te manipuleren of plannetjes te maken. Op de momenten dat ik het het minst verwacht, slaat ze toe.'

Ik weet maar al te goed waar hij het over heeft. Al sinds ze klein was, had mijn zus een talent voor gemene grapjes en het kwetsen van anderen. Ze verstopte mijn huiswerk en schoolboeken of mijn schooluniform dat ik de avond van tevoren had klaargelegd. Ze vertelde leugens over me aan de nonnen, leugens die me bleven achtervolgen. Ze plakte andere labels op mijn reageerbuisjes in mijn scheikundeset of zei tegen de stoerste jongen uit de buurt dat ik verliefd op hem was.

'Ik vind het heel jammer dat jullie trip naar Atlantic City niet fijn was en dat je uitgerekend dit weekend de stad uit was,' zeg ik tegen Marino. 'Eerlijk gezegd had ik je graag bij me gehad op de plaats delict bij de Brileys gisteren. Dat was beter voor mij geweest. En voor Fabian. Je weet hoe gevoelig hij is, en de Brileys voelden dat. Ik weet niet of je hem vandaag hebt gezien, maar hij is een emotioneel wrak.'

'Mensen als de Brileys verslinden mensen als Fabian met huid en haar.' Marino neemt de I-395; op dit moment is het niet heel druk. 'Als je je zo kwetsbaar opstelt, ben je een makkelijk doelwit.'

'Dat was precies wat er gebeurde. Ryder Briley was meedogenloos.'

'Hij is veel gevaarlijker dan je zou denken,' zegt Marino. 'Fabian moet ver bij hem en zijn stockholmsyndroomvrouw uit de buurt blijven. Zodra ik vanochtend op kantoor kwam, heb ik meteen flink wat speurwerk verricht in de hoop dingen te vinden die het nieuws niet hebben gehaald. En wat ik heb gevonden is behoorlijk verontrustend.'

Met 'speurwerk verrichten' bedoelt Marino dat hij Lucy's AI-chatbot heeft ingeschakeld. Inmiddels is ze een handige app op onze laptops en telefoons; we hoeven niet langer achter Lucy's computer te zitten als we een antwoord op onze vragen willen. Terwijl hij zijn ogen op de weg houdt, opent Marino de asbak, haalt er een pakje Teaberry-kauwgom uit en biedt me er een aan.

'Nee, bedankt,' antwoord ik.

We rijden langs de golfbaan van de Army Navy Country Club, een glooiende zee van groen gras bezaaid met witte karretjes.

'Ik wilde informatie die je niet makkelijk kunt vinden. Het soort informatie dat Fruge nooit te weten zal komen. En Fabian al helemaal niet.' Marino propt twee reepjes kauwgom in zijn mond; de scherpe pepermuntgeur doet me denken aan mijn jeugd. 'Daarom heb ik Janet gevraagd of ze me alle informatie kon geven die ze te weten kon komen.'

Dat bedoelt hij niet letterlijk. Janet, de partner van mijn nichtje en van wie we allemaal hielden, is overleden. Maar haar AI-avatar die naar haar evenbeeld is gecreëerd, leeft en evolueert voortdurend. Ze is persoonlijk en gebruiksvriendelijk, en pas sinds kort durft Marino haar in te schakelen zonder het eerst aan Lucy te vragen. Iets kan heel snel een gewoonte worden.

'Ik was benieuwd wat Janet kon vinden en vroeg haar te zoeken naar alles wat met Ryder of Piper Briley te maken heeft,' legt Marino uit. 'Niet alleen aangiftes bij de politie waarmee niets gedaan is of shit die er over hen in interviews gezegd wordt, maar alles wat er over hen in de loop der jaren op sociale media of waar dan ook is geplaatst. En wat ik te weten ben gekomen is behoorlijk alarmerend.'

We passeren het winkelcentrum van Pentagon City terwijl Marino me vertelt over een internetjournalist die Mattie Fey heet. Ze heeft zes jaar geleden de politie gebeld toen de Brileys haar lastigvielen over een hek dat ze aan het plaatsen was. Rond diezelfde tijd liep haar hulphond een fentanylvergiftiging op en kort daarna viel Mattie Fey in haar rolstoel van de keldertrap.

'Ze woonde alleen en was al dagen dood toen haar lichaam werd gevonden.' Marino vertelt verder wat de AI-chatbot die we Janet noemen te weten is gekomen. 'En weet je, er werd een hoog gehalte fentanyl in haar bloed aangetroffen, terwijl ze dat normaal gesproken niet nam. Ze werkte vanuit huis en liet de meeste dingen thuis bezorgen. Haar eten ook.'

'Dat maakt haar een makkelijk doelwit,' antwoord ik. 'De dader hoefde alleen maar een korreltje fentanyl toe te voegen aan iets wat ze at of dronk. En voor de zekerheid langs te komen, om als de fentanyl zijn werking niet had gedaan af te maken waaraan hij begonnen was. Zodat het leek alsof ze door een val was overleden.'

'Dat denk ik ook,' zegt hij. We komen in de buurt van Ronald Reagan Washington National Airport. 'Haar huis lag vlak bij Lake d'Evereux, erg afgezonderd.'

'Dat is niet eens in de buurt van het huis van de Brileys,' antwoord ik. Een passagiersvliegtuig vliegt met brullende motoren laag over. 'Ze wonen hier in Alexandria, bij Northridge.'

'Maar in die tijd grensde Mattie Feys land nog aan dat van de Brileys. Ze had aan vrienden verteld dat ze een hek wilde plaatsen omdat ze zulke vreselijke buren had. Luna was toen een jaar oud en haar ouders beweerden dat ze door het bouwlawaai constant moest huilen.' Marino neemt de afslag naar het vliegveld. 'De Brileys verhuisden een paar maanden nadat de journalist van de trap was gevallen naar een ander groot pand.'

'Ik heb nog nooit van deze zaak gehoord. Wat was de conclusie?' vraag ik.

'Een ongeluk. Elvin Reddy twijfelde er niet eens aan.'

'Verbaast me niets. Werden de Brileys ook maar ergens in het rapport genoemd?'

'Nee. En twee jaar later woonden ze in de buurt van Fort Belvoir, waar Riley ruzie met een bestuurder kreeg toen die hem zogenaamd afsneed. Verkeersagressie. Twee dagen later werd de man doodgeschoten toen hij naar zijn brievenbus liep.'

De donkerblauwe Potomac-rivier recht voor ons fonkelt achter de met bomen omzoomde oever. 'En wat was daar de conclusie?' vraag ik.

'Ook een ongeluk. Volgens Elvin Reddy kwam de kogel van een jager. Blijkbaar was er een jachtkamp vlakbij.'

'Dat klinkt inderdaad als iets wat hij zou verzinnen,' antwoord ik. 'Vooral als iemand hem ervan overtuigd had dat dat in zijn belang was.'

Toen ik de voormalige hoofdlijkschouwer verving, wist ik dat zijn nalatenschap rampzalig zou zijn. Door zijn puinhoop werd ik na tientallen jaren weer teruggehaald naar Virginia. Roxane Dare hoopte dat ik alle problemen zou oplossen en ik heb vaak het gevoel dat ik alleen maar Elvins rotzooi aan het opruimen ben, terwijl hij en mijn voormalige secretaresse, Maggie Cutbush, van een afstandje toekijken. Hoewel ik haar vorige zomer ontslagen heb, is ze weer opgedoken als adjunct-directeur van het nutteloze Department of Emergency Prevention (DEP), het ministerie ter Preventie van Noodsituaties, waarvan Elvin nu de leiding heeft. Hun kantoor in het noordelijke district bevindt zich op de bovenste verdieping van mijn gebouw en is een perfect voorbeeld van hoe ik van de regen in de drup ben beland.

Marino volgt Smith Boulevard door het vliegveld terwijl hij om Alaska Airlines en United heen draait. Dan verschijnt het standbeeld van Ronald Reagan rond een bosje bloeiende bomen. Marino kijkt steeds in zijn spiegels; ik voel dat er iets mis is.

'Wat is er?' vraag ik.

'Hebben de Brileys een zilveren Suburban? Ik haat het dat ik geen nummerplaten meer mag opzoeken. Ik word er knettergek van.'

'Ik heb gisteren geen zilveren Suburban bij hen thuis gezien, maar dat wil niet veel zeggen.'

'We worden al een paar minuten door een Suburban gevolgd,' zegt Marino. 'Met een kale man met een baard achter het stuur. Hij komt me bekend voor. En naast hem zit een vrouw met lang blond haar.'

Links voor ons is de kleine terminal waar we Lucy meestal ontmoeten als we met haar meevliegen. Marino rijdt de parkeerplaats op en ik draai me om. De zilveren Suburban heeft ons weer gevolgd.

'Oké, nu vind ik het echt niet leuk meer,' zegt hij.

'Ik ook niet.' In de zijspiegel zie ik dat de auto dicht bij de ingang stopt.

'Blijf zitten.' Marino doet zijn portier open, waarop de bestuurder van de Suburban het zijne opent.

Ik kan mijn ogen niet geloven.

Norm Duffy, de beveiligingsbeambte die ik ontslagen heb, stapt uit. Hij heeft een snor en baard laten staan, draagt een spijkerbroek en veterlaarzen en heeft een losvallend overhemd aan dat waarschijnlijk het wapen verbergt dat hij bij zich heeft. Hij is veel gespierder geworden en zijn kaalgeschoren hoofd zit onder de tatoeages.

'Wat krijgen we nou…?' Marino's hand gaat richting zijn pistool terwijl hij met de andere zijn portier dichtdoet.

Ik doe mijn raampje naar beneden om te kunnen verstaan wat er gezegd wordt. Norm Duffy loopt in onze richting en graait in zijn schoudertas. Hij hoest zachtjes en schraapt zijn keel alsof hij verkouden of allergisch voor iets is.

'Hé, Norm! Waar ben je mee bezig?' Marino verheft zijn stem, zijn hand op zijn pistool.

'Ik ga jullie naaien.' Norm haalt een grote manilla-envelop tevoorschijn en schuift hem door het open raam naar binnen, waarna hij op mijn schoot belandt. 'Fijne dag! Al zal die niet zo fijn zijn als die van mij!' Hij lacht en hoest terwijl hij terugkeert naar de Suburban en weer achter het stuur kruipt.

Marino noteert het kenteken in zijn telefoon terwijl ik uit de auto stap.

'Shit!' roept hij. 'Sorry, Doc. Man, hij mag van geluk spreken dat ik hem niet heb neergeschoten. Verdomme, ik had het bijna gedaan.'

'Ik ben heel blij dat je dat niet hebt gedaan. En je hoeft nergens je excuses voor aan te bieden.' Ik kijk toe hoe Norm Duffy en de vrouw een kortere weg nemen via een parkeerplaats en over een stoeprand Smith Avenue op rijden.

'Ik had hem tegen moeten houden.' Marino staart hen door zijn Ray-Ban-glazen na. 'Wat is hij van plan? Voor wie werkt hij? Laat eens zien.' Hij steekt zijn hand uit.

Samen lopen we naar de achterkant van zijn pick-uptruck. Ik geef hem de envelop, hij scheurt hem open en haalt er een document uit dat gedrukt is op zwaar crèmekleurig papier met een gedetailleerd briefhoofd van een advocatenkantoor in Washington D.C. Marino neemt vlug een aantal pagina's door, terwijl hij zachtjes bromt van verontwaardiging. 'Nou, nu weet ik in elk geval voor wie Norm werkt,' zegt hij. 'Ryder Briley laat weten dat hij jou, je kantoor en de gouverneur aanklaagt en somt de redenen op waarom.'

'Dat komt niet echt als een verrassing. Dat had ik al verwacht.' Ik blijf de spottende blik op Norms gezicht voor me zien toen hij de envelop door het raam naar binnen schoof. Ik kon zijn haat als hitte voelen.

'Hun dochter is nog niet eens vierentwintig uur dood en ze dreigen al mensen voor de rechter te slepen?' zegt Marino.

'En waar beschuldigt hij mij van?'

'Valse beweringen en kleinerende uitspraken die politiek gemotiveerd zijn vanwege je "wederzijds voordelige" relatie met de gouverneur.' Hij stopt het document terug in de envelop. 'En afpersing.'

'Nu ben ik ineens een maffiabaas? Misschien moet ik me gevleid voelen.'

'Het is niet grappig.'

'Zie je mij lachen?'

We pakken onze tassen en spullen en lopen over de stoep naar de ingang van de privéterminal. De rustige lobby staat vol chique meubels, bekleed met chocoladebruin leer. Aan de gelambriseerde muren hangt moderne kunst en midden op de tafels staan prachtige boeketten. Op de granieten aanrechten staan koffie en thee klaar; de kleine koelkasten zijn gevuld met bier, wijn, vitaminewaterflesjes en andere drankjes.

Ik blijf staan voor een muur waaraan doorzichtige plastic bakken vol snoep hangen. Kleine snoepjes met fruitsmaak, pepermuntjes, kauwgom met en zonder suiker, minichocoladerepen en dropjes; maar mijn aandacht wordt getrokken door de felgekleurde chocoladepinda's.

'Het zijn niet echt M&M's, maar ze lijken er wel op.' Ik pak een papieren zakje waarop BRILEY FLIGHT SERVICES staat, waarna ik de koepelcamera aan het plafond opmerk. Ik trek de hendel van de bak omlaag en vul mijn zakje met chocoladepinda's om die in mijn laboratoria te laten onderzoeken, maar doe alsof ik gewoon zin heb in wat snoep. Ik steek er een paar in mijn mond voor het geval er iemand toekijkt.

Marino vult ook een zakje en stopt net een handvol chocoladepinda's in zijn mond als we bij de balie komen, waarachter een oudere vrouw zit. Ze kijkt op van haar computer en schenkt ons een neppe glimlach. Voor haar op haar bureau staat een microfoon waarmee ze UNICOM-oproepen kan beantwoorden van inkomende piloten die om parkeerplaatsen en brandstof vragen.

Ik kijk om me heen of Lucy hier is, maar ik zie haar nergens. 'We hebben afgesproken met een helikopterpiloot die als het goed is net geland is.' Ik geef het staartnummer aan de vrouw aan de balie.

'Ze is net even weg... maar daar is ze weer,' antwoordt ze terwijl Lucy verschijnt aan de andere kant van de glazen deur die naar het platform leidt.

8

Mijn nichtje loopt naar binnen. Haar mond is strak en ik voel haar spanning gonzen als een elektriciteitsleiding. Ze ziet er fantastisch uit in haar zwarte pilotenpak en honkbalpet. Ze heeft een pistool in haar beenholster en een zwarte rugzak om haar schouder. Haar ogen worden aan het zicht onttrokken door een computergestuurde smartbril; de glazen hebben door de zon een donkergroene kleur.

'We zijn bijna klaar om te gaan,' zegt ze tegen Marino en mij.

De vrouw achter de balie geeft Lucy's overheidscreditcard en een bonnetje voor de brandstof terug, die ze in haar penninghoesje stopt. 'Hoe was de rit?' vraagt Lucy ons.

'Fantastisch,' zegt Marino sarcastisch.

'We moeten deze kant op.' Ze wenkt ons mee.

'Waar gaan we heen?' vraagt hij, maar ze vertelt verder niets.

Lucy is lenig en veel sterker dan je zou denken. Haar korte donkerbruine haar heeft roze highlights. Ze lijkt in niets meer op de mollige betweter die toen ze klein was in de vakanties bij me logeerde. Toen was ze nog een roodharige tomboy met een uilenbrilletje en een gezicht vol sproeten. Marino plaagde haar voortdurend en noemde haar Peppermint Patty.

Toen Janet en hun zoon Desi aan het begin van de covidpandemie overleden, verhuisde Lucy naar het gastenverblijf van Benton en mij. Toch zien we haar niet vaak. De laatste keer was vijf dagen geleden, toen ze me vertelde dat er problemen waren met de standalone van de Secret Service. Daarna moest ze naar een trainingscentrum en cyberlab zo'n vijfenzestig kilometer van Old Town, in een afgelegen deel van Maryland.

Haar aanwezigheid daar bleek van pas te komen. Haar helikopter staat op dat terrein en toen de Secret Service werd ingelicht over de verdwijning van Sal Giordano, kon ze meteen in actie komen.

'Laten we hier even naar binnen gaan,' zegt ze. Ze laat ons een lege pilotenlounge in met uitzicht op het platform, waarop privévliegtuigen glanzen in de zon. Lucy sluit de deur achter ons. In het zwakke licht kleuren haar brillenglazen grijs.

'Nu kunnen we veilig praten,' legt ze uit. 'Er hangen hier overal camera's.'

'Ja, die had ik al gezien.' Marino staart uit het raam naar een rode Jet Ranger-helikopter die opstijgt. De uitdrukking op zijn gezicht verraadt hoezeer hij opziet tegen de vlucht.

'Er is ook bewakingsapparatuur die je niet met het blote oog kunt zien, maar ik heb die in deze kamer tijdelijk uitgeschakeld. Ik maak me zorgen over jullie aanvaring net op de parkeerplaats.' Lucy vertelt dat ze de camera's van Briley Flight Service heeft gehackt, en ik denk aan de chocoladepinda's in mijn werktas.

'Ik had niet verwacht dat de Secret Service een terminal van Ryder Briley zou gebruiken,' zegt Marino op een toon alsof hij haar uitdaagt.

'Hij bezit veel privéterminals in Virginia,' zegt Lucy. 'We kunnen bijna niet anders.'

'En nu gaan we naar een themapark van dezelfde klootzak. Ik vertrouw het voor geen meter.' Marino overhandigt haar de manilla-envelop van Ryder Briley.

'Ik heb inmiddels wel geleerd om geen enkele plek te vertrouwen en ga er altijd van uit dat ik door iemand in de gaten word gehouden. Maar misschien houden wij hem net zo goed in de gaten als hij ons.' Lucy haalt het document uit de envelop. 'Hij is in de aanval en probeert dus blijkbaar iets te verbergen. Wanneer hadden jullie door dat jullie gevolgd werden?'

'Toen we op het vliegveld waren dook er plotseling een zilverkleurige Suburban achter ons op,' zegt Marino. 'Ik kon het kenteken natuurlijk niet natrekken, maar ik gok dat hij niet op naam staat van Norm Duffy.'

'De SUV is van Briley Enterprises. Nadat jij Norm in november had ontslagen, kwam hij daar een paar weken later in dienst,' zegt Lucy tegen me.

'Wist je dat al?' vraagt Marino haar. 'Die eikel laat de Doc bijna doodgaan en duikt nu weer doodleuk op in ons leven?'

'Nee, ik wist het niet,' zegt Lucy. 'De vrouw die bij hem was heet Mira Tang, een beveiligingsbeambte van zesendertig. Ze is vijf jaar geleden veroordeeld voor fraude en belastingontduiking en heeft achttien maanden in de vrouwengevangenis bij Richmond gezeten. Sinds ze vrij is werkt ze voor de beveiliging van Briley. Haar strafblad maakt haar kwetsbaar voor manipulatie.'

'Dat weet je allemaal door een kentekenplaat na te trekken?' vraagt Marino aan Lucy.

'Nee, door gezichtsherkenningstechnologie.'

'Jezus, weet jouw mooie computerbril nog meer dingen die wij niet weten?'

'Ga ervan uit dat anderen meekijken. Want dat doen ze,' antwoordt Lucy. 'Ryder Briley zeker, en het staat buiten kijf dat hij getipt is. Wees dus voorzichtig met wat je buiten deze kamer zegt. Als je nog naar de wc moet, doe het dan nu. De toiletten in het pretpark zijn al jaren niet meer in gebruik. Er is me verteld dat er geen stromend water is en dat er ratten rondlopen zo groot als katten.'

'Heeft niemand je verteld dat dit een heel slecht idee is?' zegt Marino terwijl hij de deur opent. 'Heb je het weerbericht soms nog niet gezien?'

'Nee, maar je hoeft je nergens zorgen over te maken, tenzij we hier tijd verspillen met bekvechten.' Lucy laat zich niet door hem op stang jagen.

'Ik ga naar de wc.' Hij stampt de pilotenlounge uit.

'Gaat het?' Ze kijkt me aan.

'Ik probeer me te richten op wat nu belangrijk is,' antwoord ik, maar ze kan de pijn in mijn ogen zien.

'Ik kende Sal, maar niet zoals jij hem kende.' Ze weet dat we oude vrienden waren, maar ik heb haar nooit alles verteld.

'Je lijkt in je uppie te zijn.' Ik verander van gespreksonderwerp. 'Waar is Tron?'

'Nog op de plaats delict om toezicht te houden,' zegt ze over haar onderzoekspartner. 'Ze vliegt met ons mee terug.'

'Waarheen?' Ik hoop dat Lucy onthult waar ik sectie moet gaan verrichten.

'Heb je Benton gesproken?'

'Ja.'

'Dan weet je dat ik het je niet kan vertellen.' Ze hapt niet toe. 'Maar voorlopig mag jij de copiloot zijn.'

Dat houdt in dat ik in de linkerstoel zit en help met de avionica, wat ik al doe sinds ze als een tiener vlieglessen nam. Verdere training heb ik niet gehad, zeker niet in het helikopterbeest waarin ze tegenwoordig vliegt. Toch denk ik dat ik in een noodsituatie met wat hulp wel veilig zou kunnen landen. Maar het zou geen mooie landing zijn.

Marino komt terug van het toilet en pakt de twee pd-koffers op. De vrouw van de receptie doet de deur open die naar het platform leidt.

Buiten prikken de dampen van de vliegtuigbrandstof in mijn ogen, die beginnen te tranen. We lopen voorzichtig langs rijen privéjets en propellervliegtuigen en proberen niet te struikelen over bevestigingshaken en touwen.

Een vluchtbewaker in een reflecterend oranje vest wijst een King Air, die over het vliegveld taxiet, de weg. De turbinemotoren brullen luid. In een afgelegen hoek staat de zwarte tweemotorige helikopter van de Secret Service, ook wel de Doomsday Bird genoemd. De helikopter heeft AI-ondersteuning, een breed landingsgestel en ingebouwde geweren. Onder de romp zit een radarkoepel met speciale beeldsystemen.

'Ik hoop dat je weet wat je doet.' Marino praat vaak tegen Lucy alsof ze een kind is. 'Het kan me niet schelen wat die computers zeggen, ik zie die storm met mijn eigen ogen aankomen. En ik heb geen kunstmatige intelligentie nodig om te weten dat het echt stom is om nu te gaan vliegen.'

'Ik zou jou of iemand anders nooit in gevaar brengen.' De glazen van Lucy's computergestuurde bril zijn weer donker.

De wind trekt aan als we bij de Doomsday Bird aankomen. De zwarte verf lijkt het zonlicht te absorberen en de vier hoofdrotorbladen buigen sierlijk naar de grond. Op de flanken staan vreemde geometrische figuren die symbolen van een oude taal zouden kunnen zijn. Lucy heeft me uitgelegd dat die tekens een soort onzichtbaarheidscamouflage zijn. Ze schakelen radar- en andere sensoren uit door het licht in ongewone patronen te weerkaatsen.

'Wil je soms dat we door de bliksem worden getroffen? Want dat kan zomaar gebeuren. En dan heb ik het nog niet eens over de mist en windschering in de bergen. En stel dat het gaat hagelen? Moet je je de schade eens voorstellen.' Marino begint aan een litanie van bezwaren.

Lucy opent het bagageruim. 'Het komt wel goed.' Ze helpt hem de pd-koffers binnen te zetten.

'O ja? Heb je soms een bijzonder systeem dat ons beschermt tegen bliksem?'

'De bliksem zal niet inslaan.' Ze pakt mijn koffers en legt ze in het ruim.

'Hoezo niet?' Hij kijkt haar kwaad aan. 'Ben je soms zo'n goede piloot dat je bliksem kunt ontwijken?'

'Ja.'

Mopperend en foeterend stapt hij in de achterste cabine; door zijn gewicht schommelt de helikopter. Hij neemt plaats in een van de twee naar voren gerichte stoelen, die met Nomex bekleed zijn; het plafond en de vloer zijn bedekt met hetzelfde zilverachtige brandvertragende materiaal. De stoelen die ertegenover stonden zijn verwijderd, zodat er ruimte is voor een brancard.

Lucy en ik stappen op het landingsgestel en gaan in de hete, benauwde cockpit zitten. We laten onze deuren nog even open om een koel briesje binnen te laten en doen onze vierpuntsgordels om. Lucy bindt een kniehouder om haar been en noteert de tijd, de hoeveelheid brandstof en andere informatie. Terwijl ze de checklist afvinkt, drukt ze op knoppen en zet ze schakelaars om. Verschillende beeldschermen knipperen aan.

Een computerstem neemt met haar de testen van de automatische piloot, de hydraulica en andere systemen door. Als ze de accu aanzet, gaan de alarmen aan. We zetten onze koptelefoons op en verstellen de microfoons.

'Ben je er klaar voor?' vraagt Lucy aan Marino. Waarschijnlijk wordt hij daar in de achterste cabine overmand door angst.

'Zo goed als.' Zijn sombere stem klinkt luid in mijn headset; ik zet het volume zachter.

'Terwijl ik opstart en de radio inschakel, is de intercom alleen beschikbaar voor de crew voorin,' zegt Lucy tegen hem. 'Maar ik kan je wel op het scherm zien. Als er iets is moet je zwaaien.'

'Ik zal mijn twee middelvingers naar je opsteken.'

'En anders moet je op de rode knop van je microfoon drukken,' zegt Lucy in alle ernst. 'Dan krijgen we een waarschuwing. Goed, vanaf nu kun jij ons en wij jou niet meer horen.'

'Maak je verdomme geen zorgen, ik heb toch geen zin om te praten–'

Lucy onderbreekt Marino door de intercomschakelaar om te zetten; we kunnen hem niet meer horen. De rotorbladen komen met een brul tot leven. Daarna gaan de tweede motor en de generator aan. Lucy vraagt of ik de frequentie voor ATIS, de automatische weerdienst, kan instellen. De robotstem waarschuwt ons voor zware regenval, harde wind en slecht zicht tijdens onze vlucht van het westen naar het oosten.

'Niner-Zulu is klaar voor vertrek met ATIS,' geeft Lucy aan de toren door.

'Stand-by.'

'Het is druk, er is veel verkeer nu,' zegt ze tegen me. De rotorbladen dreunen en er klinken oproepen op de radio van piloten die willen landen of willen opstijgen. 'Maar zodra we hier weg zijn zal het veel rustiger zijn, zeker gezien de weersvoorspelling die we net gehoord hebben.'

'Ik hoop dat Marino het een beetje trekt,' antwoord ik. De zon brandt door de voorruit.

'Die angsten van hem... Hoe minder controle hij voelt, hoe erger ze worden.'

'Daarom rijzen ze de pan uit nu je moeder bang is voor gestoorde fans die haar lastigvallen en stalken.' Ik verplaats mijn microfoon zodat hij mijn onderlip raakt. 'Ik wist niet dat het zo erg was.'

'Die trollen zijn inderdaad heel vervelend. Maar ik geloof niet dat een van hen, toen ze vorige maand bij de nagelsalon was, in haar auto heeft ingebroken om haar sporttas te pakken, zoals ze beweert. En er is geen bewijs dat ze gestalkt wordt.'

'En dat witte busje dan?' vraag ik. 'Ze vertelde dat ze, toen ze vorige week naar Target reed, het gevoel had dat iemand haar volgde. Ook toen ze aan het fietsen was op de Mount Vernon Trail.'

'Het busje had geen nummerplaat, waardoor ik het kenteken niet kon natrekken. En er zijn heel veel fietsers op de Mount Vernon Trail.' Lucy kijkt me nauwelijks aan terwijl ze praat, maar houdt in plaats daarvan alles wat er achter de cockpitramen gebeurt in de gaten. 'Niet dat ik mam niet serieus neem. Maar het kan ook onbewuste aandachttrekkerij zijn.'

'Jij weet net zo goed als ik dat dat helemaal niet onbewust is of ooit is geweest, Lucy.' Ik kijk toe hoe een Piper Cub opstart; de propeller sputtert en draait, en doet me denken aan een speelgoedvliegtuigje dat je moet opwinden.

'Hoe meer aandacht ze krijgt, hoe meer ze nodig heeft.'

'Dat is meestal zo met verslavingen.'

'Door met vreemden om te gaan speelt ze met vuur.' Lucy begint ongeduldig te worden terwijl we wachten tot de toren weer van zich laat horen. De rotorbladen dreunen. 'Sinds kort maakt ze posts over hoe gevaarlijk de wereld is voor bekende mensen zoals zij. Dat brengt mafkezen alleen maar op ideeën. En zoals je je kunt voorstellen, zit het Marino niet echt lekker.'

'Het zit mij ook niet lekker nu ik de details hoor.' Ik volg mijn zus niet op Facebook, TikTok, Twitter, dat nu X heet, of welk socialemediaplatform dan ook. Meestal weet ik niet wat ze post.

'Dit slaat nergens op.' Lucy staart naar de verkeerstoren, die als een olympische fakkel boven het vliegveld uitsteekt. 'Weet je hoeveel brandstof we verspillen door hier te wachten? Zes minuten nu al. We hebben net twaalf liter verbruikt – ongeveer honderd dollar van de belastingbetalers weggegooid.'

'Ze zouden inderdaad wel wat meegaander kunnen zijn,' zeg ik, 'omdat ze weten dat je een wetshandhaver bent.'

'Hangt ervan af wie je treft.' Lucy knijpt met haar wijsvinger in de radioschakelaar van de cyclische stuurknuppel, die door de meesten 'stick' genoemd wordt. 'Helikopter Niner-Zulu staat klaar op het platform,' brengt ze de luchtverkeersleiding in herinnering.

'Niner-Zulu, wat is uw verzoek?' klinkt het na een lange stilte.

'Ik wil graag vertrekken van onze huidige positie in een koers van honderdtachtig graden.'

'Niner-Zulu. Code één-zes-drie.'

'Code één-zes-drie,' antwoordt Lucy terwijl ik de nummers invoer op de transponder, zodat we zichtbaar worden op de radar.

'Identificeer uzelf.'

'Aan het identificeren,' zegt Lucy, en ik druk op de identificeerknop.

'U hebt toestemming om van uw huidige positie te vertrekken op een negen-nul-koers. Blijf te allen tijde uit de buurt van de landingsbanen.'

9

Lucy zet de gashendels open, waarna de rotorbladen sneller en luider draaien. Ze trekt de algemene-spoedhendel omhoog en laat het vermogen toenemen. Haar voeten staan op de pedalen, haar vingers houden de cyclische stuurknuppel in bedwang. Ik voel hoe de helikopter licht op het landingsgestel komt te staan. Daarna komen we los van de grond en vliegen we over parkeerplaatsen en stijgen uit boven het verkeer op de George Washington Memorial Parkway.

We maken een bocht langs de kustlijn en steken een brede rotsachtige beek over die de Four Mile Run heet en uitmondt in de Potomac; de zon staat hoog aan de hemel en schittert op het gerimpelde water. Omdat we op een hoogte van honderd voet naar het zuiden vliegen, blijven we ver uit de buurt van landende en opstijgende vliegtuigen.

'Verkeer! Verkeer...!' Het Traffic Collision Avoidance System (TCAS) blijft maar afgaan. Het schalt in onze koptelefoons terwijl Lucy verontrustend dicht bij de grond de Potomac-rivier onder ons volgt. De luchtstroom van de rotorbladen blaast het water in golfjes. Ik zie een geel bootkussen dat iemand verloren heeft, een dobberende plastic fles, de verschillende blauwe schaduwen van de bomen langs de oever die in het water weerspiegeld worden.

'Verkeer! Verkeer...!' De computerwaarschuwingen gaan maar door, maar gelukkig heeft Marino daar geen weet van. Door het tussenschot tussen de cockpit en de cabine kan hij ons niet horen of zien. Ik zie hem in gedachten voor me in zijn zilverkleurige brandveilige stoel, met dichtgeknepen ogen en gebalde vuisten, zijn kaken malend op een kauwtablet tegen reisziekte.

'Verkeer! Verkeer...!'

Ongetwijfeld heeft hij een kotszakje in zijn handen en haalt hij diep adem, terwijl hij probeert niet in paniek te raken. Het is vreselijk om je zo te voelen. Ik had hem graag afgeleid met grapjes of hem gerustgesteld, maar ik kan niet op hem inpraten zoals vanmorgen bij Fabian.

'Verkeer! Verkeer...!'

In de glazen cockpit knipperen rode lichtjes, die laten zien hoe ver andere vliegtuigen van ons verwijderd zijn. Hoe verder we het vliegveld achter ons laten, hoe minder waarschuwingen we krijgen. We kronkelen boven de Washington Sailing Marina en dan boven Daingerfield Island. Op de rivier varen tientallen boten, hun zeilen opgetrokken als witte messen tegen het blauwe water; het lijkt wel een schilderij. Passagiers op elkaar passerende watertaxi's kijken omhoog naar de Doomsday Bird; ze wijzen en maken foto's.

Als we de historische wijk van Alexandria naderen, zie ik het George Washington Masonic National Memorial wit boven de horizon schitteren, als een majestueus tabernakel. Je kunt overal in Old Town altijd het kolossale granieten museum zien; ik gebruik het vaak om mijn weg te vinden. Maar ik begrijp niet waarom we nu deze kant op gaan.

'Waar gaan we heen? Neem je een omweg?' vraag ik Lucy.

'Ik moet even iets controleren.' Ze heeft haar blik strak op de voorruit gericht, haar handen liggen soepel op de stuurknuppel. 'En ik laat weten dat we hier zijn.'

'Aan wie?'

'Je weet maar nooit wie er meekijkt.' In mijn headset hoor ik haar kalme stem en de grond onder ons ruisen. 'Zei Sal toen je hem gisteren sprak iets over een plan om ergens onderweg naar Green Bank te stoppen?'

'Nee, hij wilde aan één stuk door rijden en alleen een korte pitstop maken. We hebben misschien een kwartiertje op zijn oprit gekletst. Toen ging ik ervandoor en hij reed achter me aan. Een paar uur later belde hij.' Nu herinner ik me weer mijn slechte voorgevoel.

Hoe verloopt de reis? Gaat alles goed? vroeg ik hem meteen, bang dat er iets mis was.

Ik wilde je nogmaals bedanken dat je langskwam, amore. Hij klonk melancholisch, misschien verdrietig; onze verbinding was slecht. *Doordat ik jou ken, voel ik me een van de rijkste mensen van de wereld.*

'Ik vroeg hem waar hij was, en hij zei dat hij gestopt was in Weyers Cave om te tanken en koffie te drinken,' vertel ik Lucy. 'Dat was de laatste keer dat ik hem sprak.'

'Hoe laat was het toen?' Ze stuurt de helikopter langs de kustlijn en ik vang tussen de bomen een glimp op van de Mount Vernon Trail.

'Halftwee, of iets later.'

'Had je het gevoel dat hij om nog een andere reden in Weyers Cave was gestopt? Leek er iets vreemds aan de hand?'

'Er is me niets opgevallen, behalve dat het niets voor hem was om zomaar te bellen,' antwoord ik, maar dat is niet helemaal waar. Lang geleden, in een ander leven, belde hij me altijd zomaar – ik hem ook. Maar Lucy hoeft dat niet te weten. Ze was toen nog maar een kind. 'Maar achteraf vraag ik me af of hij een voorgevoel had dat hem iets zou overkomen,' voeg ik eraan toe. 'Of misschien was hij gewoon emotioneel omdat hij net zestig was geworden. We zullen het waarschijnlijk nooit te weten komen.'

'En na die pitstop ging hij rechtstreeks naar Green Bank?' klinkt Lucy's stem in mijn headset.

'Dat idee kreeg ik wel.'

'We snappen niet waarom hij er zo lang over deed, uren langer dan nodig is. Dat roept helaas veel vragen op.' Ze zegt dit op een onheilspellende toon.

We minderen vaart als we onze buurt, Old Town, bereiken. Beneden ons zijn de smalle koloniale straatjes en de oude huizen die perfect bewaard zijn gebleven. Mijn huis ligt iets verderop; de twee hoge bakstenen schoorstenen van het landhuis steken boven dichte bladerdaken uit. De roze kersenbomen en kornoeljes steken af tegen het felgroen, de fruitbomen zijn besneeuwd met bloesem.

Dan verschijnt de villa van Sal achter hoge evergreens, op een klif dat uitkijkt over de Potomac. Het witgekalkte stucwerk wordt bekroond door een iglo-achtig observatorium en is omringd door een terras met kleine bloeiende bomen, plantenbakken met struiken, een houten tafel en twee stoelen. Daar zat hij ongetwijfeld op donkere heldere avonden.

Ik vraag me af of hij dan ook een fles wijn bij zich had en dronk terwijl hij door zijn telescoop keek, net zoals wij die zomer in Rome deden. Ik vraag me af of hij aan onze relatie dacht. Ik namelijk wel, ook al geef ik het niet graag toe. Ik kan me zijn herinneringen aan mij maar al te goed voorstellen en ik voel het schuldgevoel weer op mijn schouders drukken. Want ik voelde dat hem iets dwarszat toen we op zijn oprit stonden te kletsen en vroeg er toch niet naar.

Lucy vliegt langzaam laag over de voormalige stal die nu een garage is en vervolgens over het koetshuis dat is omgebouwd tot gastenverblijf. Vanuit de lucht lijken de tuinen ingewikkelde mozaïeken in levendige kleuren. Het zwembad schittert als een geslepen saffier te midden van fuchsiakleurige kersenbomen.

Sal heeft me de geschiedenis van het huis verteld, want hij had grondig onderzoek gedaan voordat hij besloot het te kopen. Een rijke Italiaanse scheepsbouwer ontwierp het oorspronkelijke landgoed van acht hectare rond 1900 en noemde het Porto Sicuro, 'veilige haven'. In de zomer dat Sal en ik samen in Rome waren, dacht hij erover om het landgoed te kopen. Het lag vlak bij Washington D.C., en er was niets vergelijkbaars beschikbaar.

Hij liet me foto's zien van muren vol vochtplekken, verrot hout, lekkende daken en ramen. Maar het geraamte van het huis en het uitzicht waren geweldig en ik zei tegen hem dat als hij van Porto Sicuro zou houden, het ook van hem zou houden.

Terwijl Lucy langzaam rondjes draait, kijk ik naar de geplaveide oprijlaan die door tulpenpopulieren, blauwe ceders, ginkgo's en andere eeuwenoude bomen loopt. Het sierlijke ijzeren hek is versperd met pylonen en zaagbokken, en er staat een zwarte SUV net achter het hek geparkeerd. Een andere SUV staat tussen het huis en de garage. Vanaf deze hoogte lijken het net speelgoedautootjes.

'Die zijn van jullie, neem ik aan?' Ik zie twee mensen naar ons omhoogstaren, een hand boven hun ogen tegen de zon.

'Ja,' zegt Lucy. We vliegen verder in de richting van de rivier en de agenten verdwijnen uit het zicht. 'Toen Sal als vermist werd opgegeven, hebben we zijn huis meteen laten surveilleren. Voorlopig mag niemand het huis of de bijgebouwen in. Het moet eerst veilig zijn. En we mogen zijn huis niet overhoophalen voordat het lichaam geïdentificeerd is.'

'Ja, dan zou hij van een koude kermis thuiskomen als hij binnenloopt,' antwoord ik. O, kon dat maar...

Ik herken de Torpedo-fabriek die onder ons door raast, een voormalige munitiefabriek die nu een kunstcentrum is en op een leuke fietstocht van ons huis ligt. Daarna volgen de bruisende winkels en restaurantjes aan het water waar Benton en ik heen gaan als we tijd hebben.

'Was er nog iemand bij Sal toen je hem gisteren sprak?' We komen in de buurt van de Woodrow Wilson-ophaalbrug over de rivier, en Lucy stuurt de helikopter landinwaarts. 'Heb je iets gezien wat erop wijst dat er iemand in zijn huis of op zijn land is geweest?'

'Toen ik aankwam, reed er net een busje van een bloemist de oprit af,' antwoord ik. 'Daar stond ik niet echt bij stil, omdat het Sals verjaardag was. Verder heb ik niemand gezien.'

'Hoe gedroeg hij zich toen je bij hem was?'

'Hij was afwezig,' antwoord ik. 'Een beetje somber, eigenlijk.'

'Weet je zeker dat zijn zestigste verjaardag het enige was wat hem dwarszat?'

'Nee, dat weet ik niet zeker. En ik had ernaar moeten vragen. Er zijn veel dingen die ik hem had moeten vragen, maar dat heb ik niet gedaan.'

'Je moet je niet schuldig voelen,' zegt Lucy nuchter. 'Dat is wijsheid achteraf. Je had niets kunnen doen om zijn dood te voorkomen, tenzij je Sal zelf hebt ontvoerd en vermoord.'

In gedachten zie ik hem weer op zijn oprit staan. We kletsten in het zonlicht, omringd door bloemen bedekt door groengele pollen. Hij was zijn pick-uptruck aan het inpakken, klaar om te vertrekken naar West-Virginia.

'*Dove è finito il tempo, amore?* Waar is de tijd gebleven, liefste?' vroeg hij toen ik hem het mandje met cadeautjes gaf en hem feliciteerde met zijn verjaardag.

'Wist hij dat je gisteren langs zou komen? Had je het hem van tevoren laten weten?' Lucy draait de Doomsday Bird in een westelijke koers.

'Ja,' antwoord ik. 'Ik stond om elf uur op de stoep met een mandje vol Italiaanse kazen, olijfolie, een fles rode wijn uit Toscane en een zelfgebakken ciabatta. Voor onderweg.'

'Heb je een appje of een e-mail waaruit blijkt dat je langs zou komen?'

'Ja, een appje. Meerdere zelfs. Hoezo?'

'Wanneer heb je die appjes verstuurd?' Ze raast over een veld waarop kinderen aan het voetballen zijn; ze staken hun spel om naar boven te staren.

'De avond ervoor.' Ik scrol door de berichten op mijn telefoon. 'We hebben zondagavond tussen zes en halfzeven geappt toen ik thuis aan het koken was.'

'Wie stuurde als eerste een berichtje?'

'Ik.'

'Waarom?'

'Om te vragen of ik de dag daarna langs kon komen om hem een cadeautje te geven,' antwoord ik. 'En dat Benton en ik hem, als hij terug was van zijn trip, wilden uitnodigen om alsnog zijn verjaardag te vieren.'

'Dat heb je geappt?'

'Ja,' herhaal ik. 'Word ik soms ergens van verdacht?' Het is niet eens echt een grapje.

'Omdat je hem goed kende, zul je veel vragen krijgen,' zegt Lucy terwijl we over een weiland met kleurrijke wilde bloemen vliegen. 'Je kunt er maar beter alvast aan wennen.'

'Ik zal ze zo goed mogelijk beantwoorden.' Dit staat me niet bepaald aan.

'Kun je me iets meer vertellen over het busje van de bloemist?' zegt Lucy terwijl ze haar instrumenten scant.

'De chauffeur droeg een donkere bril, een zwarte honkbalpet en een zwart mondkapje,' beschrijf ik. 'Ik weet niet of het een man of een vrouw was, maar ik moest aan de kant gaan staan om het busje te laten passeren. Achteraf gezien was de bestuurder misschien wat onbeleefd.'

'Kun je het busje beschrijven?'

'Wit zonder ramen.' Ik krijg een onheilspellend gevoel. Wie ben ik op de oprit van Sal tegengekomen? Wie was het echt? 'Het had een rek op het dak en een logo met een Betsy Ross-vlag en hun naam, First Family Florists. Ik heb trouwens nog nooit van hen gehoord.'

'Omdat er geen bloemist is met die naam.' Lucy's smartbril beantwoordt vragen zonder dat ze gesteld hoeven te worden. 'Had Sal het over het boeket? Want dat heeft het busje vast bezorgd.'

'Hij vertelde me dat hij net zestig lange witte rozen had gekregen.'

'Wauw. Dat is geen goedkoop cadeau,' zegt Lucy. 'De afzender wist blijkbaar dat hij zestig werd. Maar het is natuurlijk ook niet echt moeilijk om die informatie of zijn adres te achterhalen.'

'Hij vertelde me dat ze in een prachtige Italiaanse keramieken vaas zaten, waarop met de hand een pastoraal tafereel was geschilderd. Op het kaartje stond *Sal* en de naam van de bloemist, die volgens jou niet blijkt te bestaan.'

'Wist hij wie de rozen had gestuurd?'

We steken de Capital Beltway over. Verkeerslinten kronkelen langs hotels, appartementencomplexen en parkeerplaatsen als een treurig Monopoly-bord.

'Hij vond ze prachtig en dacht dat ik ze gestuurd had.' Ik zie in gedachten zijn gezicht weer oplichten. 'Maar ze waren natuurlijk niet van mij. Ze waren heel mooi, maar ik zou nooit witte rozen sturen, omdat ik die met begrafenissen associeer.'

'Misschien was dat wel de bedoeling,' zegt Lucy. Een misselijkmakende gedachte.

'Ik had Sal er meer naar moeten vragen of even naar binnen moeten gaan om de rozen zelf te bekijken, maar het kwam niet in me op. Hij stond op het punt te vertrekken naar West-Virginia en ik kon ook niet lang blijven.'

'We moeten meer voorzorgsmaatregelen nemen,' besluit Lucy. Ze belt het hoofdkwartier van de Secret Service over de neppe First Family Florists; ik kan het gesprek horen in mijn headset. Lucy vertelt aan een agent met een rustige diepe stem dat iemand die zich voordeed als een bezorger gisteren op Sal Giordiano's stoep stond. 'Ik wil zeker weten dat de grote vaas met witte rozen geen boobytrap is,' zegt ze. 'We moeten ervoor zorgen dat eventuele explosieven of andere gevaarlijke dingen onschadelijk worden gemaakt voordat de onderzoekers het huis binnengaan...'

De Doomsday Bird volgt de I-495 in westelijke richting. Links en rechts zijn bomen, in de verte een blauwgrijs waas van bergen. De storm stijgt als een donkere muur boven ze op.

'Denk je dat iemand al Sals huis is binnengedrongen voordat wij ter plaatse waren?' vraag ik.

'We weten dat het alarm aanstaat sinds hij het gisteren activeerde toen hij naar West-Virginia vertrok.' Lucy kijkt naar een roodstaarthavik die voorbijvliegt. Op een verlichte weerkaart knippert een waarschuwing voor zwaar weer.

'Ja, dat heb ik hem zien doen,' beaam ik.

'In een perfecte wereld hadden we zijn huis vanaf dat moment in de gaten gehouden. Maar we konden natuurlijk niet weten dat hij ontvoerd en vermoord zou worden. Tegen de tijd dat we vanmorgen te horen kregen dat hij vermist werd, had iedereen die zijn huis binnen wilde dringen daarvoor ruim de tijd gehad.'

'Als we aannemen dat hij ontvoerd werd nadat hij gisteravond rond halfnegen of negen uur de Red Caboose verliet, duurde het tien of elf uur voordat iemand hem als vermist opgaf,' vertel ik haar. 'Dat is inderdaad flink wat tijd. Je maakt je dus zorgen dat er iemand bij hem zal inbreken.'

'Ik hoop dat het nog niet gebeurd is,' antwoordt Lucy. 'En ik maak me zorgen over sabotage, verstopte bommen, vergif en wie weet wat nog meer. Volgens zijn beveiligingsbedrijf is het alarmsysteem verouderd; er zijn geen sensoren die gebroken glas of beweging oppikken. Hij heeft alleen een camera boven de voordeur hangen, maar die houdt iemand die zo slim is als onze dader niet tegen.'

'Waarom zou iemand willen inbreken?'

'Omdat ze naar iets op zoek zijn.'

'Naar wat?' vraag ik.

'Informatie, denk ik. Die je kunt krijgen door elektronische apparaten te stelen, bijvoorbeeld.'

'Ik heb hem zo vaak de les gelezen over zijn veiligheid en beveiliging,' zeg ik.

'Wij ook.' Ze doelt op de Secret Service. 'Hij reed in zijn eentje in zijn oude pick-uptruck naar het Witte Huis of Camp David, alsof hij helemaal geen Nobelprijswinnaar en vertrouweling van de president was.'

'Hij deed waar hij zin in had en negeerde alle negatieve dingen in het leven, zoals mensen die hem pijn wilden doen.' Het wordt steeds makkelijker om over hem in de verleden tijd te praten; het besef daalt langzaam in en verstevigt zijn greep.

10

Lucy meerdert vaart, voorbij de 155 knopen, bijna 290 kilometer per uur. We naderen de slagvelden van de Burgeroorlog in Manassas, uitgestrekte glooiende groene velden bezaaid met kanonnen en monumenten omringd door houten hekken. Op de paden die erdoorheen slingeren lopen toeristen die het er nog van nemen voordat het weer zal omslaan.

'Verwacht je dat iemand in het bijzonder inbreekt in Porto Sicuro?' Ik bestudeer de donkere wolken boven de bergen. De wind waait harder.

'Zijn ontvoerder was ergens op uit,' antwoordt Lucy. 'Hij wilde hem niet alleen vermoorden, want dan hadden we hem wel in zijn pick-uptruck aangetroffen met een kogel in zijn hoofd. In plaats van naakt midden in een pretpark nadat hij ergens de hele nacht was opgesloten.'

'Je bedoelt iets anders dan de wachtwoorden voor belangrijke faciliteiten zoals Green Bank?' vraag ik.

'En die van de enorme radiotelescopen in Sugar Grove, die, zoals je weet, de acties van Rusland en andere vijanden nauwlettend in het oog houden,' voegt ze eraan toe.

'Sal onthield wachtwoorden en andere geheime informatie zonder die te hoeven opschrijven,' antwoord ik terwijl we over een school vliegen. 'Dat wist iedereen die hem kende.'

'De wachtwoorden waar we het over hebben worden gecreëerd door geweldig geavanceerde cryptologie die constant verandert,' antwoordt Lucy. 'Zelfs als Sal de meest recente uit zijn hoofd wist, zou je er nog niets aan hebben. Je krijgt het actuele wachtwoord pas als je in de controlekamer van het observatorium bent. Zodra je naar buiten stapt, wordt het wachtwoord weer veranderd.'

Maar dat wil niet zeggen dat Sal geen toegang tot waardevolle informatie had, voegt ze eraan toe. Als die in de verkeerde handen zou vallen, zouden beveiligingsprocedures makkelijker gehackt kunnen worden. Hij kende ook mensen van de inlichtingendienst en had undercoveragenten kunnen ontmaskeren. 'En dat is onze vijanden veel waard,' legt Lucy uit.

'Zou het kunnen dat zijn ontvoerder deze informatie in handen heeft gekregen?' Ik denk dat Sal zich niets ergers had kunnen voorstellen; hij zou hoogstwaarschijnlijk niet meewerken.

'Dat weet ik niet zeker, maar tot nu toe lijkt dat niet het geval,' zegt Lucy. 'Green Bank, Sugar Grove en andere faciliteiten hebben al extra veiligheidsmaatregelen genomen. Toen we wisten dat Sal ontvoerd was, hebben we bepaalde agenten van de inlichtingendienst meteen gewaarschuwd.'

'Ik wist niet dat hij in Sugar Grove werkte,' antwoord ik. 'Hij vertelde me over onderzoeksprojecten in Green Bank, maar niet over de NSA-basis.'

De enorme radiotelescopen bevinden zich op minder dan tachtig kilometer afstand van elkaar en zijn van cruciaal belang voor de wereldwijde veiligheid, maar de NSA zoekt niet naar zwarte gaten, asteroïden en tekenen van leven in het heelal. Hun missie is om alle elektronische transmissies te onderscheppen aan de oostkant van de VS. Met andere woorden: om te spioneren. Voornamelijk op Rusland en andere vijandige naties, maar ook op Amerikanen.

'Sal heeft het nooit over Sugar Grove gehad,' vertel ik Lucy.

'Hij zou dat ook nooit met jou of anderen bespreken,' zegt Lucy.

We volgen nu de I-66, met onder ons alleen nog maar landbouwgrond. Ik voel dat de wind toeneemt en ons af en toe naar één kant blaast, en ik vraag aan Lucy hoe het met Marino gaat. Met haar smartbril kan ze de camerabeelden van hem zien.

'Hij heeft zijn koptelefoon afgedaan, zijn ogen gesloten en de armleuningen vastgegrepen,' meldt ze. 'Net zoals de laatste keer toen ik keek hoe het met hem ging.'

'Voor zover ik weet is Green Bank niet actief bezig met spionage, maar Sugar Grove wel,' vervolg ik ons gesprek. 'En dat brengt me op de Russen.'

Ik kijk naar Lucy, op zoek naar een teken dat zij ook denkt aan de vijand met wie we nog niet zo lang geleden een aanvaring hadden en die ons altijd angst inboezemt. Een duivel zo oud als het kwaad zelf. Iemand die ik zou uitroeien als ik daartoe de kans zou krijgen, maar ik probeer die duistere gedachten niet toe te laten. Daarmee geef je alleen maar je macht uit handen, maar Carrie Grethen heeft die macht al door gewoon te bestaan.

De internationaal gezochte crimineel, misschien wel een van de gevaarlijkste psychopaten met wie ik ooit te maken heb gehad, is weer in mijn leven opgedoken. Sinds ik in het begin van mijn carrière voor het eerst werd geconfronteerd met haar gewelddadige gedrag, zijn onze levens met elkaar verweven. De opluchting toen ik hoorde dat ze gevangengenomen was en was overleden in een psychiatrisch ziekenhuis was enorm.

Jarenlang dacht ik dat ze er niet meer was, maar een paar maanden geleden kwam ik erachter dat dat niet waar is. Sindsdien nam ik aan dat ze in Rusland was, waar ze terechtkwam na een gevangenenruil, en nu Marino ons niet kan horen breng ik haar ter sprake. 'Zou zij hierachter kunnen zitten? Misschien heeft ze een of andere duistere connectie met Ryder Briley?' opper ik. Het idee alleen al is misselijkmakend. 'Is het mogelijk dat zij de ontvoering en moord op Sal heeft georkestreerd? En het zo in scène heeft gezet dat het lijkt alsof aliens het hebben gedaan?'

'Ja en nee,' zegt Lucy. 'Het kan heel goed dat Carrie het meesterbrein is van dit alles. Maar ik denk niet dat Sals dood in scène is gezet zodat het lijkt op een aanval van buitenaardse wezens. Ik denk dat het helemaal niet in scène is gezet. De uap op de radar was echt. We weten alleen niet wat het is.'

Ze legt uit dat het ongeïdentificeerde object af en toe werd opgepikt voordat het in de buurt van het Oz-themapark verdween. Daarna werd de uap weer af en toe gesignaleerd in de buurt van Waynesville. Blijkbaar veroorzaakte het mysterieuze voertuig pieken en flitsen op meerdere sensoren, waaronder die van Green Bank en Sugar Grove. 'Het bleef onder de vijfhonderd voet, het signaal was moeilijk op te pikken door alle ruis,' zegt Lucy. 'Volgens mij probeerde de dader bewust de sensoren te vermijden.'

'Stel dat Carrie op de een of andere manier betrokken is bij de dood van Sal. Hoe kun je dat dan verklaren?' Door het plexiglas onder mijn voeten zie ik bloeiende boomgaarden voorbijrazen. 'Hoe kun je verklaren dat een uap het lichaam overboord heeft gegooid?'

'Dat kan ik nog niet.'

'Ze heeft natuurlijk nog een appeltje met ons te schillen,' zeg ik.

'Carrie heeft al zolang ik haar ken een appeltje met me te schillen en ze heeft geen reden nodig om dat te doen. Maar inderdaad, het is mogelijk dat zij achter de moord op Sal zit. Ze is zeker tot moord in staat als het haar doelen dient en het maakt haar niet uit wie ze daarmee kwetst.'

'Ik hoop maar dat wij niet de reden zijn dat hij dood is.' Ik kijk uit mijn zijraam. De lucht is niet meer zo knalblauw en heeft meer de kleur van verwassen spijkerstof. De storm boven de bergen zwelt aan.

'Carrie zou juist willen dat je je daarom zorgen gaat maken,' zegt Lucy. 'En als ze hier daadwerkelijk achter zit, dan heeft ze daar meerdere redenen voor. Dat ze ons en degenen om wie we geven pijn doet, is voor haar een mooi extraatje, het dessert. Niet het hoofdgerecht. Wat haar voedt, is macht.'

Ik vind het verontrustend dat Lucy op een vertrouwde toon over haar praat, alsof ze nog steeds een relatie hebben. En misschien hebben ze die ook wel, op een afschuwelijke manier. 'Weet ze dat ik je vroeger mee naar het Oz-park nam als je op bezoek kwam?' zeg ik tegen Lucy.

'Dat heb ik misschien verteld tijdens onze tijd in Quantico. Waarschijnlijk toen we de Yellow Brick Road deden.'

Ze heeft het over de hindernisbaan van de FBI Academy; ik heb nog steeds de geelgeverfde steen die ik kreeg toen ik hem voor het eerst met haar uitrende. Ze deed de Yellow Brick Road vaak met Carrie, en het is goed mogelijk dat Lucy haar over het Oz-themapark heeft verteld. Ze liep stage op de academie toen ze elkaar ontmoetten. Carrie is twaalf jaar ouder en kan onweerstaanbaar charismatisch zijn, zoals iedere psychopaat.

Carrie werkte als IT'er bij de Engineering Research Facility van de FBI op het terrein van de academie en had de taak om toezicht te houden op Lucy terwijl ze het Criminal Artificial Intelligence Network ontwikkelde, dat bekendstaat als CAIN. Ik kwam er al snel achter dat ze meer dan collega's en vrienden waren.

'We moeten ons allemaal grote zorgen maken als ze met iemand als Ryder Briley samenwerkt,' zeg ik.

'Het zou me niets verbazen,' zegt Lucy. 'Hij sluist onnoemelijk veel miljoenen naar verkiezingen in het hele land en alle kandidaten hebben één ding gemeen: het zijn extremisten die onze democratie kapot willen maken.'

De oude stad Front Royal ligt onder ons, met zijn landbouwgrond en boomgaarden die bezoekers van heinde en verre aantrekken. Ik kan het met witte zuilen versierde gerechtsgebouw zien waarin ik getuigenissen heb afgelegd. Ik lunch vaak in een voormalige veevoederfabriek die nu is omgebouwd tot een diner en bestel altijd de salade met gefrituurde kip; Marino heeft liever de cheeseburger. Maar nu ik zoveel honger heb kan ik maar beter niet aan eten denken.

Ik vang glimpen op van silo's en schuren, van spoorrails en opzetzwembaden terwijl we Front Royal-Warren County Airport naderen. Lucy doet een oproep over de radio om andere piloten te waarschuwen en onze hoogte en koers door te geven. Niemand antwoordt en we steken de enige verharde landingsbaan over. Er is geen vliegtuig te bekennen, de deuren van de hangars zijn gesloten.

De Shenandoah River is bezaaid met kleurrijke kano's en kajaks. We gaan de hoogte in en komen aan bij de eerste uitlopers. Achter de bergketens waarnaar we op weg zijn, neemt de storm toe als een tsunami.

Als we de I-81 oversteken en de wildernis van Lost River State Park oversteken, wordt het landschap desolater. Er zijn alleen nog maar bomen en rotsen te zien. Terwijl we in de buurt van West-Virginia komen, beschrijft Lucy de schade die Carrie Grethen zou kunnen aanrichten als ze toegang zou hebben tot de radiotelescopen in Green Bank en Sugar Grove. Van daaruit zou ze ook andere telescopen over de hele wereld en in de ruimte kunnen hacken.

'Zoals de atoomklokken van het Naval Observatory,' zegt ze. 'De tijd die de klokken meten wordt door het ministerie van Defensie gehanteerd als standaard voor onze gps-satellieten, telefoons en alle andere apparaten. Niets zou meer veilig zijn, ook

NASA-telescopen en sondes in ons zonnestelsel en daarbuiten niet. Alles is met elkaar verbonden.'

'Er zijn zoveel computerprogramma's afhankelijk van een nauwkeurige tijdmeting,' antwoord ik. 'Dat zou rampzalig zijn.'

'En dat zou nog maar het begin zijn. Wat een coup; Carrie zou veel status bij het Kremlin verwerven,' zegt Lucy. Het blijft me dwarszitten hoe makkelijk ze die naam over haar lippen krijgt. 'De ravage die ze zou kunnen aanrichten is onvoorstelbaar. Van apocalyptische proporties.'

'Waar is ze? Is dat bekend? Ik hoop nog steeds in Rusland, ver weg van hier, en dat ze haar kwaadaardige plannen op afstand uitvoert.' Ik kijk Lucy onderzoekend aan. Haar ogen achter haar donkere brillenglazen houden een passagiersvliegtuig op elf uur in de gaten. 'Weet jij waar ze is? Nu, bedoel ik?'

'Ze is waarschijnlijk niet meer in Rusland,' zegt Lucy uiteindelijk.

'Waarschijnlijk? Dat woord wilde ik niet horen.'

'Als ze van de radar wil verdwijnen, doet ze dat en we weten niet waar ze nu is.'

'Je bedoelt dat onze regering haar uit het oog verloren is,' antwoord ik terwijl de moed me in de schoenen zinkt.

'Ja.'

'Ik hoopte op een ander antwoord. Sinds wanneer?'

'Sinds Thanksgiving.'

'Kan ze in de VS zijn?' Ik hoop met heel mijn hart dat ze 'nee' antwoordt.

'Er is niets wat daarop wijst. Maar dat zegt niet zoveel.'

'Nee, inderdaad. Ze zou dus hier kunnen zijn. Bedoel je dat, Lucy?'

'Voor hetzelfde geld is ze een paar meter verderop. Daarom wil ik weten wie er onlangs allemaal in of rond Sals huis is geweest.'

We naderen Harrisonburg; ik herken het bakstenen gebouw in federale stijl van de James Madison-universiteit, met rode daken en zuilen. Dan winnen we aan hoogte en vliegen we over de Blue Ridge Mountains, waar de wind nog harder waait.

Lucy verzwijgt al maanden dat we niet weten waar Carrie Grethen is. Ik begrijp waarom; het is niet de eerste keer dat ze iets niet vertelt. Ik ben eraan gewend, maar dat maakt het nog niet makkelijker. Dat Lucy het nu wel toegeeft, wijst erop dat ze denkt dat we in gevaar zijn.

'Misschien moeten we even aan Marino vragen hoe het gaat, zodat hij niet denkt dat we hem vergeten zijn.' Ik heb steeds de neiging om me om te draaien en naar hem te kijken, maar behalve het tussenschot is er niets te zien.

'Hij heeft nog steeds zijn ogen dicht,' antwoordt Lucy. 'En we hebben nog niet eens zoveel turbulentie gehad. Niets vergeleken met wat we nog gaan krijgen in elk geval.'

We zijn nu op twintig minuten afstand van de grens van West-Virginia en dan is het nog de vraag hoe we Sals truck uit het ravijn gaan vissen.

'Ik wil hem naar de weg slepen voordat het gaat regenen,' legt Lucy uit. 'Het lichaam ligt in een tent, maar Sals autowrak bevindt zich in de openlucht en we willen geen bewijs verliezen. Hé, kijk eens wie er wakker is. Doornroosje heeft eindelijk zijn ogen geopend en zijn headset opgezet.'

Ze zet de intercom aan terwijl ik naar de Appalachen in de verte kijk, een oceaan van glooiende heuvels met donkergroene bomen.

'Marino, leef je nog?' vraagt Lucy.

'Zie je die fucking storm op ons af komen als een denderende trein?' Zijn stem klinkt gespannen in onze headsets. 'En hoezo mag je überhaupt vliegen in de stille zone?'

'Doctor Rao is een van de astronomen met wie Sal gisteravond uit eten ging. Tegen de tijd dat we in de buurt komen, zal ze de telescoop in de slaapstand zetten om hem te beschermen tegen onze transmissies,' legt Lucy uit. Dat houdt ook in dat ze ons niet op de radar of een andere sensor kunnen zien, waardoor we onze locatie niet door kunnen geven. We kunnen alleen contact leggen via de satelliettelefoon van de helikopter. 'Laten we het eens proberen,' zegt Lucy, en ik hoor de satelliettelefoon in mijn headset overgaan.

'Welkom terug,' zegt dr. Rao.

'Een race tegen de storm,' zegt Lucy.

'Ik kijk uit mijn raam, maar ik zie je nog niet.' De astronoom van Green Bank heeft een Indiaas accent.

'We bevinden ons op zo'n vijftien kilometer vanuit het noordoosten en hebben de Route 92 recht onder ons.'

'Doe alsjeblieft hetzelfde als de vorige keer. Maak een hoek van 110 graden als je op acht kilometer afstand van het observatorium bent.'

'Begrepen.'

'Volg Route 4 maar weer,' instrueert dr. Rao. 'Tot je de politieauto's en de vrachtwagen ziet.'

'Staat het grondpersoneel klaar?'

'Ja, iedereen staat klaar.'

'Nogmaals bedankt voor uw hulp.' Lucy hangt op. 'Marino?' vraagt ze. 'Leef je nog?'

'Nauwelijks. Hoeveel erger gaat het nog worden?' Hij is diep ongelukkig.

'Je kunt ons straks niet meer horen. We moeten een paar moeilijke bochten maken. Misschien is het een goed idee om nog een pilletje te nemen en weer je ogen dicht te doen.' Ze zet de intercomschakelaar om voordat hij kan reageren.

11

De Appalachen rijzen rondom op en als een armada komt de storm op ons af. De wind slaat tegen de helikopter terwijl we over uitlopers vliegen; de boomtoppen zwaaien heen en weer onder onze voeten. Met tussenpozen is er even geen enkel teken van de bewoonde wereld en is er niets anders te zien dan bossen.

Over een bergkam komen we uit in een vallei, waarin de enorme Green Bank-radiotelescoop boven een kleine schuur op een open grasplek uittorent. Sal heeft me ooit verteld dat hij gevoelig genoeg is om zelfs als je vanaf Jupiter naar huis belt het mobiele signaal op te pikken. Het bouwwerk staat op een open plek tussen bomen als een gigantisch metalen spook; de schotel van bijna honderd meter doorsnee is als een paddenstoel omhooggericht.

De zomer dat Sal en ik samen in Italië waren, was hij net begonnen met zijn onderzoek in Green Bank. Hij noemde hun telescopen tijdmachines, omdat ze gassen en sterrenstof kunnen detecteren uit de tijd dat het heelal gevormd werd. 'We kunnen zien wat er miljarden jaren geleden gebeurde,' zei hij, diep onder de indruk. 'We kijken naar onze eigen schepping, *amore*.'

Het landschap stroomt voorbij als een film die vooruit wordt gespoeld: een aantal stacaravans, een begraafplaats, een oud treinstation. Als we het stadje Arbovale naderen, wijst Lucy ons op de Red Caboose bij het treinstation. Het restaurant staat bekend om zijn barbecuegerechten en Sal was een graag geziene gast. Ze vertelt dat hij, Marie Rao en een andere collega gisteravond de dagschotel hadden besteld: pulled pork met koolsla en aardappelkroketjes.

We draaien naar het noordoosten en stijgen. Lucy neemt gas

terug en vertraagt. We vliegen tussen twee bergen door en aan de andere kant flitsen blauwe en rode lichten. Politieauto's en de vrachtwagen versperren de smalle kronkelweg beneden ons. Reddingswerkers in feloranje kleding staan in de buurt van Sals blauwe pick-uptruck, die tegen een paar bomen aan de rand van een ravijn staat. Ik hap naar adem.

Lucy klikt op een knop op haar head-updisplay en laat een oprolbare oranje nylon kabel van dertig meter lang zakken. De kabel heeft twee vrachthaken aan het uiteinde, wat een *dual point load* genoemd wordt, vertelt ze me. De haken vallen recht naar beneden, alsof Lucy een walvis probeert te vangen. Ze laat de helikopter hoveren terwijl de wind als zware golven tegen ons aan beukt.

De zon breekt door tussen de stapelwolken, de helikopter werpt een flikkerende schaduw op de grond. De lange rotorbladen strekken zich uit als de armen van een zwemmer terwijl Lucy vanuit haar zijraam haar positie bepaalt. Door subtiele rukjes aan de stuurknuppel laat ze de feloranje kabel recht boven Sals pick-uptruck zweven. Zodra de laadmeester de vrachthaken kan vastpakken, bevestigt hij ze aan kettingen rond de assen van de auto.

Langzaam probeert Lucy de pick-uptruck op te tillen; ze houdt het bungelende voertuig vanuit haar zijraam in de gaten terwijl we loodrecht boven wild dansende bomen uit stijgen. Ik zie de schade aan de voorkant van de auto: de ingedeukte motorkap, de loshangende bumper... Dan breekt plotseling een van kettingen, waardoor de helikopter hevig begint te slingeren. Vol ontzetting kijk ik naar beneden, naar de auto die heen en weer slingert en ons als een mechanisch defect uit balans brengt.

'Dat is foute boel. Iemand heeft een fout gemaakt.' Lucy's stem is verrassend kalm. De auto slingert en draait met de neus naar beneden rond.

Het lijkt een eeuwigheid te duren, maar dan blijft hij eindelijk stilhangen. Lucy brengt hem in positie boven de vrachtwagen en zet de oude Chevy neer, terwijl het grondpersoneel met helmen en omhooggestoken armen klaarstaat. Lucy maakt de vrachthaken los en trekt de kabel terug, die als een slang omhoogslingert en als een sliert spaghetti in het landingsgestel van de helikopter verdwijnt.

Wanneer donkere wolken zich samenpakken en de eerste regendruppels tegen de voorruit slaan, vliegen we weg. De beeldsystemen schilderen het kunstmatige terrein en de radar werkt de weersvoorspelling continu bij op de meerdere beeldschermen in de cockpit.

Ik zie veel oranje en rode tinten, die waarschuwen voor gevaarlijke weersomstandigheden. 'Volgens mij heb je de auto net op tijd weg gekregen,' zeg ik, terwijl het harder gaat regenen. 'Hij gaat niet naar mijn kantoor, of wel?' vraag ik, hoewel ik het antwoord al weet.

'Nee.'

'Dacht ik al. Ga je me vertellen waar hij wel heen gaat?'

'Als de tijd daarvoor rijp is.' In het kolkende grijze licht zijn de glazen van haar smartbril amberkleurig.

'Ben je het niet met me eens dat ik daarover iets te zeggen zou moeten hebben?'

'Het maakt niet uit wat ik vind, tante Kay. En geloof me, sommige dingen wil je liever niet weten. Marino ook niet. Voorlopig niet tenminste. Zo kun je ook niet verantwoordelijk gehouden worden als er iets uitlekt. Jij zult het later wel begrijpen, maar we moeten ons juist over hem zorgen maken. Hij zal dit niet goed opnemen.'

'Wat niet?'

'Bepaalde aspecten van de werkelijkheid waaraan jullie blootgesteld gaan worden en waarover je met niemand mag praten, behalve met degenen die erbij betrokken zijn,' antwoordt ze.

'Zoals?'

'Ik zei toch dat ik het je nog niet kan vertellen? Maar je bent een opmerkzaam persoon. Ik hoef je niet te vertellen wat je zelf kunt zien.' Lucy zet de intercomschakelaar van de helikopter om. 'Marino? Hou je het nog een beetje vol?' vraagt ze.

'Jezus christus!' schreeuwt hij in onze koptelefoons. 'Probeer je ons soms de dood in te jagen?'

'Dat was niet mijn bedoeling,' antwoordt Lucy.

'Ik dacht dat die verdomde truck in de bomen verstrikt zou raken en ons naar beneden zou trekken. Of zo ver omhoog zou zwaaien dat hij ons als een sloopkogel uit de lucht zou slaan.'

'Iemand heeft de kettingen niet goed bevestigd,' zegt ze.

'Je reinste sabotage,' besluit hij. 'Wie heeft de ketting bevestigd die brak? Dat moeten we uitzoeken. We hadden wel neer kunnen storten.'

'Nee hoor,' zegt Lucy tegen hem.

'Ik zie bliksem. Jij ook, neem ik aan.'

'De storm bereikt ons sneller dan verwacht, mogelijk met tornado's,' zegt ze alsof het niets uitmaakt.

'Dat meen je niet. We gaan onze dood tegemoet in fucking West-Virginia.'

'Ik zal mijn best doen om dat te voorkomen.'

Al snel bereiken we Monterey, waar mensen van heinde en verre komen om de boerenmarkten te bezoeken. Een groepje gebouwen met rode metalen daken vormt een onderzoekscentrum waar wetenschappers bedreigde diersoorten proberen te redden, waaronder dieren uit Afrika, heb ik in het nieuws gezien.

'De Brileys zijn hun grootste weldoeners.' Lucy houdt flink afstand van de plek; ze doet altijd haar uiterste best om de fauna niet te verstoren.

'Dus ze jagen op bedreigde dieren in Afrika en hangen ze op aan hun muur, om vervolgens geld te doneren om te voorkomen dat ze uitsterven?'

'Ze denken waarschijnlijk dat er zo meer te jagen valt.'

'Hou toch op.' Diep vanbinnen voel ik woede.

Zwarte donderwolken stijgen op en glinsteren van de bliksem, alsof de goden oorlog voeren. De regen vermengt zich met kleine ijskorrels en soms kan ik de grond niet meer zien, alleen de boomkruinen in de zich verspreidende duisternis. Lucy belt nog een keer met de satelliettelefoon, deze keer naar haar onderzoekspartner Tron, om te vragen of de landingszone nog steeds vrij is.

'Vanwege de omringende bomen zal ik een snelle landing maken, met de wind in de rug en vanuit een steile hoek,' legt Lucy uit. Gelukkig kan Marino niet horen wat ze zegt. 'De staart zal waarschijnlijk flink slingeren, dus ik wil dat er niets om ons heen staat. Geen geparkeerde auto's. Niets.'

'De landingszone is vrij.' Ik hoor Trons stem in mijn headset. 'Behalve een paar plassen is er niets. Tot zo.'

Anderhalve kilometer van het Oz-themapark kan ik de achtbanen al boven de mistige horizon zien zweven. Het gotische kasteel van de heks is in het grijs gehuld. Als we dichterbij komen, doemt de Yellow Brick Road op uit de regenachtige mist. De torentjes van Emerald City zijn vaag te onderscheiden.

'Komt het je bekend voor?' Lucy mindert vaart.

'Vanuit dit perspectief heb ik het nog nooit gezien,' antwoord ik terwijl we vlak boven de ingang razen. De poorten staan open, de hekken zijn verwijderd om de nooddiensten door te laten. Lucy laat de helikopter rustig hoveren boven de lege parkeerplaats waar ik jaren geleden mijn auto parkeerde als we het park bezochten.

'Ik kan niet dichterbij komen zonder dingen omver te blazen,' zegt Lucy. Het asfalt zit vol gaten en barsten; onkruid waait heen en weer door de luchtstroom van de rotorbladen.

Lucy vecht tegen de wind en met een klap landen we op de grond. De bliksem dooradert de donkere lucht boven het enorme kasteel, alsof de Wicked Witch een woedeaanval heeft. De hemel breekt plotseling open en de regen slaat op het dak. Lucy begint met het uitschakelen van de helikopter en doorloopt haar eindeloze checklists.

Ze zet de motoren uit en doet de hendel van de rotorrem naar beneden, waardoor de rotorbladen langzaam tot stilstand komen. We maken onze gordels los en openen onze deuren. Ik voel de kou en ruik de geur van ozon. Als ik uitstap – eerst op het landingsgestel, dan op de grond – ben ik meteen doorweekt door de kletterende regen. Koude druppels slaan op mijn hoofd. Lucy opent het bagageruim en pakt de felrode spanbanden om de hoofdrotorbladen mee vast te maken.

Terwijl ik haar help, rijdt een zwarte Tahoe de parkeerplaats op en stopt vlak voor ons. Tron stapt uit de auto, maar laat de motor draaien en de ruitenwissers aan. Ze is aantrekkelijk en stevig gebouwd, en draagt zwarte veldkleding en waterdichte laarzen. Op de schouder van haar zwarte windjack zit de Secret Service-ster en ze heeft een pistool op haar heup.

'Welkom in Oz.' Ze loopt naar ons toe. Regen druipt van de klep van haar honkbalpet. Ze kijkt overdreven lang onder de helikoper. 'Even controleren of je niet op de Wicked Witch bent geland,' grapt ze.

Lucy buigt een ander rotorblad naar ons toe; ik schuif de nylon hoes eroverheen.

'We komen rechtstreeks uit de hel vliegen,' klaagt Marino. 'Je mag van geluk spreken dat je het niet mee hoefde te maken.'

'Straks wel.' Ze schenkt hem haar innemende glimlach.

We laden onze spullen in de Tahoe en doen de achterklep dicht. Marino en ik gaan op de achterbank zitten. Tron kruipt achter het stuur en Lucy neemt naast haar plaats. Ze biedt ons een keukenrol aan.

'Bedankt.' Marino scheurt een paar velletjes af en laat ze op mijn schoot vallen, en we deppen ons ermee af tot we in elk geval niet meer druipnat zijn.

Langzaam hobbelen we over de Yellow Brick Road; er ontbreken een paar van de geelgeverfde straatstenen. De legendarische doorgangsweg leidt naar de vele attracties van het park; ik herinner me de feestelijke Lollipop Guild-tram die de gasten met gezang verwelkomde en hen naar de attracties, winkels en ander vermaak reed.

'Nog steeds geen persoonlijke bezittingen gevonden?' vraag ik aan Tron.

'Helaas niet.'

'Zelfs niet in zijn pick-uptruck?' vraag ik.

'Reddingswerkers hebben door de ramen gekeken, maar niets gezien,' antwoordt ze.

'Ik hoop dat ze alleen maar hebben gekeken,' bemoeit Marino zich ermee. 'De auto mag niet geopend worden voordat we hem onderzocht hebben.'

'We hebben het DNA en de vingerafdrukken van de reddingswerkers om hen te kunnen uitsluiten. De portieren zaten op slot en zitten dat nu nog steeds. Niemand heeft iets geopend.' Tron verzwijgt dat wij de auto niet zullen gaan onderzoeken.

'Geen spoor van een picknickmand met wijn, olijfolie, kaas en andere lekkernijen?' Ik leg uit dat ik Sal de mand gisterochtend in zijn truck heb zien zetten.

'Er is niets gevonden, ook zijn telefoon en laptop niet,' zegt Tron, terwijl de ruitenwissers met een monotone dreun regen van de voorruit zwiepen.

Te midden van de zondvloed staat de Munchkin-draaimolen er

stil en eenzaam bij. Ik herinner me het standbeeld van de Wicked Witch met haar punthoed. Als er iemand langsliep, lichtten haar ogen rood op en werd er een opname afgespeeld van haar krijsende gelach. Nu zijn haar ogen donker en zwijgt ze; ze hangt opzij, haar armen zijn gebroken en haar groene gezicht is verbrijzeld, alsof iemand haar heeft aangevallen met een honkbalknuppel.

We volgen de Yellow Brick Road het Haunted Forest in, passeren de drie meter hoge Tin Man van staal, die nu gedeukt is en onder de graffiti zit. Zijn olieblikpet en bijl ontbreken. Hij is verroest en ziet er verdrietig en mishandeld uit, zijn mond voor altijd dichtgeknepen. Vroeger kwam hij tot leven als de muziek begon, waarop zijn ogen heen en weer bewogen. '*If I only had a heart*,' zong hij.

Vervolgens zien we de Scarecrow aan een paal hangen alsof hij gekruisigd is. Zijn stro en kleding zijn grotendeels verrot en liggen overal verspreid. Van de Cowardly Lion is niet meer over dan een kluwen kapotte elektriciteitskabels. Ik kan zijn standbeeld nog steeds om moed horen roepen. Alles wat ik zie is deprimerend. Ik vraag me af wanneer Ryder Briley hier voor het laatst is geweest. Het is beschamend dat hij het geliefde themapark zo heeft laten vervallen.

'Het lijkt er haast op dat hij, toen hij het park sloot, hoopte dat de boel vernield zou worden,' zeg ik.

'Laat de vandalen er maar op los, dan kun je daarna de verzekeringsuitkeringen innen,' zegt Tron. 'Elk jaar verrekent hij zijn winst met het verlies op deze plek; het is winstgevender voor hem om het te houden dan het te verkopen. Wie zou het vandaag de dag ook nog willen kopen? Er is hier bijna niets anders in de buurt.'

'Ryder Briley stond al een tijdje op onze radar,' legt Lucy uit. 'Verzekeringsfraude is een van zijn specialiteiten.'

'En ermee wegkomen,' voegt Tron eraan toe.

De Tahoe klotst over modderige gele stenen en diepe plassen. Aan weerszijden van de weg staan bloeiende appelbomen en overwoekerde picknicktafels. De zware takken lijken ons te willen grijpen; hun witte bloesems worden naar beneden gedreven door de wind en regen. De bloemblaadjes blijven aan de verf en het glas kleven, de grond is net een wit tapijt.

We naderen de Witch's Castle en vanuit de mist duiken vijf onherkenbare politieauto's en een busje op. De sirenes staan uit en de lichten zijn gedoofd. Ze staan geparkeerd op een open plek waar twee tenten zijn opgezet. De ene is blauw en groot, de andere zwart en kleiner, en ze staan op enige afstand van elkaar op de Yellow Brick Road.

Bliksemflitsen verlichten het kasteel. De achtbaan erachter golft er als de rug van een draak bovenuit. De donder kraakt en galmt alsof we worden aangevallen. Regensalvo's klinken en overspoelen de voorruit.

'Ben ik de enige die denkt dat hij expres op zijn verjaardag is ontvoerd?' zegt Tron terwijl ze vlak bij de tenten parkeert. 'Ik moet er steeds aan denken, want het lijkt me geen toeval. Dat zou het wel kunnen zijn, natuurlijk. Maar stel dat het niet zo is? Ik voel een heleboel haat. Iemand wilde iets duidelijk maken.'

'Het impliceert ook voorbedachte rade.' Lucy klikt haar gordel los. 'Sal Giordano was niet toevallig op de verkeerde plek op het verkeerde moment, waarna iemand hem ontvoerde en in Oz dumpte.'

'Als het inderdaad geen toeval is, wist de dader veel over hem.' Ik leg mijn werktas op mijn schoot. 'Zoals dat hij gisteren jarig was en dat hij onderweg was naar Green Bank. En waar hij overnachtte en naar welk restaurant hij ging.' Ik praat rationeel over hem, alsof hij iemand anders is. Anders houd ik het niet vol.

'We kunnen er maar beter van uitgaan dat niets toevallig is, gezien met wie we mogelijk te maken hebben,' zegt Lucy terwijl we uit de Tahoe stappen. De regen doorweekt meteen mijn haar en sijpelt mijn kleding binnen. 'Alles betekent iets als de dader een doel heeft en alle tijd en middelen ter beschikking heeft.'

'Over wie heb je het?' Marino lijkt nog een beetje onvast op zijn benen te staan na onze turbulente rit; hij blijft in de stortbui staan alsof die hem goeddoet. 'Denk je te weten wie de dader is? Want zo klinkt het wel.'

'Vanuit praktisch oogpunt moeten we ons afvragen wie er chaos zou willen scheppen.' Lucy opent de achterbak van de SUV.

'Ik denk dat ik weet waar je op zinspeelt,' antwoordt hij. Hij rolt nog net niet met zijn ogen. 'Niet alle wegen leiden naar Carrie Grethen, ook al denk je dat wel.'

'Oorzaak en gevolg,' zegt Lucy. 'We hebben afgelopen herfst een van haar kameraden uitgeschakeld. Nu schakelt ze een van de onze uit.'

'En hoe verklaar je dan die uap die het lichaam dumpt? Denk je dat ze een vliegende schotel tot haar beschikking heeft?' zegt Marino sarcastisch.

'Zou kunnen.'

'O, hou toch op!' roept hij uit. Hij knijpt zijn ogen dicht tegen de regen. Het water druipt van zijn grote gezicht en kaalgeschoren hoofd.

'De vs, Rusland en waarschijnlijk ook China ontwerpen en bouwen al vliegende schotels sinds de jaren vijftig.' Lucy haalt mijn regenjas tevoorschijn, maar daar is het een beetje te laat voor; ik leg hem over mijn arm. 'Ik kan je de exemplaren die nu in musea in Fort Eustis en Wright-Patterson staan laten zien. Er zijn allerlei technologieën waarvan het publiek niets weet, geloof me.'

'Dus jij wilt zeggen dat alle rare dingen die mensen altijd al hebben gezien – de ufo's, de uap's, de Tic Tacs en de kwallen – eigenlijk geheime door mensen gemaakte technologieën zijn?' zegt Marino.

'Niet allemaal,' antwoordt ze terwijl Tron een kartonnen doos met lijkzakken uit de auto tilt.

'Blijft de helikopter zo staan? Stel dat het gaat hagelen?' Marino pakt onze pd-koffers op.

'Dat zou niet geweldig zijn.' Lucy loopt voorop. De regen klettert en sist op de gele bakstenen.

12

First things first: het campingtoilet dat ik Marino vroeg mee te nemen, maar dat ik nu nergens zie. Als ik hem ernaar vraag, haalt hij zijn schouders op en zegt dat we het maar zonder moeten stellen.

'Jij hebt makkelijk praten,' antwoord ik terwijl we ons een weg banen door de wind en de regen. 'Jij hebt ander gereedschap dan ik.'

'Sorry, Doc. Ik wilde het wel meenemen, maar ben het vergeten.'

'Ik heb het eerder zonder gered, dus dat zal me nu ook wel lukken.' Ik ben nu al doorweekt tot op het bot, dus dan kan wildplassen in het bos er ook nog wel bij.

'Je kunt het best naar de toiletten in het Witch's Castle gaan,' stelt Tron voor. 'Niets werkt en het is er een stinkende puinhoop, maar het is tenminste vlakbij en je zit er binnen. Toen ik er daarnet was, hoorde ik wel dieren rondscharrelen. Ratten, eekhoorns of wasberen misschien.'

'Ik ga wel met je mee,' zegt Marino tegen me.

'Geef me je spullen maar, dan zien we je straks in de blauwe tent,' zegt Lucy, en we geven haar onze pd-koffers.

Marino en ik lopen en rennen door de zware regen, terwijl we plassen proberen te ontwijken. Onze laarzen stampen over de vertrouwde houten ophaalbrug die naar het kasteel leidt, dat verwaarloosd en vernield is, een schim van wat het ooit was. Het rieten dak is op sommige plekken ingestort, de ramen zijn ingeslagen, de muren beklad met graffiti. De zwarte voordeur met de koperen bezemklopper hangt niet langer in de scharnieren, maar ligt op de grond.

Als we naar binnen lopen knispert het glas onder onze laarzen. Overal druppelt water. We doen de zaklampen op onze telefoons aan en schijnen ermee in het rond. Ik word overspoeld door herinneringen van toen Lucy en ik hier kwamen; ik zie de nepvleermuizen weer voor me die aan draden van het plafond over ons heen dartelden en doken. In elke kamer waren opnames van geschreeuw en maniakaal gelach te horen. Tijdens het beklimmen van de stenen trappen in de gevangenistoren zag je op de muren videoprojecties van de Wicked Witch, die grijnzend en kakelend in haar kristallen bol tuurde. Enge Winkie Guards stonden met hun berenmutsen op de uitkijk en kruisten met tussenpozen hun hellebaarden om ons de toegang te blokkeren. Je schrok elke keer weer als ze begonnen te zingen. 'O-ee-ya!' We wisten dat het ging gebeuren, en toch verraste het ons elke keer weer. Lucy zette grote ogen op en daarna moesten we allebei lachen. 'Ee-o-ah!'

Als we het dakterras hadden bereikt, overwon ik mijn angsten en gingen we met de Flying Monkey-tokkelbaan naar beneden. De sensatiezoekers gleden, vrijwillig of niet, over de slotgracht, de giftuin en de wachthut waar de vijanden van Winkie Country werden berecht voor verzonnen misdaden. De tokkelbaan eindigde bij de achtbaan; je hoorde het gelach van de Wicked Witch terwijl je over de rails raasde.

De verlaten winkels en snackbar van het kasteel zijn bespoten met vulgaire graffiti die nergens op lijkt te slaan; alles ligt in puin. Ik herinner me dat de toiletten achter de stenen trap zijn, aan de andere kant van de schimmige open ruimte vol omgevallen tafels en stoelen. De kristallen bol van de waarzegmachine, waar je een dollar in moest stoppen om de voorspelling van je toekomst te horen, is weggehaald.

'Ik zal snel zijn en wacht hier op je.' Marino loopt naar het herentoilet.

Met de zaklamp van mijn telefoon schijn ik voor me uit. Voorzichtig loop ik naar het damestoilet en duw de deur open. In het wc-hokje hangt een muffe en vieze lucht en er staat geen water in de bruine wc-pot. Als ik papieren zakdoekjes uit mijn zak haal, hoor ik boven me iets kletteren, alsof er een metalen voorwerp op de vloer valt.

Dan hoor ik vaag op de achtergrond een soort griezelige muziek. Ik zou zweren dat ik de Winkie Guards hoor zingen en onderdruk een rilling van angst. Ik houd me stil en probeer te luisteren. Niets. Ik doe mijn broek dicht en adem zo zachtjes mogelijk. Dan hoor ik boven me vage voetstappen. Terwijl ik langs de spiegels boven de wasbakken loop, zie ik een schim van mijn spiegelbeeld in de vuile glasscherven. Dan hoor ik gefluister en gemompel.

'Hallo?' roep ik met bonzend hart. 'Is daar iemand?'

Stilte.

Ik loop snel het damestoilet uit. Marino trekt zijn pistool en schijnt met zijn stomme zaklamp recht in mijn gezicht; voor even ben ik verblind en ik bots bijna tegen hem op.

'Met wie was je in vredesnaam aan het praten? Wat is er aan de hand?' Zijn zaklamp beweegt in een poging het gevaar gewaar te worden. 'Heb je iets gehoord...?'

'Sst.' Ik richt mijn zaklamp recht omhoog. 'Voetstappen.' We luisteren allebei. Niets.

'Misschien was het de wind?' oppert hij, terwijl de wind om het kasteel giert en de regen door de open ramen naar binnen blaast.

'Ncc, ik hoorde iets anders. Het klonk alsof er iemand of iets rondliep en mompelde.' Ik weet het zeker. 'En volgens mij hoorde ik muziek.'

'Ik ga voor de zekerheid even naar boven om een kijkje te nemen,' zegt hij weinig enthousiast. 'Jij blijft hier.'

'In geen honderd jaar. Ik volg je op de voet.' Ik ben me ervan bewust dat hij zijn pistool heeft getrokken.

Onze voeten schrapen zachtjes over de stenen treden terwijl we met onze zaklampen schijnen op de godslastering en vulgaire tekeningen die alles besmeuren. Vroeger was het op de tweede verdieping van het kasteel een drukte van belang en hing er opwinding in de lucht van de mensen die in de rij stonden voor de tokkelbaan. Maar nu is de ruimte leeg, de lucht smaakt naar stof, het luide geroezemoes van opgewonden kinderen niet meer dan een vervlogen echo.

'Ik hoorde iets op de grond boven me vallen toen ik op het toilet zat,' vertel ik Marino terwijl ik om me heen kijk. 'Iets hards, misschien van metaal.'

'Nou, er is hier zeker weten iets geweest.' Marino schijnt met zijn zaklamp schuin over de houten vloer, verlicht gebroken glas, verwrongen raamhorren en andere rotzooi onder een laag stof en vuil. 'Maar de vraag is wanneer.'

'Wat was het dan?' Ik speur naar opgedroogde uitwerpselen of ander bewijs dat er misschien dieren zijn. Maar ik zie niets meer dan een heleboel dode insecten, spinnenwebben, een gemummificeerde muis, de lijkjes en vervaagde vleugels van motten.

'Is hier iemand? Hallo?' roept Marino, die zijn pistool met beide handen vasthoudt en de loop omhoogricht. 'HALLO?'

Niets. Ik schijn met mijn zaklamp om me heen. Een kille wind waait naar binnen en laat een hangend houten bord tegen de muur bonken.

'Dat hoorde je vast,' zegt Marino hoopvol.

'Nee, dat was het niet. Misschien kwam het wel van het dak.'

'Dan kunnen we daar maar beter ook een kijkje nemen,' zegt hij met een zucht. 'En laten we hopen dat we niets tegenkomen in dit krot, want onze telefoons werken niet in deze fucking stille zone.'

We nemen de trap weer naar het platform van de tokkelbaan, waar het rieten afdak is ingestort; het water druipt en spettert erdoorheen.

Dicht bij de rand van het platform van de tokkelbaan verlicht ik met mijn zaklamp de strakke staalkabel die zich in de regenwolken uitstrekt naar de achtbaan. De katrollen en karretjes ontbreken, net als de harnassen die de passagiers droegen als ze door de lucht vlogen.

'Ik zou dit nooit van mijn leven doen.' Marino staart naar de kabel die vaag als een potloodstreep verdwijnt in de wervelende grijze wolken.

'Ik vond het ook niet fijn, maar Lucy kon er geen genoeg van krijgen.' Ik zie weer de vreugde op haar gezicht toen ze een helm opzette.

'Verbaast me niets. Ze is dol op alle levensgevaarlijke dingen.' Het Winkie-gezang begint en stopt dan weer. 'Wat krijgen we nou?' Hij kijkt geschrokken om zich heen.

'Dat hoorde ik ook toen ik in het toilet was.'

'Waar komt het vandaan?'

'Geen idee. Maar er zijn hier heel veel luidsprekers voor muziek en andere special effects.'

'De snoeren van de meeste luidsprekers hangen eruit,' zegt Marino. 'En er is al jaren geen stroom meer. Laten we teruggaan.'

Ik volg hem op de voet als we de stenen trap af lopen en via de begane grond over gebroken glas de voordeur uit gaan, de stortbui in. Op de houten ophaalbrug kijk ik achterom naar het kasteel; ik voel dat er iemand of iets toekijkt. Door de bliksemschichten lijken de openstaande ramen net lege oogkassen.

We duiken de blauwe tent binnen, waar Tron en Lucy samen met twee Secret Service-rechercheurs die ik nog niet ken op ons wachten. Ze geven ons handdoeken, zodat we ons kunnen afdrogen. Marino pakt onze chartreusegroene beschermende kleding uit; we moeten speciale overalls met ademhalingsapparatuur dragen, die ons tegen de meeste gevaren zullen beschermen. Maar niet tegen gammastralen, bijvoorbeeld als het lichaam radioactief is na blootstelling aan een voertuig van niet-menselijke oorsprong. Dan moeten we andere maatregelen nemen, maar ik weet niet welke. Ik heb in mijn carrière nog nooit te maken gehad met uap's.

Ik deel dc snacks uit die ik in mijn werktas heb meegenomen en eet zelf wat pinda's, die goddelijk smaken; mijn ontbijt met Benton is heel lang geleden.

Ik ga boven op een pd-koffer zitten, trek mijn laarzen uit, stop de pijpen van mijn broek in mijn sokken en trek de beschermende kleding aan.

Een Secret Service-rechercheur die Rob heet vertelt wat ze tot nu toe hebben gedaan. 'De staatspolitie heeft de plaats delict afgesloten totdat de agenten van de dichtstbijzijnde kantoren hier aankwamen.' Hij heeft een West-Virginia-accent en een schattig jongensachtig gezicht met kortgeknipt peenhaar.

'Hopelijk praten ze hun mond niet voorbij,' zegt Marino, terwijl hij een slok Gatorade neemt.

'Ik denk dat de kans daarop klein is,' antwoordt de andere rechercheur, Daniel, met grijs haar en doordringende blauwe ogen. 'Eerlijk gezegd ben ik verbaasd dat de media het nog niet hebben opgepikt.'

'De staatsagenten weten alleen dat het slachtoffer waarschijnlijk Sal Giordano is, omdat hij vermist wordt,' antwoordt Tron, waarmee ze laat weten dat de informatie over de uap niet met de agenten is gedeeld.

'Wat dachten ze dat er met hem gebeurd is?' wil Marino weten.

'Ze verzonnen een hoop theorieën terwijl ze aan het wachten waren, zoals dat iemand hem vermoord heeft en het liet lijken alsof buitenaardse wezens het hadden gedaan,' legt Tron uit. 'Je weet wel, omdat hij bekendstaat als de ET-fluisteraar. Ze dachten dat de graancirkel nep was en alleen bedoeld was om paniek te zaaien.'

'Hoe valt die azijnachtige geur te verklaren waar Lucy het over had?' vraag ik.

'Die viel mij ook op toen ik hier aankwam,' beaamt Tron. 'Nu kun je hem niet meer ruiken.'

'Tegen de tijd dat wij op de plaats delict kwamen, rook ik niets meer. Maar die roze cirkel van bloemen rond het lichaam was behoorlijk bizar. Valt die rationeel te verklaren?' Daniel kijkt Lucy aan.

'Ik heb geen idee hoe je die cirkel zou kunnen namaken. Hij lijkt veroorzaakt door een roterende kracht die het gras platdrukt en bloemblaadjes met de klok mee blaast,' antwoordt ze.

'De graancirkel is helaas door de regen beschadigd, zo niet volledig vernietigd,' legt Tron uit. 'Maar we hebben er genoeg video's en foto's van genomen.'

'Wat kan die roterende kracht veroorzaakt hebben?' vraagt Rob aan Lucy terwijl ik mijn overall dichtrits. 'Een helikopter, bijvoorbeeld?'

'Ja, weet je zeker dat die van jou niet de hele boel omver heeft geblazen toen je het lichaam vond?' Marino kijkt Lucy aan. 'Misschien heb je door te hoveren zonder het te beseffen een graancirkel gemaakt. Dat is de meest logische verklaring.'

'Nee, dat kan niet,' zegt ze. 'Tron en ik zagen het lichaam vanaf zestig meter hoogte. Ik ben er niet direct overheen gevlogen en landde op de plek waar de helikopter nu ook staat. De rest legden we te voet af. En de hoofdrotorbladen draaien tegen de klok in, niet met de klok mee.'

'Het lichaam is dus beschermd tegen de regen.' Ik richt me op wat voor mij nu het belangrijkst is. 'Moet ik nog meer weten voordat ik het ga onderzoeken?'

‘Het lichaam heeft bijna de hele tijd in de andere tent gelegen,’ antwoordt Rob.

‘En daarvoor was ik hier met de staatspolitie,’ zegt Tron. ‘Ik heb ervoor gezorgd dat ze uit de buurt van het lichaam bleven. Niemand heeft het aangeraakt.’

‘Zijn ze ook niet in de buurt geweest zonder beschermende kleding?’ vraag ik voor de zekerheid.

‘Ik droeg beschermende kleding toen ik de temperatuur opnam met een infraroodthermometer,’ zegt Rob. ‘Je weet wel, die waarmee je de laser alleen op het voorhoofd hoeft te richten en niets hoeft aan te raken. Zijn temperatuur was vijfendertig graden.’

Ik hoop maar dat het lichaam niet besmet is met een of ander onbekend virus. En laat de plaats delict alsjeblieft niet radioactief zijn, want dan zitten we pas echt in de problemen.

‘En wat was de omgevingstemperatuur?’ vraag ik.

‘Vierentwintig graden,’ antwoordt Rob.

‘Hoe laat was het toen?’

‘Rond tien uur.’

‘Lag het lichaam op dat moment in de zon?’ In gedachten maak ik berekeningen.

‘De zon kwam om zes uur op. Dus ja, al een tijdje.’

‘De zon zou het huidoppervlak warmer hebben gemaakt,’ leg ik uit. ‘Ik betwijfel of zijn kerntemperatuur echt zo hoog was als de infraroodthermometer aangaf. En wanneer werd hij in de tent gelegd?’

‘Ongeveer een halfuur later,’ antwoordt Daniël.

‘Vermoed je dat er iemand anders dan wij onlangs in dit park is geweest?’ vraagt Marino aan Tron. ‘Hield iemand de plek al een tijdje in de gaten, bijvoorbeeld?’

‘Ik heb niets gezien wat daarop wijst, maar ik vroeg me hetzelfde af toen we het lichaam hadden gevonden,’ zegt ze. ‘De dader moet de plek hebben verkend voor een generale repetitie.’

‘Weet je zeker dat er nu niemand is? Het pretpark is enorm groot,’ vraagt Marino vervolgens.

‘Er zijn veel verstopplekken in een gebied van veertig hectare. Maar we kunnen niet ver kijken en we bevinden ons in de stille zone,’ antwoordt Tron. ‘Dus nee, dat weten we niet zeker.’

‘We hebben de hoofdgebouwen verkend, maar we kunnen niet

elke centimeter van het hele park doorzoeken,' legt Rob uit. 'We hebben niets gevonden wat erop wijst dat hier onlangs nog iemand is geweest, maar we hebben wel een paar keer vreemde dingen gehoord.'

'Wij daarnet ook, in het kasteel.' Marino wurmt zijn benen in de overall en kijkt door de opening van de tent alsof daar misschien iets is. 'Doc dacht dat ze iemand hoorde rondlopen en we hoorden allebei muziek.'

'Muziek?' Tron fronst. 'Waarvandaan?'

'Weet ik niet,' zegt Marino. 'Maar er is iets vreemds aan de hand.'

'Toen we een kijkje namen in Emerald City hoorden we iets in het struikgewas vlakbij,' gaat Rob verder. 'Af en toe hoorden we gekreun, gemompel en andere griezelige geluiden, waarna het in het bos verdween. We konden niet zien wat het was en ik voelde niet per se de behoefte om het te volgen om daarachter te komen.'

'Misschien was het een coyote of een vos?' stelt Daniel voor. 'Een beer maakt volgens mij niet zulke geluiden.'

'Stel je eens voor welke wilde dieren deze plek overgenomen kunnen hebben,' merkt Tron op.

13

De regen tikt hard op de tent en het dondert terwijl Marino en ik ons aankleden. We bevestigen ventilatoren aan onze riem die schone lucht in onze pakken zal laten circuleren. De capuchons ruiken naar plastic en zijn net zo geel als tennisballen. De zware rubberen handschoenen die we aantrekken zullen goed van pas komen.

'We weten eerlijk gezegd niet wat of wie er hier is. Normaal gesproken zouden we drones laten patrouilleren,' zegt Lucy, 'maar dat kan niet met dit weer. Onze spectrumanalyzers hebben echter geen ongewone signalen uit de ruisvloer opgepikt.'

'Dat zegt nog niet veel. Alleen dat er niemand in de buurt is met een mobiele telefoon of een ander draadloos apparaat dat waarschijnlijk toch niet in de stille zone zou werken,' antwoordt Marino.

'Klopt,' geeft Lucy toe.

Hij pakt de pd-koffers op en ik de natte kartonnen doos met lijkzakken. Als we naar buiten lopen, horen we het luide gespetter van regen, bliksemflitsen en rollende donder. We banen ons snel een weg door de wind en het water, en moeten oppassen dat we niet uitglijden; onze rubberen laarzen zijn te groot, het zicht is slecht en mijn gezichtsscherm beslaat. In de zwarte tent schijnen lampen op batterijen op het lichaam en mijn adem stokt bij de gruwelijke aanblik.

Sal ligt op zijn rug op de Yellow Brick Road; rond zijn hoofd ligt donkerrood gestold bloed. Ik raak helemaal van slag. Door de eerste aanblik weet ik al dat hij nog leefde toen hij uit een niet te identificeren vliegend voorwerp viel. Er is veel weefselreactie door zijn verwondingen en ik hoop met heel mijn hart dat hij niet bij bewustzijn was.

'Hoe wil je het aanpakken?' vraagt Marino terwijl we onszelf droogdeppen met velletjes keukenpapier die voor ons zijn klaargelegd.

'Ik ga nu alleen het noodzakelijke doen en jij maakt foto's,' antwoord ik.

Onze stemmen worden gedempt door de rubberen spreekmembranen in onze plastic volgelaatsmaskers. Ik kan mijn ademhaling luid horen en ik krijg het warm in het zware plastic. Ik vraag Marino om de handmatige geigerteller die op batterijen werkt, zo groot als een iPhone, maar waar je geen wifi voor nodig hebt. 'Ik heb even een momentje nodig.' Ik doe een stap bij Marino vandaan, ik wil hem nu niet in de buurt hebben; ik wil even met Sal alleen zijn.

'Ik ben hier als je me nodig hebt.' Marino wacht bij de opening van de tent. Ik negeer hem, doe alsof hij niet elke beweging in de gaten houdt.

Ik stap dichter naar het lichaam van een vriend om wie ik mijn halve leven heb gegeven. Dan besluit ik die gedachten niet meer toe te laten, zeg tegen mezelf dat dit niet het juiste moment is. Maar ik word gepijnigd door de bekende strakke lijn van zijn kaak, de rechte brug van zijn neus, zijn slanke maar sterke bouw en schouderlange grijze haar. Ik ken het lange litteken op de linkerkant van zijn buik, toen zijn blindedarm verwijderd werd.

De sieraden die hij gisteren op zijn oprit nog om had ontbreken. Zijn smartwatch. Verschillende goedkope armbanden met kralen. Een fossiel van een haaientand dat hij aan een ketting droeg. Een gouden oorbel. Vanaf hier kan ik de tatoeage van het pi-symbool op zijn linkerpols zien. Ik haal langzaam adem om mezelf te kalmeren en houd de knop van de geigerteller ingedrukt tot hij piept.

De software voert een systeemcontrole uit op het verlichte scherm: de detector werkt naar behoren. Ik loop langzaam om het lichaam heen en wacht of er een alarm afgaat, maar dat gebeurt niet. Het stralingsniveau komt niet boven de veilige drempel uit. We hebben dus geen HAZMAT-team nodig, maar het lichaam kan nog wel aan iets anders schadelijks blootgesteld zijn.

Ik stap dichterbij om Sal beter te bekijken. Hij ligt naakt op zijn rug, zijn armen gebogen in een rare hoek. Zijn linkerbeen is gebroken; het verbrijzelde dijbeen steekt eruit, de voet wijst de verkeerde kant op. Ik herken Sal nauwelijks: zijn gezicht is gekneusd en gezwollen, zijn ogen zijn amper open, zijn huid is rood, zoals Lucy al zei. De grote hoeveelheid gestold bloed is afkomstig uit zijn gescheurde rechterslaap en zijn rechtersleutelbeen lijkt gebroken.

Doordat hij van een aanzienlijke hoogte op de grond is gevallen, is er erg veel letsel. Ik open mijn pd-koffer en meet de omgevingstemperatuur met de lange glazen chemische thermometer: vijftien graden. Door de storm is het flink afgekoeld. Door de onhandige rubberen handschoenen heb ik moeite het wegwerpscalpel uit zijn plastic verpakking te halen.

Ik kniel neer bij het lichaam. Door de tent zijn de stenen nog droog; ze zijn bezaaid met appelbloesemblaadjes, die me aan confetti doen denken. In opperste concentratie maak ik een kleine incisie links in de onderbuik. Ik probeer niet te zien wie het is, niet te denken. Of te voelen, te herinneren.

Ik steek de thermometer in de lever om de kerntemperatuur van het lichaam te meten. Dat is betrouwbaarder dan een infraroodthermometer. Over zijn handen en voeten schuif ik bruine papieren zakken, die ik vastzet met tape en elastiekjes. Marino kijkt toe vanachter zijn volgelaatsmasker met capuchon. Als ik zeg dat ik klaar ben, zet hij de kartonnen doos naast me neer, haalt er twee doorzichtige plastic lijkzakken uit en spreidt ze open, de ene in de andere. Het gekletter van de regen houdt continu aan. De zijkanten van de tent wapperen in de wind.

'Hoelang denk je dat hij al dood is?' vraagt hij.

Ik haal de thermometer uit de lever, houd hem tegen het licht van de batterijlamp en veeg het bloed eraf. 'Zijn kerntemperatuur is negenentwintigenhalve graad. De rigor en livor mortis zijn in een vergevorderd stadium, dus ik schat dat hij zes of zeven uur dood is. Niet langer.'

'Nou, het is nu bijna drie uur. Je denkt dus dat hij vanochtend om acht of negen uur nog leefde?' vraagt Marino onzeker.

'Ja.'

'De uap werd om zes uur op de radar gesignaleerd, dus hij

leefde nog toen hij overboord werd gegooid, waarna hij een langzame dood is gestorven?' Marino kijkt me vanachter het plastic ontzet aan.

'Zoveel bloed ontstaat alleen als hij nog een bloeddruk had,' antwoord ik. 'Hij heeft zijn val nog een tijdje overleefd. Ik weet niet precies hoelang.'

'Ik vraag me af hoe hoog hij zich in de lucht bevond toen hij overboord werd gegooid.' Marino kijkt naar de stormachtige lucht, alsof die hem zou kunnen antwoorden.

'Ik heb geen idee,' antwoord ik.

'Als het stralingsniveau normaal is, waarom is zijn huid dan zo verdomde rood?'

'Dat weet ik nog niet.'

'Weet je zeker dat die detector goed werkt?' vraagt Marino.

'Ik heb meerdere metingen gedaan; hij lijkt prima te werken,' antwoord ik.

Nu we gedaan hebben wat we moesten doen, pakken we het lichaam bij de enkels en onder de oksels. Sals ledematen en nek zijn stijf, en mijn hart breekt als we hem optillen. Bloed sijpelt uit de wonden aan zijn hoofd en benen als we hem neerleggen in de opengespreide zakken. We trekken de beschermlaag van de zelfklevende sluitingen af. Door het doorzichtige plastic is het vervormde dode gezicht te zien.

Met een vlakke hand drukt Marino de kleeflaag van het ene uiteinde van de lijkzak tegen het andere aan, als een strijkijzer. Eerst van de ene lijkzak, dan van de andere. Daarna spuit ik ontsmettingsmiddel op de voor- en achterkant van de zakken en op onze beschermende kleding. Vervolgens trekken we onze overalls uit en stoppen ze in vuilniszakken, die ik door de opening van de tent aan Tron geef.

'Ik kom over een paar minuten terug met het busje,' zegt ze als we haar onze pd-koffers aangeven. 'Blijf tot dan maar binnen schuilen voor de regen. We hebben de andere tent al afgebroken en ruimen alles zo snel mogelijk op vanwege de storm die onze kant op komt.'

'Dit is echt klote,' klaagt Marino.

We wachten bij de opening en turen naar het lege grasveld

waar net nog de grote blauwe tent stond.

'Ik snap niet dat we met dit weer gaan vliegen.' Hij blijft zich maar zorgen maken.

'Als Lucy denkt dat het goed komt, dan komt het goed.'

'Zij heeft andere normen dan ik.'

Mijn satelliettelefoon gaat over en ik haal hem uit mijn werktas. BUITEN BEREIK, staat er op het scherm. 'Wie belt me nu? En hoe komt diegene aan dit nummer? Hallo?' Ik neem op en zet de luidspreker aan.

'Dokter Scarpetta?' De stem is van een vrouw en komt me bekend voor.

'Ja, met wie spreek ik?'

'Met Heidi, de secretaresse van de gouverneur. Sorry dat ik u stoor, maar uw secretaresse zei dat ik u alleen op deze manier kon bereiken. Ik verbind u door met gouverneur Dare.'

'Waar ben je?' valt de gouverneur met de deur in huis.

'Op een plaats delict in het westen van de staat. Het komt nu niet goed uit, Roxanne.'

'Heb jij Ryder Briley gisteren in zijn eigen huis bedreigd?' vraagt ze op een dwingende toon. 'Begrijp me niet verkeerd, ik voel geen greintje sympathie voor hem. Maar blijkbaar klaagt hij mij, jouw kantoor en wie weet wie nog meer aan en ik kan dat er nu echt niet bij hebben.'

'Dat is een leugen,' antwoord ik. 'Hij probeert gewoon de aandacht van het onderzoek naar de dood van zijn dochter af te leiden. En misschien ook van andere vreselijke dingen die er aan de hand zijn.' Ik leg uit dat hij mijn secretaresse lastigvalt, zijn auto voor lange tijd voor mijn gebouw heeft geparkeerd en me probeert te intimideren. Dat hij het lichaam van zijn dochter mee wilde nemen voordat ik klaar was met de sectie.

'Wat is dat harde achtergrondgeluid?' vraagt de gouverneur. 'Het lijkt wel alsof je in een autowasstraat bent.'

'We zitten in een tent en het regent heel hard.'

'Wat kun je me nog meer vertellen over de autopsie van Luna Briley?'

'Ze is overleden aan een schotwond in het hoofd.'

'Wees eerlijk, Kay. Denk je dat ze zichzelf heeft neergeschoten, zoals de Brileys overal in het nieuws beweren?'

'Laat ik het zo zeggen: ik denk dat de ouders zich zorgen moeten maken.' Meer ga ik niet zeggen, maar dit is genoeg.

'Dan is ze vermoord met het pistool van haar vader.' Zoals verwacht probeert de gouverneur nog meer uit me los te krijgen. 'En behalve de ouders was er tijdens de schietpartij toch niemand in het huis?'

'Je kunt het best met rechercheur Blaise Fruge over deze zaak praten.'

'Ik wil weten of je Luna Brileys dood als een ongeluk of als een moord beschouwt, want ik vind het allemaal maar verdacht klinken.'

'Er moeten nog veel vragen beantwoord worden.'

'Ryder Briley verdient het om in de gevangenis te belanden,' zegt ze, waarop ik abrupt ophang, alsof het signaal is weggevallen.

Ik wil me niet door haar laten beïnvloeden, of dat mensen denken dat ze dat doet, dus ik wil geen bewijs van een dergelijk gesprek. Ik zoek haar mobiele nummer op in mijn contactenlijst, bel haar terug en hang weer op als ze opneemt. Dat doe ik nog een keer, waarna ik haar een bericht stuur dat ik slecht bereik heb en we ons gesprek later moeten voortzetten.

Hou me op de hoogte, stuurt ze terug.

Ik kijk naar de regen buiten, tot ik iets in mijn ooghoek zie bewegen. Ik voel iets naar me kijken; de haartjes op mijn armen en in mijn nek staan overeind. Dan zie ik iets achter een leeg raam in het Witch's Castle bewegen. Een gedaante in de duisternis. 'We hebben bezoek,' zeg ik tegen Marino.

Hij volgt mijn vinger, maar het kasteelraam is weer donker, er is niets meer te zien.

'Ik zie niets,' zegt hij.

'Ik zag iets.'

'Waarschijnlijk gezichtsbedrog.'

'Dat denk ik niet.'

Hij kijkt gespannen om zich heen, zijn hand weer bij zijn pistool. 'Ik krijg elke minuut meer de kriebels van deze plek.'

Als het busje aan komt rijden, tillen we het lichaam op en dragen het naar buiten. De koude regen spettert luid op het doorzichtige plastic. Mijn laarzen waden door de plassen.

Rob, de Secret Service-rechercheur, zit achter het stuur en Tron stapt aan de passagierskant uit. Ze doet de achterklep open en vertelt ons dat er op vijftig kilometer afstand tornado's gespot zijn. 'We moeten hier zo snel mogelijk weg.' Ze kijkt meelevend toe terwijl we het lichaam achter in het busje leggen.

'En de tent dan?' vraagt Marino.

'Die laten we voorlopig staan.'

Druipend van de regen stappen we in het busje. Marino en ik klikken onze gordels om op de met stof beklede bank en trekken de deuren dicht. Dan rijden we weg over de Yellow Brick Road. Niemand zegt iets. W kunnen de aanwezigheid van het lichaam achterin voelen. Ik staar uit mijn raam.

Dan komt het busje plotseling tot stilstand.

'Wauw!' Rob kijkt geschokt.

'Tering!' roept Marino.

'Hou allemaal je deur dicht,' waarschuwt Tron.

En dan zie ik waar ze het over hebben.

De gevlekte kat is zo groot als een labrador en staat op zo'n vijf meter afstand voor het busje op de gele stenen, beschenen door de felle koplampen. Een mannelijke panter of een cheeta, schat ik als hij dichterbij komt. Hij lijkt geen last te hebben van de regen, zwiept met zijn staart en staart ons aan met ogen die bovennatuurlijk helderwit oplichten.

'Misschien is hij ontsnapt uit het onderzoekscentrum van bedreigde diersoorten in Monterey,' zeg ik.

'Dat is bijna vijftig kilometer verderop,' antwoordt Tron. 'Dat is een behoorlijke afstand.'

'Voor een cheeta is dat niets. Ze kunnen net zo snel rennen als een auto,' zegt Marino alsof hij een expert is. 'Ik ben er vrij zeker van dat dit een cheeta is. De kop van een panter is groter.'

'Waarom is hij hier?' vraagt Tron.

'Dat vraag ik me ook af,' antwoord ik. De grote kat staat zo stil als een standbeeld en staart ons aan.

'Het is wel heel toevallig dat de Brileys de eigenaar zijn van dit pretpark én veel geld schenken aan het onderzoekscentrum,' zegt Tron.

'Misschien is het wel iemands illegale huisdier en is het ontsnapt.' Rob kijkt tussen de ruitenwissers door. 'Hij is mensen gewend, anders zou hij niet zo dicht bij ons in de buurt komen en zo blijven staan. Ik wil wedden dat als ik uitstap hij meteen op me af komt.'

'Dat zou ik niet doen als ik jou was,' zegt Marino terwijl ik mijn raampje iets omlaagdoe. 'Hij is dan misschien mensen gewend, maar hij kan je nog steeds in stukken scheuren. En daar zouden we niets tegen kunnen doen.'

'Ik denk dat ik hem net zag achter een raam op de tweede verdieping van het Witch's Castle, voordat we wegreden. Misschien verschool hij zich daar.' Ik maak een foto met mijn telefoon; daar heb ik geen mobiel signaal voor nodig. 'Het arme beest heeft waarschijnlijk honger, hoewel hij me niet zo mager lijkt. Je kunt zijn ribben niet zien zitten.' Ik ga na wat er nog in mijn werktas zit, maar ik betwijfel of hij een mueslireep wil.

'Misschien ruikt hij wat we achter in het busje hebben liggen.' Marino schetst een afschuwelijk beeld. 'Als Lucy het lichaam niet had gevonden, was die grote kat er misschien mee aan de haal gegaan.'

'Daar moest ik ook net aan denken.' Tron volgt mijn voorbeeld en maakt een foto door de voorruit. 'Maar het lichaam lag er al een tijdje voordat Lucy en ik het vonden, en vreemd genoeg bleef de kat uit de buurt.'

'We moeten de dierenbescherming bellen en een foto sturen,' leg ik uit. De grote kat slentert weg alsof hij me gehoord heeft en verdwijnt in de mist. 'Ik wil niet dat hij of iets anders gewond raakt. En hij kan hier niet overleven. Hij zal verhongeren of door iemand neergeschoten worden.'

'Klopt,' zegt Marino. 'Als hij was komen opdagen toen we in de tent wachtten, had ik dat waarschijnlijk zelf gedaan.'

'Ik heb mijn portie dood en verderf voor vandaag wel gehad.' Mijn stem schiet plotseling van de emotie de hoogte in.

'We zullen de dierenbescherming bellen.' Rob rijdt langzaam verder en ik doe mijn raampje weer dicht. Ik speur de omgeving af naar de kat, maar kan hem niet meer vinden; het voorval lijkt onwerkelijk.

Symbolisch ook, maar waarvoor weet ik niet. Het doet me aan Sal denken. Hij was een dierenvriend en was vooral dol op katten, hoewel hij er al een tijdje geen meer had. Maar als hij bij mij thuis kwam eten, was hij verzot op Lucy's Scottish fold-kat uit het asiel, Merlin, die als een wilde door ons huis struint.

14

We zijn terug op de parkeerplaats. Lucy wacht op ons in de helikopter. De rotorbladen zijn losgemaakt en wiegen in de wind. Ze stapt uit om de taatsdeur te openen die gebruikt wordt om brancards binnen te laten. Marino en ik stappen in de achterste cabine, helpen het in plastic gehulde lichaam naar binnen te schuiven en zetten het vast met elastieken die aan ringen in de vloer zijn bevestigd.

Marino en ik gaan drijfnat naast elkaar zitten en sluiten de deuren. Er ligt wederom een rol keukenpapier op ons te wachten; we deppen ons droog en doen onze gordels om. Dan word ik er weer aan herinnerd dat Sals misvormde gezicht, zijn verwarde grijze haar, zijn lichaam en wonden door het doorzichtige plastic heen te zien zijn. Lucy en Tron zitten in de cockpit en doorlopen gestrest en gehaast een verkorte opstartprocedure.

Als de rotorbladen beginnen te draaien, zet ik mijn headset op en kijk uit mijn raam. De regen overspoelt de helikopter, de bliksem flitst, de donder klinkt angstaanjagend dichtbij, en ik vind het net als Marino niet leuk meer. Maar het zou dom zijn om te wachten in de hoop dat de tornado voorbij zal waaien. In gedachten zie ik een wolk in de vorm van een trechter in de verte verschijnen, een spookachtige gloed, tot hij brult als een neerstortende trein en de achtbaan verandert in een hoop verwrongen metaal.

Laat staan wat een tornado met de helikopter zou doen. Ik blijf liever niet wachten om het mee te maken. Onze opties zijn beperkt en ik geef Marino geen ongelijk dat hij nog een tablet tegen reisziekte neemt en zijn headset heeft afgezet. Ik blijf naar buiten naar het beangstigende weer turen, omdat ik niet naar Sal wil kijken, die op de grond naast mijn natte, modderige laarzen ligt.

Zijn gebogen stijve ledematen duwen grotesk tegen de lijkzak, alsof hij eruit probeert te komen. Wat onwaardig, denk ik. In mijn hoofd hoor ik hem zo duidelijk grinniken dat ik half verwacht dat hij naast me staat, zich naar me toe buigt en me in vertrouwen neemt, zijn stem rustig in mijn oor. Ik herinner me de kruidige mannelijke geur van zijn aftershave, hoe het kriebelde als zijn haar mijn gezicht raakte.

Ongetwijfeld zou hij een flauwe grap maken, zeggen dat hij in krimpfolie verpakt is. Of verzegeld in een groot boterhamzakje. Hij zou grappen dat zijn dood in elk geval vermakelijk is.

We mogen nooit saai worden, Kay, zei hij altijd, en ik zie hem weer vooroverbuigen in het kaarslicht en zijn glas heffen om daarop te proosten.

'Zijn jullie er klaar voor?' Lucy's stem in mijn headset onderbreekt mijn gedachten.

'Klaar om te gaan,' antwoord ik. Ik voel de zwaartekracht wegglijden als we opstijgen. Het onkruid dat uit scheuren in de grond groeit buigt om en wordt geplet. De lucht is donker. We stijgen boven de lantaarnpalen van de parkeerplaats uit, en dan gaan ze tot mijn verbazing plotseling aan.

'What the fuck...?' zegt Lucy. De hoge ijzeren lantaarns langs de Yellow Brick Road gaan allemaal tegelijk aan en verspreiden lichtvlekken in de duisternis. Op hetzelfde moment flikkeren er lampjes in de donkere, lege ramen van het Witch's Castle. Over de intercom van de helikopter begint muziek te spelen – ik snap niet hoe dat kan.

'*We're off to see the Wizard, the wonderful Wizard of Oz...*' zingen kinderen uit een ver verleden. '*Because, because, because of the wonderful things he does...*' De muziek stopt net zo plotseling als ze begon.

Ik staar naar de achtbaan die beneden ons oplicht. De trein met de lege wagons begint te beven en beweegt heel langzaam over de rails, zoals de lift in mijn gebouw. Dan winnen we aan hoogte en zie ik niets anders meer dan dikke grijze wolken. Ik kijk naar Marino; hij heeft zijn ogen dichtgeknepen, zijn gezicht is bleek en hij heeft een kotszakje vast. Hij weet niet wat er net is gebeurd.

'Hé jullie daar achterin, gaat alles goed?' vraagt Lucy ironisch genoeg, omdat er een dode met ons meevliegt.

'Wat was dat?' Ik weet niet wat erger is: naar Sal kijken of naar de storm buiten het raam.

'Alles in het park ging ineens aan. Sommige lichten en zo werken, maar lang niet allemaal.'

'Wie of wat deed dat?'

'Dat weten we niet.'

'En hoe zit het met die muziek dan? Ik snap er niets van. Is de helikopter gehackt?' Alsjeblieft niet, denk ik.

'De muziek kwam uit de luidsprekers in het park,' zegt Lucy terwijl we door de regen vliegen. 'We zijn niet gehackt.'

'De helikopter heeft sensoren die harde geluiden op de grond kunnen opvangen,' legt Tron uit terwijl we door de wind worden voortgeduwd, de bergen in en de mist uit.

'Ik voer het vermogen op en ga hoger vliegen om de ergste turbulentie te vermijden,' zegt Lucy in mijn headset; ik ben opgelucht dat Marino de zijne af heeft gedaan en geen woord kan horen. 'Je zult een tijdje niets dan wolken zien. Waarschijnlijk verdwijnen die pas als we in de buurt komen van onze bestemming. Tegen die tijd zal het weer daar wel opgeklaard zijn.'

'Hoe kan iemand attracties, lichten en muziek aanzetten in een pretpark dat al jaren gesloten is en waarvan de elektriciteit is afgesloten?' Ik snap er niets van. 'En dan ook nog eens precies op het moment dat wij opstijgen? Alsof het speciaal voor ons was?'

'Dat vragen wij ons ook af,' zegt Tron. 'Ik heb gevraagd of ze bij het energiebedrijf kunnen navragen wanneer de stroom weer is ingeschakeld.'

'Kan het door de bliksem komen?' vraag ik.

'Niet als de stroom is afgesloten,' zegt Lucy.

'Iemand hield ons in de gaten en wil ons dat laten weten,' besluit ik. 'Dat verklaart ook de muziek die Marino en ik in het Witch's Castle hoorden.'

'Iemand zit met ons te fucken,' zegt Lucy, en ik zie gestoorde ogen voor me, die ronddraaien als molentjes. In gedachten zie ik de littekens op het eens zo volmaakte gezicht van Carrie Grethen. Ik weet hoe ze over me denkt; ze geeft mij de schuld van alles wat er in haar leven is misgegaan. En op de een of andere vreemde manier kan ik daar inkomen, het vanuit haar oogpunt bekijken. Een psychopaat heeft geen geweten en voelt geen wroeging. Zij vindt dat ze niets verkeerd heeft gedaan, terwijl ik de overheersende moeder ben die haar alles wat ze belangrijk vindt heeft afgepakt.

Ik heb de onvergeeflijke zonde begaan om me in het begin, toen Lucy en Carrie samen op de FBI-academie zaten, met hun relatie te bemoeien. Ik heb Carrie vals beschuldigd in een poging een wig tussen hen te drijven. Ik ben verantwoordelijk voor de dood van de mensen van wie Carrie hield, van haar eigen vlees en bloed. Dat is wat ze denkt, en ik weet dat ze nog niet klaar met me is.

'We zetten de intercomschakelaar straks om, omdat we ons op het vliegen moeten richten,' zegt Lucy. 'Je kunt ons niet horen, maar ik kan je op de camera zien.'

Het gedreun van de rotorbladen wordt gedempt door mijn headset en ik voel de kracht van de Doomsday Bird overal in mijn lichaam trillen. Door de wolken kan ik de grond niet zien. Ik probeer erachter te komen waar Lucy en Tron ons naartoe brengen, want ik kan me geen betere plek voor een autopsie voorstellen dan mijn kantoor in Virginia. Maar om de een of andere reden is dat geen optie. Af en toe krijg ik het gevoel dat ik ontvoerd word en dan stel ik me voor hoe Sal naakt en levend in een of ander vliegend voertuig zit. Hij wist waarschijnlijk dat hij ging sterven en ik had verwacht dat hij zich zou verzetten. Toch heb ik geen verwondingen gezien die daarmee overeenkomen. Daarom denk ik dat hij buiten bewustzijn was.

Terwijl ik probeer te reconstrueren wat er gisteravond met hem gebeurd is, stel ik me voor hoe hij met zijn pick-uptruck de slecht verlichte helling op rijdt naar de Allegheny Peak Lodge, waar Benton en ik vaak hebben overnacht. Hoe zijn koplampen iemand verlichten die schijnbaar autopech heeft en naar hem zwaait. Of misschien liep die persoon over straat en leek het alsof hij of zij overstuur was – Sal zou onmiddellijk toeschieten om te helpen.

Mijn aandacht wordt constant naar de vloer getrokken. Ik begrijp waarom deze lijkzakken, die je niet hoort te openen als ze eenmaal verzegeld zijn, worden gemaakt: zodat je kunt zien wie erin zit voordat de persoon in kwestie wordt gecremeerd of begraven. Maar je kunt niet vertrouwen op visuele identificatie, en ik vind het doorzichtige plastic alleen maar een nadeel.

Ik probeer zo min mogelijk naar de lijkzak bij mijn voeten te kijken, maar ik zit vast in mijn stoel, hoor niets over de intercom en zie buiten alleen maar grijs – alsof de wereld offline is. Elk moment kan het leven terugkeren, opnieuw opgestart of gepatcht als defecte software. Misschien droom ik of bevind ik me in een andere dimensie en ligt Sal als ik wakker word niet in een lijkzak voor mijn voeten. Ik word opnieuw overspoeld door een krachtige golf van emoties als ik tijdens zenuwslopende turbulentie naar hem kijk.

Met mijn headset op kan ik de donder niet horen, maar ik zie wel de bliksemschichten in de wolken. Ik heb geen idee hoe hoog we vliegen, sluit mijn ogen en leg mijn hand op die van Marino tot de wind afneemt en de lucht soepeler wordt, meer alsof je op een blauwe piste skiet in plaats van op een zwarte met een dubbele zwarte ruit. Ik voel zijn dikke spieren onder mijn vingers, zijn klamme door de zon beschadigde huid, zijn snelle hartslag.

Hij kan zijn angst niet voor me verbergen en ik laat mijn hand waar hij is tot de lucht opklaart en de regen is opgehouden. Dan haal ik mijn hand weg, pak ik mijn mobiele telefoon en zet hem aan; nu we uit het hart van de stille zone zijn, heb ik weer een sterk signaal. Ik scrol door mijn berichten. Shannon heeft me een weerbericht gestuurd over tornado's in het gebied rond Monterey, die tot stroomuitval en ernstige schade hebben geleid. Ze maakt zich *enorme zorgen* en ik app haar terug dat we het ergste zonder kleerscheuren achter ons hebben gelaten en dat ik haar meer zal vertellen als ik daar de kans toe krijg. Ze antwoordt door me een link te sturen van een *zeer afschuwelijk en onverantwoordelijk* tv-interview dat *overal op internet* te zien is. Ik bekijk het begeleidende transcript: Ryder Briley beschuldigt mijn *corrupte kantoor,* de politie en de gouverneur van *onder één hoedje spelen.*

Dana Diletti heeft hem vanmiddag in zijn enorme stenen en houten huis geïnterviewd. Hij noemt Fabian *bedreigend* en mij *harteloos* en een *samenzweerder.* Ik weigerde zogenaamd hun vragen te beantwoorden toen de Brileys vanmorgen bij mijn kantoor verschenen; ik nam hun telefoontjes niet aan en liet hen niet eens toe tot mijn parkeerplaats. Ik weiger Luna's lichaam vrij te geven of uit te leggen wat ik er allemaal *van plan mee ben.*

Hij en Luna's moeder zaten op tv in de slaapkamer van hun

dochter krokodillentranen te huilen, schrijft Shannon. *Ik moest bijna overgeven.*

Ze zegt dat Dana Diletti's mensen me blijven bellen. *Ze willen weten waarom je de doodsoorzaak nog niet hebt vastgesteld, omdat het 'overduidelijk' een ongeluk is.*

Wie weten er allemaal dat ik de doodsoorzaak nog niet heb vastgesteld? Fabian, Wyatt, een paar medewerkers op mijn kantoor. En ik heb het aan Jesse Spanks verteld toen Marino en ik op weg waren naar het vliegveld, maar ik heb het vermoeden dat de informatie van Blaise Fruge komt. De media hebben haar waarschijnlijk benaderd. Ik vraag Shannon waar Dana Diletti's producers volgens haar op uit zijn.

Het lijkt erop dat ze een item willen maken over hun onderzoek naar de 'twijfelachtige' dood van Luna Briley. Was het echt 'een ongeluk'? Shannon vermoedt dat het programma eerder de kant koos van Ryder Briley, zodat ze hem te spreken zouden krijgen. De hele tijd dat Dana Diletti aan het filmen was en deed alsof ze met hem meeleefde, was ze eigenlijk een dolksteek in de rug aan het voorbereiden. Dat verbaast me niets. Klinkt als iets wat zij zou doen.

Ik kijk naar Marino. De eerste lichtstralen breken door de wolken en beschijnen zijn gezicht. Ik zie de rimpels in zijn voorhoofd van het vele fronsen, zijn eens zo sterke stoppelkaak is een stuk dikker geworden. De littekens op zijn neus en boven op zijn kaalgeschoren hoofd zijn overblijfselen van kwaadaardige moedervlekken die onlangs zijn verwijderd. Hij slaat mijn waarschuwingen voor de zon altijd in de wind en is al enorm bruin, terwijl het pas half april is.

Als hij eindelijk zijn ogen opent, is het bijna halfzes. De zon is niet meer dan een fel vlekje aan de schemerige horizon. Ik geef hem zijn headset aan en hij zet hem op.

'Dat was leuk,' zegt hij sarcastisch, maar hij is nog steeds van slag – hij houdt me niet voor de gek. 'Leven we allemaal nog?' Hij doet net alsof hij helemaal geen doodsangsten heeft uitgestaan.

'Volgens mij hebben we het ergste achter de rug.' Ik staar naar buiten, naar de kolkende grijze wolken, waar nu blauwe stukken lucht doorheen komen.

Ik weet dat Lucy ons op de camera kan zien; ze weet dat Marino zijn ogen heeft geopend en zijn headset op heeft. Toch vraagt zij of Tron niet hoe het met ons gaat of geven ze ons een update. Ze hebben waarschijnlijk hun handen vol in de cockpit. Of misschien willen ze niet dat we vragen stellen over onze bestemming en wanneer we er zullen zijn.

'Hoe voel je je?' Ik kijk naar Marino, die gespannen in zijn stoel zit.

'Je bedoelt nadat ik door elkaar geschud ben als een fucking margarita?'

'Het was inderdaad verschrikkelijk, misschien wel mijn ergste vliegtocht ooit,' geef ik toe. 'Af en toe vroeg ik me af of dit het einde was.'

'Zeg zulke dingen niet tot we geland zijn.' Hij tuurt naar buiten, waar weer niets anders dan grijs te zien is. 'Heb ik je al verteld hoe klaar ik ben met Lucy en die stomme doodswens van haar?'

'Ze deed wat in haar ogen het veiligst was.'

'Dan wil ik niet meemaken wat ze riskant vindt.'

'Was je liever als een mak lammetje blijven wachten tot de tornado je uit Oz had meegenomen?' Pas als de woorden mijn mond hebben verlaten, besef ik wat ik heb gezegd. 'Shannon liet weten dat er meerdere tornado's in het gebied rond Monterey waren. Blijkbaar is er veel schade aangericht.'

De grote kat met zijn helderwitte ogen doemt weer voor mijn geestesoog op; ik hoop dat hij het noodweer heeft overleefd. Ik vraag me almaar af hoe hij in het park terecht is gekomen en of de dierenbescherming al naar hem op zoek is.

'Dacht je echt dat we neer zouden storten?' vraagt Marino serieus.

'Die gedachte kwam wel in me op.'

'Ik denk dat dat nu niet meer zal gebeuren. Ik hoopte maar dat als we neer zouden storten, het snel zou gaan. Ik heb het liever niet door. En ik zei tegen mezelf: in elk geval zijn de Doc en ik, na alles wat we hebben meegemaakt, samen.' Hij schuift dichter mijn kant op, maar ik zou liever hebben dat hij dat niet deed.

'Hopelijk landen we snel,' zeg ik terwijl het zonlicht met tussenpozen door de wolken schijnt en de rotorbladen monotoon dreunen. 'Maar waar is nog maar de vraag.'

'Ik zat te denken aan wat ik zou zeggen als ons einde was

gekomen.' Hij zet zijn Ray-Ban op. 'Wat ik Dorothy zou appen. Maar ik kon mezelf er niet toe zetten.'

'Misschien dacht je: als ik geen berichtje stuur, dan gebeurt er ook niks.'

'Zat jij eraan te denken iemand een berichtje te sturen?'

'Ik zat aan zoveel dingen te denken.' Door de flarden bewolking zie ik de rode dakpannen van Keswick Hall, een prachtige voormalige villa en nu een resort waar Benton en ik heen gaan bij speciale gelegenheden. Ik vang een glimp op van het zwembad en de tennisbanen, voordat we weer helemaal door wolken worden ingesloten. We zijn dicht bij Charlottesville, maar ik weet niet welke richting we op gaan, alleen dat we de bergen achter ons laten.

'Ik zou graag willen weten of iemand gevoelens voor me heeft voordat het te laat is. Jij niet?' Marino laat het onderwerp niet los.

'Hangt ervan af.'

'Waarvan?'

'Of het echt beter is als iemand dat weet.'

'Als je echt dacht dat we neer zouden storten, Doc, wat zou je dan zeggen? Wat heb je nog nooit eerder gezegd?' Hij komt nog dichterbij, raakt delen van mij aan die hij niet aan zou moeten raken.

'Ik wil niet tot mijn aanstaande dood wachten met het uitspreken van belangrijke zaken.'

'Wat zou je tegen mij willen zeggen?'

'Ik zou je vertellen hoe ik me voel als ik word lastiggevallen met persoonlijke vragen,' antwoord ik, en ik glimlach als hij ondanks alles in lachen uitbarst.

15

‘Ik weet het niet, hoor Doc.’ Marino zucht, leunt achterover in de stoel en kijkt omhoog naar het zilveren plafond van de Doomsday Bird. ‘Ik trek me tegenwoordig dingen aan waar ik vroeger helemaal geen last van had. Er zijn veel mensen die ik ken doodgegaan en ik ben bang dat er nog meer zullen volgen, vooral jij en ik.’

‘Toen we collega’s werden, wisten we meer over de dood dan de meeste mensen,’ antwoord ik. ‘Maar we dachten dat we het ons niet aan zouden trekken.’

‘Precies. Ik zou willen dat ik er nog steeds zo over dacht.’

‘Dat heet ontkennen. Iets waar jij heel goed in bent.’

‘Dat moet jij nodig zeggen,’ zegt zijn stem in mijn headset. ‘Vroeger bezocht je zonder problemen een plaats delict in de meest onveilige buurt met niets meer dan een scalpel om jezelf te verdedigen.’

‘Ik kan vrij goed overweg met scherpe instrumenten.’

‘En hoe vaak heb ik je wel niet verteld dat je met een mes weinig tegen een pistool kunt beginnen?’

‘Jij was altijd bij me. Als jij in mijn buurt bent, voel ik me nooit onveilig.’ Ik wijs naar een regenboog in de opklarende hemel. ‘Kijk, een goed teken,’ zeg ik, en ik meen het.

‘Misschien.’

‘Hoe kan een regenboog nou een slecht teken zijn, Marino?’

‘Als we neerstorten in plaats van aan het eind een pot met goud vinden,’ zegt hij, terwijl de prachtige prismakleuren zwakker worden en verdwijnen. De zon verschuilt zich achter de sluierbewolking.

Marino ziet dat ik stiekem naar het lichaam staar, naar het

donkerrode bloed dat door het plastic heen te zien is. Plotseling komen de emoties weer in me op en ik druk ze weer weg, metsel ze weer in. Marino en ik zeggen een tijdje niets. Ik voel zijn ogen op me, zijn prangende vragen, als een hardnekkige aanwezigheid in de duisternis.

'Ik weet hoe je je voelt, Doc,' zegt hij. 'Ik heb het ook meegemaakt.'

'Wat meegemaakt?'

'Iedere agent die ik ken is weleens op een plaats delict aangekomen, om erachter te komen dat het slachtoffer een familielid, een vriend, een echtgenoot of een echtgenote is. Of misschien iemand met wie ze een relatie hadden, wat ze om de een of andere reden aan niemand hebben verteld,' legt hij uit.

Hij had meer door dan ik had gedacht. Ik blijf naar buiten kijken en de regenboog zoeken, in de hoop dat het een boodschap speciaal voor mij was, maar ik zie niets dan sombere lucht. Ik wil geloven in symbolen, zoals de grote kat die op de Yellow Brick Road opdook. Sal kan alleen met me communiceren door metaforen, en ik weet dat hij me op de een of andere manier zou willen troosten. Hij zou zeggen dat hij niet in die lelijke zak op de vloer ligt, voor mijn modderige schoenen, maar dat hij zich nu op een andere plek bevindt en slechts zijn ruimtepak heeft achtergelaten, zoals hij zijn sterke, lenige lichaam noemde dat ik ooit beminde.

Met een nieuwe intensiteit schieten er beelden door mijn hoofd van het beklimmen van steile treden die door de eeuwen heen zijn uitgesleten, de koele stenen onder mijn blote voeten. We wachtten op het betoverende uur, zoals hij de vroege ochtenden noemde waarin de winkels gesloten waren, de meeste mensen nog sliepen en de lichtvervuiling minimaal was. We namen een fles wijn mee naar het dak en zaten tussen de bloemen en marmeren beeldhouwwerken. Een fontein klaterde, de sleutelbloemen en vlambloemen geurden in de warme duisternis.

Onder ons lag een zee van rode dakpannen, koepels en ruïnes, overspoeld door wilde katten, die we vaak voerden tijdens onze lange wandelingen. De bloedsinaasappel- en citroenbomen op het dak zwaaiden als toverstokken in de wind en betoverden de oude stad, terwijl we door de telescoop van Sal keken. Hij liet me de droge meren, ravijnen en kraters van de maan zien en wees rotsachtige rivierbeddingen aan op Mars, vertelde me dat die planeet een prachtige plek was geweest voordat hij zijn atmosfeer verloor.

Voor het eerst zag ik met mijn eigen ogen de gordels van Jupiter en de ringen van Saturnus. Hij was er al van overtuigd dat er planeten buiten ons zonnestelsel bestonden voordat het bewezen werd. 'Op een dag zul je het zien, *amore*. Alles wat ik je verteld heb zal uitkomen. Dat weet ik, omdat wat zal zijn al is, en al eerder is geweest.'

'... die zomer in Italië, toch?' vervolgt Marino, maar ik heb niet naar hem geluisterd.

'Sorry, dat laatste heb ik niet gehoord,' zeg ik. 'Misschien moet je de microfoon iets dichter bij je lippen zetten. Je valt soms een beetje weg.' Dat klopt, maar dat is niet de reden waarom ik niet gehoord heb wat hij zei.

'Ik had het over het moment waarop het gebeurde.'

'Hè?' Ik heb geen zin om het hierover met hem te hebben.

'Moet ik het echt zeggen?'

'Wat?'

'Hoe kwaad ik op je was toen je voor een lange tijd wegvluchtte.' Zijn blik is koud terwijl hij uit het raam staart. Tussen de wolken zijn stukken blauwe lucht te zien.

'Al zolang we elkaar kennen ben je kwaad op me.'

'Eerst zei je dat je ontslag wilde nemen en naar Miami wilde vluchten, naar je huis. Toen besloot je plotseling het land te verlaten, zonder het te vertellen.' Hij kijkt naar de lucht, die steeds helderder wordt door de zakkende zon. 'Ik moest in het tijdschrift *Style* lezen dat je in Rome lesgaf aan de faculteit geneeskunde. Je hebt niet eens de moeite genomen om afscheid te nemen of een fucking kaartje te sturen.'

'Dat slaat nergens op. Toen waren we helemaal geen vrienden – allesbehalve zelfs.' Mijn aandacht wordt weer naar de vloer getrokken. Af en toe krijg ik door het trillen van de helikopter het nare idee dat Sals lichaam bibbert in zijn plastic cocon.

'Nou, in elk geval wist ik dat er iets gebeurd was in Rome,' zegt Marino. 'Want toen je terugkwam was je veranderd.'

'Daarom was ik ook gegaan.'

'Het kwam door hem.' Hij heeft Sals naam altijd al zo weinig mogelijk in de mond genomen, en nu begrijp ik misschien waarom. 'Een paar weken nadat je terug was, wist ik zeker dat jullie iets hadden. We waren die dag op een plaats delict in Gilpin Court, die schietpartij vanuit een langsrijdende auto op klaarlichte dag. Weet je nog?'

'Er waren meerdere schietpartijen in Gilpin Court, ik weet niet–'

'Ik liep naar je toe toen je uit die tank van een Mercedes van je stapte en hoorde je in die megagrote mobiele telefoon van je zeggen dat je degene aan de andere kant van de lijn miste. Ik vroeg je met wie je aan het bellen was en je deed alsof het niets bijzonder was, maar ik wist dat je loog.'

'En je had gelijk,' antwoord ik, en ik zie het in Marino's ogen: de pijn na al die jaren. Al die tijd ben ik met iemand samen geweest, maar nooit met hem.

'Ga je het nog opbiechten? Je weet wel, volledige transparantie? Als je niet oppast, kan het nog tegen je gebruikt worden.' Hij leest me bijna de les.

'Het romantische element van onze relatie was van korte duur en heel lang geleden,' antwoord ik.

'O ja? Waarom lijk je dan zo van slag op momenten dat je denkt dat ik niet kijk?'

'Ik mag dan misschien van slag zijn, maar dat wil niet zeggen dat ik mijn werk niet kan doen. Alleen dat ik erom geef. En natuurlijk gaf ik om hem. Ik gaf heel veel om hem.' Ik slik een brok in mijn keel weg. Emoties borrelen op.

'Het is niet mijn bedoeling om je te pesten, Doc.'

'Gelukkig maar.'

'Ik wil gewoon voorkomen dat anderen dat gaan doen.'

Ik staar naar het loodgrijze tussenschot tussen onze cabine en de cockpit, wensend dat ik kan horen waar Lucy en Tron het over hebben. Ik vraag me af waar we heen gaan en wat ze nog meer voor me achterhouden, waarom Sal op zo'n afschuwelijke wijze is gestorven.

'Heeft hij nabestaanden?' Marino gooit het over een andere boeg. 'Wie moeten we op de hoogte brengen zodra zijn identiteit is bevestigd?'

'Zijn ouders zijn er niet meer, zijn moeder is een paar jaar geleden overleden. Maar hij heeft een zus,' antwoord ik. 'Ze woont in Rome en Sal heeft haar een paar weken geleden opgezocht.'

'Hij is nooit getrouwd, toch?'

'Hij was met zijn werk getrouwd.' Ik krijg het niet over mijn lippen dat Sal egoïstisch was, maar dat was hij wel. Hij had het zelf alleen niet door; voor iemand met zoveel inzicht zag hij niet wat een enorm ego hij had.

'Waarschijnlijk omdat hij nooit over jou heen is gekomen,' zegt Marino.

'Hij heeft anders veel gedatet in de loop der jaren.'

'En wie was er op het eind bij hem? Wie kwam er gisteren langs om hem een fijne verjaardag te wensen, toen hij baalde dat hij zestig was geworden? Als jullie allebei gevoelens voor elkaar hadden, waarom deden jullie daar dan niets mee?'

'In het leven moet je accepteren dat sommige dingen niet veranderen, hoe teleurstellend dat ook is,' antwoord ik. Ooit zei ik precies hetzelfde tegen Sal.

'Vertel mij wat.' Marino kijkt weer uit het raam. 'Ik snap precies wat je bedoelt. Soms heb ik het gevoel alsof ik mijn hele leven met minder genoegen neem.'

Ik ben blij dat Dorothy ons niet kan horen. Het zou ruzies uit het verleden oprakelen, ruzies over haar vermoedens van Marino's gevoelens voor mij. Lang voordat zij een relatie kregen was ze daarvan al op de hoogte. Nu vindt ze het alleen nog maar grappig dat hij ooit 'een oogje' op mij had. Ze zou kapot zijn als ze zou horen dat Marino hun relatie beschrijft als 'met minder genoegen nemen', en ze mag het nooit te weten komen.

Achter onze ramen is de skyline van het centrum van Richmond te zien. De toppen van het James Monroe Building en andere wolkenkrabbers zijn in de mist gehuld. We vliegen over de restaurants en bars van Shockoe Bottom en de drukke buurten van Libby Hill. Ik herken wat ik zie; als ik de stad bezoek komt alles weer terug. Hoewel dit deel van Virginia door de jaren heen enorm is veranderd, zijn de fundamenten nog steeds hetzelfde.

Lucy volgt de I-64 aan de andere kant van de Oakwood Cemetery, vol kronkelige paden en rijen grijze grafstenen. Ik herken New Kent County Airport, verscholen tussen de bomen, de witgeschilderde nummers 11 en 29 aan uiteinden van de landingsbaan. Dan zijn er onder ons alleen nog maar bomen en een stuwmeer waarin mensen aan het vissen zijn.

Hoe verder we naar het oosten gaan, hoe beter het weer wordt. De ondergaande zon schijnt vuurrood aan de horizon. Al snel vliegen we boven Colonial Williamsburg en ik vang kort een glimp op van het bezoekerscentrum van rode baksteen en het Governor's Palace, de kronkelende muren en open groene velden omringd door houten hekken. Groepjes bezoekers slenteren over de wandelpaden en even kan ik de tolken in historische kostuums zien voordat ze door bossen vervangen worden.

'Waar brengen ze ons in godsnaam heen?' vraagt Marino, maar ik heb geen antwoord voor hem. Ik heb zelfs niet eens een vermoeden.

Een paar kilometer rechts van ons ligt het themapark Busch Gardens. De achtbanen kronkelen in de schemering. Ik moet aan Sals lichaam denken, dat schaamteloos in het Haunted Forest gedumpt werd, en aan de doorzichtige lijkzak op de bodem van de helikopter. En aan wie de dader zou kunnen zijn. En hoe ongelooflijk het is dat we weer met dezelfde vijand te maken hebben.

Stierf ze maar.

Ik zie Carrie Grethen als een menselijk virus dat niet uitgeroeid kan worden. Ze muteert slechts in een andere variant, die nog wreder en sluwer is dan de vorige. Ik stuur Benton een appje, zonder te zeggen waar we zijn of andere details te geven. Hij heeft geen update van me nodig; hij weet veel meer dan ik over wat er aan de hand is. Ik schrijf dat ik wil weten hoe het met hem gaat, dat ik aan hem denk.

Ik hoorde dat het geen prettige vlucht was, schrijft hij terug.

Geen pretje inderdaad, maar nu is het weer beter.

Hoe gaat het met Marino?

Nog steeds een beetje misselijk, typ ik als ik zeker weet dat Marino niet meeleest. *Nee, we zijn oké. Maar er zijn verontrustende dingen aan de hand. Ik weet niet zeker wat je allemaal gehoord hebt…* Ik twijfel er niet aan dat Benton precies weet over wie ik me zorgen maak.

We spreken elkaar snel, antwoordt hij, en ik hoop dat dat waar is.

'Hallo? Hé!' Marino's stem schalt door mijn headset terwijl hij naar de camera's zwaait en gebaart. 'Is daar iemand?' vraagt hij in de hoop dat Tron of Lucy antwoordt, maar dat doen ze niet. 'Denk je dat ze nog leven?' vraagt hij aan mij. 'Want ik mag toch niet hopen dat dit bakbeest door AI bestuurd wordt.'

De zon smeult over de York River en kleurt die goud. Een vissteiger, een grijze houten loopbrug slingert door moerasland bij Denbigh Park, en ik herken het moderne bakstenen en glazen vliegveld in Newport News. Het Hampton Coliseum lijkt als een betonnen moederschip in het afnemende licht te zweven. Ik weet waar we zijn, maar niet waar we heen gaan.

Tot ik de knipperende rode lichtjes zie boven een kolossaal zaagbokvormig gebouw in een lucht die steeds donkerder wordt. De Doomsday Bird dendert laag en langzaam boven de grond en we naderen het NASA Langley Research Center. De oudste campus van de National Aeronautical and Space Administration dateert uit de tijd van de gebroeders Wright. Hier trainden Neil Armstrong en Buzz Aldrin voor hun maanlanding.

'Waarom zijn we hier in godsnaam?' Marino is verbijsterd, maar ik weet het ook niet.

Beneden knipperen straatlantaarns. De windtunnels worden aangedreven door enorme witte metalen vacuüm bollen die op gigantische ballonnen lijken. We vliegen langs een rood-wit gestreepte watertoren. In de verte spuwt een hoge schoorsteen rook en vuur uit. Dan komt de matzilveren vliegtuighangar in zicht, een tien verdiepingen tellend gebouw met een witte koepel op het dak. We vliegen eromheen en vertragen tot we hoveren.

Op het platform schijnen heldere lampen op hoge palen en op de parkeerplaats staan een busje en een SUV met brandende koplampen te wachten. Daarachter ligt Langley Air Force Base, de lange landingsbaan omlijnd met diamantwitte lichten. Een F-22 Raptor-straaljager stijgt op terwijl twee andere op de taxibaan wachten. De uitlaatgassen trillen.

We landen op het asfalt. De landingslampen verlichten flikkerend het vervaagde blauw-rode NASA-logo op de oude aluminium panelen.

Lucy schakelt de motoren uit en laat de rotorbladen tot stilstand komen. De SUV en het busje rijden gelijk op ons af. De bestuurdersdeuren gaan open en er springen twee soldaten in camouflagekleding uit, zwaar bewapend en in gevechtsuniformen. Hun partners doen de deuren open; ze dragen machinegeweren en hebben oortjes in. We stappen uit de helikopter en Lucy pakt de noodtassen, maar niet onze pd-koffers. 'Je hebt je spullen niet nodig,' legt ze uit.

Marino en ik gaan op de derde rij stoelen in de SUV zitten, Lucy en Tron zitten voor ons. De auto rijdt weg. Aan de noordkant van het vliegveld stoppen we bij de Armistead Gate, waar de militaire politie op ons wacht. Ze praten kort met onze chauffeurs, terwijl ze met hun zaklampen op onze identificatiekaarten schijnen. Door de luide motoren kan ik niet alles verstaan wat ze zeggen, maar ze zijn overduidelijk op de hoogte van onze morbide lading.

Een K-9-hondengeleider laat een Mechelse herder rondzoeken, om te kijken of er explosieven of wie weet wat nog meer zijn. Bewakers turen door onze open raampjes, schijnen met hun zaklampen op onze gezichten om te controleren of we wel op onze pasfoto's lijken. Met spiegels aan lange stokken onderzoeken ze het onderstel van de auto, terwijl drones boven onze hoofden vliegen. Dan gebaren ze dat we verder mogen rijden en wensen ze ons goedenavond; de ondergaande zon is gesmolten.

16

We volgen Sweeney Boulevard, parallel aan de landingsbaan.

Een andere supersonische jet stijgt op vanuit een onmogelijk steile hoek; de motoren brullen en schreeuwen. Het restaurant, de kapel en nette rijen militaire woningen vliegen voorbij. Het is druk op de weg. De bermen zijn beplant met kornoeljes en kersenbomen; alles is nog precies hetzelfde als toen ik hier vorige winter was voor een (zelf)moordzaak.

In de loop der jaren heb ik om verschillende reden vele bases bezocht; ik heb al lange tijd een hechte band met het leger. Ik heb mijn opleiding bij de luchtmacht gevolgd en om mijn schuld af te betalen ging ik, nadat ik bij het Dade County Medical Examiner's Office had gewerkt en voordat ik naar Richmond verhuisde, aan de slag bij het Armed Forces Institute of Pathology (AFIP) in het Walter Reed Hospital in Bethesda, Maryland.

Daar beoordeelde ik militaire autopsies en onderzocht de sterfgevallen van overzeese Amerikanen. In mijn vrije tijd hielp ik het AFIP's National Museum of Health and Medicine. Ik schreef catalogusbeschrijvingen en stond onderzoekers bij, waardoor ik allerlei pathologische wonderen kon aanschouwen. Zeldzame geboorteafwijkingen. Geamputeerde ledematen tijdens de Burgeroorlog. Schedelfragmenten van Abraham Lincoln en de kogel waarmee hij werd neergeschoten.

Aan het einde van een lange rij witte hangars nemen we een laaggelegen weg die naar het noordwestelijke uiteinde van het vliegveld voert. Raptor-straaljagers scheuren door de blauwe schemering; ze stijgen en draaien door de lucht, maken acrobatische toeren en loopings als het Cirque du Soleil. De naverbranders zijn oorverdovend. We rijden voorbij een voetbalveld en golfbaan. Het bunkerzand steekt vaag wit af tegen het gras dat geheel in de schaduw ligt.

In de kale velden liggen plassen regenwater door de storm. Canadaganzen vliegen in formatie laag over moerasgebied vol getijdengeulen die overgaan in bossen. Voorbij Quonset zijn er hutten en munitiebunkers, door de bomen schijnen lichten. Als we dichterbij komen, zie ik hoge omheiningen met rollen prikkeldraad, die aan een gevangenenkamp doen denken.

Op verschillende borden wordt in dikke rode letters gewaarschuwd dat we een afgeschermd gebied naderen en dat het verboden is foto's te maken. Verboden toegang voor onbevoegden; dodelijk geweld is toegestaan. De auto's stoppen, de ramen gaan weer omlaag. Twee serieus kijkende bewakers met machinepistolen over hun schouders naderen, en ik twijfel er niet aan dat ze in geval van dreiging eerst zouden schieten en dan pas vragen zouden stellen.

Ze schuiven het donkergroene metalen hek open en we rijden erdoorheen; het klettert achter ons dicht. Een quadcopterdrone vliegt rondjes boven onze hoofden, zoemend als een enorme robotmug. Ik zie meerdere antennes, hun witte schotels lijken op dagbloemen. Ik vermoed dat deze overduidelijk topgeheime plek extra bewegingssensoren heeft die waarschuwen als er iets of iemand in de buurt komt. Er is vast en zeker een controlekamer waar militairen en cyberonderzoekers alles continu in de gaten houden. We worden op dit moment ook in de gaten gehouden, terwijl we een pad door het bos volgen dat door een houthakker gemaakt lijkt. Voor ons schijnen nog meer lichten. Aan de andere kant van de hoge omheining is een afgelegen gebied van de NASA-Langley-campus; de torens in de verte lijken op een gigantisch Lego-bouwwerk, de rode bakens knipperen.

Het iconische testcomplex wordt momenteel afgebouwd, vertelt Lucy. Fysieke valproeven en waterlandingen zijn overbodig geworden; wetenschappers kunnen nu met computerprogramma's voorspellen hoe een bemande capsule of een ruimtevliegtuig op bepaalde omstandigheden zal reageren. 'En aangezien AI alleen maar beter wordt, zal het alles op den duur vervangen,' voegt ze eraan toe.

'Ik hoop maar dat het algoritme het bij het rechte eind heeft als een vliegende taxi vol passagiers opstijgt vanaf het dak van een gebouw,' antwoord ik. Onaangename beelden schieten door mijn hoofd.

Het bos maakt plaats voor een grote open plek, verlicht door spreidlichten die op tientallen raamloze in camouflagepatroon beschilderde blokhutten schijnen. De hutten hebben twee verdiepingen en staan in rijen, genummerd met reflecterende witte verf. Een betonnen schoorsteen steekt erboven uit. Er staan zes SUV's voor die glimmen als zwart lakleer, waarvan ik er één herken. Benton loog niet toen hij zei dat hij me snel zou zien.

'Kijk eens wie we daar hebben.' Marino herkent de Tesla van mijn man als we parkeren. 'Van wie zijn al deze wagens? Naast die van de FBI, bedoel ik?'

'Van degenen die hier moeten zijn,' zegt Tron terwijl we naar buiten stappen, de koele regenlucht in. Er waait een briesje vanaf de Chesapeake Bay.

'Jullie gaan maar door met dat Secret Serieus-gedoe, hè?' zegt Marino geërgerd en geboeid tegelijk.

'We zullen je vertellen wat je moet weten,' antwoordt Tron. 'En als je weer vertrekt, is niets van dit alles ooit gebeurd.'

'Geen woord, tegen niemand,' zegt Lucy tegen Marino. 'Ook niet tegen mam, hoe ze ook probeert iets los te krijgen.'

Een vollemaan komt net boven de donkere dennenbomen uit als de voordeur van blokhut 3141 opengaat; de eerste vier cijfers van het getal pi, besef ik met een schok. Twee soldaten in lange witte Tyvek-labjassen, gezichtsmaskers en handschoenen komen naar buiten. Ze lopen recht op ons af; hun beschermende kleren fladderen als geesten in de schemering. Ze zeggen niets, openen de achterdeur van het busje en pakken de lijkzak op aan de handvatten. De lamp in het busje werpt een afschuwelijk licht op de felroze huid en bloedvlekken die door het plastic heen te zien zijn. Ze slaan de achterdeur dicht en tillen hun morbide lading langs drie blokhutten terug naar 3141 en de betonnen oprit op. De voordeur slaat achter hen dicht.

'We wachten hier even terwijl Tron de boel controleert,' zegt Lucy.

'Ik laat het je weten als ze klaar zijn,' antwoordt ze terwijl ze wegloopt, fonkelende vuurvliegjes om haar heen.

'3141? Als in het getal pi en Sals tatoeage?' Ik vertel Lucy over het met gele inkt aangebrachte symbool op Sals linkerpols. 'Is er een verband? Is hij hier geweest?'

'Heel vaak.' De glazen van haar bril hebben nauwelijks kleur in het vervagende licht. 'In het begin van de jaren veertig, toen de blokhutten werden gebouwd, kregen ze net als de rest identificatienummers.' Het nummer 3141 heeft geen dubbele betekenis, legt ze uit. Maar Sal bracht wel veel tijd door in die specifieke blokhut, de Space-Linked Autopsy Base of SLAB, die al sinds het Apollo-tijdperk bestaat. Ik heb er nog nooit van gehoord. Maar niemand zou het mij ook verteld hebben als daar geen reden voor was, zoals nu. Ik sta er versteld van hoeveel ik niet wist over Sal. Wie was hij echt? Welke geheimen hield hij voor me verborgen?

'Wat deed hij hier dan?' vraagt Marino.

'Onderzoek, tijdens geheime crisissituaties.' Tron geeft weer een typisch vaag antwoord. 'Je snapt dat we niet in detail kunnen treden.'

'Door alle klokkenluidersverhalen van de afgelopen jaren over de overblijfselen van neergestorte voertuigen en dergelijke kun je vast wel bedenken wat hier gebeurt,' legt Lucy uit. 'Zaken bekijken en afhandelen op een plek die zo geheim is dat zelfs mensen zoals jullie er nog nooit van gehoord hebben. Een plek waar topgeheime technologieën onderzocht en verbeterd kunnen worden.'

'Wiens technologieën? Van ons? Of die van hen?' Marino wijst omhoog naar de nachtelijke hemel.

'Van ons allemaal.'

'Misschien is er een verband tussen Sal Giordano's dood en deze plek,' oppert Marino.

'Maar hoe weet een onbevoegd persoon überhaupt van deze plek af?' antwoord ik terwijl ik aan Carrie Grethen denk.

'Dat is een goede vraag,' antwoordt Lucy. 'En we moeten rekening houden met de vreselijkste verklaringen. Zoals de betrokkenheid van Sal Giordano bij zaakjes die hij voor ons verborgen heeft gehouden.'

'Daar moest ik ook aan denken,' zegt Marino.

'Laten we gaan,' zegt Lucy dan plotseling, alsof ze een signaal heeft ontvangen – en waarschijnlijk heeft ze dat ook via haar smartbril.

De lichte windvlagen brengen de scherpe geur van dennenbomen mee, die me aan Kerstmis doet denken en een stortvloed van emoties veroorzaakt. Ik ben blij dat het donker is. Onze voetstappen klinken zacht over het gebarsten trottoir; we stoppen af en toe om de opgedroogde modder die we uit Oz hebben meegenomen van onze schoenen te tikken.

'Sal had die tatoeage van het pi-teken al toen ik hem in Rome ontmoette,' vertel ik aan Lucy en Marino. 'Als het een aandenken aan de SLAB is, komt hij hier al tientallen jaren.'

'Sinds zijn afstuderen,' antwoordt ze terwijl we door een clair-obscur van felle lichten en duisternis lopen. 'Hij speelde een grote rol bij de herbestemming van wat jullie straks gaan zien, maar had nooit gedacht dat hij hier ooit zelf zou eindigen. Niet op deze manier. Maar de vraag waaraan hij blootgesteld kan zijn, heeft hij zichzelf ook gesteld toen hij deze plek hielp ontwerpen.' De plek heet Area One, vertelt Lucy verder, en is op geen enkele kaart te vinden. In de meeste hutten worden spullen opgeslagen; andere zijn laboratoria en werkplaatsen.

'Wat voor spullen?' Marino staart naar de tientallen camouflagehutten die verlicht worden door de spreidlichten.

'Wrakstukken, voornamelijk.'

'Van wat?'

'Van wrakken,' zegt ze ontwijkend.

'Laat me raden.' Zijn wijd open ogen speuren de hele omgeving af. 'In deze blokhutten liggen de Chinese spionageballon, de Tic Tacs en andere neergehaalde ufo's waar we nooit meer iets over gehoord hebben?'

Maar Lucy geeft geen antwoord.

We lopen naar de 3141, of de SLAB, zoals het wordt genoemd. Een spreidlicht schijnt boven de dubbele metalen camouflagedeuren. Vuurvliegjes flikkeren in het inktzwarte bos om ons heen. De stilte wordt verbroken door kwakende kikkers en het getjilp van krekels. Een uil roept, waardoor ik kippenvel krijg op mijn armen; een rilling loopt over mijn nek.

'De Raptor-straaljagers worden vanaf hier op de Langley Air Force Base ingezet. Als ze ingezet worden om een ufo neer te schieten, is dat overal in het nieuws,' zegt Marino terwijl we de helling op lopen; we zien onze langgerekte schaduwen op het beton. 'Dus het is logisch dat de wrakstukken hier opgeslagen worden. En waarschijnlijk hier weer in elkaar gezet.'

Lucy zegt niets. Ze drukt haar rechterduim op een biometrisch slot en opent de stevige metalen deur. Binnen, in een innameruimte met helderwitte tegels, wacht Tron op ons. Het lijkt op de innameruimte in mijn gebouw: er staat een brancard boven op de vloerweegschaal, een maatstok tegen de muur. Het is er koel en er is geen enkel naar geurtje te bekennen; ik weet zeker dat er speciale ventilatiesystemen zijn.

Toch heb ik het gevoel dat de SLAB al een tijdje niet meer gebruikt is. Maar waarvoor werd die überhaupt gebruikt? In plaats van koelingen en vriezers hangen er roestvrijstalen lades aan de muren, als zilveren postbussen. Er zijn er minstens zestig, allemaal met een eigen nummer, maar ze zijn niet groot genoeg voor een volwassen lichaam. Ze lijken in niets op wat ik ooit eerder heb gezien of gehoord.

Ze zijn zo'n vijfenveertig bij vijfenveertig centimeter groot en hebben een glazen digitaal paneel en groene lampjes. Aan de temperaturen te zien worden slechts enkele lades gekoeld; de rest heeft temperaturen van -22 graden Celsius. Het meeste van wat hier opgeslagen is, is bevroren. Waarschijnlijk is het militair-gerelateerd en topgeheim, maar het zou me verbazen als lichamen of delen ervan niet teruggegeven worden aan families.

'Toen Area One tijdens het begin van de Tweede Wereldoorlog werd gebouwd, was er nog geen National Transportation Safety Board die neergestorte vliegtuigen onderzocht,' legt Lucy verder uit. '3141 was een pathologisch lab waarin biologische materialen of biohybriden werden onderzocht.'

'Zoals dode piloten?' Marino blijft aandringen op meer informatie.

'Zoals alles waarvoor de speciale zorg van Area One nodig was,' antwoordt Tron.

'In die tijd verrichtte het leger nog die secties.' Lucy heeft het over de legerlijkschouwers met wie ik mijn hele carrière heb samengewerkt. 'Het was niet algemeen bekend waar deze secties plaatsvonden of wie ze uitvoerde.'

'Dat wist ik, maar ik heb tot nu toe nooit over de SLAB gehoord,' antwoord ik.

'De afgelopen jaren zijn hier voornamelijk necropsies verricht,' legt Tron uit.

'Voornámelijk?' vraagt Marino. 'Wat nog meer dan?'

'Meestal op dieren die de ruimte in werden gestuurd.' Tron doet alsof ze hem niet gehoord heeft.

'Zoals John Glenn, die de ruimte in ging met de aap die nooit de eer heeft gekregen die hij verdiende,' zegt Marino. 'Ik ben zijn naam vergeten.'

'Het was een chimpansee en ze reisden niet samen,' antwoordt Lucy.

'Ik weet nog dat hij overleed nadat hij uit de ruimte was teruggekomen en dat zijn lichaam daarna verdween.' Marino staart naar de stalen lades alsof hij er dwars doorheen kan kijken. 'Ik wil wedden dat de chimpansee in een van deze laden terecht is gekomen.'

'Deze plek mag er misschien verouderd uitzien,' zegt Tron, 'maar heeft alles wat je nodig hebt. Het ontsmettingssysteem bevindt zich in een aparte machinekamer. Er zijn autoclaven, krachtige ontsmettingsmiddelen en drukpakken.'

We volgen hen door een luchtsluis naar een kleedkamer, waarin slechts wat kastjes, een toilet, een wastafel, twee douchecabines en een oogdouche voor noodgevallen te vinden zijn. Tegen de muur staan kartonnen dozen met beschermende kleding. Ik zet mijn werktas en noodtas op een oude houten bank.

'Alle elektronische apparaten moeten hierin.' Lucy opent een van de drie kastjes, in wezen Faraday-kasten die elektromagnetische transmissies afschermen.

We leggen onze telefoons en smartsieraden, zoals mijn ring en de zwarte keramische fitnessarmband die Dorothy voor kerst aan Marino gaf, erin. We moeten onze zakken en tassen controleren om er zeker van te zijn dat we geen andere elektronische apparaten bij ons hebben. Tron reikt ons dezelfde beschermende kleding aan die we eerder vandaag aanhadden, alleen zijn deze pakken felgeel in plaats van chartreusegroen.

17

Als ik een opgevouwen overall omhooghoud, hoor ik het geluid van ritselend polypropeen en ruik ik de geur van een nieuw douchegordijn. Naast ademhalingsapparatuur heeft de overall ingebouwde oortjes op batterijen, die via een beveiligde vaste lijn alles versterken wat er gezegd wordt.

'De vaste telefoon is versleuteld; als hij overgaat, pak je hem op en zet je hem op de luidspreker,' zegt Lucy tegen mij. 'Iedereen moet luid en duidelijk praten. Tijdens de autopsie zullen we op deze manier met elkaar communiceren.'

'Als jullie klaar zijn, kunnen jullie door die luchtsluis deze ruimte verlaten.' Tron wijst op een met staal beklede buitendeur die bekrast en ingedeukt is; het doffe metaal zit onder de roestvlekken. Zij en Lucy vertrekken op dezelfde manier als ze binnengekomen zijn en laten mij en Marino alleen.

Maar dat wil niet zeggen dat we veel privacy hebben. Ik weet dat er mogelijk verborgen camera's zijn, maar wil mijn vermoedens niet hardop uitspreken. Dat zou ik normaal gesproken ook niet hoeven doen, maar Marino is te opgewonden om het door te hebben.

'Hoe is het mogelijk dat we nog nooit van deze plek gehoord hebben?' vraagt hij zich verwonderd af als we tegenover elkaar op bankjes gaan zitten.

'Er zijn ongetwijfeld heel veel plekken waarvan we nog nooit gehoord hebben.' Ik buig me voorover om de veters van mijn kistjes los te maken. 'Zonder legitieme reden zou niemand die informatie met ons delen, ook Lucy en Benton niet. Of Sal Giordano. En als er geen reden is om iets te weten, wil ik het eerlijk gezegd ook liever niet weten.'

'Je zweert dat je nog nooit over Area One of de SLAB gehoord hebt, terwijl je je hele carrière met de lijkschouwers van het leger samengewerkt hebt?'

'Klopt.' Ik stop mijn broekspijpen in mijn sokken.

'Echt waar?' Hij weet niet zeker of hij me moet geloven. 'Niemand heeft je ooit ook maar de geringste aanwijzing gegeven dat er iets bizars aan de hand is bij Langley Air Force Base en waarschijnlijk ook bij hun NASA-buurman? Ik weet zeker dat ze samenwerken. Dat moet haast wel.'

'Ik denk dat de meeste van mijn collega's, of ze nu in het leger zitten of niet, niets afweten van Area One. De meeste mensen bij NASA of Space Force waarschijnlijk ook niet.' Ik trek de gele overall aan over mijn kleren, die nog klam zijn van de regen. 'En degenen die er wel iets van afweten, kunnen er net zomin over praten als wij. Sal ook niet.'

'Heeft hij ooit een ufo gezien?' Marino wurmt zijn grote in sokken gehulde voeten door plastic broekspijpen. 'Misschien is hij ooit in een ufo geweest, of in de wrakstukken ervan. Misschien heeft hij ooit een dood of levend buitenaards wezen gezien?'

'Dat heeft hij nooit gezegd.'

'Misschien heeft hij een paar hints gegeven?'

'Niet aan mij.' Ik wurm mijn armen in de mouwen. 'Maar hij geloofde zeker weten in ander intelligent leven en probeerde ermee te communiceren. Hij was ervan overtuigd dat Mars ooit bewoonbaar is geweest, voordat er een catastrofe plaatsvond.'

'De aarde was Plan B. Duizenden jaren geleden, toen hun eigen planeet op het punt van uitsterven stond, vluchtten de marsmannetjes hierheen,' antwoordt Marino alsof dat algemeen bekend is. Deze kennis heeft hij ongetwijfeld opgedaan door *All Things – Unexplained, Ancient Aliens* of een van zijn andere favoriete podcasts en series. Hij en mijn zus kijken daar allebei vaak naar en het zorgt voor interessante gesprekken tijdens gezamenlijke maaltijden.

'Dorothy is net zo'n fan van SETI-dingen als ik,' zegt Marino terwijl we rubberen laarzen aantrekken. 'Als ik haar niets vertel over deze plek en wat we nu aan het doen zijn, ontploft ze. Ze zal het me nooit vergeven.'

'Niet als ze het niet te weten komt.' Ik probeer hem subtiel een waarschuwende blik te geven in een poging hem de mond te snoeren, maar hij heeft niets door.

'Hoe kan ik dit voor haar verzwijgen? En waarom zou ik dat verdomme doen?' Hij raakt oververhit door ons gesprek en het dikke plastic van de beschermende kleding. 'Volgens mij werken wij niet voor de FBI.' Hij staat op van de bank. 'Ik heb het recht om over mijn leven te praten. Ik ben verdomme geen spion.'

'Je hebt het recht om alles te doen wat je wilt, zolang je de gevolgen maar accepteert.' Ik rits mijn overall dicht.

'Nou, we kunnen maar beter een goed verhaal bedenken over waar we vandaag geweest zijn. Anders zal Dorothy er altijd over blijven doorzagen.' Hij pakt een handdoek van een stapel en dept zijn bezwete gezicht. 'Je weet hoe ze is als ze iets wil weten,' voegt hij eraan toe, terwijl hij zelf net zo erg is. Nog erger zelfs.

'We hoeven haar of wie dan ook alleen maar te vertellen dat we in een militair mortuarium zijn geweest.' Ik zoek steeds naar camera's en weeg mijn woorden zorgvuldig af, maar Marino heeft mijn hints niet door. 'Voor de rest kunnen we de zaak niet bespreken, Marino. Dit is serieus.'

'Weet je wat ik me afvraag?' Hij trekt een paar dikke zwarte rubberen handschoenen aan. 'Of die vrieslades die we net zagen iets te maken hebben met het Roswell-incident. Maar waarschijnlijk geloof je ook niet dat dat echt gebeurd is.'

'Je bedoelt dat er een buitenaards ruimteschip is neergestort? Ik ben geen expert en ken de details niet.' Ik trek twee paar nitril handschoenen aan in plaats van rubberen, omdat ik tijdens een autopsie moet kunnen voelen wat ik doe.

'Geloof me, in New Mexico is heus geen weerballon neergestort,' antwoordt hij. 'Het was een ruimteschip met aliens aan boord, die trillingen gebruikten om door verschillende dimensies te reizen. Ik heb officiële memo's en andere informatie ingezien. Het is geweldig wat Janet allemaal kan vinden. Ze weet waarnaar ik zoek en mailt het me meteen, ik hoef er niet eens naar te vragen.'

'Je weet toch wel dat veel informatie op sociale media en elders op internet niet per se betrouwbaar of echt is?' Ik bevestig de ventilator aan mijn riem en controleer of de batterijen vol zijn.

'Janet helpt me nep van echt te onderscheiden,' antwoordt Marino. 'Ze denkt dat het Roswell-incident meteen in de doofpot is gestopt en dat de regering verdomde goed wist dat het een vliegende schotel was.'

'Janet is een AI-algoritme dat door menselijke input tot stand is gekomen. Ze is geen persoon en kan dus niet denken.'

'Echt wel.' Hij doet alsof hij plaatsvervangend beledigd is. 'Janet denkt beter na over dingen dan de meeste mensen; ze komt met oplossingen die niemand anders zou bedenken. En ik hoef niet bang te zijn dat ze me veroordeelt. Ze vindt alles wat er te vinden valt, ook feiten over het Roswell-incident, dat zeker weten echt is gebeurd, wat je ook zegt.'

'Ik heb helemaal niets gezegd.'

'Ook zonder dat je iets zegt weet ik dat je me dom vindt.'

'Het zou je verbazen wat ik vind,' antwoord ik, zonder er verder op in te gaan. Want ik kan hem niet vertellen wat er aan het einde van mijn periode bij het National Museum of Health and Medicine gebeurde. Marino zou veel te geïnteresseerd zijn in wat ik op een dag in een vergeten opslagruimte heb gevonden. Ik was op zoek naar documenten over de donatie van Robert Hookes zeventiende-eeuwse microscoop en kwam in een deel van de kelder terecht waar ik nog niet eerder was geweest.

Planken vol glazen potten met pathologische monsters en rijen brandveilige archiefkasten, allemaal onder een dikke laag stof. Skeletten op verrijdbare standaards toonden afwijkingen zoals het syndroom van Marfan, gigantisme, dwerggroei, rachitis. Ze staarden me met lege ogen grimassend aan terwijl ik in muffe dossiers snuffelde, tot ik er een tegenkwam achter in een lade waar het niet thuishoorde.

Het dossier, verzegeld met lagen rood plakband en voorzien van NIET OPENEN-waarschuwingen en TOPGEHEIM-stempels, had het label *Roswell-incident, 1947*. Op basis van het gewicht schatte ik dat er wel honderden documenten en foto's in zaten. Ik nam het dossier mee naar boven naar de curator, een gepensioneerde kolonel van de luchtmacht, lang en slank met een potloodsnor en rode vlekken in zijn gezicht die zijn alcoholisme verraadden. Hij werd bijna tachtig en was tijdens de Tweede Wereldoorlog bij de lijkschouwers van het leger gaan werken. Hij had weinig op met vrouwelijke artsen en bracht zijn dagen door met als vrijwilliger het museum runnen.

Ik liep zijn kantoor binnen en legde het dossier voor hem neer. Even was hij stomverbaasd, toen werd hij kwaad. Eerder was hij nog beleefd en vriendelijk geweest, maar nu werd hij streng en wantrouwend; zijn grijze ogen werden ijskoud. 'Waarom was je hiernaar op zoek?' Hij sprak me op een heel andere toon aan. 'Wie heeft je hierover verteld?'

'Niemand. Ik vond het bij toeval.' Ik beschreef precies waar ik het dossier gevonden had en legde uit dat ik niet kon weten dat het daar zou zijn en er dus onmogelijk naar op zoek kon zijn.

'Toevallig? Dit dossier?' zei hij op beschuldigende toon. 'Volgens mij heb je het geopend.'

'Nee, meneer, ik heb het rechtstreeks naar u gebracht. Zoals u zelf kunt zien, is het niet geopend sinds het lang geleden, decennia misschien, verzegeld werd.'

Daarop veranderde zijn houding weer. 'Ik had je mooi beet, hè?' Hij knipoogde en grijnsde, maar weinig overtuigend.

'Sorry?'

'Het is een hoax, een grap.' Hij zou de slechtste acteur aller tijden zijn.

Als ik het dossier had geopend, zoals de meeste mensen hadden gedaan, had ik gezien dat er niets in zat behalve blanco vellen papier. Dan zou ik erin gelopen zijn, zei hij, maar ik wist zeker dat hij loog toen hij me op het hart drukte nooit aan iemand te vertellen wat ik had gevonden.

'Het zou verkeerd opgevat worden,' zei hij streng.

Ik mocht niemand over ons gesprek vertellen en dat heb ik ook nooit gedaan. Alleen voor Sal heb ik een uitzondering gemaakt, en hij reageerde met een Mona Lisa-glimlach. Hij liet niet meer los dan zijn gebruikelijke commentaar over de neiging van de regering om de waarheid in de naam van veiligheid te verdoezelen. 'En niet alleen het Witte Huis en 10 Downing Street, maar ook het Vaticaan,' zei hij vaak. 'De bedoeling is om de mensheid in het duister te laten tasten.'

Marino en ik doen onze gele capuchons op. Onze stemmen worden gedempt door de rubberen spreekmembranen, maar onze oortjes versterken het geluid juist. We lopen door de luchtsluis en worden begroet door felle lichten in een kleine autopsiekamer.

Het lichaam van Sal ligt op een roestvrijstalen snijtafel die met een kolom aan de vloer en aan een wasbak verankerd is. Ernaast staat een trolley. Achter glas op de eerste verdieping zit een pantheon van vooraanstaande getuigen en mijn hart bonst in mijn keel als ik Benton zie. Hij zit op de eerste rij en draagt een nachtblauw pak dat zijn slanke postuur, zijn platinakleurige haar en zijn scherp gesneden gelaatstrekken accentueert.

Hij ziet er nog net zo fris uit als toen we ons vanochtend aankleedden. Ik zie ons weer koffiedrinken in onze slaapkamer, toen we nog geen idee hadden wat de dag zou brengen. Ik ken een paar van de notabelen die in de observatieruimte hebben plaatsgenomen. De directeur van de Secret Service, Bella Steele, ziet er ongewoon grimmig uit in haar zwarte kleren, haar lange donkere haar strak naar achteren gebonden. Ik kan zien dat ze van slag is; haar sterke, levendige gezicht is verslapt. Ik weet dat zij en Sal bevriend waren. Toen we de laatste keer met z'n drieën in het Witte Huis waren, was het duidelijk dat ze om elkaar gaven. Nu praat ze met generaal Jake Gunner, de commandant van de U.S. Space Force. Hij draagt camouflagekleding en zijn gezicht lijkt wel van steen.

Naast hem zit Gus Gutenberg van de Central Intelligence Agency. Hij is een onopvallende verschijning met zijn grijze haar en grijze baard; alles aan hem is kleurloos en vaag als een vervaagde daguerreotypie. Ik herken de directeur van Pentagons All-domain Anomaly Resolution Office (AARO) en naast hem zit de voormalige senator die nu het hoofd van de NASA is.

Ik heb de ruimtevaartingenieur van het Defense Advanced Research Projects Agency (DARPA) meerdere keren in het Pentagon ontmoet en ik ken de agent van Interpols bureau in Washington D.C. De National Security Agency is hier, net als de Amerikaanse minister van Buitenlandse Zaken en een wetenschapper van NASA-Langley. Sal zou het vermakelijk hebben gevonden en zich afvragen waarom iedereen zich zo druk maakt. Hij zou een flauwe grap hebben gemaakt over dat hij naakt en dood op een koude stalen tafel voor zo'n gerespecteerd publiek ligt.

Marino en ik verkennen de ons onbekende omgeving door rond te lopen. De witte tegelmuren en -vloer en het bekraste zinken aanrecht zijn waarschijnlijk net zo oud als de blokhutten zelf; de ruimte doet me denken aan de oude mortuaria waarin ik als geneeskundestudent mijn dagen doorbracht. Alleen is deze voorzien van alle moderne benodigdheden, zoals dezelfde hermetisch afgesloten lijkzakken die ik gebruik.

In de witgeschilderde kasten met glazen deuren ligt hetzelfde gereedschap dat ik voor mijn districtskantoren bestel. Naast de autopsietafel staat een draagbaar röntgenapparaat met C-boog, dat ik dichterbij rol en aanzet. Als op het scherm de opstartprocedure wordt doorlopen, gaat op het aanrecht de vaste zwarte telefoon over.

Ik staak mijn bezigheden en neem op. 'Hallo.' Ik druk op de knop voor de luidspreker, zoals Lucy me heeft opgedragen, en kijk haar door het observatieraam aan.

'Kun je me goed verstaan?' klinkt haar stem in de headset onder mijn capuchon.

'Luid en duidelijk,' antwoord ik.

'We zijn hermetisch van jullie afgesloten door een luchtsluis en dik glas,' zegt Lucy. 'Dit is de enige manier waarop we kunnen communiceren. Marino, hallo, hallo?'

Hij zwijgt.

'Kun je me horen?'

'Yep,' antwoordt hij nors.

Lucy doet een stap opzij en Benton buigt zich naar de telefoon. 'We stellen het zeer op prijs dat dokter Scarpetta en Pete Marino tijd hebben vrijgemaakt om hier te zijn,' begint hij, alsof we een keuze hadden. 'We verontschuldigen ons voor het ongemak dat een onaangekondigde vlucht naar een geheime locatie met zich mee heeft gebracht.'

'Bedoel je vliegen door tornado's en bliksem met een fucking lijk aan boord dat mogelijk besmet is? Of doel je op Lucy die ons bijna de dood in joeg?' Marino kan het niet nalaten zijn frustraties te ventileren.

Lucy staart hem aan. 'Alles was onder controle. Maar het voelde misschien een beetje alsof je op een mechanische stier zat.'

'Ik stap niet snel weer in. Hopelijk nooit,' zegt hij.

'Ik weet dat je het belang inziet van wat we hier doen en de noodzaak van discretie,' gaat Benton verder. 'Inmiddels is het jullie wel duidelijk dat Area One met niemand besproken kan worden. Ik zal jullie een paar richtlijnen in herinnering brengen. Ik richt me vooral op jou, Pete, omdat je geen veiligheidsmachtiging hebt.'

'En dat wil ik graag zo houden. Ik heb geen zin om te leven onder een stinkende berg geheimen.' Marino kijkt door zijn gelaatsscherm omhoog.

'Je weet hoe het hier in zijn werk gaat,' zegt Benton op een neutrale toon.

'Ja, ja, ik ken het oude liedje,' zegt Marino onbeleefd.

Ik moet aan onze gesprekken in de helikopter denken. Hij heeft tenminste geen hekel meer aan mijn man, aan wie hij nooit een emotionele reactie kan ontlokken. Niemand kan beter onverschilligheid veinzen dan Benton. Hij zal Marino veel niet vergeven of vergeten, en dat gevoel is wederzijds. In het beste geval tolereren ze elkaar, maar als Marino te veel bourbon heeft gedronken valt hij soms tegen hem uit.

'Op het moment dat je hier aankwam, kreeg je een OTRI.' Benton licht hem in, of Marino het nou wel of niet wil horen. 'Het is eenmalig, een tijdelijke topgeheime veiligheidsmachtiging.'

'Anders zou je hier niet kunnen zijn,' waarschuwt Bella Steele hem.

'Ik heb mezelf hier niet uitgenodigd,' antwoordt Marino.

'Je kunt niets van wat hier gebeurt delen met onbevoegden, zelfs niet met naasten. Zoals een echtgenote. Ongeacht hoe graag die persoon het ook wil weten,' zegt generaal Jake Gunner, en hij heeft het overduidelijk over mijn zus.

Marino en ik werden, zoals ik al vermoedde, in de gaten gehouden toen we in de kleedkamer praatten. De Space Force-commandant, en mogelijk ook de rest in de observatieruimte, luisterde mee.

'Je mag niets vertellen over wat je hier hebt gezien of te weten bent gekomen. Zodra je weggaat, is het nooit gebeurd,' zegt Bella.

'Het valt maar te hopen dat ik geen leugendetectortest hoef te doen, want daarvoor zal ik niet slagen.' Marino schudt een zwarte plastic zak open en plaatst die in een emmer.

'Als je je aan de regels houdt, is er geen reden voor een leugendetectortest.' De opmerking van de NSA klinkt als een waarschuwing.

18

'Dokter Scarpetta, voordat u begint moeten we u een paar vragen stellen,' zegt Gus Gutenberg van de CIA. Er komt een ondervraging aan. 'Het duurt maar een paar minuten, en ik verontschuldig me bij voorbaat als de vragen te persoonlijk overkomen. Het spreekt voor zich dat wij allemaal diep respect voor u hebben. Maar we hebben gehoord dat u ooit een relatie had met Sal Giordano en dat moeten we bespreken.'

'Dat is al lang geleden.' Ik noem hem het jaar waarin Sal en ik elkaar ontmoetten en vat onze relatie kort samen.

'Jullie woonden twee maanden samen in Rome. In het appartement van de familie Giordano,' vervolgt Gus.

'Ja.'

'En toen het tijd was om terug te keren naar de VS, wilde Sal niet dat u wegging. Dat zei hij tegen u.' Gus staat op van zijn stoel, gaat dichter bij het observatieraam staan en kijkt op me neer. 'Hij wilde dat u bij hem in Rome bleef tijdens zijn sabbatical van een jaar, en wilde uiteindelijk met u trouwen. Klopt dat?'

'Ja.' Ik voel Marino's ogen op me branden. Ik weet wat hij denkt: dat ik niet eerlijk tegen hem ben geweest, en ergens heeft hij gelijk. Sal wilde inderdaad dat ik bij hem in Italië zou blijven. Hij wilde met me trouwen, maar ik zei dat ik dat niet kon. Ik moest afmaken waaraan ik begonnen was in mijn leven en carrière. Ik wist dat het rampzalig zou aflopen als ik mezelf zou verliezen in een relatie met hem of iemand anders. Ik heb dit allemaal niet aan Marino of Lucy verteld. Alleen Benton weet ervan.

'En u liet hem weten dat u niet met hem wilde trouwen,' zegt Gus tegen me terwijl Marino ongeduldig kasten en laden opentrekt. Zijn beschermende kleding maakt glibberige geluiden.

'Hij zei dat ik colleges kon geven in forensische geneeskunde terwijl hij boeken schreef en onderzoek deed,' antwoord ik. 'Maar zo zag ik mijn leven niet voor me.' Ik verzwijg dat je in een relatie met Sal altijd op de tweede plaats komt, hoe lief en mooi die plaats ook is. Hij was zachtaardig en vriendelijk. Hij was enorm vrijgevig. Maar in de kern was er bij hem alleen maar ruimte voor zijn eigen ambities.

'Hij wist wat de toekomst hem zou brengen. Of beter gezegd: niet zou brengen. En dat paste eigenlijk wel bij hem, of niet, dokter Scarpetta? Ook al beweerde hij iets anders?' antwoordt Gus tot mijn verbazing. 'Is het ooit bij u opgekomen dat hij wel wist dat u niet met hem wilde trouwen? Dat dat juist het antwoord was waarop hij hoopte?'

'Ik wist niet dat hij...'

'Ik denk dat hij meteen al wist dat u weer een praktiserende forensisch arts zou worden.'

'Dat was niet de enige reden...'

'Hij vond de jacht spannend. En het was veilig.' Gus zwijgt even, bladert door notities op kleine stukjes papier. 'Excuses voor het psychologiseren. Ik kan het niet laten. Als er verbanden kunnen worden gelegd...' Hij is opgeleid als psychiater. 'Sal Giordano kon vooral door zijn werk niet echt dichtbij komen. Bij u of een ander. En in zijn jeugd kon hij niet goed met zijn moeder overweg. Met allebei zijn ouders niet, eigenlijk.'

'We doelen met "werk" niet alleen op kijken door een telescoop,' voegt Bella toe. 'Maar ook op werk waarvan hij gezworen had het er niemand op de hele wereld over te vertellen. Werk waardoor hij verleid kon worden. Werk waardoor hij vermoord kon worden, wat misschien ook gebeurd is.'

'Hij liet zijn emoties bij u zo veel mogelijk de vrije loop,' zegt Gus dan.

Deve bastare, amore. Het moet genoeg zijn, zei ik tegen Sal als we het over de toekomst hadden. Meer willen dan mogelijk is, is een nutteloze en egoïstische wens.

Wat zou hij gezegd hebben als ik ermee had ingestemd in Italië te blijven en met hem te trouwen? Ik voelde me heel schuldig dat ik hem had gekwetst, maar eigenlijk wilde hij helemaal geen echte relatie. De ironie. Hij rekende erop dat ik nee zou zeggen, en dat is begrijpelijk, denk ik. Hij wist niet goed te geven en te nemen, zelfs niet als hij zielsveel van iemand hield.

'Aan het eind van die zomer verliet u Italië en keerde u terug naar Virginia,' zegt Gus. 'En toen?'

'Het intieme deel van onze relatie eindigde,' antwoord ik. 'We hadden beperkt contact, belden elkaar af en toe om elkaar op de hoogte te houden.'

'En u kreeg een relatie met Benton Wesley, die u al eerder professioneel had ontmoet.'

'Dat was niet meteen na...'

'Er was nog niets tussen jullie voor die zomer in Italië?' Gus krijgt het voor elkaar van alles te vragen zonder provocerend te klinken.

'Nee,' antwoord ik.

Maar ik wilde niets liever, en dat was juist het probleem. De aantrekkingskracht tussen ons was gevaarlijk, en ik kon Sals rol pas later goed inschatten. Ik zag hem als een remedie, maar toen ik naar Richmond terugkeerde kwamen mijn gevoelens voor Benton meteen weer terug. We moesten samen de stad uit voor een zaak en het onvermijdelijke gebeurde.

Ik kijk naar hem, zittend naast andere hoge ambtenaren. Hij kijkt terug, en ik begrijp hoe belangrijk het is om transparant te zijn. Maar toen we vanmorgen belden en later appten, verzweeg hij dat hij zijn collega's alles over mijn privéleven had verteld. Want ik weet dat hij dat heeft gedaan. Deze informatie kan van niemand anders komen.

'Dokter Scarpetta, nogmaals: het spijt me dat ik zo aandring, maar deze vragen zijn noodzakelijk om dit onderzoek te kunnen afronden,' gaat Gus verder, die helemaal geen spijt heeft, ook al klinkt het wel zo.

'Onderzoek naar wat precies?' onderbreekt Marino hem.

'Alles wat tot dit ongelukkige voorval heeft kunnen leiden,' antwoordt de NSA.

'Nou, het lijkt alsof jullie onderzoek doen naar de Doc.' Marino staart uitdagend omhoog.

'Dat doen we niet,' zegt Gus op zijn onverschillige toon, terwijl ik Marino een blik toewerp dat hij even moet dimmen. 'Weerhoudt uw persoonlijke relatie met Sal Giordano u ervan uw werk te doen?' vraagt Gus me.

'Nee.' Ik klik een nieuw mesje in een scalpel.

'Een jaar na die zomer in Italië keerde hij terug naar zijn post aan de Georgetown-universiteit. Jullie woonden maar een paar uur rijden van elkaar. Hebben jullie niet geprobeerd in de States jullie relatie weer op te pakken?'

'Nee.' Ik label reageerbuisjes, terwijl Marino post-its, enveloppen, markeerstiften en andere benodigdheden op het aanrecht legt.

'Stelde hij voor om weer een relatie te beginnen?' Gus stelt een vraag die ik niet wil beantwoorden.

'Hij wilde vrienden zijn. Maar ook meer dan dat.'

'*Friends with benefits*, zeg maar?'

'Dat zag hij wel zitten. Maar ik niet.'

'U had toen al iets met Benton Wesley,' zegt Gus.

'We waren nog niet echt samen. Maar we wisten dat we iets voor elkaar voelden.'

'Hoe zou u uw relatie met Sal omschrijven sinds uw huwelijk met Benton?' vervolgt Gus, alsof Benton er helemaal niet is.

'We zijn door de jaren heen goede vrienden gebleven en namen elkaar geregeld in vertrouwen. Maar meer niet.'

Van Bentons gezicht valt niets af te lezen.

'Niets fysieks? Geen overblijfselen van die lang vervlogen romance? Zelfs niet af en toe, zoals hij voorstelde?' zegt Gus schijnbaar emotieloos.

'Nee.'

'En in uw appjes, e-mails et cetera staat ook niets wat daarop zou wijzen?'

'Nee.' Als de CIA die zou willen bekijken, hebben ze dat waarschijnlijk al gedaan.

'Ik ga open kaart met u spelen, dokter Scarpetta. We moeten weten of Sal informatie met u heeft gedeeld die hij niet had mogen delen.' Gus komt ter zake: hier maakt de overheid zich het meeste zorgen over. 'Hebt u het idee dat hij ooit informatie heeft doorgespeeld aan iemand die het niet zou mogen weten?'

Voordat ik kan antwoorden op die ontmoedigende vermoedens, zegt Gus: 'Ik doel ook op die periode in Rome. Zoals u misschien al hebt begrepen, werkt hij al heel lang met ons samen. Volgens mij kent u de term *pillow talk* wel. Als hij ooit geheime informatie met u heeft gedeeld, zegt dat iets over hem. Iets over andere dingen die hij misschien heeft gedaan en is blijven doen.'

Sal werkte dus samen met de inlichtingendiensten toen we die zomer samen waren. Ik sliep met een spion en had geen flauw benul. De schokkende vraag lijkt te zijn aan wiens kant hij stond.

'Het is belangrijk dat we je hier *on the record* naar vragen,' zegt Bella verontschuldigend; uiteraard wordt dit gesprek opgenomen. 'We maken ons ernstige zorgen over Sals activiteiten, vooral de afgelopen tijd. En nu is hij vermoord. Op bizarre en gruwelijke wijze...' Haar stem slaat over.

'Allereerst klopt de timing niet.' Benton kijkt me weer recht aan. 'Zoals je weet is het ongeveer vier uur rijden van Alexandria naar Green Bank, en hij is gisteren om halftwaalf vertrokken. Hij belde rond halftwee toen hij in Weyers Cave aan het tanken was. Dat heb je geloof ik aan Lucy verteld.'

'Ja.'

'Dan had hij tussen halfdrie en vier uur 's middags in Green Bank moeten zijn,' legt Benton uit. 'Niet pas om zeven uur, toen hij met zijn collega's uit eten ging bij de Red Caboose. We weten dat hij niet eerst naar de lodge is gegaan, want hij heeft daar nooit ingecheckt. En hij is ook niet naar het observatorium gegaan. Dus waar was hij die drie uur?'

'We kunnen dat gat in de tijd niet verklaren,' zegt Gus. 'Sals telefoonsignaal werd voor het laatst opgepikt toen hij u in Weyers Cave belde. Daarna, toen hij dieper de stille zone in reed, zette hij zijn telefoon uit. We weten niet waar hij heen ging of wat hij heeft gedaan.'

'En de satellietbeelden?' opper ik.

'Vergeet het maar,' zegt Lucy. 'Hij stond niet onder surveillance en werd dus niet in de gaten gehouden.'

'Voor een satelliet in een lage baan om de aarde is het een onmogelijke opgave om hem ergens in zijn truck te zien rondrijden,' zegt generaal Gunner. 'En de spionagesatellieten in de geostationaire baan kunnen hem vanaf vijfendertigduizend kilometer hoogte niet oppikken. Hij was volledig off-grid.'

'Zei hij misschien iets over een boodschap die hij nog moest doen of een stop die hij wilde maken?' vraagt Bella me.

'Nee.'

'Of dat hij van plan was om onderweg nog iemand te zien?'

'Niet dat ik weet.'

'Misschien iemand die hij eerder had gezien?' Ze houdt mijn blik vast. 'Door zijn creditcardgegevens weten we dat hij vorige maand op dezelfde plek in Weyers Cave heeft getankt: bij The Little Rebel op Route 256. Hij was daar ook afgelopen zomer in juni, juli en augustus. Toen weer in januari en maart, zoals ik al zei. Wat deed hij in Weyers Cave? Wie ontmoette hij daar?'

'Ik heb geen idee. Misschien kwam hij van Green Bank of was hij daarnaar onderweg?' opper ik.

'Op die datums niet.' Gus loopt weg van het raam en gaat weer op zijn stoel zitten. 'Hij heeft het observatorium voor het laatst in september bezocht, en het lijkt er niet op dat hij toen op de heen- of terugweg in Weyers Cave is gestopt.'

'Dokter Scarpetta, heb je misschien iets vreemds in zijn pickuptruck gezien toen hij gisteren zijn auto inpakte voordat hij naar West-Virginia vertrok?' vraagt de NSA.

'Zoals?'

'Zoals een blauwe stoffen aktetas met een zwarte schouderband?'

'Die heb ik niet gezien. Normaal gesproken had hij zoiets nooit bij zich...'

'Een blauwe stoffen aktetas? Dat is wel heel specifiek,' onderbreekt Marino opnieuw.

'Op de beelden van zijn voordeurcamera is te zien dat hij, niet lang voordat dokter Scarpetta verscheen, de tas op de vloer voor de passagiersstoel zette.' Directeur Bella Steele van de Secret Service draait de dop van een waterfles en neemt een slok. 'Vier dagen geleden, op donderdag, heeft hij vijfduizend dollar in briefjes van twintig opgenomen. Dat deed hij ook voor zijn andere bezoekjes aan Weyers Cave. Dat brengt ons op een totaalsom van vijfendertigduizend dollar in cash sinds juni vorig jaar. Heb je enig idee waarom hij al dat geld heeft opgenomen?'

'Nee,' antwoord ik. 'En die blauwe aktetas komt me niet bekend voor.'

'Hij lijkt verdwenen, net als de rest,' zegt Lucy. 'We hebben zijn auto nog niet kunnen doorzoeken, maar het lijkt erop dat hij leeg was toen hij van de berg af reed.'

'Het lijkt erop dat Sal Giordano gistermiddag iemand zou ontmoeten op weg naar Green Bank,' gaat Bella verder terwijl ze me aankijkt. 'Misschien kreeg hij iets in ruil voor de aktetas met geld. Dit is natuurlijk slechts een theorie. Maar we moeten ons afvragen of het geld verband houdt met zijn dood.'

Ze blijven impliceren dat Sal een verrader was, en het lukt me nauwelijks te luisteren. Het slachtoffer krijgt altijd zo snel mogelijk de schuld. Ik weet dat hij niet perfect was, niemand is dat, maar hij was geen overloper. Dat weiger ik te geloven.

Ik trek nieuwe handschoenen aan; ik heb geen zin om hier nog dieper op in te gaan. 'Ik weet dat sommigen van jullie eerder autopsies hebben meegemaakt. Maar wie niet?' Ik kijk omhoog naar mijn publiek achter het glas. Verschillende mensen steken hun hand op. 'Zie het als een onderzoek in plaats van een bloedbad.' Door de dubbeldikke plastic lagen maak ik röntgenfoto's.

Ik geef een voorproefje van wat mijn publiek kan verwachten door de C-arm te bewegen; er verschijnen beelden op het videoscherm. Marino bestudeert een oude Nikon 35-mm camera die geen wifi heeft.

'Het is eerder een opgraving dan een anatomische sectie,' leg ik ons publiek uit. 'Om te zien welke geheimen de doden ons te vertellen hebben.'

Dan merk ik een object in de maag op. De vorm doet denken aan een farmaceutische capsule, die Sal moet hebben ingeslikt. Dat verbaast me, want ik dacht dat hij geen medicijnen slikte. Hij was er fel op tegen en nam alleen vitamines en andere voedingssupplementen. Maar ik weet overduidelijk niet alles van hem, ondanks wat er hier ook beweerd wordt.

Ik rol de C-boog van de ene kant van het lichaam naar de andere terwijl ik de beelden op het scherm in de gaten houd en mijn best doe om hun vermoedens te ontkrachten.

'Hoe vaak zag je hem, denk je?' vraagt de National Security Agency me.

'We zagen elkaar gemiddeld één keer per maand tijdens vergaderingen. Of hij kwam bij ons thuis. Af en toe gingen Benton en ik bij hem langs. Soms kwamen we elkaar in de buurt tegen.'

'En hoe vaak appten of belden jullie?'

'Dat hing ervan af. Minstens een paar keer per maand.' Ik voel dat Benton naar me kijkt.

'Zou Sal Giordano het u verteld hebben als hij met iemand samen was?' wil Gus weten.

'Wat bedoel je precies met "samen"?'

'Als hij met iemand naar bed was gegaan. Zou hij u dat verteld hebben?'

'Niet per se.' Ik plaats de C-boog over de rechterkant van het hoofd.

'Waardoor denk je dat hij met iemand naar bed ging?' vraagt Marino terwijl hij een plastic meetlat van vijftien centimeter oppakt, die wordt gebruikt om de schaal aan te geven op foto's.

'Omdat hij een geheim leven leek te hebben,' zegt Gus. 'We zijn bang dat hij ergens toe verleid is. Helaas gebeurt dat maar al te vaak. Iedereen maakt fouten als hij zich door zijn hart laat leiden.'

'Of eigenlijk door een lager deel van het lichaam,' zegt Bella, en de mensen om haar heen glimlachen. 'Sliep Sal met veel vrouwen? Weet jij dat? Want zo kwam hij niet op mij over. We moeten weten of hij gemakkelijk op een dwaalspoor kon worden gebracht.'

'Die indruk had ik niet,' antwoord ik.

'Ik maak me meer zorgen of hij geheimen verkocht aan de slechteriken,' zegt de minister.

'Het lijkt er eerder op dat Sal juist iemand betaalde, in briefjes van twintig dollar,' antwoordt Benton.

19

Als ik alles met het röntgenapparaat heb bekeken, rol ik het uit de weg. Ik beschrijf de ernstige skeletschade, die is ontstaan toen Sal de grond raakte. 'Zijn rechterspaakbeen en ellepijp zijn gebroken, net als het rechterslaapbeen van zijn schedel,' zeg ik. 'Zijn rechterschouder is uit de kom, zijn heupen en bekken verbrijzeld. Ik zie gebroken ribben en gekneusde wervels, wat logisch is na een abrupte verticale vertraging. Of in dit geval, specifieker: met het overboord gooien van het slachtoffer uit een vliegend voertuig.'

'Vanaf welke hoogte, denk je?' vraagt NASA-Langley.

'Ik heb secties verricht op slachtoffers die van hoogbouw, bruggen en watertorens gevallen of gesprongen zijn en slachtoffers wier parachute niet openging. Hun verwondingen zijn vergelijkbaar: zeer ernstig, bijna niet te overleven als je op een harde ondergrond valt, zoals hier het geval is.' Langs de gesealde naden snijd ik de plastic lijkzakken open. 'Maar de precieze hoogte kan ik niet vaststellen, alleen dat die aanzienlijk was.'

'Gebaseerd op de draaikolkachtige vormen van platgedrukt gras en bloemblaadjes en de hoogte van de bomen rond de open plek,' klinkt Lucy's stem in mijn capuchon, 'zou ik zeggen dat de uap zich zo'n vijftien meter boven de grond bevond, misschien wel dertig. Maar niet hoger, anders had de luchtstroom van de rotorbladen niet kunnen veroorzaken wat ik op de plaats delict zag.'

'Hoe groot was die draaikolkachtige vorm?' vraagt het Alldomain Anomaly Resolution Office (AARO) haar.

'Ongeveer vijfentwintig meter in diameter. Voor de storm hebben we alles precies opgemeten en foto's gemaakt. Vanuit de lucht gezien leek het op een roze halo om hem heen.'

'Mogelijk het resultaat van een puntontlading van lucht onder invloed van een elektrische veldsterkte, waardoor kleine kanaaltjes met geïoniseerd gas ontstonden,' zegt het Defense Advanced Research Projects Agency.

'Die technologie bestaat zeker, maar is niet algemeen bekend.' Generaal Gunner van Space Force bedoelt dat het geheim is.

'Ik kan wel met zekerheid zeggen dat de draaikolkachtige vorm veroorzaakt werd door iets wat extreem snel met de klok meedraaide,' vertelt Lucy ons. 'Dat zorgde voor genoeg turbulentie om de appelbomen in de buurt van hun bloesems te ontdoen. En toen Tron en ik de plek inspecteerden, roken we een soort azijnachtige geur.'

'Vreemd,' zegt Bella. 'Wat zou dat geweest kunnen zijn?'

'Het was onverklaarbaar,' antwoordt Tron.

'Was die roze halo radioactief?' vraagt AARO. 'Is dat door iemand gecontroleerd?'

'We hebben een geigerteller op het lichaam en de directe omgeving gericht,' antwoord ik. 'Die pikte niets ongewoons op.'

'Maar het regende wel pijpenstelen toen we daar aankwamen,' voegt Marino toe.

'Dat maakt niets uit,' antwoordt DARPA.

'Zo te zien heeft hij zijn verwondingen in de vroege ochtend opgelopen, waarschijnlijk rond de tijd dat de uap op de radar verscheen,' leg ik uit, terwijl Marino en ik de geopende lijkzakken onder het lichaam vandaan schuiven. 'Nadat hij op de stenen is gevallen, heeft hij zich niet meer bewogen. Maar hij was nog wel een tijdje in leven.'

'Even voor de zekerheid,' zegt generaal Gunner tegen me. 'Hij kwam dus neer op de Yellow Brick Road, midden in een appelboomgaard.'

'In het Haunted Forest. Ja.'

'Het lijkt erop dat iemand een spelletje met hem speelt,' zegt hij. 'Of misschien met ons allemaal.'

'Wat bedoel je met "een tijdje"?' vraagt Bella, terwijl Marino het bebloede plastic in de afvalbak voor gevaarlijke stoffen gooit.

'Enkele uren. Dat zou de intense weefselreactie op zijn verwondingen verklaren,' antwoord ik. 'Hoe langer hij een bloeddruk had, hoe slechter hij eruit kwam te zien.'

'En het is zeker dat hij leefde toen hij uit de lucht viel?' vraagt Benton.

'Honderd procent.'

'Dat verandert de zaak,' zegt hij.

'Het creëert een heel ander scenario,' voegt Gus eraan toe. 'Moet u niet eerst sectie verrichten om dat zeker te weten? Het is van cruciaal belang, omdat het op voorbedachte rade wijst.'

'Ik hoef geen sectie te verrichten om te weten dat hij de val nog een tijdje overleefd heeft,' vertel ik hun.

'Iemand uitkleden, hem nog levend overboord gooien... Dat zegt iets over de emotionele staat van de dader,' zegt Benton. 'Het doel is om angst aan te jagen. Niet alleen bij het slachtoffer, maar ook bij alle anderen die weten wat er gebeurd is. Dat hebben we eerder gezien.'

'*Vuelos de la muerte*. Dodenvluchten. Helaas is dat inderdaad niets nieuws,' beaamt Gus. 'Tijdens de Vuile Oorlog in Argentinië stierven duizenden mensen op die manier.'

'De werkwijze was altijd hetzelfde,' legt Benton uit. 'Eenmaal aan boord werden de slachtoffers ontdaan van hun kleding en alle persoonlijke bezittingen. Om te voorkomen dat ze tegenstribbelden, werden ze gedrogeerd en boven een oceaan, rivier of bergen naar buiten geduwd, waar ze waarschijnlijk nooit gevonden zouden worden.'

'Ook een Russische specialiteit, en ingezet door Japanners, Indonesiërs, Fransen en Colombianen,' voegt Gus toe. 'Meestal krijgen de gijzelaars een Pentothal-injectie.'

'Vroeger ook wel het waarheidsserum genoemd,' zegt de NSA.

'En het werd gebruikt als dodelijke injectie bij executies,' laat ik hun weten. 'Natriumthiopental wordt niet meer gemaakt in de VS, maar we zullen er wel op testen, net als op andere drugs.'

'Naar schatting zijn er tussen eind jaren zeventig en begin jaren tachtig tienduizenden mensen op deze manier verdwenen,' gaat Gus verder. 'Dodenvluchten, vergiftigingen, gevangenkampen, martelingen en psychiatrische inrichtingen jagen angst aan en ontwrichten de samenleving, met het ineenstorten van de beschaving als gevolg. Meedogenloze dictators houden daarvan.'

'Maar deze keer hebben we het lichaam wel gevonden,' zegt Marino. 'Het was niet de bedoeling om het te laten *verdwijnen*.

Het zou hoe dan ook uiteindelijk gevonden worden.'

'Het was inderdaad niet de bedoeling om te verbergen wat er met Sal Giordano is gebeurd. Integendeel,' zegt Benton. 'De bedoeling is om elke schijn van gemoedsrust weg te nemen. Precies dat waar terroristen als Carrie Grethen goed in zijn.'

Het verbaast me niets dat hij haar naam noemt. 'Blijkbaar weten we niet waar ze zich bevindt,' antwoord ik, terwijl ik naar Marino kijk om te zien hoe hij op dit nieuws zal reageren.

'What the fuck?' zegt hij binnensmonds; maar ik kan, net als de rest, zijn versterkte stem goed horen.

'We zijn haar in december uit het oog verloren en weten niet waar ze nu is.' Bentons gezicht staat neutraal, maar ik voel de minachting die hij voor haar heeft. 'Maar we hebben wel een vermoeden wat ze in de tussentijd heeft gedaan.'

'Om te beginnen de rol van Rusland in de oorlog tussen Israël en Hamas en de wereldwijde chaos die daardoor ontstond,' zegt Interpol. 'Het Kremlin heeft die terroristische organisatie en andere materieel gesteund, deels om chaos te creëren.'

'En om de VS mee te sleuren in nog een oorlog, in een voortdurende poging ons te verzwakken,' zegt generaal Gunner.

'Dan zou Carrie Grethen dus in het Midden-Oosten kunnen zijn,' oppert Marino.

'Of nog steeds in Rusland,' antwoordt Gus Gutenberg van de CIA.

'Of hier,' voeg ik eraan toe.

'We weten het simpelweg niet,' zegt Gus.

'Hoe heb jullie dat in godsnaam kunnen laten gebeuren?' Marino trekt het eerste paar vuile handschoenen uit en gooit ze in de prullenbak. 'Jezus christus! De hele Amerikaanse overheid kan niet één persoon in de gaten houden? En nu is ze mogelijk hier? In Virginia? Op dit moment? Moeten we ons daar weer zorgen over gaan maken?'

'Niemand heeft het láten gebeuren,' zegt Lucy. 'Als ze van de radar wil verdwijnen, dan vindt ze manieren om dat te doen. Ze kan onzichtbaar worden als ze dat wil.'

'Laten we even alles op een rijtje zetten.' Marino trekt een nieuw paar handschoenen aan. 'Er doen veel verhalen de ronde over mensen en vee die uit ufo's, uap's, vliegende schotels of hoe je ze ook wilt noemen worden gegooid.'

'Veel verhalen, maar er is geen geloofwaardig bewijs,' zegt AARO.

'Het is makkelijk om Carrie Grethen overal de schuld van te geven,' vervolgt Marino. 'Maar tenzij ze over een ufo beschikt die mensen uit hun auto kan opstralen, moeten we toch echt op zoek gaan naar een andere dader.'

'Niemand heeft ook maar iets gezegd over mensen die worden opgestraald.' Opnieuw de AARO.

'Hoe verklaar je dan dat zijn auto zonder bestuurder, met de motor aan, de portieren op slot en de gordels dichtgeklikt het ravijn in is gereden?'

'Dat zou je bij zo'n oude pick-uptruck best makkelijk in scène kunnen zetten,' zegt Lucy.

'Gordels? Meervoud?' Bella klinkt verbijsterd.

'Die van de voorstoelen,' vertelt Lucy haar.

'Was er op dat moment iemand bij hem?'

'Niet dat we weten,' antwoordt Lucy. 'Toen hij in zijn auto stapte en de parkeerplaats van het restaurant af reed, leek hij volgens een getuige alleen te zijn.'

'Het was al donker om halfnegen,' antwoordt Bella. 'Misschien kon de getuige het niet goed zien.'

'Wie is die getuige?' vraagt Marino.

'Een vriendin van hem, astronoom Marie Rao, liep met hem mee naar de parkeerplaats.' Benton vertelt iets wat ik nog niet wist. 'Ze praatten een paar minuten bij haar auto en daarna stapte hij in zijn eigen auto en reed weg alsof alles normaal was. Het restaurant heeft een beveiligingscamera op de parkeerplaats; we hebben de beelden bekeken.'

'Het zou ook handig voor ons zijn om die te zien,' antwoordt Marino.

Als ik me voorstel wat Benton net beschreef, word ik misselijk. Het lijkt erop dat Sal een fijne avond met zijn collega's had, en toen? Wie heeft hem nog meer zien wegrijden en is hem misschien gevolgd?

Ik pak een grote spuit ten teken dat ik aan de slag ga. 'Eerst neem ik bloed af uit de dijslagader in de binnenkant van de dij.'

Ik breng de naald in en trek het donkerrode zuurstofloze bloed op. 'Onze eerste prioriteit is het bevestigen van de identiteit met DNA.' Ik vul reageerbuisjes. 'Hoe eerder, hoe beter, want ik maak me zorgen dat het nieuws naar buiten wordt gebracht voordat we de nabestaanden kunnen inlichten.' Ik plaats een reageerbuisje in een plastic doos en vraag of Marino die buiten de deur wil zetten. Hij moet alles overvloedig besproeien met ontsmettingsmiddel. Degene die het bewijs ophaalt moet beschermende kleding dragen, vertel ik, en Tron verlaat de observatieruimte.

'Op basis van zijn röntgenfoto's is hij niet met zijn voeten naar beneden op de grond terechtgekomen.' Ik deel mijn bevindingen.

'Wil dat iets zeggen?' vraagt Bella.

'Als je bij bewustzijn bent tijdens een val, probeer je je meestal recht te houden en met je voeten naar beneden neer te komen,' antwoord ik. 'Een instinct om het hoofd te beschermen. Maar de manier waarop iemand neerkomt hangt van veel dingen af, zoals de houding waarin de persoon zich bevond toen hij viel en wat er tijdens de val is gebeurd. Aan de binnenkant van zijn dijen heeft hij een bloeduitstorting, wat erop wijst dat hij tijdens zijn val iets hards heeft geraakt.'

'Hoe weet je dat dat tijdens de val is gebeurd en niet toen hij op de grond lag?' vraagt DARPA.

'Omdat de verwonding kort voor overlijden is ontstaan en er niets op de plaats delict was wat die heeft kunnen veroorzaken.' Ik bestudeer de donkerrode kneuzing. 'Er zijn vier identieke parallelle schrammen, een soort patroon.'

'Dus geen tak van een boom,' zegt Bella.

'En de kneuzing is niet ontstaan door de val op de stenen,' antwoord ik terwijl Marino de meetlat naast de wond legt en foto's maakt.

'Misschien heeft hij tijdens zijn val een deel van de UAP geraakt,' oppert generaal Gunner. 'Een deel van het landingsgestel of iets dergelijks.'

'Ik vraag me af of hij bij bewustzijn was toen hij overboord werd geduwd,' zegt Bella. 'Volgens jou leefde hij nog, maar was hij ook bij bewustzijn?'

'Dat weet ik nu nog niet, maar misschien komen we het wel nooit te weten.' Door een handloep onderzoek ik de warboel van lang grijs haar. Ik verplaats de operatielamp om Sals nek met de loep te bekijken en ontdek een nauwelijks zichtbaar rood stipje onder het linkeroor. Een prikwond die er vers uitziet, vertel ik iedereen. 'Waarschijnlijk ontstaan door een injectienaald,' voeg ik eraan toe. 'Mogelijk is hij met iets geïnjecteerd.'

'Dat verklaart hoe hij is overmeesterd,' besluit Benton. 'Misschien kwam hij onderweg iemand tegen die hem een of ander kalmerend middel heeft geïnjecteerd.'

'We zullen de resultaten van het toxicologisch onderzoek moeten afwachten.' Ik onderzoek zijn huid en ontdek drie prikwonden in de plooi van zijn linkerelleboog en twee op zijn linkerbil. 'Mijn laboratoria zullen het bewijs onderzoeken terwijl jullie hetzelfde doen.' Ik kijk Benton aan, om hem te herinneren aan onze afspraak om onafhankelijk van elkaar samen te werken.

Ik vraag of er misschien een set forensische lampen in de ruimte is en Lucy wijst Marino de weg naar de bovenste plank van een kast. Hij haalt er een plastic doosje uit en opent het op het aanrecht. Er zitten zes objecten in die op kleine zwarte zaklampen lijken, allemaal op een andere golflengte. 'Nu ga ik sporenonderzoek doen, wat letterlijk betekent dat ik sporen van dingen die we niet met het blote oog kunnen zien ga verzamelen,' leg ik uit. 'We zullen zien wat er oplicht. Stof, vezels, lichaamssappen.'

Ik knip de uv-lamp aan; de glazen lens gloeit paars op. Ik schakel de operatielamp uit en zet een bril met oranje glazen op.

'Het zal een paar minuten donker zijn,' waarschuw ik mijn publiek. Als ik de lichtschakelaar omzet, wordt alles zwart.

Ik schijn met de uv-lamp over het lichaam en tot mijn verbazing licht er iets kobaltblauws op, een residu zo fijn als stof. Het lijkt overal aan te kleven, behalve aan de bloederige wonden, wat erop wijst dat het niet van de grond komt waarop Sal is gevonden. Het komt ergens anders vandaan, voordat hij uit de lucht viel. Met de plakrand van post-its verzamel ik alles wat aan zijn haar en huid kleeft.

Terwijl ik in het donker verder werk, beschrijf ik wat ik doe. Marino maakt foto's door een oranje filter voor de cameralens te houden. Hij staat aan de ene kant van de tafel en ik aan de andere, en ik kan zijn gespierde gestalte zien in het flitslicht van de camera. In de paarse gloed van de uv-lamp label ik de gele post-it-vierkantjes en plak ze op witte papieren enveloppen.

'Als we eenmaal weten wat er op verschillende locaties op het lichaam is overgebracht, zullen we waarschijnlijk het meest veelzeggende bewijs in handen hebben,' vervolg ik terwijl ik het lichaam verder met de uv-lamp onderzoek. 'Elk vervoermiddel waarin hij zich bevond is van belang, inclusief de uap. Maar bovenal waar hij werd vastgehouden.'

'Hoelang denk je dat hij werd vastgehouden?' vraagt Bella.

'We weten dat hij het restaurant gisteravond rond halfnegen heeft verlaten en de lodge nooit heeft bereikt,' antwoordt Benton. 'En de radar heeft de uap vanochtend om zes uur opgepikt, in de buurt van het Oz-themapark.'

'Werd hij ergens tien uur lang vastgehouden?' vraagt Bella. 'Wat vreselijk.'

20

Als ik met de uv-lamp over de handen en armen ga, zie ik tot mijn verbazing dat de tatoeage van het pi-teken schitterend geel oplicht.

'Er is iets fluorescerends aan de inkt toegevoegd,' leg ik uit, en ik vraag me af wat de echte reden is voor Sals tatoeage. Misschien was die niet alleen decoratief of symbolisch; misschien gaf de tatoeage, als je hem boven bepaalde scanners hield, toegang tot verboden plaatsen zoals opslagcontainers en mortuariumladen in Area One. Misschien was de tatoeage een vorm van geheime identificatie, een loper tot verboden kennis. Ik vraag het aan ons publiek terwijl ik in het donker bewijs blijf verzamelen, maar niemand antwoordt.

'Moet de tatoeage behouden blijven?' Ik wil weten of ik hem moet uitsnijden en in formaline moet bewaren. 'Misschien zit er een computerchip of iets anders onder de huid?'

'Dat is niet nodig,' zegt Gus. Als hij al weet waar de tatoeage toe dient, dan vertelt hij het in elk geval niet.

Ik blijf zoeken en verzamelen, en doe dan het licht weer aan; iedereen knijpt zijn ogen dicht. Ik pak een klembord van het aanrecht en noteer verschillende verwondingen op autopsiediagrammen. Ik vul nog meer reageerbuisjes met bloed en neem glasvocht uit de nu troebele grijsblauwe ogen. Ik dicteer en Marino schrijft alles op.

Ik open wat de politie een zedenset noemt en maak een uitstrijkje van elke lichaamsopening, zoals ik bij een slachtoffer van seksueel misbruik zou doen. Omdat ik niet weet wat er met Sal is gebeurd, wil ik niets aan het toeval overlaten. Als iets niet goed gedaan wordt, is er geen weg terug. De tijd op de oude wandklok geeft aan dat het bijna halfnegen 's avonds is; ik draai de kraan open in de wasbak aan het eind van de tafel.

Met mijn scalpel maak ik een Y-incisie vanaf beide sleutelbeenderen naar de torso, rond de navel, om bij het bekken te eindigen. Nadat ik het weefsel heb omgeslagen, knip ik de ribbenboog open en maak de ribben los van het sternum. Ik leg de organen op de snijplank, snijd door het bindweefsel en spoel ze af met water, dat ik uit een grote spons knijp.

Ik dicteer pathologische informatie: hart binnen normale marges, de bloedvaten schoon en niet verkalkt. De longen zijn doorboord door de gebroken ribben en de milt is gescheurd. Ik weeg de linkernier en dan de rechter; elk 161 gram, vertel ik Marino. De lever is gekneusd; ik til hem uit de weegschaal en leg hem op de plastic snijplank.

Met een mes met een lang lemmet snijd ik hem door, stop delen in een pot vol formaline en doe de rest in een plastic emmer onder de tafel. Ik pak een stalen beker van de trolley om de hoeveelheid verloren bloed in de lege borstholte te meten.

'Ongeveer vijfhonderd milliliter,' vertel ik. 'Waarschijnlijk was hij bewusteloos nadat hij op de grond terecht was gekomen en raakte hij snel daarna in shock.'

'Wijst iets erop dat hij gemarteld is?' vraagt de minister. 'Waarom is zijn huid rood? Hebben ze hem verbrand?' Hij buigt zich voorover in zijn stoel en kijkt onbewogen naar het bloedbad op mijn tafel.

'Wie zijn "ze"?' wil Marino weten.

'Dat is inderdaad de vraag,' antwoordt Gus. Vervolgens zegt hij tegen mij: 'Zijn er straalwapens gebruikt, die enorme pijn veroorzaken, om informatie los te krijgen?'

'Dat weet ik niet,' antwoord ik. 'Het is ook moeilijk om te bepalen of zijn huid net zo rood is aan de voorkant als aan de achterkant.' Ik leg uit dat na de dood het bloed niet meer wordt rondgepompt, maar door de zwaartekracht naar beneden zakt, waardoor sommige gedeelten van het lichaam dezelfde donkerrode kleur krijgen als blauwe plekken. Deze postmortale verandering wordt livor mortis genoemd. Normaal gesproken treden livor mortis en rigor mortis acht uur na de dood volledig in, zoals ook met Sals lichaam het geval lijkt te zijn. Als ik mijn duim op zijn rug druk, laat dat niet langer een witte plek op de huid achter: elke spier in zijn lichaam is verstijfd.

'Zo te zien kwam hij eerst neer op zijn rechterzij en lag hij daarna op zijn rug.' Met de verwondingen maak ik een reconstructie. 'Door de donkere lijkplekken is het bijna onmogelijk te bepalen of de huid op zijn rug al voor zijn dood rood was.'

'Als iemand informatie uit hem los wilde krijgen, is de kans groot dat hij gemarteld is,' zegt de NSA.

'En dat hem en anderen een lesje werd geleerd,' oppert Gus. 'Afhankelijk van de omstandigheden.'

'Het kan ook door de zon komen,' antwoord ik. 'Zo simpel kan het ook zijn. Hij kan best een tijdlang in de zon hebben gelegen op die open plek waar hij is achtergelaten.'

'We vonden hem ongeveer drieënhalf uur nadat de radar en andere sensoren de uap hadden opgepikt,' zegt Lucy. 'De open plek lag toen in elk geval in de volle zon.'

'Kun je verbranden als je dood bent?' vraagt Bella.

'De huid kan wat verkleuren,' antwoord ik. 'Maar omdat er geen weefselreactie meer is, zou hij niet roze of rood worden. En er wordt ook geen melanine meer geproduceerd, die verkleuring veroorzaakt.' Ik pak een chirurgische schaar, knip de maag open en leg de inhoud in een plastic doos die ik op de snijplank heb gezet.

'Dat is vreemd.' Marino kijkt fronsend toe. 'Nog vreemder dan het al was. Hoe laat heeft hij gisteren gegeten? En weten we wat hij in het restaurant heeft besteld?'

'Hij en zijn twee collega's aten allemaal hetzelfde: pulled pork met koolsla en aardappelkroketjes.' Lucy herhaalt wat ze me eerder vertelde.

'Zo ziet het er ook uit,' bevestig ik. 'Kort na het eten was hij zo gestrest dat zijn spijsvertering er helemaal mee ophield.'

'Ik wist niet dat dat kon,' zegt AARO.

'Onderdeel van de vecht-of-vluchtreactie. Het centrale zenuwstelsel schakelt het spijsverteringsstelsel uit en stuurt alle energie naar de ledematen, om jezelf te verdedigen of te vluchten. En dat is precies wat hier gebeurd is,' leg ik uit terwijl ik verder ontleed. 'Als ik niet beter wist, zou ik denken dat hij kort nadat hij gegeten had gestorven was.'

'Ben je daar zeker van?' vraagt de NASA-directeur.

'Ja,' antwoord ik, terwijl ik een vleugje blauw zie, als de eieren van de roodborstlijster: de kleine vorm die ik eerder op röntgenfoto's zag. Ik leg uit dat Sal een soort capsule heeft ingeslikt; ik spoel hem af en leg hem op de schone blauwe handdoek die Marino op de trolley heeft gelegd. Hij maakt foto's.

'Half blauw, half wit, zonder markeringen die verklappen wat het is.' Ik pak de handloep. 'Eigenlijk zie ik alleen maar een smiley.'

'Weet u zeker dat het een smiley is?' Gus klinkt verbaasd. 'Niet een handelsmerk, bijvoorbeeld?'

'Nee,' antwoord ik. 'Zeker weten een smiley. Twee ogen, een lachende mond, een cirkel eromheen.'

'Dat is vreemd,' zegt Interpol.

'Ik zou kunnen lachen als er niet zoiets vreselijks gebeurd was,' merkt Bella op.

'Iemand speelt een spelletje met ons,' oppert de NSA.

'Dat denk ik ook,' voegt AARO toe.

Benton zegt niets.

'Hoe is de capsule daar beland?' Marino lijkt een onzinnige vraag te stellen. 'Het is belangrijk om dat vast te stellen.'

'Waar?' Bella klinkt bedenkelijk.

'In zijn maag,' antwoordt Marino. 'In zijn lichaam, waar wij hem zouden vinden.'

'Hij heeft hem doorgeslikt,' zeg ik, omdat dat voor de hand ligt. 'Alleen zo kan hij in zijn maag belanden.'

'Nou ja, er was een graancirkel rond zijn lichaam en zijn auto zonder bestuurder reed de berg af met de veiligheidsgordels vast.' Marino komt daar voor de zoveelste keer op terug. 'Misschien is de capsule een soort superhightech-apparaat dat geïmplanteerd werd door wat dan ook de uap bestuurde waar hij uit gegooid werd.'

'Een hightech-apparaat met welk doel?' vraagt Benton zich af.

'Om mensen op de een of andere manier te manipuleren,' antwoordt Marino. 'Of om ons ergens voor te waarschuwen. Weet ik veel. Maar omdat hij uit een uap werd gegooid, lijkt het me een goed idee om out of the box te denken.'

'Ik wil je droom niet om zeep helpen,' zegt AARO, 'maar het is bewezen dat de meeste uap's van menselijke oorsprong zijn.'

'De meeste. Dus niet allemaal,' betoogt Marino.

'Dokter Scarpetta, weet je zeker dat het niet gevaarlijk is?' vraagt Bella terwijl ik de capsule oppak met mijn gehandschoende vingers. Hij is zo licht als een veertje. 'Omdat we niet weten wat erin zit?'

'Ik zal voorzichtig zijn.' Ik plaats hem in een chemische zuurkast en zet de afzuiger aan. 'Als we te maken hebben met miltvuur of ricine, worden we beschermd door beschermende kleding van het hoogste niveau.' Voorzichtig draai ik de blauw-witte plastic helften open: binnenin zit een donker vierkantje dat niet groter is dan de kop van een lucifer. Zonder het aan te raken tik ik het uit de capsule op een objectglaasje en bescherm het met een dekglaasje. In de palm van mijn gehandschoende hand draag ik het naar het aanrecht, ga achter een optische microscoop zitten en knip de lamp aan. Terwijl ik door het oculair kijk, pas ik de vergroting aan tot 100x: nu kijk ik naar een microfoto. Door het objectglaasje te verplaatsen en verdere aanpassingen te doen, verscherp ik het beeld terwijl ik uitleg wat ik doe.

'Ik denk dat hij dit al snel heeft ingeslikt, voordat zijn kleren werden uitgetrokken,' zeg ik. 'Hij had de capsule waarschijnlijk in zijn kleren verborgen, misschien in een zak, zodat hij er in een noodgeval makkelijk bij zou kunnen.' Ik moet denken aan mijn gesprek met Sal op zijn oprit. Misschien zat de capsule toen al in zijn zak, hoewel hij er niets over zei. Misschien, als ik beter had opgelet, had ik door kunnen hebben dat zijn slechte bui met iets anders dan zijn zestigste verjaardag te maken had. Misschien vermoedde hij dat hij niet lang meer zou leven.

'Een microfoto waarvan?' vraagt Gus.

'Een boodschap in Sals handschrift.' Ik kijk naar het uitvergrote stukje gelinieerd geel papier met zijn handschrift in zwarte inkt dat hij door een microscoop gefotografeerd heeft:

TN-5L-7R-9L

'Ik ga voorlezen wat erop staat.' Ik kijk naar boven. 'TN, gevolgd door het cijfer vijf en de letter L. Daarna het cijfer zeven en de letter R. Vervolgens het cijfer negen en de letter L.'

'Dat lijkt wel de sleutel voor een cijferslot,' besluit Interpol. 'L voor links. R voor rechts.'

'Waar staat TN voor? Behalve voor Tennessee, wat nergens op slaat?' vraagt de directeur van de NASA.

'De Oak Ridge National Labs en het Y-Twelve National Security Complex bevinden zich in Tennessee. Daar wordt verrijkt uranium, nodig voor kernwapens, opgeslagen en verwerkt,' antwoordt generaal Gunner.

'Daar wordt veel geheim onderzoek gedaan, dat te maken heeft met de nationale veiligheid,' zegt DARPA. 'Sal Giordano is daar vaak geweest.'

'Kunnen de letters en cijfers ook een wachtwoord zijn?' oppert Interpol.

'Niet van een van de beveiligde faciliteiten waar hij vaak kwam. Die wachtwoorden zijn veel ingewikkelder en veranderen voortdurend,' antwoordt de NSA.

'Hij heeft in zijn thuiskantoor een kluis.' Ik haal het objectglaasje van de microscooptafel. 'Dat heeft hij me verteld. Misschien heeft het een cijferslot.'

Het besef daalt loodzwaar in. Sal heeft zijn uiterste best gedaan om een cryptische microfoto te maken en die te verstoppen in een lege capsule, die lijkt op iets wat je in een feestwinkel kunt vinden. Hij wist dat hij ontvoerd zou worden, hij wist dat hij vermoord zou worden. Dat moet haast wel, en het is verschrikkelijk dat ik dat niet wist. Als hij me in vertrouwen had genomen, was dit allemaal misschien niet gebeurd.

'Het lijkt erop dat hij vermoedde dat hij in gevaar was,' zegt Bella. 'In elk geval voordat hij in zijn auto stapte en naar Green Bank reed. Je weet zeker dat hij zich niet vreemd gedroeg?' vraagt ze aan mij.

'Hij was niet echt in een goede bui,' antwoord ik. 'Ik was verbaasd toen hij me onderweg belde, maar hij liet niet doorschemeren dat hij bang was dat hem iets zou overkomen.'

'En dat is vreemd,' antwoordt Marino. 'Waarom zei hij niets als hij dacht dat er iemand achter hem aan zat? Waarom probeerde hij het niet te voorkomen?'

'Omdat hij misschien niet wilde dat anderen zouden weten waarin hij betrokken was geraakt. Hij heeft zichzelf misschien door zijn eigen toedoen in groot gevaar gebracht,' zegt Gus. Tot mijn ontsteltenis brengt hij Sal opnieuw in diskrediet.

'Van welk materiaal is de capsule gemaakt?' vraagt Marino.

'Het lijkt op plastic.'

'Dan was hij dus uiteindelijk in het toilet beland.'

'Als Sal was blijven leven.'

'De geheime code was dus misschien voor iemand anders bedoeld. Misschien slikte hij de capsule door om die later weer terug te krijgen, maar stierf hij voordat hij dat kon doen.'

'Ik denk dat het zijn bedoeling was dat jij de capsule zou vinden.' Benton kijkt me recht aan. 'Hij is voor jou bedoeld; daarom zit er ook een smiley op. Dit is zijn boodschap aan jou. Hij wist dat als hij zou komen te overlijden, jij de sectie zou verrichten.'

'Dat weet ik niet, hoor. Iedere willekeurige lijkschouwer zou de capsule kunnen vinden, afhankelijk van waar het lichaam zou worden gevonden.' Ik weiger Benton te geloven.

'Het was de bedoeling dat jij hem zou vinden,' stelt hij onomwonden. 'Hij vermoedde dat hij in zijn eigen omgeving vermoord zou worden, op een van de plekken waar hij normaal gesproken kwam. Hij wist precies wat hij deed en hoeveel gevaar hij liep. Ook al deed hij nauwelijks iets om het te voorkomen.'

Ik leg het objectglaasje en de lege capsule in kartonnen doosjes, die ik van een etiket en een paraaf voorzie. Ik herinner mijn publiek eraan dat alleen de meest ervaren forensisch wetenschappers het bewijs mogen onderzoeken. 'Ook al weet ik zeker dat het lichaam niet radioactief is, en ik betwijfel sterk of het besmet is met een of ander exotisch virus dat niet op aarde bestaat. Maar ik maak me er niet gemakkelijk van af en neem geen risico's. We ontsmetten alles zo goed mogelijk en iedereen die deze kamer binnengaat moet dezelfde beschermende kleding dragen als wij. Er moeten voor elke stap speciale voorzorgsmaatregelen genomen worden.'

'Dat weten we, en we weten ook wat we moeten doen,' zegt Lucy.

Ik steek de stekker van de botzaag in een kabelhaspel.

Dan staat Benton plotseling op. Zonder een woord te zeggen verlaat hij de observatieruimte, maar ik kan zijn emoties bijna voelen. Hij moest aanhoren dat ik over mijn relatie met Sal vertelde, hoewel hij niets nieuws heeft gehoord. Maar ik wel, terwijl zijn collega's me aan een kruisverhoor onderwierpen. Het is duidelijk: ze vertrouwen Sal niet.

Ik weet hoe hij zich zou voelen als hij hen kon horen. Hij zou er kapot van zijn.

21

Het oscillerende blad van de elektrische zaag knarst door het bot; ik maak de gebroken schedel open alsof het lichaam op mijn tafel gewoon een van mijn patiënten is. Ik probeer me uit alle macht te concentreren op mijn taak en niets te voelen. Dat komt later wel. Nu is daarvoor niet het moment. Als ik Sal wil helpen, moet ik sterk zijn.

Ik til de hersenen uit de schedelkap, weeg en onderzoek ze, en tref de verwachte schade aan. Kneuzingen, intracraniële bloedingen. Als ik door de nek snijd, merk ik een bloeding op in zacht weefsel die op een whiplash wijst.

'De enorme klap van de val veroorzaakte een hyperextensie in de nek, net zoals wanneer je in je auto tegen een muur botst,' leg ik uit. 'Dit komt vaak voor als iemand van een grote hoogte valt of springt.'

'Wat is de doodsoorzaak?' vraagt Bella. Zij en anderen zijn opgestaan en pakken hun notities en spullen.

'Hoe langer hij de val overleefde, hoe meer zijn hersenen opzwollen, wat resulteerde in compressie van de hersenstam en ademstilstand,' antwoord ik. 'Dat is strikt genomen de doodsoorzaak, maar er zijn meerdere factoren die daaraan hebben bijgedragen. Bloedverlies en shock, bijvoorbeeld. Van het een komt het ander.'

'Beschouwt u het als een moord?' Gus gluurt door het observatieraam en kijkt naar beneden, zijn handen in de zakken van zijn vormloze grijze broek.

'Als de dader een mens is wel,' antwoord ik. 'Als iets anders verantwoordelijk is... dan weet ik het niet.'

'Je doelt op een niet-menselijke intelligentie,' zegt AARO.

'Wettelijk gezien is een moord het doden van een mens door een ander mens,' vertel ik hun. 'Een dood veroorzaakt door een dier is een ongeluk. En als een niet-menselijke intelligentie de dader is, waarvan ik overigens nog nooit heb gehoord, weet ik niet hoe ik het zou moeten noemen. Er is geen medisch-juridische definitie voor sterfgevallen veroorzaakt door het paranormale.'

'Volgens mij moeten we een nieuwe term bedenken,' besluit Marino. 'Dat hadden we allang moeten doen.'

'Laten we hopen dat dat niet nodig is.' Ik draai de dop op een pot met ontleed weefsel. De formaline kleurt roze door het bloed.

Marino legt de doorgesneden organen terug in de borstholte, terwijl ik draad door een chirurgische naald rijg en de Y-incisie hecht, de afgezaagde schedelkap terugplaats, de hoofdhuid eroverheen leg en de incisie langs de haarlijn van oor tot oor hecht.

Ik volg mijn gebruikelijke procedures met militaire precisie, terwijl ik weet hoe nutteloos dat is. Toch blijf ik doorgaan. Ik doe alsof Sal straks naar een echte begrafenisonderneming gaat, waar hij een echte begrafenis zal krijgen met mensen die echt van hem hielden en hem respecteerden. Maar dat gaat niet gebeuren. Er is niets echts hieraan. En het wordt alleen maar vernederender, door alle beschuldigingen van alles waartegen hij streed. Alsof geterroriseerd en vermoord worden betekent dat hij het er zelf naar heeft gemaakt.

We leggen het lichaam in een andere doorzichtige plastic lijkzak en ik besproei het en ons werkgebied met een krachtig ontsmettingsmiddel. Marino en ik spuiten onszelf van top tot teen onder; de vloeistof spettert lichtjes op het plastic. Dan trekken we onze beschermende kleding uit. In de kamer hangt een sterke, overheersende geur van waterstofperoxide.

In de observatieruimte boven ons is het inmiddels donker. Er is niemand meer, behalve Lucy, wier silhouet we achter het glas zien staan.

'En nu?' Ik loop dichter naar de telefoon op het aanrecht en kijk naar haar op.

'Nu hoef je voorlopig niets meer te doen,' zegt ze. 'Je hebt genoeg gedaan.'

'Wat bedoel je?'

'Zijn identiteit is bevestigd door DNA, dus vanavond kun je niets meer doen om ons te helpen.' Haar stem klinkt beslist over de luidspreker. 'Wij handelen het vanaf hier af.'

'Lijkt me prima,' zegt Marino snel.

'Ik ben nog niet klaar.' Ik weet dat de Secret Service de leiding heeft over dit onderzoek. Strikt genomen leg ik nu verantwoording af aan Lucy.

'We hebben alles onder controle,' zegt ze. 'Er staat een auto voor jullie klaar. Probeer wat te rusten.' Het klinkt als een bevel.

'Waar?' vraagt Marino.

'De Langley Inn.'

'Mij best.' Hij vindt het allemaal prima, maar ik niet.

'Het lichaam is bewijsmateriaal,' leg ik uit. 'Ik moet tekenen om het vrij te geven en naar waarheid getuigen over de dispositie.'

'We beschouwen de resten als extreem gevaarlijk. Of mogelijk extreem gevaarlijk,' zegt Lucy op een toon die duidelijk maakt dat er geen discussie mogelijk is. 'Daarom zullen we ons er op een zo veilig mogelijke manier van ontdoen. Dat is het protocol. Geen uitzonderingen.'

'Waar gaan ze heen?' Marino maakt een vuilniszak voor gevaarlijke stoffen dicht met een sluitstrip.

'Hier.'

'Wáár hier?' Hij kijkt fronsend naar haar schimmige figuur achter het observatieglas.

'Onder de grond,' zegt ze, en ik zie de schoorsteen boven de blokhutten weer voor me. 'Een benauwde claustrofobische plek waar je echt een hekel aan zou hebben.'

'Nee, bedankt,' zegt hij.

'Ik wil het graag met mijn eigen ogen zien,' vertel ik haar op een redelijke toon die verbergt wat er diep vanbinnen suddert.

'Dat is niet nodig.'

'Ik moet papierwerk invullen en ondertekenen.' Ik geef niet op.

'Dat kan wachten tot later.'

Vertel me niet wat ik met hem moet doen! 'Dat is aan mij om te beslissen.' Mijn verhitte emoties bereiken langzaam hun kookpunt. 'We pakken onze spullen en zien je over een paar minuten.' Ik hang de vaste telefoon op.

Marino en ik gaan terug naar de kleedkamer, waar ik water

in mijn gezicht plens. Ik kan niet wachten om deze kleren uit te trekken en een douche te nemen. Binnenkort, beloof ik mezelf.

'Ik weet precies wat de dokter nodig heeft na deze rotdag.' Marino frist zichzelf op bij de wasbak naast de mijne en boent zijn onderarmen en handen schoon.

'O ja? Wat dan?' Ik pak twee handdoeken.

'Zullen we ervandoor gaan en zoals vroeger wat gaan drinken?' zegt hij.

'De hotelbar is niet meer open.' Maar dat is niet de enige reden dat ik niet op zijn aanbod inga.

'Ik heb een noodvoorraadje whisky, voor het geval dat. Je kent me, Doc. Ik ben altijd op alles voorbereid.'

'Dat klinkt heel aanlokkelijk, maar ik kan je aanbod helaas niet aannemen. Ik moet nu hier zijn,' antwoord ik, terwijl we onze regenjassen in onze noodtassen stoppen.

'Nee, dat hoeft niet. Je hoeft dit helemaal niet te doen.' Marino verbergt niet hoe beledigd hij is. 'Waarom zou je in godsnaam zoiets willen zien? Vertrouw je hen niet?'

'Ik vertrouw hen wel. Maar toch blijf ik. En daarna wacht Benton...'

'Wat jij wilt.' Marino haalt zijn schouders op; zijn toon verandert van verontwaardigd naar koud. 'Weet je wat ik ga doen? Ik ga er verdomme vandoor, ga wat eten en een paar glazen bourbon achterovergooien.'

'Je hebt het verdiend.' Maar niets wat ik zeg zou helpen.

Als we de kleedruimte verlaten, zien we dat Lucy ons in de ontvangstruimte opwacht naast een trapdeur met een biometrisch slot.

'Ik blijf, maar het is niet nodig dat Marino dat ook doet,' vertel ik haar.

'Nee, ik ben niet nodig.' Hij loopt kwaad weg; zijn slechte bui pakt zich als donkere wolken samen.

'Ik bedoelde dat ik het wel zal regelen!' roep ik hem na, terwijl hij de deur naar buiten opent.

'Wat is er met hem aan de hand?' Lucy kijkt hem na; de glazen van haar bril zijn bijna doorzichtig. 'Domme vraag. Gezien wat hij net allemaal over je relatie met Sal heeft gehoord.'

‘Vandaag was niet makkelijk,’ antwoord ik diplomatiek.

‘Weet ik.’ Ze blijft me aankijken, alsof ze op het punt staat om nog iets te zeggen. Maar dat doet ze niet, en ik herinner me dat we gefilmd worden.

Ze legt haar vinger op het slot van de zware stalen deur, en we dalen vier steile trappen met stalen treden af; het geluid van onze voetstappen echoot in het ongelijke licht. Eenmaal beneden maakt ze nog een stalen deur open. We gaan een betonnen ruimte binnen die niet groter is dan een garage. De bedompte lucht is muf en smaakt naar stof.

Boven onze hoofden flikkeren tl-balken. Een van de buisvormige lampen is doorgebrand en overal hangen fijne spinnenwebben. Ik zie een wasbak en een kast met dubbele glazen deuren, waarin oude flessen balsemvloeistof en andere chemicaliën staan. In het midden van de stenen vloer bevindt zich een grote, roestige afvoer en naast een metalen vat met zo’n tweehonderdvijftig liter formaldehyde ligt een slordig opgerolde oude zwartrubberen slang.

De kleine autopsietafel lijkt me het meest geschikt voor necropsies van dieren. Het zinken blad op de houten basis kan gekanteld worden; de tandwielen zitten onder de roest.

‘Wat is hier precies gebeurd?’ vraag ik.

‘Hier onderzochten pathologen en anderen bepaalde dingen,’ zegt Lucy.

‘Dat kan ik ook wel zien.’

‘Het was voor het grootste gedeelte ver voor mijn tijd.’

‘Ook dat is duidelijk.’ Ze ontwijkt de vraag nog steeds.

De vintage balsemmachine lijkt net een grote witte geëmailleerde blender en op een plank staan glazen potten, erlenmeyers en antieke blikken LIJKBEZORGERSPOEDER, dat helpt tegen geurtjes. Op een ziekenhuistrolley ligt een wirwar van tangen, scharen, wondhaken, katheters, onderhuidse trocarts en een handbotzaag die waarschijnlijk al jaren niet meer gebruikt zijn.

‘Werden hier dieren onderzocht die de ruimte in zijn gegaan?’ vraag ik. ‘Gebeurde dat hier?’

‘Er werden biologische materialen of vermeende biologische materialen onderzocht.’ Ze blijft vaag.

‘Het lijkt erop dat ze hier iets aan het ontleden en balsemen waren.’ Ik vis naar antwoorden, die ze niet gaat geven. ‘En andere dingen werden in de vrieslades bewaard?'

Ze opent een andere deur. Hete lucht en het gedempte gebrul van een hellevuur stromen naar buiten. Tron wacht op ons in de crematoriumruimte. Oranje vlammen likken aan de randen van de ijzeren deur van de oven, die vierkant is en een gewelfde bovenkant heeft, als een middeleeuwse valpoort. Vlakbij, tegen een bakstenen muur, staan schoonmaakborstels met lange handvatten en ander gereedschap.

Het lichaam van Sal ligt op een brancard die minstens zo oud is als de blokhutten; het metaal is gepatineerd, de rubberen wielen hebben witte velgen. Ik zet mijn tassen op een zinken aanrecht waarin deuken zitten. Daarboven, op een plank, staan kartonnen urnen, vergelijkbaar met de exemplaren die mijn anatomische afdeling gebruikt als we gedoneerde lichamen cremeren wanneer de opleidingen geneeskunde er klaar mee zijn.

'Weet je het zeker?' vraagt Tron me.

'Ik weet het zeker.'

Ze overhandigt me een klembord en ik onderteken een bewijsformulier om te verifiëren dat dit het lichaam van Salvatore Dante Giordano is.

'Wat is de temperatuur?' vraag ik.

'Duizendachtendertig graden,' zegt Tron.

'Goed.' Ik vul een voorlopige overlijdensakte in. *Datum van overlijden: 15 april... Tijdstip van overlijden: ongeveer acht uur 's ochtends...*

'Ik weet niet wanneer de oven voor het laatst gebruikt is, maar hij doet het prima,' zegt ze.

Plaats van overlijden: Oz...

'Er is mij verteld dat er genoeg propaan in de tank zit. Gelukkig maar...'

Geboren in Rome, Italië...

'Want je wilt niet dat het vuur uitgaat...'

Woonplaats: Alexandria, Old Town, Virginia...

'Ik denk niet dat dat ooit gebeurd is...' antwoordt Lucy, terwijl ik de lege velden blijf invullen.

Ouders: Mario en Gloria Giordano...

Ik noteer dat Sal is overleden aan letsel door een verticale val uit een ongeïdentificeerd vliegend object, hoewel ik er niet aan twijfel dat hij vermoord is, door een mens of misschien door meerdere mensen. Ik geef het klembord terug aan Tron en we trekken hittebestendige handschoenen aan.

'Misschien kunnen we hem op zijn buik leggen,' stel ik voor, en dat doen we.

Maar ik voel me er niet beter door, integendeel. Niet dat er een scenario is waarin dit niet verschrikkelijk is. Hij kan niet plat op zijn buik liggen door de onhandige hoeken van zijn stijve ledematen. Door het plastic kan ik zijn vertrouwde golvende grijze haren en donkerrode rug zien, en ik voel heel kort een paniekaanval opkomen, die net zo snel weer verdwijnt.

We leggen het lichaam weer op zijn rug. Het is zo stijf als een pop en bonst tegen het metaal; de nauwelijks geopende ogen zijn troebel en staren blind voor zich uit. Zijn lichaam is verkrampt als een gebalde vuist, bijna als een bokser, alsof hij beledigd is en zich hevig verzet. Misschien zou hij in een deuk liggen om deze galgenhumor. Maar mij staat het huilen nader dan het lachen.

'Die stomme doorzichtige lijkzakken ook!' Ik probeer door te gaan met waarmee ik bezig ben. 'Waarom maken ze die niet gewoon zwart? Of wit. Of rood, oranje, geel, kan mij het schelen, maar in elk geval niet doorzichtig.'

'Ik ben het helemaal met je eens,' zegt Tron. 'Het lijkt respectloos.'

'Dat is het ook,' antwoordt Lucy. 'Het is een verdomde vernedering.'

Tron rolt het lichaam dichter naar de oven. De wielen piepen en kletteren over de stenen vloer.

'De dood is een lelijke klootzak.' Lucy pakt een lang stuk gereedschap met een haak dat tegen de muur staat.

'Ja, zeker weten. De dood en alles wat er verdomme toe leidt. En waar het je mee laat zitten.' Mijn woede-uitbarsting verbaast me. Ik grijp de handgrepen van de stalen brancard en til samen met Tron het lichaam op, terwijl Lucy een stap terug doet van de ijzeren deur en de haak gebruikt om hem open te trekken. Een muur van verzengende hitte slaat in ons gezicht; de geluidsexplosie van het vuur is oorverdovend. De brancard piept vreselijk als hij in de razende opening glijdt. De plastic lijkzak smelt en rookt.

'Het duurt wel een paar uur.' Lucy slaat de zware deur dicht.

Meteen wordt het koeler. Mijn hart bonst en mijn zicht lijkt zwart te worden. Ik ben licht in mijn hoofd.

'Gaat het?' hoor ik Lucy's stem, terwijl ik haar hand op mijn arm voel.

'Ja.' Ik haal diep adem en stap weg van de oven.

'Moet je even zitten voordat we weggaan?' vraagt ze.

'Het gaat wel.' Ik trek de zware Kevlar-handschoenen uit terwijl ik mezelf in gedachten verwijt dat ik mijn emoties niet onder controle kan houden. 'Ik zal morgen als ik vertrek de as meenemen en die veilig in mijn kantoor bewaren totdat we weten wat we ermee moeten doen.'

'De as zal morgenochtend voor je klaarstaan,' belooft Tron.

Niets voelen.

Ik pak mijn tassen op en sla de riemen over mijn schouders. Lucy en ik lopen terug naar het trappenhuis. Mijn gedachten razen door mijn hoofd, botsen tegen elkaar op; ik kan mijn aandacht er niet bij houden. Ik wil me niet voorstellen wat er nu in de oven gebeurt, want ik heb het eerder gezien.

Niets voelen!

'Zijn zus wil vast dat we zijn as naar Italië sturen,' zegt Lucy terwijl we de vier trappen weer op lopen.

'De familie Giordano heeft een mausoleum in Campo Verano,' antwoord ik. 'Ik heb het lang geleden gezien. Het is enorm groot en heeft barokke marmeren beelden, vlak bij waar de dichter Shelley begraven ligt. Ik denk niet dat Sal zoiets groots als laatste rustplaats zou willen. Bovendien kon hij totaal niet overweg met zijn ouders.'

'Hoezo niet? Hij was een Nobelprijswinnaar. Ze moeten toch trots op hem zijn geweest.'

'Ze wilden dat hij het familiebedrijf zou overnemen: het beheer van al hun have en goed,' leg ik uit. 'Het was niet de bedoeling dat hij zou werken voor zijn geld. Hoe gaat het nu verder?' vraag ik haar dan. 'Met het bewijs, bijvoorbeeld.'

'We brengen het zo snel mogelijk naar jullie laboratoria en naar die van ons, en een forensisch team gaat zijn auto onderzoeken,' antwoordt ze. 'Die is een tijdje geleden afgeleverd.'

'Waar?' Ik zie de vintage blauwe Chevy weer bungelen en ronddraaien aan die lange oranje kabel, de dansende bomen onder onze voeten.

'Aan de andere kant van het hek.' Ze bedoelt dat de auto bij NASA-Langley is. 'In hangar 1112, in de buurt van de stellage. Voor het geval je morgenochtend een kijkje wilt nemen voordat je teruggaat naar Alexandria.'

'Ja, ik wil hem wel zien,' antwoord ik. We lopen verder omhoog en mijn tassen botsen tegen mijn bovenbenen.

22

Als we de bovenste verdieping bereiken, heb ik tranen in mijn ogen van het stof dat in de lucht hangt. Schaduwen bewegen op de muren; een grote mot vliegt langs de gekooide lamp boven ons. Zijn v-vormige vleugels hebben dezelfde groene camouflagekleur als de blokhutten.

Ik ken de *Eumorpha pandorus*. Ze komen in de warme maanden vaak 's avonds in mijn tuin, strijken neer op de avondkoekoeksbloemen en petunia's, en zuigen nectar op als bijtankende vliegtuigen.

'Wegwezen!' Ik wapper met mijn hand naar de gekke mot, terwijl Lucy de deur openhoudt. 'Ga weg nu het nog kan!' Ik zwaai heen en weer.

De mot vliegt het trappenhuis uit en de heldere ontvangstruimte in, verward en uitzinnig in de richting van het licht.

'Het onvermijdelijke is gebeurd.' Lucy loopt met me mee naar de ingang. 'Het nieuws over Sals verdwijning en dood staat op internet. Sinds een paar minuten.'

'Weet je wie het naar buiten heeft gebracht?'

'Wij niet in ieder geval. Dat doen we pas als de nabestaanden op de hoogte zijn gesteld.'

'Ik zal dat zo snel mogelijk doen,' antwoord ik.

'Er staat een auto op je te wachten. Kamer 218. Benton wacht daar op je.' Lucy overhandigt me een plastic sleutelkaart waarop LANGLEY INN staat.

'Hij leek wat gehaast weg te gaan, vond je niet?' Door de camera's ben ik voorzichtig met wat ik zeg en ik steek de sleutel in mijn zak. Lucy begrijpt dat ik wil weten of het goed met hem gaat.

Wat hij net heeft moeten aanschouwen was waarschijnlijk niet makkelijk voor hem. Ik bedoel niet de autopsie; daarvan heeft hij er genoeg meegemaakt. Ik doel op het feit dat ik in het bijzijn van mijn man door zijn collega's ondervraagd werd over mijn relatie met een andere man. Het was te persoonlijk en gênant, en elk woord werd opgenomen.

'Hij ging weg omdat hij alles gehoord had wat hij moest horen, denk ik,' zegt Lucy terwijl de mot zigzaggend boven ons vliegt.

'Ja, dat geloof ik meteen,' antwoord ik sarcastisch.

'En hij moet verslag uitbrengen aan andere mensen in D.C. We moeten het dreigingsniveau in de gaten blijven houden, dus ik denk dat hij non-stop aan het bellen is.'

'Heb je nog iets van je moeder gehoord?'

'Die zit thuis alleen wijn te drinken en is zoals gebruikelijk aan het posten op sociale media.'

'Geen goede combinatie.'

'Nee. Ze heeft een paar keer met Marino gebeld, en alles is in orde,' zegt Lucy. 'En ik hou haar op afstand in de gaten. Als iets mijn sensoren triggert, weet ik het meteen.'

'Dat is goed om te horen. Waar blijf jij slapen?'

'Waar ik op dat moment ben. Maar ik zal de komende uren hier moeten blijven.'

Er flitsen meer gruwelijke beelden door mijn hoofd. 'Wees alsjeblieft voorzichtig, Lucy.' Ik geef haar een knuffel en druk haar dicht tegen me aan; het maakt me niet uit wie er meekijkt. 'Wees nog voorzichtiger dan normaal, want we weten niet wat er aan de hand is. Of zij hierachter zit. En op wie ze het hierna gemunt heeft.' Ik wil Carries naam niet uitspreken.

'Ze heeft het zeker weten op íémand gemunt. Misschien heeft ze diegene al te pakken genomen,' zegt Lucy.

'Ongelooflijk dat we ons nog steeds zorgen moeten maken, na alles wat we hebben meegemaakt.' Ik kan mijn blik niet afwenden van de mot die boven onze hoofden snel met zijn vleugels slaat. Zijn zwart-roze gestreepte fluwelen lijfje zweeft door de lucht als een kolibrie, voordat hij neerstrijkt op een muur, waar hij zich met zijn stokachtige pootjes aan vastklampt.

'Als zij hier niet achter zit, zit er iemand anders achter,' zegt Lucy met een zelfverzekerdheid die ze niet voelt. 'Je kunt altijd maar beter van het slechtste scenario uitgaan. Ik wou dat Sal dat ook had gedaan.'

'Hij liet zich niet leiden door angst en vertrouwde meestal op het goede in mensen. Dat pakte goed en slecht uit. Maar meestal goed.'

'Ik vind het heel erg voor je, ik wist niet hoe close jullie waren. Ik zie je morgenochtend.' Ze loopt terug naar beneden. De deur slaat achter haar dicht.

De mot heeft zijn stealth-bommenwerper-achtige vleugels uitgespreid tegen de witte muur van betonblokken. Hij lijkt me met zijn grote zwarte glanzende ogen aan te kijken. Zijn spichtige voelsprieten trillen als ik voorzichtig dichterbij kom.

'Ik doe je niets,' zeg ik, terwijl ik me afvraag wat hij hier in hemelsnaam doet. 'Het was vast niet je bedoeling om vast te komen zitten op zo'n deprimerende plek. Maar omdat er zoveel mensen in en uit lopen, snap ik wel dat het gebeurd is.' Ik kom dichterbij. 'Niet bang zijn.'

Ik steek mijn hand naar hem uit en de mot vliegt in de richting van het plafond; gedesoriënteerd door de felle lichten fladdert hij nog wilder rond. 'Zo maak je het er niet makkelijker op om je te helpen. Kom.' Ik open de zware metalen voordeur. Er waait koele wind naar binnen. De lamp op de veranda verspreidt een fel licht. 'Wegwezen.'

Maar dat doet hij niet. Ik zoek het lichtknopje om het licht uit te doen; het wordt helemaal donker in de hal. 'Zo, nu kun je beter zien, dus ga weg nu het kan.' Ik kijk naar de mot, die onder het plafond zweeft. 'Buiten is een hele wereld te ontdekken, en hier is helemaal niets behalve de dood. Ik kan de deur niet de hele nacht voor je openhouden. Ga weg!' Ik klap in mijn handen en schreeuw, en besef hoe dit eruit moet zien op de beveiligingscamera's. De militaire bewakers lachen me nu waarschijnlijk uit, maar dat kan me niets schelen.

'Hup!' Ik gebaar naar de mot. 'Weg!' Ik zwaai wild, en de mot vliegt de open deur uit en verdwijnt in de nacht. Ik voel tranen opkomen.

Ik loop naar buiten en laat de SLAB achter, haal diep en beverig adem, plotseling uitgeput. Vuurvliegjes gloeien en vervagen als vallende sterren. De maan staat hoger en is kleiner, verder weg en kouder. Ik denk aan Sals woorden: *Mensen zijn ontstaan uit iets glorieus.* Maar zo voelt het niet nu dit hem is aangedaan. Het beeld van het woedende vuur zal me altijd bijblijven. Het gebrul, als van wind in een microfoon, zal me altijd bijblijven.

Niet aan denken.

Het nachtelijke geraas van kikkers en uilen lijkt aan te zwellen, terwijl ik beelden van haar en felroze huid door doorzichtig plastic probeer te verdringen. Van dode ogen die ik nauwelijks meer herkende. En likkende tongen van vlammen, sierlijke rookpluimen. De ovendeur die dichtklapt.

Niet aan denken!

De verlichte bewakingsdrone, die rondjes blijft vliegen, doet me denken aan een uap. Ik zie voor me hoe Sal ergens hoog boven de grond uit een open deur wordt geduwd.

Ik loop langs de rijen blokhutten en vraag me af wat er binnen is. Het zou van alles kunnen zijn. Ik luister naar de bomen die ruisen in de wind en naar het orkest van de natuur. Er is niemand te bekennen.

Alle SUV's die eerder bij de blokhutten geparkeerd stonden zijn verdwenen, ook die van Benton – op één na. De Suburban die me hierheen heeft gereden staat op me te wachten; de koplampen schijnen op de dennenbomen. Dezelfde twee soldaten zitten in de auto en een van hen stapt uit om mijn portier te openen. Ik ga achter in de auto zitten en zet mijn werktas en noodtas op de stoel naast me.

'Bedankt, en weer een goedenavond gewenst.' Ik doe mijn gordel om. 'Jullie hadden vast een lange dag.'

'We hebben de opdracht gekregen om u naar de Langley Inn te brengen, mevrouw,' zegt de chauffeur. Hij kijkt me in de achteruitspiegel aan.

'Klopt. Bedankt.'

'Moeten we nog ergens stoppen, mevrouw?' vraagt de agent die naast de chauffeur zit.

'Nee hoor, bedankt.'

Even later rijden we door de metalen poort en verlaten we Area One. Ik zet mijn mobiel aan. We rijden op dezelfde weg als eerder. Het is er slecht verlicht; de golfbaan is niet meer dan een donkere leegte, het moerasland bestaat uit schaduwen. Ik lees het nieuws op websites: er doen allerlei complottheorieën de ronde over Sal Giordano.

ET-FLUISTERAAR ONTVOERD EN VERMOORD DOOR ALIENS? is een van de krantenkoppen, net als: NOBELPRIJSWINNAAR OP BRUTE WIJZE VERMOORD! Een ander verhaal wijt zijn dood aan zijn geloof in het buitenaardse en beweert dat de overheid hem voorgoed het zwijgen heeft opgelegd.

We rijden langs het vliegveld, maar er stijgen of landen geen straaljagers; de landingsbaan is donker. Er is bijna niemand op de weg. We rijden langs de gesloten bowlingbaan en op dit late tijdstip schijnt slechts achter een paar ramen van de huizen licht.

Onderweg, app ik Benton. *Ben er over een paar minuten.*

Ik hoop dat je honger hebt, antwoordt hij.

Als ik uitstap bij de vier verdiepingen tellende Langley Inn, is het bijna middernacht. Ik leg de receptionist uit dat mijn man al heeft ingecheckt en loop door de kleine lobby met blauwe en bruine meubels. Aan de muren hangen posters van de C-5 Galaxy en C-17 Globemaster-transportvliegtuigen, F-22 Raptors en andere militaire vliegtuigen.

Ik neem de lift naar de tweede verdieping, waar een kolonel van de luchtmacht in camouflagekleding met een pizzadoos langs me loopt en me goedenavond wenst. Door de gesloten deuren, waaraan NIET STOREN-deurhangers hangen, hoor ik vaag het geluid van tv's. Ik steek mijn sleutelkaart in de deur van kamer 218 en als ik binnenkom word ik overspoeld door een heerlijke geur van gefrituurd voedsel.

'Ik ben er!' roep ik.

In het kleine appartement staan comfortabele banken en stoelen met bruine en blauwe bekleding, net als de meubels in de lobby. De gordijnen voor de ramen zijn dichtgetrokken en op de tv staat het nieuws zonder geluid aan. Ik sluit de deur en draai hem op slot. Ik zet mijn tassen in de slaapkamer neer en loop naar de keuken, waar Benton net añejo tequila in twee glazen met ijs schenkt. Hij heeft geen schoenen aan en draagt een T-shirt en joggingbroek. Aan zijn glimlach te zien is hij erg blij me te zien. Ik ben ook blij, maar toch voel ik ook ongemak als ik weer denk aan zijn abrupte vertrek uit de observatieruimte in de SLAB.

‘Ik verga van de honger.’ Ik loop naar hem toe.

‘Gefrituurde kip, met alles erop en eraan.’ Hij veinst een zuidelijk accent, maar zijn glimlach wordt overschaduwd door iets duisters.

‘Het ruikt heerlijk.’ Hij heeft de tafel gedekt. Zijn 9-mm pistool ligt op het aanrecht. Naast de magnetron staan afhaalbakjes.

Op zijn sokken komt hij dichterbij en hij geeft me een glas aan. ‘Bootleg tequila leek me een goed idee,’ zegt hij terwijl we proosten.

‘Een briljant idee.’ De eerste slok verspreidt warmte door mijn lichaam. ‘Sorry, ik ben bang dat ik op dit moment niet het gezelligste gezelschap ben, Benton. Ik wilde niet langer in de SLAB blijven dan nodig was en heb nog niet gedoucht.’

‘Snap ik helemaal. Vooral met Marino in de buurt.’ Benton nipt van zijn drankje. ‘Hij was nog erger dan anders en gedroeg zich als een regelrechte klootzak.’

‘Hij had een lange, zware dag achter de rug.’

‘Laat staan hoe jij je moest voelen. Maar Pete is natuurlijk alleen maar met zichzelf bezig.’ Benton heeft normaal gesproken meer mededogen.

‘Mede daarom was hij zo uit zijn doen: door mijn relatie met Sal. Voor Marino maakt het niet uit hoelang het geleden is.’ Ik bestudeer Bentons gezicht om zijn reactie te peilen.

‘Hij staat zichzelf alleen maar in de weg.’

‘Hij doet het niet expres.’

‘Dat is geen excuus. Jaloezie is de krachtigste emotie, een van de grootste drijfveren om mensen verschrikkelijke dingen te laten doen.’ Benton glimlacht niet meer.

‘Volgens mij hadden Dorothy en hij niet het beste weekend aller tijden achter de rug. Of hij niet in ieder geval,’ leg ik uit. ‘Als hij onzeker wordt, raakt hij uit zijn doen.’

‘Uit zijn doen? Dat is nogal een understatement. Weet je wel hoe vaak je hem verdedigt? En dat je dat altijd al hebt gedaan?’ Benton staart door de kamer naar de gemutete tv.

‘Ik verdedig hem niet,’ antwoord ik. Ik zie de pijn in Bentons ogen, maar die komt niet door Marino. ‘En ik ben geen psycholoog, maar het lijkt me logisch dat het anders is om iets te weten dan om het te horen in bijzijn van een publiek. Ik vind het heel erg voor je dat je dat moest ondergaan.'

'Gelukkig was het Gus Gutenberg en niet een ander. Hij is vriendelijker.'

'Ja, hij vertelt je dat je op het punt staat beschuldigd te worden van verraad zonder zijn gezichtsuitdrukking of zijn toon te veranderen. Het was niet fijn wat er in de SLAB gebeurde; voor ons allebei niet, Benton. Ook al weten we dat het noodzakelijk was.'

'Ik vond het vreselijk om te zien dat je zo werd ondervraagd.' Hij neemt een grote slok tequila. 'Eerlijk gezegd wilde ik tegen Gus zeggen dat hij zijn bek moest houden.'

'We weten vaak niet hoe iets voelt tot we het voelen.' Ik drink niet te snel op een lege maag.

'En dan heb ik het nog niet eens over de opmerkingen die mijn collega's in de wandelgangen maken. Hoe ik denk te kunnen concurreren met een Nobelprijswinnaar.' De ijsblokjes rinkelen in zijn glas als hij het leegdrinkt. 'En toespelingen op het feit dat jij een echtbreker bent.'

'Dat was ik in feite ook.'

'Daar zijn twee personen voor nodig. Ik win ook geen moraalprijzen.'

'Wij allebei niet.' Ik neem nog een slok tequila.

'Heb je er spijt van?' Benton kijkt me diep aan.

Hij doelt niet op onze affaire.

Hij doelt op alles wat daarna kwam.

'Ik heb er spijt van dat we niet meteen getrouwd zijn,' antwoord ik. 'Maar misschien konden we alleen zo van onze fouten leren. Toch hebben we heel wat jaren verspild, jaren die we niet meer terugkrijgen. Deze keer niet.'

23

Bentons ex-vrouw, Connie, was meer geïnteresseerd in het geld van zijn familie dan in hem. Hij vertelde haar niets over zijn werk en ze wilde er ook niets over horen. Mijn eerste huwelijk was verwaarloosbaar; ik was slechts korte tijd met Tony getrouwd. Nadat ik afgestudeerd was leek het me een logische stap, om redenen die ik nu niet meer begrijp. Waarschijnlijk had het te maken met mijn moeder en Dorothy, die bang waren dat ik altijd alleen zou blijven.

'Van jou heb ik geen spijt.' Ik vertel Benton de waarheid. 'Ik wil alleen maar met jou zijn.'

'Met niemand anders? Ook niet met Sal?'

'Hij komt niet eens in de buurt.'

'Dat vind ik fijn om te horen.'

'Dat zou je zelf ook wel moeten weten. Maar soms denken we iets goed te weten en kunnen we toch verrast worden.' Met nog een slok tequila laat ik mijn remmingen los, die me stevig in hun greep hielden. 'Ik was bijvoorbeeld verbaasd dat je je collega's over mij en Sal verteld had zonder het eerst met mij te bespreken.'

'Ik had het je van tevoren moeten vertellen.' Benton haalt opnieuw de kurk van de fles.

'Klopt.'

'Het spijt me.'

'Waarom heb je dat niet gedaan?'

'In professioneel opzicht moest ik de betrokkenen informeren dat jij en Sal close waren. Sterker nog: dat jullie ooit geliefden waren.'

'In een ander leven.'

'Als ik het zou verzwijgen, zou het voor problemen kunnen zorgen, ongeacht hoelang geleden het was.' Hij schenkt zichzelf weer tequila in; normaal gesproken drinkt hij niet zoveel. 'Ik maakte me zorgen over wat de media zouden zeggen als ze erachter komen dat jij de autopsie hebt gedaan. Ik wilde dat we erbovenop zouden zitten, volledig transparant zouden zijn.'

'Dat maakte je jezelf wijs, maar dat is niet de echte reden,' antwoord ik. 'Mijn relatie met Sal zit je dwars, maar je wilde niet dat je collega's dat zouden weten. Daarom lichtte je hen zelf al in, alsof ons verleden je niets deed en je er zonder problemen over kon praten. Maar het was aan mij om over mijn privéleven te vertellen.'

'Au. Je laat me wel heel kleinzielig klinken. Dom bovendien. Ik hoopte dat ik dat niet zou zijn.' Hij draait de drank rond in zijn glas.

'We doen allemaal weleens domme dingen.'

'Ik geef toe dat het me niet lekker zat dat jullie een relatie hebben gehad. Dat ik toen nog niet in je leven was, of alleen professioneel.'

'En nu ben ik hier, precies waar ik wil zijn,' antwoord ik terwijl hij de bakjes in de magnetron zet.

'Ik zal niet zappen tot je op de hoogte bent,' zegt hij, en ik kijk naar het nieuws op de tv. Uit de ondertitels en fragmenten maak ik op dat Dana Diletti het over haar geplande bezoek aan Berkeley Plantation van morgenochtend heeft. Dan staat ze ineens live voor Sals omheinde oprit, waarop SUV's van de Secret Service met de koplampen aan geparkeerd staan. Ik pak de afstandsbediening van de salontafel en zet het geluid aan.

'*... en morgenochtend tijdens* First Up in Virginia *zal ik meer onthullen over de schokkende dood van Nobelprijswinnaar Sal Giordano, ook wel bekend als de* ET*-fluisteraar. Hij heeft jarenlang geprobeerd om contact te leggen met intelligent buitenaards leven. Is het hem eindelijk gelukt? Heeft hij het met zijn dood moeten bekopen, en wat voor gevolgen heeft dat voor ons? Ik zal alle informatie met jullie delen naarmate ons onderzoek vordert...*'

'Is zijn huis al doorzocht?' vraag ik, terwijl ik het geluid weer uitzet. 'Er is inmiddels wel iemand binnen geweest, toch?'

'Op dit moment zijn er agenten binnen,' zegt Benton. 'Bij de zestig witte rozen zat een gratis bom.'

'Wat afschuwelijk.' Ik denk aan wat er had kunnen gebeuren.

'Een pijpbom, die afgaat als iemand de vaas zou oppakken of aanraken,' voegt Benton eraan toe.

'Maar Sal vertelde me dat hij de vaas zelf binnen heeft gezet. Hoe kan dat?'

'De bom werd op afstand geactiveerd toen hij op weg was naar West-Virginia. De boobytrap was bedoeld voor degene die het huis zou doorzoeken. Onze rechercheurs. Agenten zoals ik. Wie dan ook.'

'Hoe wist diegene dat hij was vertrokken? Hield hij of zij het huis in de gaten?'

'Zijn huis was gehackt. Toen je gisteren met hem op de oprit praatte, werd dat opgenomen door de camera aan de voorkant van het huis. Iemand luisterde mee met jullie gesprek.'

'En de kluis in zijn thuiskantoor? Hoe zit het daarmee?' vraag ik.

'Een kluis met een draaislot, maar de microfoto is niet de code. De letters betekenen dus iets anders, maar dat zou van alles kunnen zijn.'

'Nou ja, niet van alles.' Ik haal me de cijfers en letters in Sals handschrift weer voor de geest. 'Als hij wilde dat wij het zouden vinden, dan dacht hij dat we zouden uitvogelen wat het betekent.' Ik zeg dat ik zijn zus moet bellen en hoop dat ze nog steeds hetzelfde nummer heeft. De laatste keer dat ik Sabina Giordano sprak, was toen hun moeder een paar jaar geleden overleed.

'We kunnen ook een agent naar haar thuis sturen. Ik heb contacten bij de carabinieri,' oppert Benton.

'Nee.' Ik stel me voor hoe geschokt ze zou zijn als de politie ineens op haar stoep staat. 'Ik kan het beter zelf vertellen. Zie je over een paar minuten. Als ik gedoucht heb zal ik je goed begroeten.'

'Daarvoor hoef je niet te douchen.'

'Jawel.'

Met mijn drankje in mijn hand loop ik naar de slaapkamer, in de hoop dat ik Sabina Giordano kan bereiken voordat ze in het nieuws over Sals dood leest. Ze is een paar jaar jonger dan hij, en toen ze jong waren was het altijd zij tweeën tegen de rest van de wereld. Ze hadden een hechte band en ze zal enorm van streek zijn. Ik tik op haar naam in mijn contactenlijst; het is even over vijf 's ochtends in Rome.

'*Pronto*,' antwoordt ze slaperig.

'Sabina?' Ik zoek in mijn noodtas naar mijn Moleskine-notitieboekje en haal het tevoorschijn.

'*Si? Chi è questo?*'

'Kay Scarpetta. Sorry dat ik je zo vroeg bel,' zeg ik in het Italiaans.

'O, Kay! Wat een leuke verrassing! Hoe gaat het met je?' antwoordt Sabina in het Engels, plotseling wakker en blij. 'Sal en ik hadden het gisteren nog over je, toen ik hem belde om hem op te vrolijken over het feit dat hij zestig is. Ik zei dat hij niet al te somber moest zijn, want ik word het ook snel.'

'Ja, ik ben nog bij hem langs geweest...'

'*Si, si*, hij vertelde al dat je van plan was om langs te komen, en ik zei dat hij de volgende keer dat hij naar Italië komt jou moet meenemen. We waren het erover eens dat we je mee zouden nemen naar Trattoria da Enzo in Trastevere, waar we ooit een beetje dronken zijn geworden van een fles erg lekkere chianti. Nou ja, meer dan een beetje dronken, en meer dan één fles. Weet je nog?'

Ik voel verdriet opkomen als ik aan die avond denk, met z'n drieën aan een tafel in het geplaveide steegje, onder de lamp van het restaurant. Sal vulde telkens onze glazen bij, terwijl we ons tegoed deden aan de Italiaanse keuken. Het menu van die avond stond op een krijtbord geschreven: PANZANELLA. BURRATA DI ANDRIA. PENNETTE CON COZZE E PECORINO...

'Natuurlijk, dat zou ik nooit vergeten,' zeg ik.

'Ben je nu hier?' Haar stem is ontroerd door hoop.

'Ik ben in Virginia.'

'Is alles in orde?' Ze klinkt meteen op haar hoede.

'Ik moet je iets heel naars vertellen, Sabina.' Ik ga op de rand van het bed zitten. 'Ik wil dat je het van mij hoort.' Ik leg uit dat haar broer maandagavond is verdwenen en dat zijn lichaam is gevonden.

'Dat kan niet waar zijn,' zegt ze geschokt. 'Nee, dat kan niet zo zijn!'

'Zijn identiteit is bevestigd met DNA. Ik vind het heel erg voor je.'

'Hoe bedoel je, hij is verdwenen?' Haar stem trilt.

'Nadat hij gisteravond een restaurant verliet in de bergen van West-Virginia, is hij ontvoerd. Zijn lichaam is vanochtend door de politie gevonden in een verlaten themapark, zo'n honderdvijftig kilometer verderop.'

'O mijn god.' Ze hapt naar adem. 'Hij is ontvoerd en vermoord?'

'Hij is op brute wijze om het leven gekomen, maar we weten niet zeker wie of wat de dader is,' antwoord ik voorzichtig.

'Nee! O, nee...!'

'Het spijt me dat ik nu niet bij je ben, Sabina...'

'Ik vond het nooit fijn als hij daarheen ging. Het is zo afgelegen. En hij is te goed van vertrouwen.' Ze snikt. 'Ik vond het nooit fijn als hij door die bergen reed en in die oude hut verbleef.'

'We weten nog lang niet alles. Ik hoopte dat je me misschien aan wat informatie zou kunnen helpen.'

'Zeg het maar.' Ze zucht, lang en trillerig; ik kan haar verdriet en afschuw voelen.

'Hoe laat belde je hem gisteren?' Mijn pen zweeft boven mijn notitieboekje.

'Halverwege de ochtend, zijn tijd.'

'Niet lang daarna verscheen er een bloemist bij hem thuis met zestig lange witte rozen in een handbeschilderde keramische vaas.' Ik verzwijg dat er explosieven in zaten. 'Heb je enig idee wie die gestuurd kan hebben?'

'Scusa?'

'Ze werden een paar minuten voordat ik om elf uur aankwam afgeleverd.'

'Ik heb geen idee en kan het me ook niet voorstellen. Dat is heel vreemd. *Morbosa. Non bene.*' Ze vindt het geschenk net zo morbide als ik. 'En Sal had geen idee van wie ze waren?'

'Op het kaartje stond alleen zijn naam.' Ik zeg niet dat hij dacht dat de rozen van mij waren. 'Maakte hij zich zorgen over iets of iemand toen hij je een paar weken geleden in Rome bezocht? Leek hij zichzelf?'

'Nee, niet echt. Hij was zichzelf niet.'

'Wat bedoel je?' vraag ik.

'Hij zei dat de wereld gevaarlijker is dan ooit en dat hij zijn testament opnieuw moest opmaken,' legt Sabina uit. 'We zaten samen te eten in de Quartiere Coppedè, en ik zei dat ik niet zoiets deprimerends wilde bespreken boven een perfecte carbonara en een mooie Abruzzo-rosé.' Haar stem klinkt melancholisch.

'Heeft hij iets specifieks gezegd? Ik weet hoe moeilijk dit is. Maar alles wat je je herinnert kan nuttig zijn, Sabina.'

'Hij was ervan overtuigd dat iemand hem volgde. Hij zei dat hij steeds dezelfde persoon zag sinds hij in Rome was aangekomen. Eerst toen hij op een taxi wachtte op vliegveld Fiumicino. Toen de dag daarna, toen hij over de Piazza della Rotonda liep. En de dag daarna, toen hij terugkwam van de Vaticaanse sterrenwacht.'

'Een man of een vrouw?' Ik maak aantekeningen.

'Dat kon hij niet goed zien.' Haar stem trilt. 'Maar hij dacht dat het een vrouw was, ongeveer even lang als ik en slank, met een zwarte honkbalpet. Hij kon haar haar niet zien en nam aan dat haar haar heel kort was. Ze leek een dertiger of veertiger en had littekens op haar gezicht. Elke keer dat hij haar zag droeg ze een donkere bril, een lange leren jas en die pet.'

'Dacht hij dat ze doorhad dat hij haar had gezien?' Ik zie Carrie Grethens mooie androgyne gezicht voor me en de littekens die ze de laatste keer dat ik haar zag heeft opgelopen.

'Dat wist hij niet zeker, maar hij had het gevoel van wel,' zegt Sabina. 'Hij vertelde me dat ze een heel slechte energie had.'

'En hij wist niet wie ze was?'

'Hij zei van niet, maar dat als er iets met hem zou gebeuren ik moest weten hoeveel ik voor hem beteken.' Ze kan nauwelijks meer praten. 'Hij is mijn hele wereld, Kay! Het was altijd wij tweeën tegen de rest. Wat gaat er nu gebeuren?'

'Ik zal de as opsturen,' vertel ik haar voorzichtig. 'Dan kan hij bij jullie familie begraven worden, als je dat wilt.'

'Dat zou hij niet willen. Je weet wat hij van onze familie vond. Hij zou in Alexandria begraven willen worden.' Ze snikt. 'Dat is nu al jaren zijn thuis.'

'Kun je iemand bellen? Iemand die langs kan komen? Ik wil niet dat je alleen bent.'

Maar ze huilt te hard om antwoord te geven en hangt snel op. Mijn hart doet pijn, alsof iemand erin knijpt. Ik loop naar de badkamer en doe de deur dicht.

De cargobroek en het poloshirt die ik vanmorgen heb aangetrokken zijn slap en klam. Ik kleed me zo snel mogelijk uit en stop mijn kleding in een vuilniszak die ik onder de wasbak vind. Ik haal een stuk zeep uit een verpakking waarop LANGLEY INN staat en stap onder de douche.

Ik sluit mijn ogen en ruik de damp die naar bloemen geurt, scrub en was dood en rampspoed weg, en laat het hete water op mijn nek en schouders kletteren. Na de douche voel ik me een stuk beter. Terwijl ik een badjas aantrek en mijn haar föhn, voel ik me steeds vastberadener worden. Ik neem een slok van mijn drankje en kijk naar mijn gezicht in de spiegel boven de wasbak. De glimlach die erop geplakt lijkt, de perfect kalme uitdrukking – mijn woede is als een constante vlam die nooit dooft.

De schade die ze opnieuw heeft aangericht. Het valt niet te bewijzen dat Carrie Grethen Sal volgde in Rome, dat weet ik. Het is niet zeker dat zij achter zijn dood zit. Maar ik weet wel wat ik voel. Ik weet waarschijnlijk ook wat zij voelt elke keer dat ze in de spiegel kijkt, net zoals ik nu. Met mijn vingers kam ik mijn haar en ik bestudeer mijn gezicht.

Even zie ik mijn jongere ik, hoe ik eruitzag toen Sal en ik elkaar ontmoetten. Ik zie de Kay Scarpetta voor me op wie hij verliefd werd, maar het spiegelbeeld dat terugkijkt is degene die ik nu ben. Ik ben veranderd, maar ik voel me grotendeels hetzelfde. Ik ben mensen kwijtgeraakt die nog bij me zouden moeten zijn, en ze is nog niet klaar. Ik wil niet nog iemand verliezen.

Ik keer terug naar de keuken. De magnetron piept.

'Bijna klaar.' Benton haalt de bakjes uit de magnetron en zet ze op het aanrecht.

'Blijkbaar volgde vorige maand iemand Sal in Rome. Maar daar heeft hij niets over gezegd. Misschien tegen niemand, behalve dan aan Sabrina. De keuzes die we maken in het leven... en de gevolgen daarvan.' Ik neem een slok van mijn drankje en voel een vonk van woede. Ergens wil ik tegen Sal tekeergaan. Hij had beter moeten weten, voorzichtiger moeten zijn. Hij had het mij moeten vertellen. Of Benton. Of überhaupt iemand.

'Keuzes die we op dat moment niet helemaal begrijpen. Of helemaal niet.' Benton slaat zijn armen om me heen. 'Leren van je fouten hoort bij het leven,' zegt hij met zijn neus in mijn haar. 'Je ruikt lekker.'

'Air Force-shampoo.' Ik vertel wat Sabina nog meer heeft verteld.

'Het is maar de vraag of er echt iemand Sal volgde.' Benton opent de bakjes. Stoom stijgt op. 'En zo ja, of het Carrie Grethen was.'

'Hij had haar nooit opgemerkt als ze dat niet wilde. Als hij haar gezicht met littekens heeft gezien, dan was dat precies haar bedoeling.'

'Zodat ze ons kon provoceren. Haar spelletjes kon spelen,' zegt Benton. 'Typisch iets voor haar – iets wat ze al eerder heeft gedaan.'

'Maar het is mogelijk dat Sal alleen maar dacht dat hij gevolgd werd. Misschien heeft hij zich vergist.'

'Carrie volgde hem in Rome en wilde dat wij dat te weten zouden komen. Punt.' Benton opent een kast en pakt er twee borden uit. 'Ze wil onze aandacht en weet hoe ze die moet krijgen.' Dat heeft hij al eens eerder gezegd, en het idee maakt me woedend.

'Door een spelletje met ons te spelen. Een spel van kat en muis. Haar specialiteit,' antwoord ik terwijl Benton onze borden volschept.

'Gefrituurde kip, frietjes en gekookte sperziebonen met spek,' zegt hij. 'En aardappelpuree.'

'Bedankt dat je aan mijn lijn denkt.' Ik geef hem een zoen.

'Ik denk dat ik inmiddels wel weet wat je lekker vindt na een vreselijke dag.'

'Klopt. Beter dan wie ook.'

We zetten onze borden op tafel. De gordijnen voor het raam zijn dichtgetrokken. We gaan zitten en zijn allebei uitgehongerd. Ik vertel hem over de helikoptervlucht in de storm, over de kabel die brak toen we Sals truck uit het ravijn hesen. Ik beschrijf de enorme kat die in de mist verdween en wat er gebeurde toen we in de storm het themapark wilden verlaten.

'We stegen op van de parkeerplaats terwijl er vlakbij tornado's waren,' zeg ik tussen twee happen door. 'En toen gingen plotseling de lichten, attracties en muziek aan. Natuurlijk niet allemaal, want veel werkt niet meer. Maar hoe kan er überhaupt iets aangaan als de stroom is afgesloten?'

'De stroom is twee weken geleden weer ingeschakeld.' Benton draait de dop van een fles water.

'Door wie?'

'De rekening van het park is via internet opnieuw geactiveerd, betaald door de creditcard van de eigenaar.'

'De creditcard van Ryder Briley?'

'Briley Enterprises, om precies te zijn.'

'Waarom?' Ik doop kip in de honingmosterdsaus.

'Ryder Briley doet alsof zijn neus bloedt; hij beweert dat iemand de creditcardgegevens van zijn bedrijf heeft achterhaald. Hij zei ook dat hij van plan was Oz dit voorjaar te verkopen, maar dat dat nu, vanwege *die moord* niet meer kan.'

'Komt dat even goed uit. Nog een flink zakelijk verlies dat hij met zijn winst kan verrekenen.'

'Hij beweert dat door Sal Giordano's dood de waarde is gekelderd.' Benton strooit peper op een drumstick.

'Geloof je dat hij een onschuldig slachtoffer is? Dat hij niet wist dat de stroom weer was ingeschakeld?' antwoord ik terwijl Carrie door mijn hoofd blijft spoken.

'Moeilijk om met zekerheid te zeggen. Maar ik denk dat hij er op de een of andere manier bij betrokken is.' Benton legt afgekloven botten in een leeg bakje. 'Ik ben bang dat hij banden met haar heeft.' Hij doelt op Carrie. 'Want niemand kan beter hacken en voor een spektakel zorgen dan zij.'

'De stroom is twee weken geleden weer aangesloten, ook al werd er niets mee gedaan. En dan gaan vanmiddag plotseling de lichten en andere dingen aan. Net zoals er van alles gebeurde in mijn kantoor.' Ik vertel Benton over de slagboom op de parkeerplaats en de camera's in de laadruimte die zomaar uitgeschakeld werden. De lift heeft ook kuren – en dat is iets te veel tegelijk om toevallig te zijn.

'Soms weet ik zeker dat er opzet in het spel is, maar dan vraag ik me meteen af of ik paranoïde ben,' leg ik uit.

'Je bent niet paranoïde.'

'Denk je dat ze mijn gebouw gehackt heeft?'

'Vijf maanden geleden, toen ze haar gebruikelijke chaos schiep, is ze voor het laatst opgedoken.' Hij scheurt een pakje ketchup open. 'Toen heeft ze niet bereikt wat ze van plan was, en nu doet ze, wraakzuchtig als ze is, opnieuw een poging. Ze heeft er plezier in. Ik denk dat we daar snel genoeg bewijs van zullen zien.'

'Wat haar uiteindelijke doel ook is, ze is niet pas gisteren begonnen,' voeg ik eraan toe. 'Ze denkt er al een tijd over na.'

'Dat is voor haar een deel van de kick: voorpret. Van tevoren erover nadenken.' Hij neemt een hap van een karnemelkscone; gesmolten boter druipt ervanaf. 'Lucy moet controleren of er iets is verstopt.'

Dat doet me denken aan de verdelger boven op de hoge ladder. Het was niet dezelfde als anders, maar iemand die ik niet kende, zeg ik tegen Benton terwijl een gevoel van ongeloof me bekruipt. De bestelbus die op de parkeerplaats stond was wit met een logo op de zijkant. De bestelbus van de bloemist was ook wit met een neplogo, dat bevestigd kan worden met magneten. Tegenwoordig kunnen die 3D-geprint worden.

24

De volgende ochtend open ik mijn ogen in het donker. Als er buiten niet een reveille zou klinken, zou ik niet weten waar ik was. Het is vijf uur en Benton verroert geen vin, zelfs niet als de trompetten schallen. We zijn veel te laat gaan slapen en hadden besloten dat we ons vanochtend niet hoefden te haasten.

Zonder hem wakker te maken sluip ik uit bed. Het tapijt voelt ruw aan onder mijn blote voeten. De reveille houdt op en de rust keert weder, behalve het geluid van water dat door de buizen boven onze hoofden stroomt; andere gasten zijn ook al wakker. Ik sluit de slaapkamerdeur achter me en loop met mijn telefoon naar de keuken. Ik doe het licht aan en vul het reservoir van het koffiezetapparaat.

In de koelkast liggen onze restjes. Gefrituurde kip en scones, dat is een goed begin. De aardappelpuree kan ik opbakken. Dat zou nog lekkerder zijn met kaas en ui, maar zo is het ook prima. Mijn maag knort. Ik verpak de kip en scones in aluminiumfolie en warm ze op in de kleine oven.

Terwijl ik op de koffie wacht, scrol ik door mijn appjes en e-mails. Er zijn er verschillende van Fabian bij. Tot mijn verbazing hebben Faye en hij een nacht in de oproepkamer doorgebracht.

Hopelijk vind je het niet erg dat we wat uit de koelkast hebben gepakt, appte hij me om één uur 's nachts.

Ik vraag me af waarom ze een logeerpartijtje hebben gehouden en stuur een bericht terug. Ik verwacht niet dat hij al wakker is, maar mijn telefoon gaat meteen over.

'Ik hoop dat je genoeg rust neemt en niet te veel koffie drinkt,' zeg ik meteen als ik opneem. 'Hopelijk voel je je een beetje beter dan gisteren?'

'Ik overleef het wel.' Hij klinkt nors.

'Wat is er met jou en Faye aan de hand? Waarom zijn jullie in het gebouw blijven slapen?' In de la onder de oven vind ik een koekenpan.

'We hebben tot laat gewerkt en vonden dat we het ons maar beter gemakkelijk konden maken.'

'Waarom?' Ik vind een spatel.

'Omdat het lichaam van Luna Briley hier nog is.'

'Je hoeft niet te babysitten.' Ik zet de elektrische kookplaat op het fornuis aan.

'We vertrouwen het zaakje niet, dokter Scarpetta. Je weet vast wel wat ze allemaal in het nieuws zeggen.' Fabian klinkt boos en bang. 'Al die dingen waarvan Ryder Briley jou en mij beschuldigt.'

'Ik weet het...' begin ik.

'En nu is er een lijk gevonden in het Oz-themapark, waarvan hij de eigenaar is. Ik weet zeker dat hij erbij betrokken is. En het zal je vast niet verbazen, maar ik heb haar medische gegevens opgevraagd en er wordt nergens vermeld dat ze diabetes had.'

'Dat dacht ik al, want er was nergens insuline op de plaats delict.'

'Ze liegen dat ze barsten,' zegt Fabian. 'Hoe dan ook, het komt erop neer dat Faye en ik ons niet veilig voelen. Omdat we dat ook niet zijn. En wie gaat ons beschermen? Moet je nagaan wie er allemaal voor Ryder Briley werken, ook rechters en agenten. Stel je voor dat het lichaam van zijn dochter wordt gestolen...'

'Hopelijk breekt er niemand in. Je hoeft echt niet daar te blijven, tenzij je dat zelf graag wilt.' Ik open minikuipjes boter; Benton was slim genoeg om om extra te vragen. 'Teresa is er om de boel te beveiligen.' Dat is onze nieuwe beveiliger. 'Alles is nu vast rustig?'

'Ze is in haar eentje. En beveiligingsbeambten kunnen ook niet alles aan. Geloof me: ze is heel blij dat we hier waren toen de loodsdeur om drie uur 's nachts ineens uit zichzelf openging.'

'Dat meen je niet.' Ik droog mijn handen af met keukenpapier.

'Ik ben bloedserieus,' zegt Fabian. 'En er was niemand. Alleen de lege nacht. Het was griezelig, een heel slechte energie. En we hadden er natuurlijk niet aan gedacht om salie mee te nemen.'

'Maar is de loodsdeur nu weer in orde?' Ik smelt boter in de pan.

'Tot nu toe wel. Maar de lift is helemaal naar de klote. Hij doet het niet meer. En we hebben weer wat telefoontjes gehad van een nummer dat buiten bereik is, waarna meteen weer wordt opgehangen. Het is alsof er iemand spelden in onze voodoopop steekt.'

'Misschien is dat ook zo.' Ik vertel hem dat we mogelijk gehackt zijn. 'Dan is het gebouw niet veilig, wat ook wel blijkt uit die loodsdeur die midden in de nacht opengaat.'

'Ik weet niet hoe we dit soort dingen kunnen voorkomen.'

'Het wordt steeds moeilijker.' Ik plet klodders aardappelpuree in de sissende boter.

'Wanneer komen Marino en jij weer terug van waar jullie ook zijn?' vraagt Fabian.

'Ik weet niet zeker wanneer hij terugkomt, want ik heb hem vandaag nog niet gesproken. Maar ik zal pas vanmiddag terugkomen.' Ik kijk in de kleine oven.

'Je kunt me zeker niets vertellen over Sal Giordano, de ET-fluisteraar? Zijn dood is overal in het nieuws. Het is overduidelijk dat je met zijn zaak bezig bent...'

'Die wordt onderzocht in een militaire faciliteit.' Ik vertel wat me is opgedragen, draai de gebakken puree om en bestrooi die met zout en peper.

'Waar ben jij dan?'

'Op een plek waar ik telefonisch bereikbaar ben. Meer hoef je niet te weten.' Ik hoor vuurwapenexpert Faye Hanaday iets zeggen op de achtergrond.

'Wacht even,' zegt Fabian en hij geeft haar de telefoon.

'Dokter Scarpetta? Goedemorgen,' begint ze. 'Bedankt dat we hier mochten blijven overnachten. Ik ben bang dat we alle tonijn en brood hebben opgegeten.'

'Het is geen Airbnb, maar jullie zijn altijd welkom. Ik hoop dat Fabian zich beter voelt dan gisteren.'

'Het komt door deze zaak.' Faye dempt haar stem. 'Luna Briley heeft iets bij hem losgemaakt. Toen hij klein was, liep zijn buurmeisje zijn tuin in en verdronk in hun zwembad. Ze was vier jaar en er werd duidelijk niet goed voor haar gezorgd.'

'Dat wist ik niet. Wat vreselijk,' antwoord ik.

'Je weet hoe Fabian is. Hij vond toen al dat hij het op de een of andere manier had moeten voorkomen.'

'Dat begrijp ik beter dan je denkt,' antwoord ik. 'Wat kun je me vertellen, Faye?'

'Je zult binnenkort het officiële rapport krijgen, maar Lee heeft me al over de kruitresten verteld. Ik kan het je nu al vertellen, zolang het maar niet van mij komt.'

Ik leg de goudbruin gebakken aardappelpuree op een bord met keukenpapier, terwijl Faye uitlegt wat er gisternacht is gebeurd. Ze zegt dat sporenonderzoeker Lee Fishburne monsters heeft geanalyseerd met een rasterelektronenmicroscoop en een spectroscoop en dat er geen kruitresten op de monsters van Luna Brileys handen zijn aangetroffen.

'Ook niet op de monsters van haar haar en huid rond de ingangswond,' vertelt Faye. 'En evenmin op haar pyjamatopje, maar daar zat wel iets anders op wat Lee niet had verwacht of kan verklaren. Zal ik de resultaten off the record met je delen?'

'Heel graag.' Ik scheur pakjes honing open.

'Toen ik zijn lab binnenliep, was hij vreemde deeltjes aan het analyseren die op Luna Brileys pyjamatopje zaten. Ze werden vijfhonderd keer vergroot weergegeven en deden me denken aan microscopische asteroïden met stukjes glimmend metaal.'

'Waarvan waren ze gemaakt?' Ik leg stukjes kip op beboterde sconeshelften en schenk er honing overheen.

'Voornamelijk van silica, maar ook van magnesium, aluminium, ijzer en andere elementen,' antwoordt ze.

'Lijkt mij gewoon viezigheid.' Het zou mij niet opgevallen zijn. Ik heb Luna's pyjama niet onderzocht. Toen ik hem had uitgetrokken, werd hij in de bewijskamer te drogen gehangen. Daarna werd de pyjama naar boven gebracht naar het sporenlab, zodat Lee hem grondig kon onderzoeken.

'Lee heeft een vermoeden wat het zou kunnen zijn, maar wil het niet zeggen totdat een expert met wie hij contact heeft opgenomen het bevestigt,' legt Faye uit. 'Hij vertelde me dat de deeltjes kobaltblauw oplichtten toen hij met een uv-lamp op de pyjama scheen,' voegt ze er tot mijn verbazing aan toe. 'Dus wat is het voor spul en hoe is het op haar pyjama terechtgekomen?'

'Zo'n glinsterend residu is ook op andere plekken aangetroffen,' antwoord ik, terwijl ik denk aan het stof dat overal op Sals lichaam oplichtte. Beelden van het Oz-pretpark flitsen door mijn hoofd. Ik zie de chocoladepinda's weer voor me die ik in Luna's maag aantrof en in de plastic bakken bij Briley Flight Services. Het voelt alsof ik in een spinnenweb loop en de draden en verbanden wel voel, maar niet kan volgen.

'Ik wil deze ochtend testschoten afvuren om de afstand en het traject van de kogel te bepalen,' zegt Faye.

Ik zet de oven uit. 'Wie weet er nog meer van het sporenbewijs behalve Lee, jij en Fabian?' Ik pak wat servetten en het plastic dienblad onder de lege ijsemmer.

'Dat weet ik niet zeker. Fabian en ik hebben het er alleen met elkaar over gehad.'

'En Blaise Fruge dan?'

'Het zou niet aan mij zijn om het haar te vertellen,' antwoordt Faye, en daar heeft ze gelijk in.

Even later draag ik het dienblad naar de slaapkamer. Benton zit inmiddels rechtop in bed onder de dekens. Hij heeft twee kussens in zijn rug en kijkt naar zijn telefoon, die zijn gezicht verlicht in de bijna donkere kamer. Ik zet koffie en zijn bord naast hem op het nachtkastje en vertel wat ik net heb gehoord.

'Dat fluorescerende residu is inderdaad vreemd.' Hij snijdt met zijn vork de gebakken aardappelpuree doormidden en neemt een hap. 'Verdomme, dat is lekker.' Hongerig neemt hij nog een hap. 'We weten niet zeker of het glinsterende residu op de pyjama van Luna Briley hetzelfde is als dat op het lichaam van Sal. Ik vind het net als jij verdacht, maar we hebben nog niet genoeg informatie om conclusies te trekken.'

'Het is erg ongebruikelijk dat iets kobaltblauw fluoresceert.' Ik installeer me op het bed, met mijn bord op mijn schoot. 'Door alles wat we inmiddels weten vraag ik me af waarbij Ryder Briley betrokken is. En hij zal ongetwijfeld uit zijn vel springen als ik de dood van zijn dochter als een moord beschouw.'

'Wanneer neem je die beslissing?' Benton pakt zijn koffiemok op terwijl ik mijn scones verorber.

'Als Fayes testschoten mijn vermoedens bewijzen, zal ik de

doodsoorzaak vaststellen.' Ik veeg mijn handen af met een servet; het papier knispert. 'Als ik het als een moord beschouw, zal de politie de ouders en iedereen ondervragen die aanwezig was toen Luna werd neergeschoten.'

Als Benton en ik ons eten ophebben zetten we onze borden op de nachtkastjes. De opkomende zon verlicht de randen van de gordijnen. Er vliegen weer straaljagers boven onze hoofden, maar ik laat Benton nog niet opstaan. We zijn nog niet uitgepraat en ik leun tegen hem aan, verstrengel mijn vingers met de zijne. 'Praat met me nu we alleen zijn. Gaat het goed met je? Want ik geloof het niet, hoe goed je ook kunt doen alsof.' Ik weet wat hem dwarszit en weet dat hij het moet uitspreken. Ik kom nog dichterbij en laat mijn hoofd op zijn borst rusten.

'Het gaat oké.'

'Dat is niet goed genoeg.' Ik hoor het bonzen van zijn hart, zijn huid warm onder mijn wang.

'Misschien vind ik het niet leuk om herinnerd te worden aan je eerdere relaties,' mompelt hij in mijn haar. 'Vooral niet die met hem.' Hij doelt op Sal.

'Onze zomer samen was zo lang geleden,' antwoord ik. 'Het lijkt wel alsof het over iemand anders gaat.'

'Maar dat is niet zo.'

'Mijn gevoelens voor hem zijn niet vergelijkbaar met mijn gevoelens voor jou, Benton. Waarschijnlijk was ik met hem om jou te ontvluchten.' Ik was kapot. We werkten samen. Hij was getrouwd en had kinderen, en ik voelde me enorm tot hem aangetrokken. Ik vocht er niet hard genoeg tegen. Achteraf gezien denk ik niet dat dat mogelijk was. Ik ben niet trots op onze affaire, maar ik zou het zo weer doen als ik alleen zo samen met hem kon zijn.

'Misschien word ik ook niet graag herinnerd aan jouw eerdere relaties.' Ik streel zijn arm. 'En dat je een vervreemde familie hebt die jou niet wil vergeven of vergeten.'

'Een bewijs van mijn tekortkomingen op het gebied van relaties,' zegt Benton. 'Vraag maar aan Connie. Dat zei ze vaak genoeg tegen me.'

'Zelfs als je mij niet had ontmoet waren jullie gescheiden.' Ik zoen hem en we houden elkaar stevig vast. 'We hoeven even nergens heen, toch?'

25

Een uur later, als ik gedoucht heb en weer in de keuken ben, belt Lee Fishburne. Hij zegt dat hij de voorlopige resultaten van de sporenanalyse heeft, en ik laat niet merken dat Faye me al ingelicht heeft. Ik kan goed doen alsof ik iets voor de eerste keer hoor.

Lee bevestigt dat er geen kruitresten zijn aangetroffen op de handen en kleding van de Brileys, en dat zou me zelfs niet verbazen als Faye het me nog niet had verteld. Ik had nooit verwacht dat Luna van zo dichtbij was neergeschoten dat er roet en gedeeltelijk verbrand kruit op haar terechtgekomen zouden zijn. Haar ouders hadden de kruitresten gemakkelijk kunnen verwijderen door hun handen te wassen, wat ze waarschijnlijk ook gedaan hebben, gesteld dat een van hen de trekker overhaalde.

'Alleen als Luna het pistool vasthield toen het afging zou ze kruitresten op haar handen hebben,' zeg ik terwijl ik het waterreservoir van de koffieautomaat bijvul. 'En ik had ze ook niet op Ryder en Piper Briley verwacht, omdat ze genoeg tijd hadden om ze te verwijderen. Ik wil wedden dat ze de kleding die ze aanhadden hebben gewassen of hebben weggegooid voordat de politie ter plaatse was.'

'Misschien zijn er eerder die avond foto's genomen waarmee we kunnen bewijzen dat ze zich later hebben omgekleed?' zegt Lee.

'Scherp. Dat zou je rechercheur Fruge moeten vertellen. Gebaseerd op wat ik zag toen ik aankwam bij het huis, was Luna al een paar uur dood voordat de vader de politie belde.'

'Zo schuldig als wat,' zegt Lee, zijn stem vol walging. 'Op hun monsters en kleding zijn ook geen deeltjes aangetroffen die kobaltblauw oplichten onder de uv-lamp, die wel op de pyjamatop van hun dochter zaten.'

Voornamelijk gemaakt van silica, maar ook van magnesium, aluminium, ijzer en andere elementen, zei Faye net tegen me.

'En hier wordt het interessant, Kay. Het glinsterende spul is een simulatie van maanregoliet...'

Ze deden me denken aan microscopische asteroïden, hoor ik Fayes stem weer.

'Nepmaanstof, met andere woorden,' klinkt Lees stem in mijn bluetooth-oordopje. 'De nepdeeltjes zijn op microscopisch niveau uniformer omdat ze door machines zijn vermalen. Maar de samenstelling is hetzelfde: ongeveer de helft bestaat uit gesmolten silicazand. Glas, met andere woorden. Het is niet zo moeilijk om simulaties van echt te onderscheiden, maar je moet wel weten waar je naar kijkt.'

'Even kijken of ik het goed begrijp,' antwoord ik. 'Bedoel je dat er nepmaanstof op Luna's pyjama zat?'

'Bizar dat ze Luna heet.'

'Ik vind deze hele situatie bizar, Lee.' Ik ga verder met het inladen van bestek en borden in de vaatwasser.

'Dit is verpulverde vulkanische as, een stollingsgesteente zoals basalt,' vertelt Lee over de telefoon terwijl ik de vaatwasser aanzet. 'Het wordt gedolven en tot stof vergruisd door enorme brekers en molens. Daarna wordt het verwerkt en verpakt in cleanrooms.' Hij legt uit dat natuurlijke maanstofdeeltjes scherpe hoeken hebben en onregelmatig, gesmolten en poreus zijn. Ze zijn ontstaan door meteoren die op het maanoppervlak zijn ingeslagen. Of ze nu gesimuleerd of echt zijn, de scherven zijn elektrostatisch geladen en blijven overal aan kleven. 'Daarom is het stof ook problematisch voor astronauten en hun apparatuur,' zegt Lee. 'Je wilt niet dat het in je spaceshuttle of habitat terechtkomt. Het is een wonder dat sommige Apollo-jongens in de jaren zestig en zeventig geen ernstige ademhalingsproblemen hadden.'

'Weet je zeker dat het nepmaanstof is?' Ik loop door de woonkamer met twee koppen koffie. 'Kan het niet iets anders zijn?'

'Toen ik vanochtend wakker werd had ik een e-mail van een vriend met wie ik gisteravond laat contact heb opgenomen, een materialenwetenschapper bij het Johnson Space Center. Ze bevestigde dat de beelden en samenstelling van de deeltjes overeenkomen met een hoogwaardige maanregolietsimulatie. Het is normaal dat het oplicht onder een uv-lamp, maar ze heeft nog nooit een simulatie kobaltblauw zien oplichten. Ze heeft geen idee wie het gemaakt kan hebben.'

'Dat was mijn volgende vraag,' antwoord ik. 'Hoe komt iemand aan nepmaanstof?'

'Je kunt kleine hoeveelheden op internet bestellen. Dat doen vooral ruimtenerds of mensen die het als hebbeding willen hebben. Of iemand zoals ik, die het microscopisch wil bekijken. Het is verbazingwekkend hoeveel spullen ik online kan bestellen die ik anders misschien nooit zou kunnen onderzoeken. Maar nep of echt maanstof is niet iets voor een kind; je wilt niet dat het het inademt of in zijn ogen krijgt.'

'Wordt er iets fluorescerends toegevoegd aan de neppe variant die je op internet kunt kopen?' Ik loop de slaapkamer weer binnen. Benton is in de badkamer met de deur dicht, ik hoor hem douchen.

'Niet dat ik weet.'

'Als je het gebruikt voor grote wetenschappelijke projecten, koop je waarschijnlijk geen kleine hoeveelheden op internet. Dan heb je ergens een commercieel lab.'

'Daar zijn er maar een paar van in het land, en geen een in Virginia voor zover ik weet,' zegt Lee. 'En regolietsimulatie is niet iets wat je in je garage met een steenmolen of een slijpmachine maakt. Er komen industriële machines aan te pas en je hebt de juiste stenen en mineralen nodig.' Hij legt uit dat er vaak iets fluorescerends wordt toegevoegd aan de maanstofsimulatie die gebruikt wordt voor wetenschappelijk onderzoek, en dat die wit oplicht. Daardoor kun je makkelijker vaststellen of een ruimtepak of elektronische apparatuur goed is afgesloten. Hoogwaardige nabootsingen zijn duur: tussen de tien en dertig dollar per pond, afhankelijk van waar je het koopt. 'Als je er dus tonnen van koopt om maan-, Mars- of asteroïdestoffen te simuleren, loopt dat flink in de papieren,' zegt Lee.

'Snap jij hoe dit kan?' Ik ga op het bed zitten en neem een slok van mijn koffie. 'Dit kind speelde niet buiten. Luna Briley kwam zelden het huis uit en er kwamen bijna nooit andere kinderen langs. Ze leefde zowat in een isoleercel.' Ik voel weer woede oplaaien. 'Hoe kan ze in godsnaam onder nepmaanstof zitten?'

'Ik denk dat het op haar pyjama is gekomen door iemand die fysiek contact met haar had. Ik vraag me af of de simulatie ook op andere plekken in het huis is aangetroffen.'

'Ik weet niet zeker of het hele huis is doorzocht met forensische lampen, maar haar slaapkamer en bepaalde andere ruimtes werden in elk geval onderzocht toen ik er was,' antwoord ik. 'En niets lichtte kobaltblauw op. Voor zover ik weet.'

'Als er geen spoor van is in het huis,' zegt Lee, 'dan is het op Luna overgebracht door iemand die het op zijn kleding had. Dat is mijn theorie.'

'En hoe kan het op de kleding van die persoon zijn terechtgekomen?'

'Als diegene ermee werkt, bijvoorbeeld,' zegt hij. 'Een aantal ruimtevaartbedrijven en overheidsinstellingen, zoals de NASA, gebruiken regolietsimulaties, zoals je je waarschijnlijk wel kunt voorstellen. Het echte spul zit opgesloten in kluizen. Er is nog maar een kleine hoeveelheid echt maanstof en -stenen van onze laatste reis naar de maan, meer dan vijftig jaar geleden.'

Ik hang net op als Benton uit de badkamer komt in een wolk van stoom, een handdoek om zich heen geslagen. Hij heeft zich geschoren, zijn haar is vochtig en recht naar achteren gekamd, zijn gespierde borst en platte buik zijn bedekt met een laagje zweet. Ik vertel hem wat ik te weten ben gekomen.

'Jezus. Dat zag ik niet aankomen,' zegt hij.

'Ik ook niet.'

'Ik kan me niet veel andere toepassingen voorstellen voor nepmaanstof dan het voor de hand liggende ruimteonderzoek,' voegt hij eraan toe. 'Het is namelijk extreem gevaarlijk.'

'Voor alles en iedereen,' antwoord ik. 'Langdurige blootstelling zonder de juiste bescherming kan leiden tot ernstige longschade of zelfs de dood tot gevolg hebben. Iedereen die ermee werkt zou zich grote zorgen moeten maken.'

'Ons sporenlab zal hun bevindingen met je delen om het te bevestigen, maar ik zie geen reden om aan Lees oordeel te twijfelen.' Benton trekt een kaki broek en een poloshirt aan. 'We zullen nagaan wie er in dit gebied een dergelijke simulatie besteld heeft.'

'Ik vermoed dat degene die het microscopische residu op Luna achterliet daarvan niet op de hoogte was. Je kunt het alleen weten als je onder een blacklight door loopt.' Ik blijf aan Carrie Grethen denken. 'Waarschijnlijk kan iemand die regelmatig wordt blootgesteld aan maanstof het overal achterlaten zonder het door te hebben? Of is dit weer een konijnenhol? Weer een raadsel dat we tevergeefs proberen op te lossen?'

'We weten niet wie het heeft achtergelaten,' zegt hij. 'En we weten niet waar het vandaan komt. Maar als Carrie dit spul achterlaat, heeft ze dat denk ik niet door.'

'Dan heeft ze een fout gemaakt.'

'Misschien wel.' Benton strikt zijn veters.

'Of misschien kan het haar niets schelen,' antwoord ik. 'Of wil ze juist dat wij het vinden.'

'Dat is allemaal goed mogelijk.'

Terwijl hij met andere agenten belt, trek ik een schone cargobroek aan en een legershirt met lange mouwen, die niet geschikt zijn voor warm weer. Maar toen ik de laatste keer mijn noodtas inpakte was het winter. Er zitten kreukels in mijn kleren en ze ruiken een beetje muf. Ik had ze moeten ophangen voordat ik ging slapen, maar ik werd afgeleid door mijn man en tequila.

Ik heb Lucy verschillende keren een bericht gestuurd op een beveiligde app, en krijg nu pas iets terug. Zij en andere onderzoekers onderzoeken de pick-uptruck van Sal naast ons in NASA-Langley, in gebouw 1112. Ik laat haar weten dat Benton en ik die kant op komen zodra we uitgecheckt hebben en geef door wat Lee Fishburne heeft verteld over de maanstofsimulatie.

Waarschijnlijk hetzelfde als wat we in zijn auto hebben aangetroffen, schrijft Lucy terug. *Je zult het wel zien als je hier bent.*

Ik vraag of ze iets van Marino heeft gehoord. Sinds vanmorgen heb ik hem geappt en geprobeerd te bellen, maar hij reageert niet. Ze vertelt dat hij een auto heeft gehuurd en terug is gereden naar Alexandria. Hij zei dat geen haar op zijn hoofd eraan dacht weer in de helikopter te stappen. Ze hebben voor het laatst contact gehad toen hij weer op kantoor was. Ik stuur hem een bericht en vertel dat Benton en ik Sals auto gaan bekijken.

Ik ben bij Faye, antwoordt Marino meteen.

Hij is op de schietbaan met Faye Hanaday en stuurt een video van een met wit laken bedekt doel dat krakend over de baan heen en weer beweegt. Faye heeft een veiligheidsbril en een koptelefoon op terwijl ze het Beretta .22 pistool test waarmee Luna Briley is neergeschoten.

BANG! BANG! BANG!

Faye vuurt af; de patroonhulzen vallen rinkelend op de grond. Met het pistool van Ryder Briley schiet ze vanaf verschillende afstanden op het doelwit, met dezelfde munitie met holle punten waarmee zijn dochter is neergeschoten. Dan trilt mijn smartring: Marino belt.

'Hoe lang zijn Luna Brileys armen?' vraagt hij zodra ik opneem.

'Ongeveer vijfendertig centimeter. Ze was klein voor haar leeftijd, zoals ik al zei,' antwoord ik.

Benton hangt op en gaat naast me op bed zitten.

'Ze zou haar arm moeten buigen om het pistool op haar hoofd te richten, dus dan zou de afstand minder dan vijfentwintig centimeter zijn. Misschien maar de helft daarvan,' berekent Marino.

'Dat is goed mogelijk.'

'Ze kan zichzelf dus nooit hebben neergeschoten,' zegt hij. 'Wacht even, ik zet je op de speaker, zodat Faye het je zelf kan vertellen.'

'Het verbaast me niets. Dit dachten we al,' zegt ze. 'Als ik afga op mijn testschoten en de afwezigheid van kruitresten op het slachtoffer, schat ik dat de schutter ongeveer een meter van haar af stond. Luna Briley kon het pistool dus niet vastgehouden hebben, punt uit.'

Ik zeg tegen Marino dat hij Blaise Fruge meteen moet laten weten dat de doodsoorzaak moord is.

'De Brileys zullen je wel kunnen schieten,' zegt hij, zich niet bewust van de woordspeling. 'Je kunt maar beter voorzichtig zijn, Doc.'

'Dat ben ik altijd al,' antwoord ik.

Het is na elven als Benton en ik van de Langley Inn wegrijden. Het is een heldere en warme ochtend, de blauwe hemel schoongeboend door de stormen van gisteren. We volgen Sweeney Boulevard rond het noordelijke einde van de landingsbaan van de luchtmacht, terwijl F-22's de lucht aan stukken scheuren.

Het is me opgevallen dat er in de afgelopen jaren steeds meer activiteit is rond militaire bases in Virginia; meer straaljagers voeren dag en nacht manoeuvres uit. Als ik naar mijn kantoor in Tidewater ga, zie ik meer slagschepen en kernonderzeeërs het Norfolk Naval Station, de grootste marinehaven ter wereld, in en uit varen.

Als we Commander Shepard Boulevard volgen langs een uitgestrekt stacaravanpark, lijkt het constante gebrul en geschreeuw boven ons wel een invasie. Vlakbij is een vervallen bar met paarse folie over de ramen – een plek die je maar beter kunt mijden, is me verteld. Aan de overkant van de snelweg ligt het NASA Langley Research Center; de grootschalige windtunnel strekt zich langs de kant van de weg uit als een gigantische witte trapveer.

Een beeldhouwwerk van de blauwe bol van NASA's 'gehaktballogo' rijst op uit een cirkel van gras voor de ingang. Er lopen veiligheidsagenten met machinegeweren rond, maar ironisch genoeg heet een digitaal bord boven de hoofdingang bezoekers welkom. Sommige agenten hebben een vrachtwagen aangehouden en doorzoeken die met een hond. Een bestuurder van een Prius wordt ondervraagd terwijl zijn achterbank wordt doorzocht.

Benton doet zijn raampje naar beneden. We worden overduidelijk verwacht en hoeven niet langs het Badge & Pass-kantoor. Na een snelle blik op onze identificatiekaarten wordt ons verteld waar we heen moeten gaan. 'Als je dichter bij de stellages komt, zie je de hangars. Een fijne dag.' De agent stapt weer van onze auto vandaan.

We rijden door het midden van de campus, langs een cluster van witte vacuümbollen die omgeven worden door stoom. Sommige gebouwen zijn van baksteen en modern, andere somber prefab uit de tijd dat de NASA werd opgericht. De namen beschrijven het werk dat hier verricht wordt. Hypersonic Facilities. Autonomous Incubator. Sonic Boom Lab.

Hoe verder we rijden, hoe afgelegener en mysterieuzer de faciliteiten worden. We slingeren door hectaren open velden en bossen, waar antennes in allerlei soorten en maten de wacht houden. Als we in de buurt komen van de enorme stellage die boven de bomen uittorent, zien we een reeks zilverkleurige hangars van verschillende grootte. Er is geen bewegwijzering, slechts nummers, en ik zie NASA-bewakers in zwarte Tahoe-SUV's patrouilleren.

Voorbij een testbaan voor drones, omheind met netten, is hangar 1112, een betonnen gebouw zonder ramen met een plat dak en een metalen gesloten roldeur. Benton parkeert vlak bij andere SUV's en busjes van de forensische recherche. Ik app Lucy dat we er zijn en een paar seconden later komt ze door een zijdeur naar buiten. Ze is gekleed in wit Tyvek en overhandigt ons opgevouwen beschermende kleding. Ze kijkt vermoeid uit haar ogen en ik vraag me af of ze vannacht wel heeft geslapen.

'Hoe gaat het?' Ik verplaats mijn gewicht van de ene naar de andere voet om de laarzen aan te trekken. 'Zijn er nog updates?'

'Het team is al uren bezig en we hebben een paar vreemde dingen gevonden. Afdrukken op glas die nergens op slaan,' zegt ze terwijl Benton en ik beschermende kleding aantrekken. 'Ze lijken op handafdrukken, maar niet van normale handen. Ik kan het nog het best omschrijven als een combinatie van handschoenen en klauwen.'

Ik kan me Marino's reactie op dit nieuws wel voorstellen, dus ik ben blij dat hij niet bij ons is. Hij zou weer doorzagen over de graancirkel en zogenaamde buitenaardse ontvoeringen. Hoe ouder hij wordt, hoe sterker zijn overtuigingen worden, en ik kijk er niet naar uit om hem te vertellen over het neppe maanstof. Hij zal de verkeerde conclusies trekken.

26

Lucy opent de zijdeur en we stappen een betonnen ruimte binnen die veel lijkt op de laadruimte van mijn kantoor. Alleen is deze helder verlicht en brandschoon, met werkbanken, gereedschapskasten, een hydraulische lift en meerdere roltafels. Bandensporen lopen kriskras over de glanzende betonnen vloer, waarop geen vlekje vuil te bekennen is; de hangar lijkt meer op een cleanroom in een laboratorium dan op een grote garage.

Medisch-forensisch rechercheurs in witte kleding halen de doorschijnende plastic tent van Sals blauwe Chevy. Ik ruik de scherpe geur van secondelijm die wordt gebruikt om latente vingerafdrukken op niet-poreuze oppervlakken zoals glas en metaal te ontdekken. De dampen van cyanoacrylaat reageren op aminozuren die worden afgescheiden door huidoppervlakken zoals vingertoppen. De afdrukken worden witachtig en hard; de details van de lijnen blijven permanent in de lijm zitten en zijn goed zichtbaar.

'Voordat we de auto op vingerafdrukken controleerden, hebben we hem vanbinnen en vanbuiten doorzocht, om er zeker van te zijn dat we niets zouden lijmen wat niet de bedoeling is,' legt Lucy uit. 'Op de ramen van de voorportiers vonden we vreemde afdrukken, de meeste slechts gedeeltelijk. We hebben ze eraf gehaald met magnetisch poeder, en een beeld zegt meer dan duizend woorden.'

We volgen haar naar een werkbank, waar al het bewijsmateriaal verpakt en gelabeld is. Het meeste komt van de stoelen en het tapijt.

'Onder de uv-lamp werd duidelijk dat er glitterspul op de bestuurdersstoel, het stuur en andere gebieden zit, ook op de binnenkant van de overdekte laadbak.' Ze typt een wachtwoord in op een laptop die open is geklapt op de werkbank. 'Het hoeft niet hetzelfde te zijn wat op Sal Giordano's lichaam oplichtte, maar het lijkt wel op elkaar.'

Lucy laat ons foto's zien die gemaakt zijn met een oranje filter en klikt langs beelden van het kobaltblauw fonkelende residu op de stof van de voorste stoelen van de pick-uptruck. De binnenkant van de overdekte laadbak glinstert als een sterrenstelsel.

'Op allebei de stoelen?' vraag ik. 'Zaten er twee mensen voorin met resten op hun kleding?'

'Ja, tenzij het al in de auto zelf was.'

'Je bedoelt dat Sal het zelf achterliet.' Het is een schokkende gedachte.

'We weten niet hoelang het residu er al is,' zegt Benton. 'Stel dat het nepmaanstof is, wat deed hij er dan mee? Onderzoek? En zo ja, waar?'

'Hij heeft het nooit met mij over regolietsimulaties gehad,' antwoord ik. 'En de meeste mensen willen zulk gevaarlijk materiaal niet in hun buurt hebben. Het moet in een gecontroleerde omgeving opgeslagen en verwerkt worden.'

'Wat hij ook achter de schermen deed, hij deed het niet voor ons.' Lucy bedoelt de Amerikaanse regering. 'Anders zouden we het wel weten.' Ze laat ons nog een foto zien.

Deze foto is van een vlek die ongeveer net zo groot is als mijn hand, maar het lijkt er totaal niet op. De enigszins v-vormige afdruk is lang en smal als een hoef. Of een handschoen misschien, met vage, onregelmatige vingerachtige vormen. Ja, het lijkt wel wat op een klauw, en doet me denken aan een rorschach-inktvlek. Ik zie niets terug van de lijnen die zo typerend zijn voor vingerafdrukken – ik ben met stomheid geslagen.

'Dit zat aan de buitenkant van het bestuurdersraam,' legt Lucy uit.

'Wat is het? Heeft iemand een idee?' Ik voel Bentons schouder tegen de mijne terwijl we naar de afbeelding op de laptop staren. 'Het lijkt niet op een afdruk van een handschoen. Tenminste niet een die ik ooit heb gezien.'

'Ik ook niet,' antwoordt Lucy. 'En het is niet de enige die we hebben gevonden.' Ze loopt naar Sals pick-uptruck en we volgen haar. Er staan rolkarretjes omheen en de tent is weggehaald.

'En dat glinsterende residu?' vraagt Benton. 'Houdt dat verband met deze afdrukken?'

'Niet echt,' zegt Lucy.

Ik geef door wat Lee Fishburne me vertelde over maanstof. 'Niet echt maanstof, maar een simulatie met een fluorescerende toevoeging waardoor het kobaltblauw oplicht onder een uv-lamp,' leg ik uit. 'Maar het is een raadsel waarom dat op Luna Brileys pyjamatopje zat. We zullen snel weten of ditzelfde residu op het lichaam van Sal Giordano en in zijn auto zat.'

'Ik denk het wel,' antwoordt Benton. 'Er zijn maar weinig dingen die kobaltblauw oplichten.'

'De doden houden verband met elkaar – dat is zeker,' zegt Lucy botweg. 'De moorden op Luna Briley en Sal Giordano hebben om de een of andere reden met elkaar te maken. Maar dat wil niet zeggen dat ze door dezelfde persoon zijn vermoord.'

'Integendeel,' zegt Benton. 'Sals dood was berekend en zorgvuldig gepland. Die van Luna niet.'

Op een karretje liggen forensische lampen en getinte brillen, die Lucy ons aanreikt. We doen handschoenen aan en haarnetjes en mondkapjes op. Ze roept naar iemand om de lampen boven ons uit te zetten.

We schijnen met onze uv-lampen over de auto, te beginnen met het bestuurdersraam. De strakke rechthoekige vorm in het midden van het glas komt door de tape, wordt ons verteld. Ook op het glas is een constellatie van kobaltblauwe glinsteringen, zo groot als speldenprikken. Ik vind nog meer op de handgrepen van het bestuurdersportier, zowel aan de binnen- als aan de buitenkant, en word overspoeld door herinneringen aan ritjes in deze auto met Sal, naar vergaderingen in het Witte Huis, het Pentagon en andere officiële plaatsen. Vaak zei ik voor de grap dat we net ma en pa Kettle waren die een bezoek brachten aan de grote stad.

Ik schijn met mijn lamp over de auto terwijl ik langzaam om de vertrouwde oude Chevy heen loop, met zijn gedeukte chromen bumpers en verbrijzelde vierkante koplampen. Het residu glinstert op de handgreep van de achterklep, en er is een spettertje op de buitenkant van de handgreep van het passagiersportier. Maar niet aan de binnenkant.

'Mogelijk werd het passagiersportier van buitenaf geopend en weer gesloten.' Benton schijnt er met zijn lamp overheen. 'Misschien werd Sal overmeesterd en op de passagiersstoel gezet, waarna de veiligheidsgordels werden vastgemaakt, zodat het alarm niet afging terwijl Sal ergens heen werd gereden. Alhoewel, heeft zo'n oude pick-uptruck wel zo'n alarm?'

'Het is mogelijk, ongeacht of er een alarm is. Er is hier uit gewoonte gehandeld, iets wat iemand doet zonder na te denken,' zegt Lucy, terwijl ze ons schaduwt.

'Maar zijn truck reed van de berg af,' breng ik hun in herinnering.

'Daarvóór heeft iemand alles erin verwijderd,' zegt Benton. 'Het is mogelijk dat Sal is ontvoerd in zijn eigen auto en toen is overgeladen in een ander voertuig dat vlakbij uit het zicht geparkeerd stond. Daarna lieten ze de auto van de berg het ravijn in rollen.'

'Toen we onder de motorkap keken, kwamen we erachter dat op het moment van het ongeluk de auto in zijn vrij stond en de motor draaidc.' Lucy blijft commentaar geven vanaf de zijlijn. 'Een oude auto zoals deze kun je op slot doen en vervolgens kun je de portieren sluiten terwijl de sleutel in het contact zit.'

'Dat heeft Sal zelf een paar keer per ongeluk gedaan,' antwoord ik. 'Weten we hoeveel diesel er in de tank zat ten tijde van het ongeluk?'

'Nee,' zegt Lucy. De lichten boven ons gaan weer aan. 'De motor bleef draaien tot de brandstof op was, maar we weten niet hoelang dat duurde. Dieselmotoren hebben geen bougies; ze zenden geen elektrische signalen uit die door radiotelescopen en diverse sensoren kunnen worden opgepikt. Het kan best zijn dat de motor in het ravijn nog uren heeft gedraaid.'

'En jullie hebben binnen niets gevonden?' Ik denk aan de mand met cadeautjes die ik voor Sal had uitgekozen.

'Zelfs het handschoenenkastje was leeg,' zegt Lucy.

We doen onze getinte brillen af en leggen ze terug op de kar.

'Waarom is alles meegenomen?' vraag ik. 'Wat zocht de dader?'

'Alles wat zich in de auto zou kunnen bevinden,' zegt Benton. 'En hij of zij wilde geen tijd verspillen met het doorzoeken van de auto in het pikkedonker, terwijl er een gijzelaar in bedwang moest worden gehouden en er kans was dat er een andere automobilist langs zou komen. Zelfs als Sal gedrogeerd was, was het handiger om gewoon alles uit de auto mee te nemen. Dan kun je het later rustig doorzoeken.'

'Klinkt logisch...' begint Lucy. 'Wacht even.' Ze ziet iets in haar smartbril, keert ons de rug toe en loopt weg om te bellen. Ik kan niet verstaan wat ze zegt, maar uit haar lichaamstaal maak ik op dat het geen goed nieuws is. Ze ijsbeert in kleine cirkels en strijkt haar haar driftig uit haar gezicht, zoals ze altijd doet als ze gefrustreerd is.

Benton bekijkt de waarschuwingen die op zijn telefoon binnenkomen.

'Wat is er gebeurd? Wat nu weer?' vraag ik.

'Er is net niet ver hiervandaan een klein vliegtuig neergestort,' zegt hij terwijl ik kijk hoe Lucy praat en gebaart. 'Voor de kust van Fort Monroe...'

Dana Diletti's helikopter is neergestort in de Chesapeake Bay, zo'n twintig kilometer van NASA-Langley. Reddingswerkers zijn onderweg, maar het ziet er niet goed uit – Benton vertelt me wat er in de alerts op zijn telefoon staat.

Gisteren werd op het nieuws aangekondigd dat de beroemde tv-journalist deze ochtend een reportage zou doen op de Berkeley Plantation voor Virginia's Historic Garden Week. Iedereen kon dus weten dat ze daar op dit moment naar onderweg was. Ik kijk naar Lucy; ze hangt op, houdt op met ijsberen en blijft staan vlak bij Sals auto, die door onderzoekers weer bedekt wordt met wit plastic. Met hittepistolen verpakken ze de auto vacuüm, als een boot die voor de winter wordt opgeslagen. Ik vraag me af wat ze met de oude Chevy, die Sal al had zolang ik hem kende, zullen doen als die helemaal is onderzocht. Misschien wordt hij samengeperst tot een kubus. Of verkocht voor onderdelen. Of misschien wil een luguber persoon hem kopen.

'Heb je het gehoord?' vraagt Lucy terwijl ze naar Benton en mij beent.

'We weten dat Dana Diletti's helikopter is neergestort, maar verder niets,' vertelt hij haar.

'Wie was er aan boord?' vraag ik.

'Bret Jones, een van haar piloten. Ik heb hem weleens gezien en hij leek altijd aardig. Maar ik kende hem niet,' legt Lucy uit. 'Hij heeft Dana en drie van haar teamleden op Berkely Plantation afgezet en was onderweg naar Newport News, om daar te tanken en te wachten tot ze klaar waren met filmen.'

Het lijkt erop dat hij de enige aan boord was, maar dat is nog niet bevestigd, vertelt ze verder. Zijn laatste radio-oproep was zo'n twintig kilometer ten noordwesten van Newport News-Williamsburg International Airport. Om tien over elf uur nam hij contact op met de toren en zei dat hij wilde landen. Hij kreeg te horen dat hij weer contact moest opnemen als hij acht kilometer van het vliegveld was. Maar dat deed hij niet en hij legde ook geen contact met UNICOM van de privéterminal om brandstof en een parkeerplaats aan te vragen. Toen hij zonder toestemming het klasse C-luchtruim binnenvloog, reageerde hij niet op herhaalde radio-oproepen. Het vliegveld riep de noodtoestand uit, alle verkeer werd stilgelegd en F-16-straaljagers werden opgeroepen om de kleine witte helikopter te onderscheppen. Hij bleef dezelfde zuidoostelijke koers aanhouden op een hoogte van twaalfhonderd voet, boven winkelcentra, drukke buurten en een ziekenhuis.

'Als hij daar was neergestort, had het veel mensen het leven kunnen kosten,' antwoord ik.

'Dat was denk ik de bedoeling,' zegt Benton.

'Het was overduidelijk de automatische piloot,' vervolgt Lucy. 'Toen de F-16's dichtbij kwamen konden de piloten in de cockpit kijken, en ze meldden dat Bret Jones voorover was gezakt in de rechterstoel, bewusteloos of dood. Het leek er niet op dat er nog iemand aan boord was en ze konden niets anders doen dan wachten op het onvermijdelijke.'

'Ik ben bang dat je hier nog een tijdje moet blijven,' zegt Benton tegen me.

'Daar lijkt het wel op,' antwoord ik. 'Ik baal ervan dat we niet samen naar huis kunnen rijden.'

'Het zal een eenzame rit worden.' Hij kijkt me glimlachend aan. 'Wees alsjeblieft voorzichtig en zorg ervoor dat je veilig bent.'

'Maak je geen zorgen. Tron en ik zullen goed voor haar zorgen,' belooft Lucy.

'Daar ben ik niet zo zeker van.' Hij zet zijn zonnebril op. 'Ik vertrouw het voor geen meter als jullie drieën samen zijn.'

We lopen hangar 1112 uit, de middagzon in. Ik knuffel en kus Benton gedag en beloof dat ik hem in elk geval vanavond weer zie.

Tron komt aanrijden in een brullende zwarte Dodge Charger. 'Heeft iemand een Uber besteld?' Ze springt uit de auto en klapt haar stoel naar voren, zodat ik achterin kan zitten.

'Jezus. Wat zit hierin? Een aambeeld?' Ik duw een zware legerrugzak aan de kant.

'Een verrekijker. Een spectrumanalyzer. En andere verrassingen. Net als Kwik, Kwek en Kwak,' antwoordt Lucy. Ze laat haar eigen zware rugzak op de vloer voor de passagiersstoel vallen en stapt in.

'Je kent het motto van de boyscouts: wees voorbereid.' Tron neemt plaats achter het stuur.

'De meisjes hebben hetzelfde motto, hoor.' De stoel is zo laag dat ik het gevoel heb dat ik op de grond zit; de motor dreunt door mijn hele lichaam.

'Ik wist niet dat je een padvindster bent geweest,' zegt Lucy.

'Was ik ook niet. Ook geen bever of welpje, en ik heb nooit een speldje verdiend.' Ik kijk uit het raam en zie Benton wegrijden in zijn zwarte Tesla.

'Nou, ik wel, en ik wilde graag een explorer worden. Maar dat soort leuke dingen waren toen nog niet voor meisjes weggelegd,' zegt Tron terwijl de portieren worden dichtgeslagen. Ze zet de ventilator harder.

'Nu we het toch over leuke dingen hebben: waar komt deze schoonheid vandaan?' Mijn knieën raken de rugleuning van haar stoel.

'Uit ons kantoor in Norfolk.' Tron zet de auto in zijn achteruit en kijkt in haar spiegels. 'Ik heb voor dag en dauw als een gek rondgereden om bewijs af te leveren, ook bij jouw kantoor.' Ze maakt een U-bocht die niet zou misstaan in een NASCAR-race, waardoor ik met mijn hoofd tegen het raam bons.

'Ik zal de laboratoria vertellen dat ze meteen aan de slag moeten.' Ik wrijf over mijn slaap terwijl we van de parkeerplaats racen.

‘Toen ik in jouw kantoor was, heb ik ook meteen de as afgegeven,’ zegt Tron op een zachtere toon.

De realiteit komt weer als een klap binnen, emoties als een brok in mijn keel.

‘Wyatt begon net aan zijn dienst en beloofde de resten in je kantoor te zetten.’

‘Lief van je.’

‘Ik heb de as voorzichtig in een kartonnen urn gestopt, met heel veel noppenfolie eromheen.’

‘Dank je.’ Ik kijk naar andere hangars, verscholen in de bossen, terwijl beelden door mijn hoofd flitsen.

Vlammen die aan smeltend plastic likken. Roze huid en grijs haar...

27

'De piloot is nog niet gevonden,' zegt Lucy terwijl we langs de achterkant van de NASA-campus rijden. 'Normaal gesproken zou hij allang de cockpit uit zijn en ergens op het water moeten drijven met zijn reddingsvest aan. Als hij er tenminste een droeg, want hij was niet van plan om over grote wateroppervlakken te vliegen.'

Terwijl ze beschrijft wat de gevaren zijn als je uit een gezonken helikopter klimt, zoek ik het nummer op van het vestigingshoofd van mijn Tidewater-kantoor. Ik vertel Rena Peace dat ik me op twintig minuten van Fort Monroe bevind, onderweg naar een helikopterongeluk met waarschijnlijk een dodelijk slachtoffer.

'De politie heeft ons nog niet ingelicht,' antwoordt ze verbaasd.

'Dat zal wel snel gebeuren, tenzij de piloot het door een wonder overleeft.'

'Ik wist niet dat jullie in de buurt waren,' zegt ze. 'Anders had ik je wel gevraagd om langs te komen voor een kop koffie. Of iets sterkers als je hier overnacht.'

'Een andere keer. We hebben te maken met een gevoelige situatie, Rena.' Ik leg uit dat we sensationele berichtgeving over het ongeluk kunnen verwachten, aangezien Dana Diletti aan boord zou kunnen zijn geweest. Ik twijfel er niet aan dat ze dat zal uitmelken. 'En er kan ook een verband zijn met andere zaken.' Ik let op wat ik zeg.

'Vermoedt de politie opzet?' vraagt Rena. Ze is moeilijk te verstaan in de *muscle car* van de Secret Service.

'Dat kunnen we nog niet met zekerheid zeggen,' antwoord ik. 'Maar dat moeten we wel in het achterhoofd houden, zeker gezien de andere dingen die spelen.'

'Ik zag Dana Diletti op het nieuws gisteravond, toen ze het over Ryder Briley had. Ze zei bijna letterlijk dat hij zijn kind had vermoord.'

'En dat zou heel goed kunnen.'

'Ze maakt zo'n statement en vervolgens stort de ochtend erna haar helikopter neer. Interessante timing.'

'Dat lijkt altijd zo als het over Ryder Briley gaat. Als je hem dwarszit, overkomt je iets ergs. We zullen zien waardoor de helikopter is neergestort.'

'Ga jij het lichaam bergen?' vraagt ze.

'Fred is naar een vergadering in San Diego en ik ben hier toevallig voor een andere zaak,' antwoord ik. 'Dus dat is wel het meest logisch.'

Haar man, een forensisch patholoog, is een van mijn lijkschouwers en ook een geweldige duiker en kapitein. Fred helpt de politie vaak met onderwaterbergingen, en we hebben in het verleden samen gedoken.

'Hij zal enorm balen dat je hier bent nu hij er niet is,' zegt Rena.

'Zodra we het lichaam naar je kantoor hebben gebracht, vertrouw ik erop dat jij het vanaf daar afhandelt,' leg ik uit. 'De grote vraag is waardoor de piloot het bewustzijn heeft verloren en of hij voordat hij neerstortte al overleden was. We willen zo snel mogelijk toxicologisch onderzoek.'

'Jij wilt altijd alles zo snel mogelijk,' zegt ze. Ik kan horen dat ze glimlacht.

'Nog sneller dan.'

'Wie heeft de leiding over het onderzoek? Wie neemt er contact met me op?'

'De Secret Service,' antwoord ik terwijl Tron door een oranje verkeerslicht racet. 'Ik ben nu bij hen. Ik heb zo snel mogelijk een van jullie busjes nodig bij de Old Point Comfort Marina in Fort Monroe.'

'Nathan komt net terug van een vermoedelijke overdosis. Hij gaat er meteen heen.'

'Vertel hem dat hij lijkzakken voor onder water meeneemt. Meerdere, voor de zekerheid,' antwoord ik. 'Ik moet ze meenemen op de boot. We denken dat alleen de piloot aan boord was, maar dat weten we pas zeker als we bij het wrak zijn.'

Ik hang op en vraag Lucy en Tron hoe we dit gaan aanpakken. Ik duik al sinds ik volwassen ben en heb talloze plaatsen delict onder water bezocht in Virginia en daarbuiten. Maar mijn duikuitrusting ligt thuis. Ik heb geen badpak bij me. Ik draag liever geen ondergoed onder een wetsuit en ga zeker weten niet naakt.

'Geen probleem. Dat regelen we zo voor je.' Tron zigzagt door het verkeer alsof ze aan een brand probeert te ontsnappen. 'Agenten van ons kantoor in Norfolk zorgen voor duikuitrusting. En we hebben altijd extra wielrenbroekjes bij ons.'

'Lucy en ik hebben niet dezelfde maat,' antwoord ik. 'Maar heel vleiend dat je dat denkt.'

'Je past die van mij wel,' biedt Tron aan.

'Maar we hebben geen sport-bh voor je,' zegt Lucy, en we hebben inderdaad niet dezelfde maat, maar gelukkig heb ik er nu een onder mijn polo aan. Andere problemen moet ik maar op het moment zelf oplossen.

'Duikers van de politie van Hampton maken de boot klaar in de jachthaven in Fort Monroe, en een hijskraan uit Norfolk wordt erheen gereden.' Lucy geeft ons de updates terwijl er informatie in de glazen van haar bril verschijnt. 'Reddingsboten zoeken naar overlevenden. Tot nu toe hebben ze niets gevonden, maar het wrak is gelokaliseerd op sonar.' Ze zegt dat getuigen beweren dat de helikopter over Fort Monroe vloog en alles normaal leek, totdat hij voorbij het strand was en ver van de kust. Toen begon de motor te sputteren. De helikopter verloor hoogte en stortte met de neus naar beneden in de baai, gevaarlijk dicht bij een aantal zeilboten. 'De mensen aan boord meldden dat de drijvers op het landingsgestel niet opgeblazen werden,' legt Lucy uit, 'dat er water in de helikopter stroomde en hij binnen enkele minuten was gezonken.'

'Het lijkt me geen probleem met de automatische piloot als mensen de motor hoorden sputteren,' zeg ik. 'En hoe zou Bret Jones de autopiloot uitgeschakeld kunnen hebben als hij bewusteloos was?'

'Misschien was er een storing?' zegt Lucy twijfelend. 'Maar door het gesputter vraag ik me af of de motor niet om de een of andere reden is uitgevallen. Dat is het meest waarschijnlijke scenario en verklaart waarom de helikopter plotseling uit de lucht viel.'

'Misschien was de brandstof op?' vraag ik.

'Nee, tenzij hij niet getankt had, maar hij zou niet zo dom zijn om te vliegen zonder een volle tank.'

'Zoals dokter Peace al zei bracht Dana Diletti gisteravond een groot item over Ryder Briley, waarin ze hem zo goed als een moordenaar heeft genoemd,' zeg ik tegen hen. 'Nu is haar helikopter plotseling neergestort; ze heeft geluk dat ze er niet in zat.'

'Dat denken zij en haar bemanning waarschijnlijk nu ook,' zegt Tron. Ze kijkt continu in de spiegels. 'Ze beseffen vast dat ze net zo goed op de bodem van de Chesapeake Bay hadden kunnen liggen.'

'Waar stond de helikopter van het nieuwsstation geparkeerd?' vraag ik.

'Dana gebruikt dezelfde terminal als die vanwaar wij uit Washington National zijn weggevlogen: Briley Flight Services,' zegt Lucy.

Mijn gevoel dat er hier iets niet in de haak is verdwijnt niet. Ik zie de camera's aan het plafond en de bak met chocoladepinda's weer voor me. Bret Jones en zijn passagiers waren daar vaak te vinden als ze ergens heen moesten vliegen. Alles wat ze deden en zeiden werd opgenomen.

'Ik vraag me af wie er nog meer in de buurt waren toen ze zich daar vanmorgen bevonden,' zeg ik.

Tron stuurt de muscle car langs East Mercury Boulevard en steekt Mill Creek over. Ze laat de alarmlichten op de grille knipperen en slalomt langs andere auto's als een olympische skiër; sommigen stoppen langs de kant van de weg. Na een golfbaan rijdt ze door nog een oranje verkeerslicht en we naderen de Chesapeake Bay.

'Het zou fijn zijn als we de camerabeelden van de piloot in de terminal kunnen bekijken. Om te zien of hij zich vreemd gedroeg. En we moeten zijn medische gegevens opvragen.' Ik krijg een app van Rena Peace dat het busje van haar kantoor er over een kwartier is.

'Ja, was hij bijvoorbeeld depressief of zelfs suïcidaal?' beaamt Tron. 'Hij zet iedereen af en stort vervolgens neer in de baai?'

'Dat zou niet de eerste keer zijn. Maar ik heb het gevoel dat er hier iets anders aan de hand is,' zegt Lucy, en ik weet aan wie ze denkt.

We zijn geconditioneerd om te denken dat Carrie Grethen achter elke vreselijke gebeurtenis zit. Ik weet dat het niet rationeel is. Maar we kunnen het er net zo goed over hebben.

'Waarom zou ze dit doen?' Ik noem het beestje bij de naam.

'Ze heeft waarschijnlijk meerdere redenen,' zegt Lucy. 'Zoals ons in de val lokken.'

'Als ze banden met Ryder Briley heeft, is het goed mogelijk dat dit een moordpoging op Dana Diletti was,' oppert Tron terwijl we onze bestemming naderen.

De hemel is leeg en helder boven het diepblauwe water van de baai aan onze linkerkant. Mensen liggen te zonnebaden op de strook zand van Outlook Beach, anderen wandelen en joggen langs de promenade. Ze staren naar de alarmlichten die anderhalve kilometer van de kust knipperen, waar boten zich hebben verzameld en een helikopter van de kustwacht naar overlevenden zoekt.

We rijden langs de massieve stenen muren van Fort Monroe, een voormalige militaire vestiging maar nu een luxe woonwijk met hectares vol wandelpaden en parken. De langzaam uit elkaar vallende kanonnen, de kazematten en de gracht stammen uit het begin van de negentiende eeuw, toen het zeshoekige fort werd gebouwd om de Chesapeake Bay te beschermen tegen vijandelijke schepen.

We passeren straat na straat vol bakstenen huizen die vroeger kazernes waren, waarin de schrijver Edgar Allan Poe verbleef toen hij hier gestationeerd was. Hij sliep in een krappe kamer met krakende houten vloeren en een open haard die na zonsondergang voor schaduwen zorgde. Het voedde ongetwijfeld zijn spookachtige verbeelding.

De herenhuizen in de schaduw van bomen, nu omgebouwd tot appartementen, hebben een prachtig uitzicht over de baai: de verre kust van Norfolk is een streepje aan de horizon. Ik stel me voor hoe generaals vroeger op hun grote veranda's voor de kust stonden en uitkeken op slagschepen en onderzeeërs. Nog verder terug voeren er fregatten met volle zeilen en mannen aan de roeispanen van grote roeiboten.

Een verlaten landingsbaan ligt links van ons. Dan doemt de vuurtoren van Old Point op, helderwit in de zon. Tegenover de jachthaven, op een met gras begroeide heuvel, staat het rode bakstenen marinegebouw van de Hampton-politie. Tron neemt gas terug. Een verharde weg leidt naar de achterkant van het gebouw van één verdieping hoog. De parkeerplaats is zo goed als leeg: er staan slechts een SUV, een busje en een Zodiac op een trailer.

'We hebben toestemming gekregen om ons hier om te kleden, en ik laat de auto hier staan, zodat niemand ermee aan de haal gaat.' Tron parkeert voor de achterdeur. 'De meeste agenten varen in boten rond de rampplek. Er zou dus niemand in de buurt moeten zijn.'

Het gebouw dateert uit een eerdere eeuw en is in slechte staat; de verf bladdert van de witte kozijnen en er ontbreken dakpannen op het grijze leien dak. Een airconditioner rammelt luid vanuit een raam met een gebarsten ruit en de buxus voor de achterdeur is, gok ik, al jaren niet gesnoeid.

Tron drukt op de bel en we worden binnengelaten door een vrouw op krukken, met één voet in het gips en de andere in een rubberen Birkenstock. Ze draagt een korte legerbroek en een slobberig Tommy Bahama-shirt, en haar huid heeft veel zonschade voor iemand van haar leeftijd. Ze is in de twintig, schat ik. Niet veel ouder. Een kletskous die wrok koestert; ik vergeet vaak dat lokale politieagenten een hekel hebben aan de FBI.

'Je kunt zelf wel zien waarom ik niet met iedereen in de boot zit,' zegt ze op luide toon. Aan haar accent te horen is ze hier geboren en getogen. 'Altijd hetzelfde liedje als er hier eindelijk iets gebeurt.'

We volgen haar langs metalen bureaus met laptops en videoschermen. De stoelen staan er slordig achter, alsof agenten gehaast zijn vertrokken. Een werkbank staat vol met duikcomputers, ademautomaten, een harpoen en een broodje vis, dat voor de helft is opgegeten.

'Ik weet dat je niet hoort te hopen op een crash.' Ze spreekt het uit als 'krisj'. 'Maar als er iets in het water gebeurt, wil ik erbij zijn. Hoe dan ook, ik ben sergeant Walker. Je mag me Dixie noemen. Zoals in The Dixie Chicks. Toe maar, maak de grap maar. Dat doet iedereen.' Ze stiefelt door de gang en wij volgen haar.

Ik kan zien dat haar been al een tijdje in het gips zit; haar spieren zijn verschrompeld.

'Wat is er gebeurd?' vraag ik haar.

'Haaienaanval.'

'Dat willen we nu niet horen,' zegt Tron kreunend.

'Hopelijk niet in de baai?' vraagt Lucy.

'O, daar zwemmen ook genoeg haaien rond, hoor, wat anderen ook beweren,' zegt Dixie in alle ernst. 'Zelfs af en toe een alligator, schijnt het, maar die heb ik zelf nog nooit gezien. Ik vertel iedereen dat een haai me heeft aangevallen, gewoon om de blik op hun gezicht te zien. Maar eerlijk gezegd ben ik gewoon uitgegleden toen ik de hond van mijn vriend uitliet. Mijn enkel is op twee plekken gebroken en mijn achillespees is gescheurd. En hij was het niet eens waard. Het vriendje, bedoel ik, niet de hond.' Ze houdt stil bij de kleedkamer en doet de deur voor ons open.

De ruimte is niet veel meer dan een betegelde badkamer, geschilderd in een klinische groene kleur. Er zijn vier metalen lockers, een toilethokje en een douche. Zonlicht sijpelt door de lamellen van de stoffige jaloezieën in het enige raam. Op een plank naast de wastafel liggen een föhn, een haarborstel en een grote fles babypoeder.

'Geef maar een gil als jullie iets nodig hebben. Ik ga lunchen in de keuken,' zegt Dixie, terwijl we onze tassen neerzetten. 'Misschien kan ik de volgende keer wel met jullie mee. Ik weet waar sommige oude scheepswrakken liggen.'

'Je hebt niet echt haaien in de baai gezien, toch?' vraagt Tron.

'Jawel hoor, continu.' Dixie knikt. 'De stierhaaien zijn het ergst. Ze zijn zo agressief als de pest en ze kunnen rivieren op zwemmen.'

'Je maakt een grapje.' Tron lacht ongemakkelijk.

'Nee, dat is waar,' zegt Lucy terwijl Dixie op haar krukken weer de gang in hinkt.

'Shit.' Tron graait in haar rugzak. 'Na *Jaws* ben ik altijd bang gebleven voor haaien.'

'Waarom zou je niet bang zijn? Haaienaanvallen komen vaak genoeg voor,' zegt Lucy. 'Ik zwem nooit in de oceaan.'

'Maar je vindt het niet erg om erin te duiken,' zegt Tron.

'Omdat het dan een gelijk speelveld is. Ik kan zien wat ik doe.'

'Het is geen gelijk speelveld,' verbeter ik haar. 'Wij wonen daar namelijk niet.'

Terwijl ze haaien en al het andere dat je tijdens het duiken kan doden bespreken, gooit Tron een rekbare wielrenbroek mijn kant op. Omdat ik me niet graag uitkleed in het bijzijn van anderen, ga ik het wc-hokje binnen. Terwijl ik op het gesloten wc-deksel zit, trek ik alles behalve mijn sport-bh uit.

Het broekje past me als een tweede huid en ik sta op om het op te trekken. Ik kijk naar mijn spiegelbeeld en zie dat het padding heeft die ik niet nodig heb. Ik stap uit het hokje en zie dat Lucy en Tron ook een wielrenbroekje aanhebben, maar ik weet zeker dat ik er niet zo uitzie als zij.

'Je ziet er supersexy uit.' Tron grijnst; ze heeft door hoe onzeker ik me voel. 'Echt waar.' Ze steekt haar duim op.

'Je zou nooit door de leugendetector komen,' antwoord ik terwijl we de kleren inpakken die we eerder aanhadden.

28

Buiten is de zon heet, de wind niet meer dan een koele fluistering die nauwelijks de bomen beroert. Roze en witte bloemblaadjes van de kornoeljes bezaaien het gras en de stoep, in de lucht hangt de citroenachtige geur van magnolia's. Het is een goede dag om te duiken, maar niet het weer maar het zicht zal vandaag het probleem worden – en dat is al nooit goed in de baai.

Na de storm van gisteren zal er veel slib van de bodem zijn losgekomen. Hopelijk steekt de wind niet op en hoeven we niet te vechten tegen golven en de stroming. Onze voetstappen dreunen over de lange pier van de jachthaven, en ik weet hoe belachelijk ik eruitzie in mijn zwarte wielrenbroek, sport-bh en legerkisten. Lucy en Tron lopen voor me en herinneren me eraan dat ik vaker naar de sportschool moet gaan.

Ik staar naar hun sterke armen en ruggen. Naar hun kuitspieren, die zich aanspannen als ze zich bewegen, naar alles wat strak is in plaats van hangend, naar hun moeiteloze bewegingen. Mensen die in het nabijgelegen Deadrise-restaurant lunchen kijken toe vanaf het overdekte terras. Sommigen kijken naar de lichten, wijzen ernaar en filmen met hun telefoons.

Het zwarte busje zonder ramen van mijn kantoor in Norfolk staat geparkeerd voor de jachthaven, met de stadslichten aan. Nathan, de medisch-forensisch onderzoeker, doet zijn raampje naar beneden en verzekert me dat alles wat ik nodig heb al in de boot is.

'Ik wacht hier op je,' belooft hij.

Onze boot heet de *Sea Hunter*, is zo'n tien meter lang en heeft een breed duikplatform, rekken voor duikflessen en twee 500-pk buitenboordmotoren. Twee politieduikers wachten op ons in zwembroeken en T-shirts. Ze stellen zich voor als Liam en Henry, terwijl ze de duikspullen uitdelen die de agenten van de Secret Service een tijdje geleden hebben afgeleverd.

'Ik zal jullie naar beneden begeleiden,' informeert Liam ons. Hij heeft een baard, is denk ik ongeveer net zo oud als ik en heeft vriendelijke ogen. 'Henry blijft op de boot met de kapitein om te helpen met de lijkzakken en al het andere.'

'Zoals op de uitkijk staan voor andere schepen die langsvaren,' zegt Henry. Hij is slank en gebruind, en heeft een mooie glimlach. 'Onze grootste zorg zijn militaire schepen en onderzeeërs. Ze laten het meestal niet weten wanneer ze de marinehaven in en uit varen of andere manoeuvres uithalen. Meestal weten we niet wat ze aan het doen zijn – om voor de hand liggende redenen.'

'We hopen dat er niets groots langs zal varen,' voegt Liam eraan toe. 'Maar we kunnen het niet garanderen. En alles wat langskomt heeft voorrang.'

'Ze zullen niet eens vaart minderen. Ze geven niets om ons, als ze ons al in de gaten hebben,' zegt Henry. 'We moeten zelf afstand houden.'

Na dat vrolijke nieuws gaan Lucy, Tron en ik op de aluminium bankjes zitten om onze kisten uit te doen. We trekken drie millimeter dikke wetsuits aan en helpen elkaar met de ritsen op de rug. De buitenboordmotoren beginnen te ronken en al snel varen we weg van de kust, glijdend over de kleine golfjes. De boeg rijst en daalt steeds sneller naarmate onze snelheid toeneemt.

We maken onze duikbrillen schoon met babyshampoo en spoelen ze uit in een plastic vat met zoet water. Mijn geleende masker is zwaarder dan ik zou willen, door de kleine camera die eraan vastzit. Ik pas het om te zien of de brillenglazen niet beslaan. Dat kan ik er namelijk met het slechte zicht echt niet bij hebben.

'Het is de bedoeling dat alleen wij drieën het lichaam naar de oppervlakte brengen en in de boot leggen,' zegt Lucy tegen ons. 'Dan laten we de kustwacht en anderen het wrak opruimen. Is alles voor iedereen duidelijk? Eenmaal onder water kunnen we niet meer met elkaar praten, dus het is belangrijk dat we op één lijn zitten.'

'Niemand behalve wij raakt het lichaam aan,' herhaal ik. 'En ik zal het zelf uit de cockpit halen, om te voorkomen dat iemand die overhoophaalt.'

Een slagschip snijdt scherp in de blauwe horizon, langzaam op weg naar het Norfolk Naval Station. De helikopter is neergestort in het scheepvaartkanaal, besef ik, en ik denk aan Henry's waarschuwing. De politie kan de plek noch boven, noch onder water bewaken. Ons onderzoek en onze forensische zorgen zijn niet relevant voor een onderzeeër gewapend met torpedo's.

We naderen de politieboten en de kustwachtkotter. Brokstukken van de helikopter drijven op het water. Ik kan blauwe stroken bekleding en een blauw stoelkussen onderscheiden. Lucy en Tron blijven praten en ik voel hun ogen op me gericht terwijl ik voorzichtig opsta van de bank. De boot schommelt op en neer en laat een kielzog van schuim achter. De Amerikaanse vlag wappert aan een reling.

'Heb je hulp nodig?' vraagt Tron.

'Nee, dank je.' Terwijl ik een knalgele aluminium tank uit een rek til, krijg ik het gevoel alsof ik op een wip sta.

'Weet je het zeker?' Lucy is al opgestaan.

'Het is me al gelukt.' Ik loop terug naar de bank en bind de tank vast aan de achterkant van mijn trimvest. Lucy en Tron doen hetzelfde.

Als ik de zuurstofcilinder bevestig, mindert de boot vaart. De duiker van de politie, Liam, loopt vanuit de stuurhut naar ons toe en ritst zijn wetsuit dicht. 'Het water is behoorlijk troebel,' zegt hij luid om boven het lawaai van de motoren uit te komen, terwijl hij zijn vest met de tank net zo gemakkelijk aantrekt als een trui. 'Het beste is om altijd het touw van het anker te volgen. De stroming kan bovendien bedrieglijk sterk zijn, zelfs als het zo kalm is als nu. Maar als de wind aantrekt zal het niet kalm blijven, en je wilt niet tegen de stroom in zwemmen of van je koers afdwalen.'

Ik ga op de bank zitten om mijn flippers aan te trekken en bind een schede met een mes om mijn linkerenkel, voor het geval ik ergens in verstrikt raak. Ik steek mijn armen door het vest dat aan de tank vastzit en snoer de riemen aan, zodat het goed aansluit. Als ik opsta voel ik dat de vijfentwintig kilo me naar beneden trekken en kan ik met moeite op mijn flippers mijn evenwicht bewaren op de bewegende boot.

'Ik leid jullie naar de plek waar volgens de sonar het wrak op de bodem ligt, zo'n dertig meter diep,' licht Liam ons in.

Terwijl ik me vasthoud aan de reling, controleer ik de duikcomputers op mijn ademautomaat en mijn pols. Beide geven aan dat mijn tank vol is.

'Hopelijk stelt het jullie gerust dat ik sinds mijn jeugd al naar oesters duik in de baai,' zegt Liam. 'Ik ken de omgeving goed. We zouden een andere keer samen moeten duiken, dan kan ik jullie gave dingen laten zien.'

'Zijn er echt haaien?' Tron kan het niet loslaten en doet me nu een beetje aan Marino denken.

'O, zeker. Misschien zie je er vandaag wel een.'

'Iets om naar uit te kijken,' mompel ik.

'Meestal willen ze net zomin met ons te maken hebben als wij met hen,' zegt hij.

'Dat zeggen ze maar,' zeg ik.

'"Meestal" stelt me niet echt gerust,' antwoordt Tron. 'Ik hoop dat ik niets hoef neer te schieten, maar ik zal er geen seconde over twijfelen.'

'Dan heb je bloed in het water en krijgen we nog meer haaien,' antwoordt Liam. 'Lucy en Tron, jullie zijn elkaars duikmaatjes. En jij en ik, dokter Scarpetta.'

Met D-ringen bevestigen we opgerolde bergings- en lijkzakken en zaklampen aan onze vesten. Ik stop opgevouwen plastic vuilniszakken in een van de zakken van mijn wetsuit en stel mijn duikcomputers in. Tron en Lucy doen nylon riemen om met Heckler & Koch P11-onderwaterpistolen die *flechettes* of metalen pijltjes in plaats van kogels afvuren.

Henry laat het anker zakken en maakt er een drijver aan vast, terwijl de kapitein de stationair draaiende motoren uitschakelt. Hij verplaatst de opgevouwen felgele lijkzak op het brede duikplatform, zodat wij erop kunnen staan. Aan de zijkant, ver van de krachtige buitenboordmotoren, is een metalen ladder. Direct ernaast bevindt zich de rode drijver die aan het touw van het anker vastzit.

'We weten niet precies hoe ver het naar de helikopter is, omdat er nog niemand een kijkje heeft genomen,' zegt Liam. 'Misschien moeten we als we eenmaal op de bodem zijn nog een eindje zwemmen. Maar op basis van de sonarbeelden zijn we dan in de buurt.' Hij klemt een koord aan de handgrepen van een onderwatercamera en trekt het koord over zijn schouder. Hij doet zijn duikbril op, plaatst de ademautomaat in zijn mond en bedekt hem met één hand. Met zijn andere hand beschermt hij zijn slangen en duikcomputer en stabiliseert hij de camera tegen zijn zij. Hij stapt van de achterkant van de boot, plonst naar beneden, dobbert in het water en blaast zijn vest op.

Tron en Lucy zijn de volgenden en dan is het mijn beurt. Ik zet mijn duikbril op en zorg ervoor dat hij goed aansluit. Dan zet ik de camera aan. Ik doe een grote stap van het platform en plons naar beneden, koud water tegen mijn gezicht. Ik druk op de knop van mijn vest om het op te blazen, terwijl ik door de spetters op mijn duikbril heen kijk. Ik gebruik mijn snorkel om de lucht in mijn tank te sparen en zwem naar de drijver om me bij de anderen te voegen.

'Ik ga eerst langs het ankertouw,' zegt Liam. 'Dokter Scarpetta blijft de hele tijd vlak achter me. Hoe wil je te werk gaan als we de helikopter hebben gevonden?' vraagt hij aan mij, en ik leg uit dat ik niet weet wat ik ga doen tot we er zijn. Het is belangrijk dat er niets overhoop wordt gehaald voordat ik het heb gezien en gefilmd. We doen de ademapparaten weer in onze monden en laten de lucht uit onze vesten met luid gesis ontsnappen. Liams hoofd glijdt onder het wateroppervlak en laat een spoor van belletjes achter. Ik volg hem meteen. Het zonlicht filtert door het water.

Ik volg het gele nylon ankertouw met mijn voeten naar beneden en pauzeer om de paar seconden om mijn neus dicht te knijpen en te snuiten om mijn verstopte oren weer te openen. Mijn knieën heb ik opgetrokken en ik probeer Liam niet te schoppen met mijn flippers. Ik ga hand over hand naar beneden en luister naar het ritme van mijn ademhaling en het luide geruis van bellen. Terwijl we afdalen glinstert het slib dat als goudvlokken in het water zweeft. Het licht dimt en ik houd mijn duikcomputers in de gaten.

Als we twaalf meter zijn afgedaald, kan ik beneden me alleen nog Liam zien. De waterdruk neemt toe en ik ontplop mijn oren weer. Een kleine school gestreepte baarzen flitst langs en verdwijnt in de duisternis. Een onechte karetschildpad peddelt dichtbij en kijkt me met zijn bolle ogen glimlachend aan. Een paar seconden later zie ik de vage vorm van iets wat nog veel groter is en op dezelfde lome manier zigzagt als een haai.

O mijn god.

Ik blijf omhoogkijken naar Lucy en Tron, en als we zestien meter diep zijn worden ze niet langer verlicht door de zon. Het is alsof we ons in een zonsverduistering bevinden, en ik zoek opnieuw naar de vorm die op een haai leek, maar ik zie hem nergens meer. Op vijfentwintig meter diepte is het zo donker als de schemering. De temperatuur schommelt rond de tien graden Celsius; ik voel de kou door mijn wetsuit heen.

Dan bereiken we de zanderige bodem en doen we onze zaklampen aan, terwijl we elkaar niet in de ogen proberen te schijnen. We schijnen op het anker, dat half in het zand begraven ligt. De ketting zit vast aan het nylon touw dat omhooggaat en in de duisternis verdwijnt.

We volgen Liam en houden elkaar voortdurend in het oog terwijl luchtbellen opborrelen. Zo nu en dan raken we met onze wijsvinger onze duim aan om te laten weten dat alles oké is. We bewegen onze flippers zachtjes op en neer, zo veel mogelijk aan de zijkant om de bodem niet te veel om te woelen, en zwemmen als kikkertjes.

Onze lampen schijnen over gegolfd zand, bezaaid met rotsen vol zeepokken en witgepolijste oude oesterschelpen; een degenkrab beweegt zich als een gepantserd voertuig voort. Ik verlicht een groene glazen Fresca-fles en de halfbegraven houten kiel van een boot die lang geleden is gezonken. We glijden over verschillende vrachtwagenbanden. Een trekkervis zwemt ons met samengeknepen lippen voorbij, plat en leerachtig grijs. Voordat hij wegflitst, laat hij zijn knoestige tanden zien.

Een roestig anker is verstrikt in een vislijn die met de stroming mee beweegt. Een oesterbed onder het slib lijkt net een stapel verroeste munten. Erbovenop krabbelt een donkere krab, die ons aanstaart met uitgestrekte scharen als een outlaw met zwaaiende geweren. We zwemmen in een rechte lijn over een stukje zeegras. Mijn lamp verlicht een zeepaardje dat rechtop zweeft met een gekrulde staart en met zijn vinnen fladdert als een kolibrie.

Volgens mijn duikcomputers zijn we eenendertig meter diep en eenentwintig meter ten zuidwesten van het ankertouw als we de eerste wrakstukken van de rotorbladen ontdekken. Ze zijn afgebroken van de mast, mogelijk toen de helikopter de bodem raakte en omviel. Zo'n twaalf meter verder vinden we de staartrotor, losgekomen van de cabine, die ondersteboven ligt.

Het is een schokkend beeld. De zilverkleurige opblaasbare drijvers zitten nog steeds aan het landingsgestel vast; als ze het naar behoren hadden gedaan zouden we hier niet zijn. Ik schijn met mijn lamp door de ramen. De cockpit is helemaal gevuld met water. De piloot zit ondersteboven, vastgebonden in de rechterstoel; zijn gebogen armen en benen zweven omhoog. De deurpost is gebogen en ik gebaar naar Liam dat ik hulp nodig heb.

We houden onszelf in evenwicht door onze benen om het landingsgestel te haken. Voorzichtig trekken we de deur open en schrapen hem langs de bodem, waardoor er een wolk van slib en zand omhoogkomt die ons het zicht volledig ontneemt. We bewegen een paar minuten niet tot we weer kunnen zien wat we doen.

Liam schijnt met zijn lamp op mij, terwijl ik een feloranje bergingszak van mijn vest losmaak. Ik haal mijn ademautomaat uit mijn mond, plaats hem in het gat in de bodem van de zak en blaas hem met een luide stroom van dikke bellen op. Ik neem een hap lucht en geef de vastgebonden zak aan Lucy, die in de buurt zweeft. Ik vul de tweede zak op dezelfde manier en overhandig die ook, terwijl Liam en de op mijn duikbril gemonteerde camera alles filmen wat we doen.

We bewegen langzaam, voorzichtig, blijven achteroverleunen boven de kleiachtige bodem en kijken in de omgekeerde cockpit. Een kleine paling slingert voorbij en kijkt me met zijn kraalogen aan. De rechterstoel is losgekomen, waardoor de piloot met zijn hoofd tegen de console is geklapt. Zijn voorhoofd is ingedeukt door de klap waarmee de stoel loskwam; zijn ogen staren blind door halfgesloten oogleden.

Het hoofdletsel ontstond toen de helikopter het water raakte, en hij zou daaraan zijn overleden als hij niet al dood was. Door de open breuk aan de voorkant van de schedel is hersenweefsel te zien, en ik zou willen dat Dixie het niet over haaien had gehad. Sterker nog: ik ben er vrij zeker van dat ik er net een gezien heb.

De daaropvolgende minuten bedek ik het hoofd met een plastic vuilniszak, zoals ik op elke plaats delict zou doen. Maar in dit geval wil ik niet dat er bloed of weefsel uit het lichaam sijpelt en roofdieren aantrekt. Met mijn lamp schijn ik door de cockpit en zie een mobiele telefoon die grotendeels bedekt is met zand op het omgekeerde plafond liggen. Een fles vitaminewater met bessensmaak zweeft in de buurt, half leeg; de dop zit op de fles met rode drank. Beelden van Briley Flight Services flitsen door mijn hoofd: in de koelkasten lag hetzelfde merk drank.

Ik zorg ervoor dat mijn slangen niet blijven haken terwijl ik eerst de telefoon pak en dan het flesje. Ik stop ze in de zak die aan mijn vest vastzit, terwijl ik nadenk over de beste manier om de piloot te bevrijden zonder een zandwolk te creeëren, en verdere schade te veroorzaken. In elk geval heeft hij geen vierpuntsgordel om, die ik met mijn neopreen handschoenen moeilijk los zou kunnen maken.

Ik maak de gesp van zijn schouderharnas los, waarop hij uit zijn stoel zweeft. Ik probeer hem voorzichtig te laten bewegen, zodat hij niet tegen alles aan botst en er nog meer slibwolken ontstaan. Ik draai hem om en grijp hem onder zijn oksels vast voordat hij wegzweeft; zijn schouder botst tegen de cyclische stuurknuppel. Dan blijft een van zijn benen haken achter de rugleuning van de stoel; zijn schoen komt los van zijn voet en zweeft weg.

Het lukt me om hem uit de open deur te krijgen, en Lucy bindt de touwen van een bergingszak rond zijn borst. Tron bevestigt de tweede zak, en hij drijft omhoog terwijl ze hem vasthouden. Ik volg het touw van het anker, Liam volgt mij op de voet. We gaan langzaam naar boven om stikstofbellen in ons bloed te voorkomen, ook wel decompressie- of duikersziekte genoemd.

Ik controleer continu mijn duikcomputer; ik heb nog een halve tank zuurstof over. Ik dwing mezelf slokjes te nemen en niet te diep adem te halen. Als je gestrest bent of je inspant, raakt je tank binnen no time leeg. Om de drie meter pauzeren Lucy en Tron en blijven we loodrecht aan het touw hangen, als windzakken. Dan hervatten we onze tocht omhoog door een stroom van luchtbellen.

Op vijftien meter van het wateroppervlak wordt het zwak verlichte water plotseling zwart, alsof iemand ons met een metalen deksel heeft afgesloten. We pauzeren, houden ons vast aan het touw en richten onze lampen recht omhoog, in de hoop te zien wat daar gebeurt. Maar we zien niets dan zwevend slib en nog een schildpad, die haastig voorbijzwemt, alsof er problemen op komst zijn.

We bevinden ons in complete duisternis doordat er boven onze hoofden langzaam iets beweegt. Ik voel de vibratie in het water, terwijl we wel een eeuwigheid lijken te wachten en met onze lampen rondschijnen. Dan wordt het touw van het anker plotseling uit onze handen gerukt. De dreun trilt door in mijn lichaam. Stomverbaasd kijk ik toe hoe het wordt weggesleept en in de duisternis verdwijnt.

29

Langzaam wordt het lichter en verdwijnen de trillingen. De opgeblazen bergingszakken rukken aan het lichaam van de dode piloot, maar Lucy en Tron houden hem stevig vast. Liam geeft ons het oké-teken en wijst omhoog, waarna we onze klim hervatten.

We volgen hem op de voet, stoppen en wachten als hij dat aangeeft, peddelen zachtjes met onze flippers. We proberen dezelfde koers aan te houden, maar zonder verankerde lijn is dat een stuk lastiger. De wind trekt aan, de stroming wordt krachtiger en duwt ons vooruit. We kunnen er niet tegenin zwemmen zonder onszelf uit te putten en we hebben nog maar een derde van onze tank over. We moeten voorkomen dat we onze zuurstof in een mum van tijd verbruiken, want als we eenmaal de oppervlakte bereiken kunnen we dan onze reddingsvesten niet meer opblazen.

Omdat ik dit nu besef, druk ik op de knop van mijn vest om lucht uit mijn tank toe te voegen. Ik voel hoe ik omhooggetrokken word; zonlicht schijnt door het water. Ik knijp mijn ogen dicht tegen het heldere licht als ik boven water kom en blijf drijven. Witte stapelwolken pakken zich samen in de blauwe lucht en ik kijk om me heen naar onze boot, maar daarvan is geen spoor te bekennen. De commandotoren van de onderzeeër steekt omhoog als een vierkante vin; een deel van de romp komt boven het water uit als de rug van een walvis.

Zo'n vijftig meter van ons vandaan dobbert een losse drijver op het water; de vlag die eraan is vastgemaakt wappert zachtjes. We snorkelen ernaartoe. Waarschijnlijk hebben Henry en de kapitein toen ze zich uit de voeten moesten maken het ankertouw losgemaakt en het aan een felrode duikboei gebonden. We houden ons eraan vast; het gele nylon touw is los. Het is doorgesneden of is niet meer verbonden met het anker.

Ik blijf rondkijken en hoop dat er niets anders onze kant op komt, zoals nog een onderzeeër, bijvoorbeeld. Henry en de kapitein weten niet dat we hier zijn, en zonder hen kunnen we hier niet wegkomen. Ik denk niet dat we het overleven als er een onderzeeër of een vliegdekschip langskomt; dan worden we onder de romp gezogen. Ik kan het me levendig voorstellen; waarschijnlijk zouden we verdrinken.

'Je moet vijfhonderd meter afstand houden van een militair schip,' onderbreekt Liam mijn grimmige gedachten. 'Zodra de onderzeeër ver genoeg is, zal onze boot ons komen halen.'

'Nou, ik zie hen nergens,' antwoord ik terwijl brak water tegen mijn lippen slaat en ik het uitspuug.

'Ze weten dat ze meteen terug moeten komen naar de plek waar ze ons achtergelaten hebben,' zegt Lucy met haar gebruikelijke kalmte.

'Alleen zijn we daar niet meer,' zegt Liam. 'Er is nog meer slecht weer op komst en de wind waait nu uit het zuiden met zo'n tien of vijftien knopen, schat ik. De stroming wordt alleen maar sterker en duwt ons in de richting van de marinehaven.'

'Waardoor we ons nog meer in de route van militaire schepen bevinden,' antwoordt Tron, terwijl ik weer aan Marino denk. Hij zou een heel slechte dag hebben gehad.

'Nou, ik had van tevoren nooit gedacht dat mijn dag op deze manier zou verlopen,' zegt Lucy.

'Hij ook niet.' Ik staar naar de dode piloot, die met zijn gezicht naar beneden in het water drijft, deinend in de branding. De oranje bergingszakken aan de bovenkant van zijn lichaam zijn leeggelopen. Zijn in een zwarte plastic zak verpakte hoofd bevindt zich onder het wateroppervlak en zijn armen en benen wiegen.

'Ik vraag me af of hij getrouwd is of kinderen heeft,' zegt Liam. 'Of zijn ouders nog leven. Hoe vreselijk moet hun dag wel niet zijn.'

'Ik heb zijn gegevens al opgezocht,' vertelt Lucy. 'Ongetrouwd. Tweeëndertig jaar. Was begin dit jaar begonnen als piloot voor Dana Diletti.' Hij had aan verslaggevers verteld dat dit zijn droombaan was, legt Lucy uit. Een nieuwe helikopter met alle toeters en bellen. Werken voor een beroemdheid.

Terwijl we in het water drijven, blijven we om ons heen kijken of we militaire schepen zien. We wachten. En wachten. Ik ben bang dat er plotseling iets op ons af zal komen stormen. Noch onze vesten, noch de duikdrijver heeft knipperende noodlampjes.

We kletsen wat om onszelf af te leiden, vertellen wanneer we voor het eerst gedoken hebben en delen tegenslagen uit het verleden. En stomme fouten die we hebben gemaakt, zoals zonder zuurstof komen te zitten. Of de tank vergeten aan te zetten voordat we in de oceaan sprongen. En of het waar is dat duikers in hun wetsuit plassen, maar het niet toegeven.

'Nog nooit gedaan,' zegt Liam.

'Ik ook niet.' Lucy schudt haar hoofd.

'Dat bewijst dus dat niemand het toegeeft,' antwoord ik.

Vervolgens hebben we het over eten.

'Ik ben altijd uitgehongerd na het duiken,' zegt Tron.

'Ik heb ook altijd een vreselijke honger,' antwoordt Liam, terwijl ik er niet aan probeer te denken wat er onder ons zou kunnen zwemmen. 'Een goede tonijnsteak op de barbecue, een paar koude biertjes. Daarna een single malt whisky en een Cubaanse sigaar.'

'Ik kies voor pasta. Ik ga nu bestellen.' Lucy kijkt naar me door haar duikbril terwijl we dobberen en water uitspugen.

'Godzijdank.' Tron wijst. Ik draai me om en zie waarnaar: flitsende blauwe lichten in de verte die dichterbij komen.

We zwaaien met onze armen in de lucht en schreeuwen, hoewel niemand ons kan horen. Als de Hampton-politieboot dichterbij is mindert hij vaart en komt naast ons tot stilstand. Er wordt een touw naar Liam gegooid, dat hij aan de duikboei vastmaakt.

Henry heeft een felgele lijkzak opengeritst en voor ons klaarstaan. Het dicht geweven gaas laat water door en we maken de leeggelopen bergingszakken los en geven ze aan de uitgestoken handen aan. Ik help de opengesperde lijkzak onder de dode man te plaatsen. We ritsen drie kanten van de zak dicht en Tron en ik houden ons er in de schommelende branding aan vast, terwijl Lucy en Liam de ladder beklimmen en hun uitrusting afdoen.

Ze buigen zich over de zijkant van de boot, grijpen de zak bij de handvatten en hijsen hem aan boord. Het water loopt door het gaas. De aluminium ladder bonkt tegen de boot en schommelt heen en weer. De golven nemen in kracht toe. Ik houd me vast aan een sport en doe mijn flippers uit; Lucy buigt naar beneden om ze aan te pakken. Ik voel het gewicht van de tank op mijn rug als ik omhoogklim en mijn duikbril met camera afzet; mijn nek is stijf van het dragen.

Ik trek mijn handschoenen uit, ga op de bank zitten en zet mijn tank terug in het rek. Ik maak mijn vest los en bevrijd mezelf ervan en van alle slangen. Ik buk om mijn duiksokken uit te trekken en maak het mes los van mijn enkel. We wurmen ons uit onze wetsuits en laten ze in het vat water vallen. Als het mijn beurt is om te douchen, was ik het zout en slib uit mijn haar.

'Wat moet er nu gebeuren?' vraagt Henry terwijl ik me afdroog.

'Het heeft geen zin om de levertemperatuur of iets anders op te nemen,' antwoord ik. 'We weten ongeveer wanneer hij in het water terechtkwam, en mijn Norfolk-kantoor kan het vanaf nu overnemen. Je moet de video's en foto's naar dokter Peace sturen.'

'Kan het dat hij al dood was toen de F-16's hem bereikten?' vraagt Tron. 'Kunnen we daarachter komen?'

'Dat weet ik pas als het toxicologisch rapport bekend is,' antwoord ik. 'Maar het lijkt erop dat er twee afzonderlijke gebeurtenissen zijn. Hij viel flauw of stierf terwijl de automatische piloot aanstond. Waarom? En vijftien of twintig minuten later begon zijn helikopter te sputteren en stortte neer in de baai. Waarom?' Ik leg uit dat Bret Jones tijdens het vliegen misschien een paar slokken vitaminewater met bessensmaak heeft gedronken. Ik geef de zak met het flesje aan Tron en vertel haar dat ik hetzelfde vitaminewater heb gezien in de privéterminal waaruit Dana Diletti en haar crew vanochtend zijn weggevlogen.

'Dat was mij ook opgevallen,' antwoordt Lucy terwijl onze boot terug naar de jachthaven vaart. 'Ze bewaren het altijd in de kleine koelkasten, ook in die in de pilotenlounges.'

'Flessen vitaminewater met sinaasappel- en bessensmaak,' zegt Tron tegen me. 'Daar komt waarschijnlijk die fles die jij in de cockpit hebt gevonden vandaan.'

'We zullen de beelden van de beveiligingscamera's bekijken,' voegt Lucy eraan toe.

'Ik wens je veel succes daarmee, omdat het om Ryder Briley

gaat.' Ik verruil mijn natte handdoek voor een droge en sla hem om mijn schouders. 'Ik vermoed dat op magische wijze de camera's ineens uit stonden.'

'Ze stonden aan en werkten prima toen iemand ze vanmorgen vroeg uitschakelde. Of dacht dat hij dat deed,' antwoordt Lucy met een glimlach. 'Zoals ik al zei, staat Ryder Briley al een tijdje op onze radar. Nadat Luna zogenaamd door een ongeluk om het leven was gekomen, heb ik ervoor gezorgd dat het onmogelijk is om bepaalde camerasystemen uit te schakelen, waaronder die van de Briley Flight Services. Ze dachten wel dat ze uit stonden, maar in werkelijkheid is alles opgenomen.'

Enorme stenen wallen doemen op aan de heldere horizon terwijl onze boot Fort Monroe nadert. De militaire verdedigingswerken werden gebouwd na de Oorlog van 1812 en worden ook wel *het Gibraltar van de Chesapeake* genoemd. Waarschijnlijk ziet het fort er van een afstand niet heel anders uit dan honderden jaren geleden.

Nieuwshelikopters volgen ons en ik zie reddings- en politievoertuigen in de jachthaven. De aangemeerde boten glanzen in de zon. Onze kapitein mindert vaart om geen zog te creëren. Dan glijden we naar de pier en zie ik het zwarte busje zonder ramen van mijn kantoor in Norfolk. Nathan stapt uit. Hij opent de achterklep en loopt over de pier naar ons toe terwijl hij een paar paarse handschoenen aantrekt. Zijn voetstappen klinken luid op het aluminium.

Even later dragen hij en Liam het lichaam in de felgele zak en laden het in het busje. Ik app Rena Peace en geef haar een update, onder andere over het flesje vitaminewater, dat ik onmiddellijk wil laten testen; het toxicologisch rapport heeft in deze zaak de hoogste prioriteit.

Het is bijna halfvier als Lucy, Tron en ik teruglopen naar de marine-eenheid van de Hampton-politie aan de overkant van de straat. Onweersbuien pakken zich samen in het zuiden. De hitte en vochtigheid zijn aangenaam terwijl we voortsjokken op onze kisten, onze tassen over onze met handdoeken bedekte schouders geslagen. Ik voel dat mijn gezicht verbrand is door het drijven op het water. De neuzen van Lucy en Tron zijn rood.

De Dodge Charger staat waar we hem achtergelaten hebben. Ik ga op de achterbank zitten; de bekleding van de stoelen is gloeiend heet. Ik open mijn noodtas, trek een poloshirt aan over mijn natte sport-bh, doe mijn gordel om en drapeer de handdoek op mijn schoot. Mijn handpalmen zijn bleek en gerimpeld van het water, mijn vingernagels blauw, net als bij mensen die verdronken zijn.

We gaan terug naar de NASA-Langley-campus, waar de helikopter bijgetankt is en op ons wacht. Het is maar goed dat we hier zo snel mogelijk weggaan, zegt Lucy terwijl we over de I-64 West bij de Hampton-universiteit rijden. Onweersbuien zullen Tidewater binnen een uur bereiken en vervolgens naar Noord-Virginia en New England trekken. Er worden overstromingen verwacht in de kustgebieden en stormwinden kunnen stroomstoringen veroorzaken.

Ze draagt haar computergestuurde bril; de glazen hebben door de zon een donkergroene kleur. We lezen allebei weerberichten, appjes en e-mails, terwijl Tron over de snelweg racet en zoals gewoonlijk over de rijstroken zigzagt. Ik zie dat sporenonderzoeker Lee Fishburne me zojuist heeft geappt; hij heeft de resultaten van zijn lab binnen en vraagt of ik hem zo snel mogelijk kan bellen. Ik bel hem meteen.

'Zit je?' vraagt hij.

'Toevallig wel. In een erg lawaaierige auto.' Ik pak mijn notitieblok en pen uit mijn werktas.

'Wie had gedacht dat de dood van een misbruikt kind en een Nobelprijswinnaar op de een of andere manier met elkaar te maken zouden hebben?' Het komt zelden voor dat Lee opgewonden is.

Hij bevestigt dat het fonkelende residu op Luna Briley en Sal Giordano hetzelfde is. Ze hadden allebei een maanstofsimulatie op hun lichaam die kobaltblauw oplicht onder ultraviolet licht. Terwijl hij me dit vertelt app ik het aan Benton.

'Ik kan met zekerheid zeggen dat de simulatie van dezelfde bron komt,' vertelt Lee me. 'Het ziet er op microscopisch niveau hetzelfde uit. De samenstelling is identiek. Het is door dezelfde fabrikant gemaakt, met dezelfde apparaten.'

'En we weten nog steeds niet waar dit neppe maanstof vandaan komt?' vraag ik terwijl we de Hampton-rivier oversteken. 'Of het bijvoorbeeld verscheept is naar ergens in Virginia?'

'Nee, helaas niet,' zegt hij, terwijl Benton me terug appt.

Met DI, zegt hij.

Mijn man heeft een ontmoeting met directeur Bella Steele en zal het Secret Service-hoofdkwartier over een paar minuten verlaten. Hij zal thuis zijn als ik aankom en ik kan niet wachten om hem te zien, om me weer schoon en beschaafd te voelen. Ik app hem of hij een bak marinarasaus uit de vriezer kan halen. En het focacciadeeg dat ik er laatst in heb gedaan.

'Ik vraag me af of Ryder Briley banden heeft met een bedrijf dat nepmaanstof gebruikt,' zeg ik tegen Lee terwijl ik op mijn telefoon typ.

En wijn? appt Benton terug.

Trek maar een paar flessen rood open, alsjeblieft, typ ik.

'Dat weet ik niet,' zegt Lee. 'Maar naast de maanstofsimulatie zaten er veel microscopische resten op Sal Giordano's lichaam. Had hij een kat?'

Marino en Dorothy ook vragen? app ik naar Benton terwijl ik mezelf verstaanbaar probeer te maken boven het luide motorgeronk. Ze moeten vannacht blijven logeren, en misschien wil Shannon ook komen. Ze zou niet alleen moeten zijn in de storm met alles wat er gaande is. Ze is al schichtig genoeg en ik weet dat ze eenzaam is.

'Sal had vroeger katten, maar al jaren niet meer,' zeg ik via de luidspreker. 'Hoezo dat?'

'Omdat er huidschilfers van katten op hem zaten. Ook kattenhaar, maar geen normaal kattenhaar, in elk geval niets wat ik eerder heb gezien,' legt Lee uit met zijn laconieke stem, en ik moet aan de cheeta op de Yellow Brick Road denken.

Zal hen allemaal uitnodigen, schrijft Benton terug.

'En afval zoals insectenpootjes, isolatiemateriaal, spinnenwebben en dergelijke,' legt Lee uit. Ik houd de telefoon omhoog, zodat Tron en Lucy mee kunnen luisteren. 'Wat te verwachten valt als hij werd vastgehouden op een plek die niet vaak wordt schoongemaakt.'

'En al deze microscopische resten zaten over het hele lichaam of alleen op delen ervan?' Ik kijk naar het licht dat weerkaatst op getijdengeulen die zich vertakken door zoutmoerassen, die me doen denken aan bloedvaten.

'Ja,' zegt Lee. 'Op alle monsters die je hebt genomen. Hij had dit spul op zijn hele lichaam, van top tot teen.'

'Dat wijst erop dat hij naakt ergens werd vastgehouden,' antwoord ik.

'Zo kun je iemand denk ik controleren.'

'En vernederen.' Ik voel een vlaag van woede die smeult in mijn binnenste.

'Last but not least, er is ook iets vreemds aangetroffen op de afgeknipte vingernagels,' gaat Lee verder. 'Nanokorrels perovskiet. En voor het geval je niet weet wat dat is...'

'Geen idee.'

'Een calcium-titaniumoxidemineraal dat gebruikt wordt om fotovoltaïsche cellen te maken die zonlicht omzetten in elektriciteit. Zonnecellen, met andere woorden,' antwoordt hij. 'Maar voor de productie wordt een synthetische versie van perovskiet gebruikt, en niet de natuurlijke variant van het mineraal dat onder Sal Giordano's vingernagels zat.'

'Heb je enig idee waarom iemand het natuurlijke mineraal in zijn bezit zou hebben? Met welk doel?' vraag ik.

'Mogelijk voor onderzoek. Als je bijvoorbeeld de synthetische versie wilt produceren, wil je waarschijnlijk het echte mineraal als model gebruiken. Of bij additieve productie, waarbij je aan het synthetische product wat van het echte spul toevoegt. Om wat dan ook te produceren. Was Sal Giordano betrokken bij projecten met zonne-energie? Misschien ruimtegerelateerd, zoals de zonnepanelen op satellieten en telescopen als de Hubble en James Webb?'

'Niet dat ik weet,' antwoord ik.

'Mogelijk zijn de perovskietkorrels door iemand anders op hem overgedragen. Tenzij hij het al onder zijn nagels had voordat hij werd ontvoerd en vermoord. En als dat zo is, waar kwam het dan vandaan?' zegt Lee.

Ik moet denken aan het gat van drie uur.

30

Op maandagmiddag belde Sal me vanuit Weyers Cave voordat hij zijn telefoon uitzette en dieper de stille zone in ging. Dat was rond halftwee 's middags, en het zou hem ongeveer twee uur moeten kosten om bij Green Bank, West-Virginia te komen. Toch kwam hij pas om zeven uur bij het restaurant aan. Wat deed hij in de tussentijd? Waar ging hij heen?

'Heb je perovskiet op Luna Brileys pyjama of op een andere plek gevonden?' vraag ik Lee via de luidspreker.

'Nee.'

Tron stuurt de ronkende Dodge Charger door Phoebus, met winkels en diners die rechtstreeks uit de jaren vijftig komen.

'Zijn er bedrijven in Virginia die dingen maken van zonnecellen?' vraag ik terwijl we langs een veteranenbegraafplaats rijden; de perfecte rijen witte grafstenen doen me aan tanden denken.

'Niet veel, maar wel een paar,' zegt de sporenonderzoeker.

'Ik vraag me af of er hier in de buurt perovskiet gedolven wordt. Dat zou namelijk kunnen verklaren waarom we sporen van het echte mineraal hebben gevonden.' Ik blijf maar denken aan Sals mysterieuze uitstapjes naar Weyers Cave.

Hij was een vrije geest, maar niet roekeloos impulsief. Hij vertelde me vaak dat onze zomerromance het meest onstuimige was wat hij ooit had gedaan. Hij dacht lang na voor hij iets deed, dus als hij onderweg naar Green Bank ergens stopte, was dat doelbewust. Als hij geregeld Weyers Cave bezocht, had hij daar een reden voor.

'Gebaseerd op wat ik heb gelezen, komt perovskiet van nature voor in bergen waar honderden miljoenen jaren geleden vulkanische activiteit plaatsvond,' zegt Lee. 'Als de lava afkoelt vormt die vulkanisch of stollingsgesteente – en daarin bevindt zich perovskiet.'

'Uit vuur en zwavel. Dat klinkt logisch.' Het is niet makkelijk om aantekeningen te maken terwijl Tron als een Formule 1-coureur rijdt. 'Waar kunnen we hier vulkanisch gesteente vinden? Als we ervan uitgaan dat perovskiet lokaal gedolven wordt?'

'In elk geval in de Appalachen.' Lee praat langzaam en lijzig, waardoor je onterecht zou denken dat hij niet al te snugger is. 'Het meeste perovskiet wordt gedolven in Rusland. Ook in Zweden en de Vesuvius in Italië. En Magnet Cove, Arkansas. Voor zover ik weet bestaan er geen echte mijnen in dit deel van de wereld. Maar het zou kunnen.'

'Ik zal dit aan de Secret Service doorgeven, maar laten we het onder ons houden, Lee,' zeg ik tegen hem. 'Degene die nanokorrels perovskiet en nepmaanstof achterlaat, is zich daar misschien niet van bewust.'

Carrie.

'Dat is meestal zo bij iets wat je niet met het blote oog kunt zien,' antwoordt hij. 'Mensen beseffen niet wat ze op hun huid, hun kleding of in hun haar met zich meedragen, dat ze sporen nalaten op alles wat ze aanraken of waar ze tegenaan komen.'

'Carrie wel,' zegt Lucy als ik opgehangen heb en we Hampton passeren. 'Ze weet alles van sporenonderzoek en hoe iets van het een op het ander wordt overgedragen.'

'Ze heeft veel van dezelfde kennis als wij.' Ik kijk naar de Walmart, waar mijn Norfolk-kantoor een onkostenrekening heeft.

'Soms zelfs meer.' Lucy's toon maakt duidelijk dat ze nog steeds diep respect heeft voor haar voormalige mentor en geliefde, als een topsporter die een concurrent tegelijkertijd bewondert en wil verslaan. Maar Carrie beoefent geen sport, en het frustreert me om te zien dat bij mijn nichtje die relatie nog steeds op de waakvlam staat. Die is nog niet helemaal uitgegaan.

'Zolang ze zichzelf in bedwang heeft, kan ze bijna alles onder de knie krijgen en uitvogelen,' zegt Lucy.

'Het zou dom zijn om haar te onderschatten,' beaamt Tron.

'Er is niemand zoals zij,' zeg ik scherp. 'En ja, dat zou dom zijn.'

De muscle car raast langs het Virginia Air & Space Science

Center. De hoge glazen ingang doet me denken aan de animatieserie *The Jetsons*. De airconditioning staat uit, we hebben de ramen half geopend. Ik ben inmiddels wat opgedroogd, maar de padding in mijn wielrenbroek is oncomfortabel vochtig en plakkerig.

'Carrie decompenseert misschien,' zegt Lucy. 'Dat is eerder gebeurd. En dan gaat alles mis.'

'Meestal heeft ze dan eerst iets afschuwelijks gedaan,' antwoord ik.

'Het is niets voor haar om zo nonchalant om te gaan met sporen die je achter kunt laten.' Lucy kijkt me aan. 'Ze maakt fouten.'

'Misschien,' antwoord ik. 'Maar ik snap dat je je niet bewust bent van nanokorrels stof die aan je lichaam en kleding kleven. Vooral niet als je vaak in een omgeving komt waar je daar regelmatig aan wordt blootgesteld. Mensen kunnen laks zijn met beschermende kleding. Ze dragen misschien een mondkapje en handschoenen, maar meer niet. Ze denken dat als ze door een ruimte lopen of er niet lang blijven ze geen moeite hoeven te doen. Of ze hergebruiken Tyvek dat besmet is geraakt.'

'Als Carrie de microscopische resten heeft achtergelaten, gok ik dat het haar niets kan schelen.' Tron kijkt naar me in de achteruitkijkspiegel terwijl ze door het verkeer raast. Ze kijkt ongewoon ernstig; ik kan zien dat ze zich niet helemaal op haar gemak voelt bij dit gesprek.

'Ze zou niet per ongeluk iets achterlaten,' herhaalt Lucy. 'Daarom denk ik dat ze aan het decompenseren is. Dan neemt ze grotere risico's en kan ze slordig zijn.'

'Ik denk dat het haar geen bal kan schelen dat ze bewijs achterlaat.' Tron zegt hetzelfde als Benton terwijl ze een langzame automobilist inhaalt. 'Ze denkt dat we haar nooit zullen pakken.' Haar stem schiet omhoog van de haat. 'We weten niet eens waar ze nu is.'

'Hier in de buurt,' zegt Lucy. 'Of dat was ze in elk geval. Gesteld dat ze betrokken is bij de ontvoering en dood van Sal Giordano.'

'Het is naïef om te denken dat ze de politie altijd maar kan ontlopen,' antwoord ik. 'Vooral in deze landelijke gebieden, waar ze opvalt.'

'Ze heeft veel tijd doorgebracht in Virginia,' zegt Tron. 'Ze kent de omgeving, en ik denk dat ze er prima in kan opgaan als ze dat wil.'

'Als zij die sporen heeft achtergelaten, dan weten we wel ongeveer waar ze is geweest,' zegt Lucy. 'Namelijk daar waar Sal werd gegijzeld. En misschien was Carrie in de buurt van de Brileys, misschien zelfs in hun huis. Misschien heeft ze Luna ontmoet, wat het glinsterende residu op haar pyjama verklaart.'

'Wat moet zij met nepmaanstof?' vraag ik.

'Geen idee,' zegt Lucy.

'Of met perovskiet en zonnecellen? Wat kan ze daarmee doen?'

'Van alles. Elektronica, fotovoltaïsche bijvoorbeeld, zoals lasers, leds, keramische condensatoren, ruimtevaarttechnologieën zoals zonnepanelen maken,' antwoordt Lucy. 'Of gewone zonnepanelen. Zoals je waarschijnlijk wel hebt gemerkt zijn er hier veel zonneparken en daken met zonnepanelen.'

'Er zijn er steeds meer, omdat bedrijven en consumenten ze gebruiken om elektriciteit op te wekken of winst te draaien,' voegt Tron toe. 'Eigenlijk verbaast het me dat een wetenschapper als Sal Giordano geen zonnepanelen op zijn dak had.'

'Misschien was hij zich daarin aan het verdiepen,' opper ik.

Er komen meer updates binnen, deze keer van forensisch analist Rex Bonetta. Ik neem het voorlopige rapport door dat hij heeft gestuurd: Sal had hoge waarden haloperidol, lorazepam en Benadryl in zijn bloed toen hij stierf. Het krachtige antipsychoticum in combinatie met benzodiazepine en antihistamine staat bekend als een B-52. Het wordt gebruikt als een chemisch dwangmiddel wanneer gevangenen en psychiatrisch patiënten onhandelbaar worden.

'Daarom was zijn huid waarschijnlijk zo rood. Haloperidol, ook wel bekend onder de merknaam Haldol, heeft bijwerkingen.' Ik zoek ze op op mijn telefoon en de resultaten bevestigen mijn vermoeden. 'Eén ervan is overgevoeligheid voor licht. En Sal had al een heel witte huid.'

'Dus terwijl hij op de zonnige open plek stierf verbrandde hij,' zegt Tron.

'En hij verbrandde misschien sneller omdat hij Haldol in zijn bloed had,' leg ik uit.

'Een combinatie van Haldol, lorazepam en Benadryl is in zijn nek en andere plekken geïnjecteerd,' vermoedt Lucy.

'Het zou snel werken,' antwoord ik. 'Een B-52 leidt tot ataxie en zware sedatie. Daarom wordt het ook gebruikt om gewelddadige en geagiteerde mensen in bedwang te houden.'

'En het is een geliefd middel onder de Russen,' antwoordt Lucy. 'Het wordt gebruikt in gevangenkampen en psychiatrische inrichtingen om gevangenen in een roes te houden. Vooral bij bepaalde politieke vijanden van het Kremlin. Carrie weet van het bestaan van een B-52-cocktail en zou het ongetwijfeld toedienen als dat haar uitkomt.'

Terwijl ik luister, stel ik me voor hoe Sal maandagavond in zijn pick-uptruck wegreed van het Red Caboose-restaurant. Een paar minuten later stopte hij voor iemand. Misschien deed diegene alsof hij in nood was, zoals Benton opperde. Ik zie voor me hoe Sal uit zijn auto stapte. Of misschien deed hij zijn raam naar beneden, waarna er plotseling een injectienaald in zijn nek werd gestoken.

Hij zou het effect van de drugscocktail snel gevoeld hebben, en misschien heeft hij daarom de blauw-witte capsule ingenomen. Misschien bewaarde hij die in zijn zak en kon hij hem pakken zonder dat de aanvaller er weet van had. Ik zie de injectieplaatsen op zijn arm en billen weer voor me. Hij werd waarschijnlijk de hele tijd dat hij gevangenzat verdoofd. Maar dat wil niet zeggen dat hij niet doorhad wat er gebeurde.

De laagstaande zon verlicht de randen van de samenpakkende wolken en verspreidt een roze gloed over de horizon als we de NASA-Langley-hangar bereiken. Twee Secret Service-agenten wachten ons op, en een van hen neemt de Dodge Charger van Tron over. Hij start de motor en scheurt weg van de parkeerplaats.

'Terug naar een saaie SUV.' Ze kijkt weemoedig de zwarte muscle car na.

'Ik zal je afzetten bij Washington National,' zegt Lucy tegen mij. 'Tron zal je naar huis brengen. Benton is daar al met Marino en mam en maakt eten klaar. En Shannon is onderweg. Ik zie je daar later. Eerst moet ik de helikopter terugbrengen naar het trainingscentrum en veilig in de hangar parkeren.'

Ze klimmen in de cockpit, en het is de eerste keer dat ik alleen in de achterste cabine zit. Ik app Marino dat ik in de helikopter zit op weg naar huis. Het zal waarschijnlijk weer gaan stormen, en ik wil het liefst dat niemand de weg op gaat – het lijkt me logisch als Dorothy en hij bij ons blijven slapen. Hij antwoordt niet en ik hoop dat ze hun ruzie inmiddels bijgelegd hebben.

Het is vijf uur 's middags als de Langley-toren de Doomsday Bird toestemming geeft om op te stijgen naar Noord-Virginia. Het zicht wordt elke seconde slechter en Lucy heeft gevraagd of ze onze vlucht kunnen tracken. We schakelen van de ene radiofrequentie over op de andere om contact te houden met de luchtverkeersleiding terwijl Lucy dwars over water en bossen vliegt. Ze wil de storm voor zijn die op ons af komt; naar verwachting zijn de hagelstenen zo groot als kauwgomballen.

Nu we ons geen zorgen hoeven te maken over Marino schakelt Lucy de intercom in de achterste cabine niet uit. Ik heb mijn gordel omgedaan en zit op een zilvergrijze brandvertragende stoel. Door het tussenschot kan ik niet in de cockpit kijken, maar zo nu en dan geeft Tron me een update over het weer en onze huidige locatie.

Ik krijg ook updates over mijn zaak; Blaise Fruge heeft geen tijd verspild in de zaak van Luna Briley. Een tijdje geleden verschenen zij en andere agenten op de stoep van de Brileys met aanhoudingsbevelen. Het stel zat wat te drinken in de tuin, genietend van het lenteweer voordat het om zou slaan. Ik kan me de blikken op hun gezichten voorstellen toen de agenten voor de tweede keer hun woning kwamen doorzoeken. Maar nu stond er iets anders op het spel. Iets veel belangrijkers.

'Ryder en Piper Briley zijn gearresteerd,' zegt Tron. 'Ze worden op dit moment naar de gevangenis gebracht.'

'Dit is nog maar het begin van de aanklachten tegen hen,' belooft Lucy's stem in mijn headset.

Als we de York-rivier oversteken, geeft Lucy op een hoogte van tweeduizend voet vol gas. De wind waait ons stevig in de rug en onze grondsnelheid is 210 knopen, oftewel meer dan 385 kilometer per uur, vertelt Tron me. Bij Colonial Beach volgen we de westelijke oever van de Potomac-rivier terwijl onheilspellende wolken zich blijven samenpakken en de wind aanwakkert. Quantico ligt links van ons, omringd door kilometers bos.

Van de legendarische FBI Academy, waar Benton en ik onze vurige liefdesaffaire begonnen, kan ik niet meer dan een bleke streep tussen donkere bomen onderscheiden. We hielden alles geheim terwijl Lucy daar stage liep en zij wist van niets. Ik denk aan die keer dat wij tweeën de Yellow Brick Road-hindernisbaan deden toen ze op de universiteit zat. We liepen allebei brandwonden op van het touw en blauwe plekken, vloekten als ketters toen we uitgleden in de modder en over muren klommen.

Daarna aten Lucy en ik hamburgers in de Board Room-pub en kletsten we met FBI-agenten. Ik was zo trots. Ik dacht dat het goed voor haar was dat ik haar had geholpen de stage te krijgen. Ze zou fit worden en eindelijk een paar vrienden maken. Ik dacht dat dat op dat moment het juiste voor haar was, maar haar moeder dacht daar anders over. Tot op de dag van vandaag verwijt Dorothy me dat het een verschrikkelijk idee was.

Ze was er fel op tegen dat haar enige kind bij de politie zou werken en ik mocht het niet aanmoedigen. Mijn zus zei dat ze niet wilde dat Lucy net zo zou worden als ik: morbide en fatalistisch. Altijd gericht op geweld, dood, wreedheid en verraad. Altijd met je gedachten bij wat iets of iemand zou kunnen verwonden of doden.

In plaats van te dansen en de liefde te bedrijven in het maanlicht, had Dorothy gezegd.

Achteraf gezien had niemand van ons invloed op wat Lucy interessant vond of zou willen doen in het leven. Maar als ze niet op de FBI Academy had gezeten, had ze Carrie nooit ontmoet. Ze zouden geen relatie hebben gehad en zouden nu niet vastbesloten zijn om elkaar uit te schakelen. Tenzij het een onvermijdelijk karma was waaraan ze niet konden ontsnappen. Tegengestelde krachten die botsten. Een kwantumverstrengeling, zij tweeën voor altijd gevangen in een spin.

We naderen Ronald Reagan Washington National Airport. Als Lucy op het platform landt waarvan we gisteren zijn opgestegen, vallen de eerste regendruppels uit de lucht. Ik haal mijn regenjas uit mijn noodtas en trek hem aan terwijl zij de gashendels op stationair zet. Tron en ik klimmen naar buiten. De rotorbladen dreunen en zwiepen door de lucht.

We haasten ons over asfalt dat bespikkeld is met regendruppels, en ik hoor de hoge toon van de motoren als Lucy de gaskleppen helemaal opendraait. Ik zwaai als ze hovert en de helikopter honderdtachtig graden draait. Even kijken we elkaar in de ogen en ze knikt. In de wachtrij wacht ze tot de toren haar toestemming geeft. Ik kijk toe hoe de neus van de helikopter de lucht in gaat en ze opstijgt en een scherpe bocht maakt, weg van het vliegveld. De lichten van de helikopter knipperen.

'Het is een beetje chaotisch binnen.' Tron drukt op de intercom naast de deur die naar de terminal leidt. 'Zoals je straks wel zult merken, doorzoeken agenten Briley Flight Services. En het zou fijn zijn als je mij zo kunt helpen.'

Medewerkers worden ondervraagd over allerlei dingen die te maken hebben met Ryder en Piper Briley, zegt ze. Ook over de noodlottige vlucht van Dana Diletti's helikopter vanmorgen. Men gaat ervan uit dat het geen ongeluk was dat de piloot onwel werd en de helikoper neerstortte.

'We proberen de werknemers te ondervragen voordat ze helemaal dichtklappen,' legt Tron uit terwijl we wachten tot iemand de deur opent. 'En we blijven ze ondervragen totdat ze hun leugens niet meer kunnen volhouden en een fout maken.' Ze tuurt door het glas, klopt erop en belt opnieuw aan.

'Ze zijn bang,' antwoord ik. 'Daarom zijn ze loyaal.'

'Ze mogen kiezen voor wie ze banger zijn,' zegt ze. 'Voor hun in ongenade gevallen werkgevers, die nu in de gevangenis zitten, of voor ons.'

31

We worden binnengelaten door dezelfde oudere vrouw die gisteren ook achter de balie zat. Haar laptop is weg en ze kijkt nijdig toe hoe agenten van de Secret Service de lobby en kantoren doorzoeken. Ik kan haar woede voelen terwijl onderzoekers computers en flessen vitaminewater inpakken.

'Alles goed?' vraagt Tron, alsof het een doodnormale dag is.

'Wat denk je zelf?' Ze bekijkt ons van top tot teen – naar ons verwaaide haar, onze wielrenbroeken en kisten. 'Het is niet bepaald plezierig als je kantoor binnengevallen wordt.' Ze staart naar de onderzoekers die aan het werk zijn.

'Snap ik,' zegt Tron vriendelijk, terwijl ze een schouderband van haar rugzak omdoet. 'Was je vanmorgen vroeg aan het werk toen Dana Diletti hier wegvloog?'

'Ik heb al met hén gesproken.' De vrouw blijft naar de onderzoekers staren alsof ze de vijand zijn.

'En nu mag je met ons praten.' Tron glimlacht geduldig en behandelt me als haar partner.

'Volgens mij heb ik geen keus.' Ze pakt een elastiekje en bindt haar lange geverfde blonde haar samen.

Elke keer dat ik haar achter de balie van Briley Flight Services heb gezien, droeg ze hetzelfde: een mantelpakje. Deze keer is het een marineblauw exemplaar met koperen knopen. Ze heeft een voluptueus figuur en heeft haar nagels bougainvilleroze gelakt.

'Ik heb je hier al eens eerder gezien, maar we hebben ons nog niet aan elkaar voorgesteld,' zegt Tron tegen haar. 'Ik ben van de Secret Service, special agent Sierra Patron, maar iedereen noemt me Tron. Dit is dokter Scarpetta, die met ons samenwerkt. En hoe heet jij?'

'Ik heb al mijn gegevens al aan hen gegeven,' antwoordt de vrouw ijzig.

'Dat zei je al, en we zijn je heel dankbaar voor je medewerking. Wat is je naam?' probeert ze opnieuw, nog steeds glimlachend.

'Wilma Gaither.'

'Waar woon je, Wilma?'

'Pentagon City, maar dat weten ze allemaal al.' Ze staart naar de onderzoekers, een glinstering van haat in haar smokey eyes.

'Was je aan het werk toen Dana Diletti en haar bemanning opstegen in hun helikopter naar Berkeley Plantation?' vraagt Tron.

'Ik werk van acht tot vijf, maandag tot vrijdag,' dreunt Wilma op. 'Soms werk ik over als we onderbezet zijn. Ik doe wat mijn werkgevers van me vragen.'

'Dan zat je dus achter de balie toen Dana Diletti en drie van haar bemanningsleden hier vanmorgen met hun piloot Bret Jones waren,' zegt Tron.

'Maar ik hield hen niet elke minuut in de gaten,' zegt Wilma snel. 'Het was druk en ik moest andere vliegtuigen begeleiden. Ik probeer me niet te veel aan te trekken van zogenaamde beroemdheden. Vooral niet van degenen die overduidelijk willen dat iedereen hen opmerkt.'

'Je hebt Bret Jones vast wel gesproken,' vervolgt Tron.

'Natuurlijk.' Wilma zit stijfjes achter haar bureau, haar handen in haar schoot geklemd. 'Maar hij zat vooral in de pilotenlounge te bellen en de weersvoorspelling te bekijken. Toen Dana Diletti er eenmaal was, vertrokken ze.'

'Viel je iets op aan de houding van haar piloot?' vraag ik.

'Hij was niet blij dat hij op het laatste moment opgeroepen was.' Wilma kijkt me achterdochtig aan. 'Verder is me niets opgevallen.'

'Dana Diletti en haar bemanning waren hier vaak,' antwoordt Tron. 'Dus het was de normale gang van zaken?'

'Klopt. Er was niets bijzonders aan de hand, alleen vloog haar gebruikelijke piloot nu niet.'

'Heb je enig idee waarom Bret Jones juist deze keer vloog?' vraagt Tron. 'Heeft hij iets gezegd?'

'Dat heb ik hun al verteld.' Ze staart weer naar de onderzoekers.

'En nu vragen wij het.'

'Hij zei dat de vaste piloot hem om vier uur 's nachts wakker had gebeld omdat ze niet wilde vliegen,' vertelt Wilma.

'Wat bedoelde ze daarmee?' vraag ik.

'Ze had keelpijn. Die was 's nachts begonnen en ze hoopte dat het beter zou worden. Maar dat gebeurde niet. Dat vertelde Bret Jones me. En meer weet ik niet.'

'Je weet dat er overal camera's zijn.' Tron wijst op een camera recht boven Wilma Gaithers bureau, terwijl ik mijn blik door de lobby laat dwalen. Ik zie andere camera's en de snoepbakken aan de muur; beelden van Luna Briley op haar slaapkamervloer flitsen door mijn hoofd. Van haar lichaam op mijn tafel.

'De camera's doen het niet altijd,' antwoordt Wilma met een vleugje zelfvoldaanheid. 'Soms zetten mensen ze uit.'

'Wie?' vraagt Tron, maar ze weet het antwoord al.

'De beveiliging moet dat doen.'

'Stonden de camera's aan toen Bret Jones hier was?' Tron weet ook daar het antwoord al op. Lucy heeft ervoor gezorgd dat de camera's niet uitgezet kunnen worden, zelfs al lijkt dat wel zo. Maar dat weet Wilma Gaither niet.

'Dat weet ik niet, tenzij iemand me het vertelt.' Ze blijft ontwijkend antwoorden.

'En heeft iemand je dat vanmorgen verteld?'

'Niet dat ik me kan herinneren.'

'Welke beveiligingsbeambten waren hier toen Bret Jones er was?' vraagt Tron.

'Dat weet ik niet precies.'

'Heeft diegene de camera's uitgezet?'

'Dat weet ik niet.'

'Oké. Geeft niets. We komen er toch wel achter wat waar is en wat niet,' zegt Tron dan met een schouderophalen.

'Ik heb de waarheid gesproken.' Wilma staart me aan.

'Niet tegen ons,' antwoordt Tron, terwijl ze naar haar collega's kijkt die rondlopen en verder zoeken naar bewijsmateriaal. 'Maar laat me je een tip geven, Wilma. Omdat je baas en zijn vrouw strafrechtelijk vervolgd worden, hun een gevangenisstraf boven het hoofd hangt en alle mensen die banden met hen hebben onder de loep worden gelegd, is het misschien verstandig om geen valse verklaringen te geven. Welke beveiligers waren hier toen Dana Diletti er was?'

'Misschien Mira Tang. Ze is er nu niet, maar je collega's hebben eerder met haar gesproken.' Wilma aarzelt nu geen moment meer om een schuldige aan te wijzen. 'Mira was hier vanmorgen al om zeven uur, een uur voor haar dienst.'

'Waarom was ze zo vroeg?'

'Dat zei ze niet. Maar ze was hier op hetzelfde tijdstip als Dana Diletti en haar bemanning. Dat bedoel ik.'

'Dank je wel,' antwoordt Tron. 'Zie je hoe fijn het is als we samenwerken? Het zou toch zonde zijn om alles wat je hebt te verliezen omdat iemand anders zich in de nesten heeft gewerkt en jij hen probeert te beschermen.'

'Ook al zouden ze waarschijnlijk niet hetzelfde voor jou doen,' voeg ik eraan toe.

Wilma's kille gezicht vertrekt van angst.

'Je werkt al heel lang voor de Brileys, toch?' vraagt Tron op een zachtere toon.

'Al meer dan twintig jaar, maar we zijn niet bepaald vrienden.' Wilma dempt haar stem tot een nerveus gefluister, terwijl de camera's stiekem elk woord en gebaar opnemen. 'Ik vond het nooit fijn hoe ze hun kleine meisje behandelden als ze haar meebrachten. Zo ongeduldig. Vooral de moeder.'

'Wanneer namen ze Luna mee naar deze terminal?' vraagt Tron.

'Als ze met hun privéjets ergens heen vlogen. Ik heb Luna al vanaf haar geboorte hier gezien.'

'Wanneer zag je haar voor het laatst?'

'In december,' zegt Wilma. 'Ze ging niet vaak mee, omdat ze zo ziekig was.'

'Hoe bedoel je?' vraag ik. 'Wat was er volgens haar ouders mis met haar?'

'Het was algemeen bekend dat ze... nou ja, dat ze niet helemaal goed was.'

'Kun je wat specifieker zijn?' dring ik aan.

'Ziekig, zoals ik al zei. Je vroeg je af wat er níét mis met haar was. Maar het was een lief kind, altijd aan het lachen, zelfs als haar moeder zonder reden tegen haar tekeerging.' Wilma heeft de gewoonte om ons vragend aan te kijken als ze praat. 'Kinderen horen nieuwsgierig te zijn. Ze horen aan dingen te zitten en ze te onderzoeken, zelfs als je zegt dat ze dat niet mogen doen.'

'En er waren hier genoeg interessante dingen.' Ik wijs naar de snoepbakken aan de muur in de zithoek. 'Dat lijkt me erg verleidelijk.'

'Elke keer weer.' Wilma knikt. De uitdrukking op haar onvriendelijke gezicht lijkt bijna verdrietig. 'Dat kind was een zoetekauw. En ze mocht natuurlijk geen snoep hebben. Ze was blijkbaar diabeet.'

'Hoe weet je dat?' vraag ik, terwijl ik denk aan wat Fabian me heeft verteld. Luna kreeg geen insuline voorgeschreven; dat ze diabetes had was de zoveelste leugen.

'Dat heeft mevrouw Briley me verteld.' Wilma Gaither praat nu op een samenzweerderige toon, alsof we vrienden zijn. 'Ze zei dat ik haar nooit in de buurt van het snoep mocht laten komen, tenzij ik wilde dat ze in een coma zou raken of zou overlijden. En...' Ze doet er het zwijgen toe; ze wil de zin niet afmaken.

'En?' dring ik aan.

'En toen ze hier vlak voor Kerstmis waren, zag het meisje een zuurstok in de kerstboom hangen, die bij de open haard stond.' Ze wijst naar de plek in de zithoek en beschrijft hoe Piper Briley de zuurstok van Luna afpakte en in de prullenbak gooide. Ze had het kind bij haar bovenarmen vastgegrepen, haar hard door elkaar geschud en geroepen wat een slecht kind ze was.

'Ik was koffie aan het halen.' Wilma fluistert nu bijna. 'Volgens mij wist mevrouw Briley niet dat ik het zag. Het arme kind was doodsbang en trilde als een rietje. En zulke dingen zag ik vaker...' Wilma's ogen vullen zich met tranen en ze trekt kwaad een tissue uit de doos op haar bureau. 'Moet je nou eens zien wat jullie gedaan hebben!' snauwt ze ons toe. 'Nu raak ik waarschijnlijk mijn baan kwijt.'

'Hopelijk is dat het enige wat je kwijtraakt,' zeg ik. *En niet nog andere dingen. Zoals je ziel. Als je die tenminste nog hebt.* Maar dat zeg ik allemaal niet.

'Je had het verdomme aan iemand moeten vertellen dat de ouders haar mishandelden.' Tron draait zich om en loopt weg.

'Dan had ze misschien nog geleefd.' Ik kijk Wilma Gaither diep in de ogen.

Terwijl we door de lobby lopen, praat Tron met onderzoekers die elektronische apparaten in grote papieren zakken verzegelen. Ze overleggen stilletjes over het huiszoekingsbevel. Een van hen geeft haar de sleutels van een SUV die buiten geparkeerd staat. Als we ernaartoe lopen, parkeert Blaise Fruge net haar Ford Interceptor-burgerauto in de mistige regen.

De lampen op de parkeerplaats zijn aan, de natte stoep is besmeurd met stuifmeelkorrels. Fruge draagt een spijkerbroek en een windjack. Ze snelt naar ons toe en kan een glimlach niet onderdrukken. Ze gaat naast ons onder het afdak bij de ingang van het gebouw staan, dat ons tegen de regen beschermt.

'Wat brengt jou hier?' vraagt Tron haar.

'Eindeloze follow-up, praten met mensen die voor de Brileys werken. De meesten liegen dat ze barsten, maar dat verrast niemand.' Fruge graait in een jaszak en haalt er een pakje sigaretten en een Zippo met een Amerikaanse vlag uit.

'Sinds wanneer rook jij?' Ik heb het haar nog nooit eerder zien doen.

'Ik rookte vroeger, maar ben toen gestopt. Daarna begon ik weer en stopte ik weer.' Ze pakt een sigaret uit het pakje en klemt hem tussen haar lippen. 'Ik rook niet echt, alleen af en toe stiekem eentje.'

Net als Marino, haar mentor, denk ik. In mijn buurt kauwt hij als een malle kauwgom, want hij weet dat ik mezelf geen zwak moment toesta. Ik weiger aan de verleiding toe te geven en weer een sigaretje te roken, omdat ik weet dat je zo weer verslaafd kunt raken. Maar met Fruge rookt hij er stiekem eentje mee als de nood dringt. Tenminste, dat is mij verteld.

'Ik weet dat je niet blij mag zijn met het ongeluk van anderen.' De rechercheur uit Alexandria draait haar gezicht weg van de wind en blaast rook uit, die overal heen gaat. 'Maar het voelt verdomde goed om Ryder en Piper Briley erbij te lappen. Kom maar op met die rechtszaak.'

'Wij hebben om andere redenen interesse in hen,' vertelt Tron haar.

'Nou, je weet waar ze zijn. Je mag zoveel met de Brileys praten als je wilt, ga je gang maar. Ze zijn een zeer geboeid publiek.' Fruge legt uit dat zodra ik moord als de doodsoorzaak had vastgesteld ze de ouders aanklaagde voor kindermishandeling en moord. 'Ik was er klaar voor en wachtte alleen nog op jouw conclusie; ze zagen het niet aankomen,' zegt ze tegen me, terwijl de regen toeneemt en het water van de dakranden druipt. 'Het was een genoegen om ze zelf in de boeien te slaan, dat moet ik toegeven. Ik hoop dat Luna moest glimlachen, waar ze zich ook mag bevinden.' Fruge tikt de as van de sigaret.

'Wanneer wordt de borgtocht bepaald?' vraagt Tron.

'Morgenochtend. Maar ik zal het grote vluchtrisico benadrukken, gezien hun huizen in het buitenland en hun privévliegtuigen en wie weet wat nog meer. Hopelijk worden ze zonder borgtocht vastgehouden.'

'Er staan hun nog andere aanklachten te wachten,' belooft Tron. 'Wacht maar tot de federale aanklachten beginnen.'

'Het is goed mogelijk dat ze lange tijd in de gevangenis zitten voor de rechtszaak begint,' antwoord ik.

'Hopelijk wel.' Fruge neemt nog een lange trek van haar sigaret. 'Ik wil ervoor zorgen dat ze nooit meer het daglicht zullen zien.'

Het regent harder, in de verte dooradert de bliksem de duisternis. Fruge gaat Briley Flight Services binnen om te kijken of ze de mensen daar 'nog meer schimmige geheimen kan ontfutselen'. Tron en ik haasten ons door de stortbui naar de zwarte Tahoe SUV van de Secret Service die hier voor haar is achtergelaten. Ik kijk naar de kolkende onweerswolken die gevaarlijk oplichten: het stormfront dendert op ons af als een goederentrein.

We rijden weg van het vliegveld en volgen de George Washington Memorial Parkway langs de Potomac, maar het is te mistig om de overkant van de rivier te zien. Tot mijn opluchting appt Lucy dat ze veilig en wel in het trainingscentrum in Maryland is aangekomen. Ze zal snel in haar auto naar huis rijden.

'Is het niet op de camerabeelden te zien als Carrie Grethen bij Briley Flight Services binnen is geweest?' vraag ik Tron.

'Dat hangt ervan af of ze de camera's kan uitschakelen.'

'Dat is waarschijnlijk kinderspel voor haar,' antwoord ik.

'Ik blijf het maar herhalen,' antwoordt Tron met een woede die me verrast. 'Het kan haar niets schelen. Sterker nog: het geeft haar waarschijnlijk een kick als we een video van haar vinden waarop ze Briley Flight Services binnenloopt. Ze lacht ons uit, waar ze zich ook bevindt.'

'Omdat ze denkt dat we haar niet kunnen tegenhouden.' Ik knijp mijn ogen dicht. De regen spat op de voorruit en de waterige vormen van tegemoetkomend verkeer zijn moeilijk te onderscheiden.

'Ik denk dat ze ertussenuit is geknepen en dat het haar niets kan schelen wat we vinden.'

'Heb je plannen voor vanavond?' Ik kijk haar aan. 'Want je mag gerust met ons mee-eten. Lucy, Marino, Dorothy en Shannon zijn er ook. Ontspannen en eenvoudig.'

'Dat klinkt heel fijn. Maar ik denk dat het beter is als Lucy en ik elkaar even niet zien.' Tron maakt een grapje, maar tegelijkertijd ook weer niet.

'Gaat het goed tussen jullie?'

'Ze kan in bepaalde situaties behoorlijk intens zijn.'

De bepaalde situatie waar Tron op zinspeelt is Carrie. Ze is nog niet klaar. Misschien is ze dat wel nooit.

'Ik denk dat je wel weet waarom Lucy dan waakzaam is,' antwoord ik met een redelijkheid die ik totaal niet voel.

'Het is meer dan waakzaam, dokter Scarpetta.' Tron heeft me nog nooit met mijn voornaam aangesproken, hoewel we elkaar al meer dan vier jaar kennen. 'Hun relatie is pathologisch.'

Ik doe er op de passagiersstoel het zwijgen toe. Ik ben bekend met Lucy's duistere kanten. Ik weet wat daar op de loer ligt, maar ik ben niet van plan om dat met Tron te bespreken. Met bijna niemand, eigenlijk.

'Lucy is geobsedeerd,' zegt ze. 'In haar achterhoofd denkt ze altijd aan Carrie Grethen. Dat is al zo sinds de herfst. Alsof iets wat sluimerde ineens weer is ontwaakt. En ik begrijp het wel, hoor. Maar ze wordt door haar aangetrokken als een trekstraal.'

'Dat is denk ik normaal als iemand van wie je ooit hield je aartsvijand wordt.' Ik voel de hitte van mijn woede.

'Van wie ze óóit hield?' Tron staart recht voor zich uit. 'Ik geloof niet dat Lucy objectief over Carrie kan zijn. En ik geloof ook niet dat ze echt zo'n hekel aan haar heeft als ze beweert.'

Tron rijdt nu minder agressief, misschien omdat ik naast haar zit en het weer vreselijk is. Of misschien is door ons gesprek haar stemming omgeslagen. Ik wist niet dat ze gevoelens voor Lucy had. Gevoelens die dieper gaan dan collega's, dan vrienden.

Ik weet niet of Lucy hetzelfde voor haar voelt. Of dat ze überhaupt met iemand samen is geweest sinds Janet en hun zoon covid opliepen voordat er een vaccin was. Tegen de tijd dat Lucy bij hun flat in Londen was, was het al te laat.

32

Plassen spatten op het chassis, bomen ruisen in de wind, de haven van Old Town is gehuld in mist, met spookachtige aangemeerde boten. Het is kwart over zeven als we het bescheiden achttiende-eeuwse landgoed van Benton en mij bereiken, omringd door hekwerk dat opgaat in de bomen.

Tron stopt voor het gesloten smeedijzeren hek en ik geef haar de code. Ze doet haar raampje naar beneden en voert de nummers in op de keypad van de intercom. Het hek schuift open; Lucy's AI-ondersteunde camera's en spectrumanalyzers geven onze informatie door. De videobeelden worden direct weergegeven en databases worden doorzocht. Gezichtsherkenningssoftware identificeert de bezoeker terwijl het algoritme naar andere informatie zoekt, zoals iemands criminele verleden. Of dat ze vuurwapens hebben gekocht. Of iemand op internet hebben bedreigd.

Tron rijdt door het hek en wacht tot het weer achter ons is gesloten. Ze volgt de kronkelende oprijlaan. Het licht van de straatlantaarns glinstert op de rode bakstenen, de donkere vormen van reusachtige eikenbomen buigen over ons heen.

Het gastenverblijf waar Lucy woont is opgetrokken uit witte bakstenen en heeft een leistenen dak en verduisteringsgordijnen voor de ramen. Daardoor weten we nooit zeker of ze thuis is. Ook niet als haar auto er staat, want ze kan een lift van iemand hebben gekregen of aan het fietsen zijn. Maar ik weet dat ze er nu niet is en ik vraag of Tron wil oppassen voor Lucy's kat, Merlin. 'Hij zou met dit weer niet buiten moeten zijn, maar je kent hem. Hij zal altijd een beetje wild blijven.'

De regen snijdt door het licht van de koplampen als we het

hoofdgebouw naderen: witte baksteen met blauwe luiken en deuren. Het dak is van leisteen en heeft twee schoorstenen, die trots de wisselvallige lucht in steken. Vooraan staat Bentons SUV geparkeerd, daarnaast Marino's pick-uptruck en de witte Audi cabriolet van mijn zus met een rood lederen interieur, een kerstcadeau dat ze zichzelf heeft gegeven.

Ik stap de regen in en pak mijn tassen, terwijl ik Tron bedank. Ik ren naar binnen door de deur die Marino voor me openhoudt en achter me dichtslaat. Hij heeft een trainingspak aan en drinkt een flesje St. Pauli Girl. Mozart schalt uit de boxen, en ik ruik de geur van marinarasaus die in de keuken opgewarmd wordt. Ik zet mijn tassen neer op de houten pompoenkleurige vloer en trek mijn regenjas uit.

'Leuke outfit heb je aan.' Marino neemt me van top tot teen op in mijn natte poloshirt en wielrenbroek. Hij neemt een slok bier. 'De legerkisten met losse veters maken het helemaal af. Dat en je kapsel.'

Ik zoek in zijn ogen naar zijn eerdere woede, hoe gekwetst hij was. Maar ik kan er geen spoor meer van bekennen. Waarschijnlijk hebben Dorothy en hij hun ruzie bijgelegd; hopelijk zal hij voorlopig zijn frustraties niet op mij botvieren.

En als je het over de duivel hebt: mijn zus loopt de trap af en stelt bij elke tree een vraag. 'Waar was je gisteren? Waarom doe je zo stiekem? Niemand vertelt mij hier iets.' Met haar ene hand houdt ze een glas met rinkelende ijsblokjes vast, in haar andere een fles tequila. 'Pete zegt steeds hetzelfde. Hij ontwijkt mijn vragen, met andere woorden...'

Dorothy is dol op onesies; vanavond draagt ze er een met de Jolly Green Giant – omdat het lente is, denk ik. Een sjerp van groene plastic blaadjes bedekt nauwelijks haar borsten en haar lange welgevormde benen steken in een groene maillot met teensokken.

'Ik weet heus wel dat jullie zaak te maken heeft met die UAP die overal op het nieuws is. Het heeft geen enkele zin om daar zo geheimzinnig over te doen,' gaat Dorothy verder. 'Werd Sal Giordano ontvoerd door buitenaardse wezens? Ik móét het weten.'

'Zoals ik al zei: we kunnen het er niet over hebben, omdat het over militaire zaken gaat,' zegt Marino tegen haar.

'Zeg gewoon ja of nee. Meer hoef je niet te doen.' Nog een slok. 'Is hij opgestraald en uit het ruimteschip gegooid? Zoals met die verminkte paarden en koeien is gebeurd, als we de verhalen mogen geloven? Hebben de aliens hem naar buiten gegooid toen ze klaar met hem waren? Zijn ze zó wreed? Lieve hemel, wat een vreselijke gedachte. Wie wil er verdomme *een van de mindere kinderen zijn van een hatelijke God*?'

'Jezus, Dorothy.' Marino rolt met zijn ogen naar haar. 'Laten we het over iets anders hebben.'

'Jullie zijn met z'n tweetjes ergens geweest waarover je niets mag zeggen, dus het heeft er duidelijk mee te maken.' Ze richt zich tot mij en neemt slokjes van haar goedgevulde glas tequila met ijs. Ze blijft almaar naar informatie vissen, maar wordt onderbroken door het geluid van voetstappen in de eetkamer. Dan verschijnen Benton en Shannon in de hal.

'Heb je nog iets nodig?' vraag ik aan mijn secretaresse. Ze verblijft in de logeerkamer op de begane grond en is gekleed in een roze fluwelen huispak en bijpassende pantoffels. Ze drinkt denk ik pure Ierse whisky, zonder ijs – waarschijnlijk de Jameson die we achter de hand houden voor als ze langskomt. Maar ze heeft me toevertrouwd dat ze af en toe verraad pleegt door Schotse whisky te drinken.

'Wat een dag heb je achter de rug.' Benton geeft me een flesje water en een manhattan met een kers en sinaasappelschil. 'Ik dacht: je kunt vast wel een drankje gebruiken om op te warmen.'

Vlakbij dreunt de donder luid als een raketaanval.

'Godzijdank zijn we bij elkaar.' Shannon kijkt omhoog naar het plafond. 'Het is alsof het universum woedend op ons is en uitvalt. De planeet is erg onrustig.'

'Ik zal blij zijn als Lucy thuis is.' Omdat ik uitgedroogd ben van het duiken neem ik eerst een slok water.

'Dat duurt nog wel even,' vertelt Benton. 'Ze heeft net geappt.'

'Er is altijd wat.' Dorothy rolt met haar zwaar opgemaakte ogen. 'Niets met haar is ooit wat het lijkt. Nou, het hoort niet dat ze hier niet is. Ik heb mijn enige kind al een week niet gezien en nu eet ze niet eens met ons mee?'

'Waarschijnlijk niet,' zegt Benton. 'Ze is net omgekeerd en rijdt meteen weer terug naar de trainingsfaciliteit. Weer iets met cloudcomputing.'

'Ik hoop niet dat die ook gehackt is,' zegt Shannon. 'En nu we het toch over mysterieuze dingen hebben: het horzelnest zit er nog steeds.' Ze vertelt dit aan Marino en mij. 'Ik heb een paar keer gebeld om te vragen wanneer ze terugkomt om het te verwijderen, zodat er niet nog meer horzels bij komen. Maar niemand bij het bedrijf weet wie ze is. De eigenaar van Bug Off vertelde me dat ze geen vrouwen in dienst hebben en dat ze nog niemand hadden gestuurd. Waarvoor hij zich overigens verontschuldigde.'

'Ik heb geen goed gevoel over die verdelger, wie ze ook is,' antwoord ik, terwijl ik de vrouw weer voor me zie, in de beschermende kleding die haar gezicht bedekte.

Ik leg uit dat de camera's van de laadruimte even uit waren toen de verdelger bij de steunbalken van het plafond hing. Ze kan op dat moment een soort bewakingsapparaat uit het zicht geplaatst hebben. Daarna gingen de camera's op magische wijze weer aan en ging de lift uit zijn dak, net als de slagboom op de parkeerplaats. Vervolgens ging om drie uur 's nachts de deur van de laadruimte open, terwijl er niemand was.

Ik wil wedden dat Carrie op die ladder stond. Ze heeft iets geïnstalleerd waardoor ze de controle over mijn gebouw kon overnemen. Ik kan de gedachte niet verdragen dat ze zo dichtbij was toen Marino en ik een woordenwisseling hadden met de begrafenisondernemer van Shady Acres Funeral Home. Ze had een pistool tevoorschijn kunnen toveren en ons neer kunnen schieten. Maar dat deed ze niet. Ze kijkt liever toe, en ik moet denken aan wat Benton zei: *Voor haar is de wereld interessanter met ons erin...*

'Lucy moet mijn gebouw zo snel mogelijk controleren.' Ik zou willen dat Carrie van die ladder was gevallen, van twaalf meter hoogte. Misschien had ze dan hetzelfde lot ondergaan als Sal, liggend op de grond met een hoofdwond, langzaam stervend, helemaal alleen. Het zou haar verdiende loon zijn.

'Lucy weet nog niet of ze vanavond thuiskomt.' Benton is met zijn telefoon bezig. Hij draagt een rood geruit schort over een spijkerbroek en een strak T-shirt die hem erg goed staan.

'Ik hoop dat ze wat eet en binnenblijft met dit weer.' Ik neem een slok van de manhattan.

'Dat is geloof ik wel de bedoeling,' antwoordt Benton. 'Gelukkig is Tron ook onderweg naar het trainingscentrum.'

'Godzijdank zijn ze samen in dit weer en met alles wat er aan de hand is,' voegt Shannon toe. 'Daardoor voel ik me beter.'

'Ik heb begrepen dat de Brileys in de gevangenis zitten.' Marino laat ons weten dat Fruge het nieuws aan hem heeft gelekt. 'Dat is in elk geval goed nieuws, toch?' Hij drinkt het bierflesje leeg.

'En zojuist hebben onze agenten een van Ryder Brileys beveiligers opgepakt, Mira Tang.' Benton geeft nog een update. 'Ze heeft nogal een strafblad. En staat bij Ryder in het krijt.'

Ik herinner me dat Lucy zei dat de ex-gevangene alles voor Ryder Briley zou doen. Blijkbaar ook een moord plegen. Benton legt uit dat op de camerabeelden te zien is dat de bewaker in de hangar was waar Dana Diletti's helikopter stond. Mira Tang had handschoenen aan en had een fles vitaminewater met bessensmaak en een rode plastic jerrycan bij zich.

'De helikopter stond klaar om naar de startbaan te worden gebracht,' vertelt Benton terwijl ik bij de trap sta, gewikkeld in mijn slappe handdoek. 'Er was niemand anders in de buurt. En je kunt zien dat ze zich geen zorgen maakte over de camera's, want ze had ze zelf vanmorgen rond zeven uur uitgezet en ging ervan uit dat alles wat ze deed niet opgenomen zou worden.'

Ze wist niet dat Lucy eerder het beveiligingssysteem had gehackt, zodat de camera's niet uitgeschakeld konden worden. De software gaf aan dat ze uitgeschakeld waren, maar in werkelijkheid stonden ze aan. Op de beelden is te zien hoe Mira Tang een van de helikopterdeuren opent en de fles vitaminewater tussen de voorste stoelen zet. Daarna opent ze de tankdop en leegt de inhoud van de jerrycan in de tank.

'Ze saboteerde de boel door er water in te gieten,' zegt Benton. 'Dat weten we omdat ook is opgenomen hoe ze eerder de jerrycan vult in een wasbak in de hangar. Ze probeert vijf mensen te vermoorden en denkt dat niemand erachter zal komen. Maar we kunnen alles zien, en de jury straks ook.'

'Ze volgde overduidelijk bevelen op,' concludeert mijn zus terwijl ze nog wat tequila in haar glas schenkt. 'Dit was niet haar eigen beslissing. Waarom zou ze?' Ze zet de fles weer neer.

'In opdracht van Ryder Briley.' Marino masseert Dorothy's nek; nu kunnen ze het blijkbaar weer goed met elkaar vinden. 'Hij en zijn vrouw wilden Dana Diletti dood hebben vanwege alle shit die ze over hen zei op het journaal.' Hij slaat zijn armen om Dorothy's middel en trekt haar dicht tegen zich aan.

'De Briley's zijn verschrikkelijke mensen.' Dorothy's ogen zijn halfdicht als Marino haar oor kust. 'Het is onvoorstelbaar wat ze dat meisje hebben aangedaan. Maar dachten ze nou echt dat niemand erachter zou komen? Waarom denken mensen niet aan de gevolgen van hun daden?'

'Bijna niemand doet dat. Ik ook niet, als ik genoeg van dit spul op heb.' Shannon houdt haar glas whisky omhoog. 'Veel mensen denken dat ze weg kunnen komen met moord.'

'Zulke stommiteiten houden ons van de straat.' Marino houdt Dorothy stevig vast; normaal gesproken toont hij zijn affectie niet zo in het bijzijn van anderen.

'Maar Dana Diletti had toch door moeten hebben dat Ryder Briley haar iets aan zou willen doen,' redeneert mijn zus.

'De meeste mensen verwachten niet dat iemand zover zal gaan,' antwoordt Benton. 'En Dana Diletti is zelf ook een enorme narcist. Ze denkt dat ze onoverwinnelijk is, en het werd haar vanochtend pijnlijk duidelijk dat dat niet waar is.'

'Een wonder.' Dorothy begint een beetje te lispelen; *een onhandige tong*, noemt ze het zelf.

'Als de motor eerder was uitgevallen of de piloot eerder het bewustzijn had verloren, dan was het heel anders afgelopen,' zegt Benton.

'Het is een wonder,' herhaalt Dorothy. 'De motor had het direct na het opstijgen boven een drukke buurt kunnen begeven. Of de helikopter had kunnen neerstorten op een school...'

'Stel je voor.' Shannon schudt haar hoofd.

'Of op een strand vol zonnebaders,' gaat Dorothy verder. 'Of midden in Fort Monroe, waardoor het een nationaal monument had verwoest en alle mensen die daar wonen waren omgekomen...'

'Ik sprak Lucy voordat je thuiskwam,' zegt Benton tegen mij. 'Ze legde uit dat als je water in een volle brandstoftank giet, het moeilijk te voorspellen is wanneer de benzine op is en de motor het begeeft. Maar het kan een tijdje duren, wat gelukkig ook nu gebeurd is, anders zouden er minstens vijf doden zijn gevallen in plaats van één.'

'Het is gewoon een wonder dat het niet veel erger is afgelopen.' Dorothy neemt een slordig slokje van haar drankje. 'Dana-fucking-Diletti is ternauwernood ontsnapt. We hebben allemaal al tot fucking vervelens toe gehoord over haar fucking bijna-doodervaring. Niets over de piloot die fucking dood is. Niet bijna dood. Maar dood fucking dood.'

33

Dorothy volgt me naar boven terwijl ik mijn manhattan met me meeneem. De glanzende houten vloer krijgt een diep oranje kleur in de gloed van de koperen kandelaars aan de lambrisering. Regen trommelt op het leistenen dak, de wind kreunt rond de dakrand.

Ze houdt haar tequila in haar ene hand en houdt met de andere de leuning vast. Ik weet wat ze van plan is en zodra we op de bovenste overloop zijn, steekt ze van wal. 'Waar was je nou gisteren?' vraagt ze met gedempte stem. Ze buigt zich voorover; de ijsblokjes rinkelen als ze nog een slok neemt. 'Niemand kan ons hier horen, Kay. Nu kun je het me zeggen. Ik beloof dat ik het niet aan de anderen zal vertellen.' Ze doet alsof ze haar lippen dichtritst.

'Er valt niets te vertellen, Dorothy,' antwoord ik terwijl we de gang volgen langs antieke kaarten van de Chesapeake Bay die me doen denken aan mijn duikavontuur eerder vandaag.

'Het blijft onder ons, zus. Alles blijft altijd onder ons. Vertel het me nou.' Dorothy strijkt over mijn arm.

'Ik moest voor een zaak naar een militaire –'

'Sst!' onderbreekt ze me. 'Daarvoor was je al in Oz. Omdat Sal Giordano, je beau van vroeger, uit een ufo is gegooid in dat smakeloze pretpark waar Lucy zo gek op was.'

Ik doe alsof ik haar opmerking over 'mijn beau' niet gehoord heb. Dorothy zegt wel meer dingen die ze zich morgenochtend misschien niet meer kan herinneren. Ze zal met een enorme kater wakker worden, en toch blijft ze drinken.

We lopen langs de deuropening van de logeerkamer. Ik zie de tassen van mijn zus en Marino boven op het opgemaakte bed liggen. 'Ik ben blij dat je blijft logeren.' Ik kijk naar haar drankje.

'Ik weet dat de meeste dingen op internet niet kloppen.' Ze loopt langzaam en onvast op haar groene pantoffels. 'Maar er wordt gezegd dat we niet moeten proberen contact te maken met aliens als het zover is. Ik voel me moedeloos. Ik heb een existentiële crisis, en die had ik eerder nooit.'

'Je kunt maar beter niet al te veel aandacht besteden aan wat je op sociale media ziet,' antwoord ik.

'Natuurlijk ga ik er verdomme wel aandacht aan besteden!' protesteert ze. 'Ik ben verdomme een prijswinnende influencer!'

'Klopt, Dorothy. Dat ben je inderdaad.'

De grote slaapkamer aan het einde van de gang heeft uitzicht op de rivier, maar biedt niet veel privacy als mijn zus hier blijft logeren. Ik loop naar binnen en ze volgt me op de voet; de ijsblokjes rinkelen in haar glas. Ze ruikt naar een tequilabar.

'Kom op, alsjeblieft?' smeekt ze als ik de badkamer in loop. 'Zussen vertellen elkaar hun geheimen. Toe nou, net als vroeger.'

'Wij hebben elkaar nooit geheimen verteld, Dorothy.' Ik sta voor de wastafel en praat met haar door de deuropening. 'Eigenlijk had ik niet echt geheimen. Jij daarentegen...'

'En nu ben jij verdomme één groot geheim.' Ze blijft in de deuropening hangen, staart langs me heen in de spiegel en fatsoeneert haar korte platinablonde kapsel. 'Ik moet weten waar jij en Pete waren. Het lijkt me alleen maar eerlijk dat je me dat vertelt, omdat jullie de hele nacht samen waren.'

'Ik was de hele nacht met Benton samen. Niet met Marino, en dat weet je heus wel. Volgens mij hebben jullie samen lang aan de telefoon gehangen.' Ik pak het glas uit Dorothy's hand en zet het neer op de wastafel. 'Misschien kun je beter stoppen met drinken.'

'O, ga me nu niet de les lezen, zus.' Ze reikt langs me heen, pakt haar glas en neemt nog een slok. 'Ik heb geen zin in een van je preken. Ik heb er al genoeg gehad van mijn man. Hij vertelde me wat een rottijd hij in Atlantic City heeft gehad. Hij vindt me egoïstisch en gelooft niet dat ik echt gestalkt word.'

'Hopelijk is dat ook niet zo. Is er nog meer gebeurd?' vraag ik.

Ze schudt haar hoofd. 'Natuurlijk zei hij dat alleen maar omdat hij van slag was. We hebben het uitgepraat en zijn weer oké.

Maar is het waar? Ik weet dat ik het gewoon niet los kan laten totdat ik uitsluitsel heb.'

'Is wát waar?' Ik ga op het wc-deksel zitten en trek mijn kisten uit. Dorothy wordt steeds dronkener.

'Is Sal Giordano echt ontvoerd en vermoord door buitenaardse wezens? Nog niet zo lang geleden zou het al belachelijk zijn om zoiets alleen maar te suggereren. Het zou *War of the Worlds*-sciencefiction zijn. Maar door al die waarnemingen overal is dat nu veranderd.' Ze gebaart dramatisch om zich heen, als een presentatrice van een spelshow. 'En dan al die verhalen over aliens die mensen vermoorden... Is dat echt gebeurd? Ik moet het weten.'

'Het is heel onwaarschijnlijk.'

'Heel onwaarschijnlijk?' roept ze geschrokken uit. 'Het is dus mogelijk?'

'Ik hoop het niet,' antwoord ik. 'Maar dat is niet wat er met Sal gebeurd is. Echt niet. Zo'n ontmoeting heeft hij niet gehad.'

'O.' Dorothy kijkt me uit het veld geslagen aan, alsof ik haar zojuist slecht nieuws heb gegeven. 'Nou, in sommige opzichten is dat verdomd jammer.'

'O ja? Je zou toch denken dat het goed is als we ons geen zorgen hoeven te maken over buitenaardse wezens die ons ontvoeren en vermoorden.' Ik neem een slok van mijn drankje.

'Ik wil gewoon dat er iets is. Een ander leven. Iets behalve wij.' De tranen staan haar in de ogen. 'Je kent die programma's toch wel waar Pete en ik verslaafd aan zijn? Nou, ze bieden hoop dat er meer in het leven is dan de fucking puinhoop die je ziet elke keer als je de tv aanzet. Ik wil dat het goede wint. Ik wil dat iets groter en beter dan wij ervoor zorgt dat we niet de hele planeet naar de verdommenis helpen.'

'Ik ook,' antwoord ik.

'En ik wil het gevoel hebben dat ik ertoe doe.'

'Natuurlijk doe je ertoe, Dorothy. Dat heb je altijd al gedaan.'

'Ik wil ertoe doen voor hen.' Ze wijst naar het plafond.

'Ik weet zeker dat dat het geval is. Mag ik nu douchen?'

'Ik wilde nog even zeggen dat ik het heel erg voor je vind van Sal.' Ze wordt emotioneler en trekt een zakdoekje uit haar groene mouw. 'Ik heb hem maar een paar keer ontmoet, maar snapte meteen waarom je hem leuk vond.'

'Ik vond hem inderdaad leuk. Ik vond hem heel leuk.'

'En ik snap waarom jullie iets hebben gehad.' Leunend in de deuropening zwaait ze met haar vinger heen en weer, alsof ze zich op een woeste zee bevindt.

'Hoe kom je daar nou bij?' Ik ga het haar niet vertellen. Nooit.

'Ik voel dit soort dingen aan, weet je.' Ze ziet er belachelijk uit in haar Jolly Green Giant-outfit, met haar iriserende groene oogschaduw. 'Elke keer dat je met Sal naar een van je belangrijke vergaderingen reed, in het Pentagon, het Witte Huis of waar dan ook, merkte ik dat Pete ongelukkig was. Hij maakte allemaal sneren over wat een stuk schroot zijn auto was vergeleken met de geweldige pick-uptruck die ik voor Pete had gekocht. En dat Sal geen pistool had, terwijl mijn man natuurlijk een heel wapenarsenaal heeft. En als Sal op tv was, zapte Pete weg.'

'Dat wist ik niet.'

'Hij is een open boek voor me.' Ze kijkt me met een zeldzaam vleugje empathie aan, waaruit blijkt dat ze op de hoogte is van de relatie tussen Sal en mij.

Ze voelt het niet alleen maar aan. Ongetwijfeld heeft Marino mijn geheim verklapt, waarschijnlijk onbewust, en zo komt de spreekwoordelijke aap uit de mouw. Het was nooit zijn bedoeling om het te vertellen, maar Dorothy kijkt dwars door hem heen, doorziet zijn ontwijkende ogen en praatjes. Mijn zus weet hoe belangrijk Sal voor me is geweest.

'Meteen toen ik je zag nadat je terugkwam uit Rome, wist ik dat je met iemand naar bed was geweest,' zegt ze alsof er geen twijfel over kan bestaan. 'Je was zo ontspannen en leek voor jouw doen bijna vrolijk. Natuurlijk duurde dat niet lang, wat achteraf gezien maar goed was ook. Langeafstandsrelaties doven uit als ze voort blijven duren; en de jouwe zou dat zeker gedaan hebben, lieverd.' Ze komt dichterbij en aait me over mijn schouder. 'Je zou voor hem niet zijn verhuisd en van baan zijn veranderd. En hij zou voor jou niets veranderd hebben.'

'We hadden niet dezelfde levensdoelen voor ogen,' antwoord ik.

'Waarom praat je altijd alsof je hart van steen is?'

'Je weet best dat dat niet zo is, Dorothy.'

'Ik wou dat je het me toen had verteld.'

'Sorry hoor, maar jij bent wel de laatste met wie ik het over mijn liefdesleven wil hebben.' Ik neem nog een slok van mijn manhattan en voel de wanhopige behoefte om te roken.

'Je had het juist aan mij moeten vertellen, lieverd,' zegt ze meelevend, 'gezien mijn vele ervaringen met mannen. Maar goed, ik vind het jammer dat je verdrietig was en dat ik er niet voor je kon zijn,' voegt ze er onverwacht aan toe met tranen in haar ogen.

Dan word ik ineens overspoeld door emoties die ik dagen, zelfs langer, heb weggestopt. Een deel van het verdriet dat ik voel is oud zeer en niet langer zichtbaar aan de oppervlakte.

'Kom eens hier.' Dorothy geeft me een onhandige knuffel, slaat me op de rug. Dan hoor ik Lucy's kat Merlin miauwen.

'O!' roept mijn zus uit. 'Hij dacht waarschijnlijk dat ik hem bedoelde toen ik "kom eens hier" zei!'

Ze lacht hysterisch terwijl Merlin de badkamer binnenkomt en met zijn uilenogen naar me opkijkt. Zijn oren liggen plat op zijn kop als een helm, zijn staart trilt. Dorothy begint weer te huilen en klampt zich aan me vast; haar sjerp van plastic blaadjes kietelt mijn huid. Lucy's kat springt op de achterkant van het toilet, waar hij vaak neerstrijkt.

'Je voelt je vast beter als je gegeten hebt.' Mijn enige zus struikelt over haar woorden en knikt wijs met haar hoofd. 'En je moet iets op die verbrande snufferd van je smeren.' Ze raakt met haar vinger mijn neus aan, die knalrood is van het drijven op het water, toen ik wachtte tot iemand ons kwam redden.

'Ik zie je beneden.' Ik doe de badkamerdeur dicht en zet de douche aan.

Nadat ik heb gedoucht, merk ik dat Merlin zoals gebruikelijk is verdwenen. Ik trek een pyjama, een badjas en pantoffels aan en ga naar beneden. Met mijn lege glas loop ik de keuken in, mijn favoriete kamer in het huis.

Achter de crèmekleurige pleistermuren zijn oude bakstenen te zien. Een rek met koperen potten en pannen hangt aan een eikenhouten balk boven mijn hoofd. De diepe open haard doet het nog en als het koud is gebruiken Benton en ik hem vaak. Er is niets gezelliger dan aan tafel ontbijten en door het raam naar de sneeuw te kijken terwijl het vuur brandt.

'Waar hebben jullie het over?' vraag ik.

Benton pakt mijn lege glas uit mijn hand. Grote glanzende pannen saus en kokend water dampen op het fornuis.

'We bedachten wat een leuke avond Ryder en Piper Briley in de gevangenis moeten hebben.' Marino is op bourbon overgestapt. 'Ik kan me levendig voorstellen hoe hun celgenoten op hun komst reageren. Gedetineerden zijn niet bepaald dol op kindermisbruikers. Vooral niet als het ook nog eens verwende rijken zijn.'

Dorothy zit onderuitgezakt op een stoel aan de keukentafel, inmiddels half comateus, en hij masseert haar nek weer. 'Ze worden nog vermoord voordat de zaak begint,' zegt ze, of iets in die richting. Ik kan haar moeilijk verstaan; het is alsof je naar een nieuwe taal luistert die ze heeft uitgevonden. Ik tik Advil uit het flesje, en zorg dat ze er drie neemt. Ik roer in de marinarasaus en voeg olijfolie toe aan het kokende water dat op de pasta wacht.

'De telefoontjes naar ons kantoor zullen Ryder Briley ook niet helpen,' zegt Shannon. 'We hebben alle nare dingen die hij zei opgenomen, en het is overduidelijk dat hij ons probeerde te bedreigen en de autopsie probeerde te saboteren. En ik denk dat hij of zijn vrouw ook achter die neptelefoontjes zat, waarin niets werd gezegd om ons de stuipen op het lijf te jagen.'

'Gebeurt dat nog steeds?' vraag ik terwijl Benton nog een manhattan voor me maakt.

'Nou, Fabian zei dat hij vandaag weer zo'n telefoontje had gekregen.' Shannon nipt van haar whisky. 'Toen ik vanmiddag wegging, kwam hij langs en vertelde het me. Hij zei dat hij op zijn directe lijn in het onderzoekskantoor werd gebeld en dat toen hij opnam niemand iets zei. Volgens de nummerweergave was het nummer weer "buiten bereik". En hij zei dat hij een radio of zo op de achtergrond kon horen, misschien een presentator van een talkshow, maar hij kon niet verstaan wat er gezegd werd.'

'Dan is de beller dus niet Ryder of Piper Briley,' besluit Marino, terwijl ik dezelfde conclusie trek. 'Zij waren toen al gearresteerd.'

De lichten flikkeren weer. 'Laten we eten nu we nog stroom hebben,' zeg ik.

'Ik zal voor de zekerheid wat kaarsen halen,' zegt Benton.

Merlin wandelt de keuken binnen en springt bij mijn zus op schoot. Ze reageert niet; haar armen bungelen langs haar zij, haar kin ligt op haar borst en ze snurkt zachtjes.

'Ik geloof dat het voor haar bedtijd is.' Marino verontschuldigt zich om haar naar boven te helpen.

Als hij terugkomt, schep ik borden vol spaghetti marinara met geraspte Parmezaanse kaas. Shannon helpt Marino de tafel te dekken in de eetkamer, terwijl ik pittige caesarsalades maak en mijn speciale knoflookbrood bak. Ik open een fles chianti, die beter wordt als hij chambreert en die me doet denken aan Sal. Als hij hier nu zou zijn, zou hij me helpen het eten klaar te maken, zoals hij altijd deed.

Benton draait de robijnrode wijn in zijn glas rond, steekt zijn neus erin en neemt een slokje. Hij vult onze glazen en de kaarsen in de eetkamer flikkeren. We gaan zitten en leggen de grote roodgeruite servetten op onze schoot.

'Laten we eerst op Sal proosten.' Ik houd mijn glas omhoog. 'Niet aanwezig, maar we zullen hem nooit vergeten.' Terwijl ik dit zeg gaan de lichten even uit; de kaarsvlammen trillen alsof het tocht. De storm is nu hevig, de wind beukt en fluit. De regen slaat op het dak en de bomen op ons terrein zwaaien heen en weer. De lichten blijven flikkeren terwijl we eten, en iedereen besluit vroeg naar bed te gaan. Tijdens een stroomstoring kun je het best in een warm bed liggen.

'Ik ben kapot.' Ik schuif mijn stoel naar achteren.

'Ik zal maar even kijken of alles goed gaat met mijn wederhelft.' Marino laat zijn servet op tafel vallen. 'Ze zal zich morgen waardeloos voelen.'

'Probeer haar veel water te laten drinken.' Ik ruim de tafel af.

Terwijl we de borden naar de keuken brengen, herinner ik onze gasten eraan dat in elke kamer kaarsen en een zaklamp op batterijen te vinden zijn, en dat de generator voor noodgevallen aan zou moeten gaan. 'En dan hebben we ook nog wat basisvoorzieningen waarmee we het een paar uur kunnen volhouden,' leg ik uit. Ik wens Marino en Shannon welterusten en geef hun een knuffel.

Benton en ik nemen kopjes thee mee naar boven en zetten de wekker. Hij legt zijn pistool op het nachtkastje. We praten een tijdje zachtjes met het licht uit, dicht tegen elkaar aan. Daarna ben ik waarschijnlijk in slaap gevallen, want om drie uur 's nachts maakt hij me wakker door me aan te raken.

'Hé.' Ik voel zijn adem in mijn oor terwijl hij over me heen buigt.

'Wat is er?' Ik knip de lamp op mijn nachtkastje aan.

Benton draagt een legerbroek en een zwarte polo met het Secret Service-logo op de schouder geborduurd. Zijn pistool zit in een holster op zijn heup en ik ruik zijn aftershave met muskus.

'Ik moet ervandoor.' Hij kust me; zijn gezicht is zijdezacht door het scheren.

'Wat is er gebeurd?'

'We hebben haar gespot en ik moet naar het hoofdkwartier.' Hij heeft het over Carrie.

'Waar?' Ik ga rechtop zitten en schik kussens achter me.

'Ze is gespot op een beveiligingscamera in een privéterminal op een vliegveld in Warschau, Polen,' zegt hij. 'Gezichtsherkenningssoftware heeft haar geïdentificeerd. De naam op haar paspoort is Zofia Puda.'

Benton legt uit dat Carries alias Zofia Puda een huis huurde in Dooms, een piepklein afgelegen stadje zo'n vijfentwintig kilometer van Weyers Cave. Hij zegt dat er al agenten onderweg zijn om het huis te doorzoeken.

'Ze is dus niet hier,' zeg ik tegen hem.

'Ze is niet in Virginia, niet in de Verenigde Staten. Niet meer.'

'Ze was er dus wel.'

'Ja. Twee nachten geleden vertrok Zofia Puda alias Carrie Grethen in een privéjet vanaf het Shenandoah Valley-vliegveld. Dat ligt, zoals je weet, in Weyers Cave. Ze is overduidelijk een tijdje in dat gebied geweest. Maar ze is nu weg, Kay. Ze is niet eens in de buurt.'

'Weet je het zeker?' Ik moet het vragen.

'Ja.' Benton kijkt op zijn telefoon. 'Ze is er waarschijnlijk vandoor gegaan toen ze zich realiseerde dat de Brileys gearresteerd zouden worden. Ik vermoed dat er snel bekend wordt gemaakt dat ze zaken met hen deed, dat ze samenwerkten met de Russen. Het oude liedje: onze technologieën stelen en onze verkiezingen verstoren.'

'Misschien was Carrie maandag bij hen thuis,' antwoord ik. 'Of eerder, om zaken te bespreken met Ryder Briley. Misschien zag ze

Luna niet lang voordat ze werd neergeschoten.'

'Carrie zou vriendelijk tegen haar zijn geweest. Ze vindt zichzelf een kindervriend,' zegt Benton, alsof hij het over een normaal persoon heeft. 'Ze zou hebben gemerkt dat Luna werd mishandeld en zich met haar identificeren vanwege haar eigen mishandelende moeder. Misschien heeft Carrie haar omhelsd en zo de fluorescerende resten op haar pyjamatopje achtergelaten.'

'Misschien heeft Carrie haar de chocoladepinda's gegeven, als die uit de bakken in de terminal van Briley Flight Services komen. Zo ja, dan moet dat op de beveiligingscamera's te zien zijn,' help ik hem herinneren.

'We weten al dat de camera's op de middag voordat Luna Briley werd neergeschoten uitgeschakeld waren,' vertelt Benton me.

'Carrie deed dat waarschijnlijk elke keer als ze langskwam. Ze is piloot, of was dat vroeger. Misschien vliegt ze wel onder een schuilnaam? Misschien ging ze naar het huis van de Brileys en nam ze een zak snoep uit de bakken in de terminal voor Luna mee. Geen leuk cadeau voor iemand die zogenaamd diabetes heeft.'

'Carrie wist vast dat ze dat niet had,' zegt Benton, en geeft me een afscheidszoen.

34

Ik val weer diep in slaap, en als ik weer wakker word weet ik even niet waar ik ben. De storm raast nog steeds om het huis, de regen slaat op het dak als drumstokken op een trommel. Ik reik naar Benton, maar zijn kant van het bed is leeg en koud. Dan herinner ik me weer dat hij me wakker maakte om me het nieuws over Carrie te vertellen. De wind fluit en brult, koele lucht strijkt over mijn huid als een fluistering.

De stortvloed zwiept en dreunt, de donder kraakt terwijl mijn ogen aan het donker wennen. Ik luister naar het vertrouwde elektrische gezoem van de antieke plafondventilator, afkomstig uit een bank die ooit door Bonnie en Clyde is beroofd. Dat vertelde de eigenaar van de rommelwinkel in Louisiana me tenminste. Ik kijk op mijn telefoon en zie dat Benton me uren geleden heeft geappt dat hij veilig in Washington D.C. is aangekomen.

Alles oké, schreef hij toen, om me te laten weten dat ik me geen zorgen hoef te maken over Carrie Grethen. Ze is in Polen, of dat was ze in elk geval. Ze kan hoe dan ook niet hier zijn. Ik loop naar de badkamer, was mijn gezicht en poets mijn tanden. Ik twijfel wat ik vandaag aan moet trekken en kan moeilijk beslissen.

De Brileys zitten achter de tralies en de jacht op Carrie is geopend in Oost-Europa. Ik zou opgelucht moeten zijn door de gedachte dat er een einde komt aan dit verhaal, maar dat ben ik niet. Er zijn te veel onbeantwoorde vragen. Ik sluip de gang in, in het licht van de gepatineerde koperen wandlampen die Benton en ik in New England hebben gekocht. In de logeerkamer waar Marino en Dorothy slapen is het stil.

Ik hoor Shannon niet als ik naar beneden ga en zet in de keuken het koffieapparaat aan. Dan laat mijn smartring me weten dat Lucy me een berichtje heeft gestuurd.

Zou je Merlin eten kunnen geven? Sorry. Ik wist niet dat ik hier de hele nacht zou moeten blijven.

Ik heb hem vandaag nog niet gezien, antwoord ik.

Hopelijk is hij in mijn huisje.

Haar kat heeft een halsband met een sensor die de elektronische kattenluikjes opent die Lucy in de deuren bij ons thuis en in het gastenverblijf heeft geïnstalleerd. Merlin wil komen en gaan wanneer hij wil, en als dat hem onmogelijk wordt gemaakt klaagt hij steen en been. Hij miauwt als een bezetene en maakt alles kapot.

Laat mam alsjeblieft niet binnen in het huisje, appt Lucy. *Ik voer een speciale operatie uit met de software en wil haar daar niet bij in de buurt hebben.*

Ik ga er nu heen om Merlin eten te geven, schrijf ik terug. *Waar ben je?*

Lucy antwoordt dat ze bij Benton is en ik stel me hen voor in een vergaderkamer met datamuren. Ze volgen Carrie Grethen. Misschien kunnen ze haar oppakken; hoe geweldig zou dat zijn. Maar het zou nog beter zijn als ze haar neer zouden schieten.

Ik zet het alarm uit, trek een regenjas aan en open de keukendeur; het geluid van vallende regen overspoelt me. De hemel heeft een effen grijze kleur, de opkomende zon is niet meer dan een vage witachtige veeg aan de natte horizon. Er kletteren grote koude waterdruppels op mijn capuchon. De binnenplaats voor de keuken staat onder water. De zware takken van de magnolia wiegen in de wind, de grote witte bloesems worden gemarteld door de storm.

Het natte stenen pad wordt verlicht door het schijnsel van de lantaarns. Ik loop snel over het pad, met de restjes van gisteravond in mijn armen; de plastic bakjes zijn koud door de koelkast. Ik bekijk de kornoeljes en pioenrozen die van hun blaadjes zijn ontdaan; er liggen overal pastelkleurige bloemblaadjes als kleine stukjes afval. Eeuwenoude evergreens en loofbomen kronkelen en buigen, bladeren en dennennaalden liggen verspreid door de tuin.

Ik denk aan wat Shannon zei; ze heeft gelijk, het universum

lijkt inderdaad onrustig. Alsof het weer ongerust is en me waarschuwt om voorzichtig te zijn.

Het is nog niet voorbij, amore. Ik hoor de stem van Sal in mijn hoofd.

Ik pak mijn sleutels en loop de trap op van het schattige witte bakstenen gastenhuisje. De deur, waar onderin een kattenluikje zit, open ik. Binnen doe ik het licht aan, trek mijn regenjas uit zodat hij niet de hele vloer natmaakt en hang hem aan de kapstok. Het huisje heeft dezelfde pompoenkleurige houten vloer en bakstenen muren als het landhuis.

Ik roep Lucy's kat. 'Merlin? Waar ben je? Tijd voor ontbijt!'

Net na de voordeur is de kleine keuken. Ik zet de bakjes met eten in de koelkast terwijl ik Lucy's grillige en ongrijpbare kat roep, die we op een parkeerplaats hebben gevonden. Normaal gesproken glipt hij naar binnen om me te begroeten. Lucy grapt vaak dat hij over ons waakt, en op een bepaalde manier doet hij dat ook. Als hij in het huisje is en de voordeur opengaat, rent hij ernaartoe om te kijken wie het is.

'Merlin?' Ik laat mijn sleutels op het aanrecht vallen. 'O, zeg me alsjeblieft niet dat je buiten bent.'

'Nee hoor, hij is hier bij mij,' antwoordt een bekende stem uit de zitkamer, en de schrik slaat me om het hart.

Nee. Alsjeblieft, zeg dat het niet waar is.

'Hij zit hier naast me te spinnen,' voegt de stem eraan toe.

Ik heb mijn pistool niet bij me.

'We kijken elkaar nu aan, zijn vriendjes geworden. Toch, Merlin?'

Razendsnel open ik lades en vind het Sig Sauer-pistool dat Lucy meestal hier laat. Ik houd het met beide handen vast, richt de loop omhoog en ga stilletjes de keuken uit. De volgende kamer is de woonkamer, waar tafels staan met laptops, videoschermen en spectrumanalyzers met knipperende lampjes.

'Hallo Kay. Dat is lang geleden,' zegt de stem, en het is niet die van Janet.

Ik loop naar het bureau, waarop Merlin naar de gebogen computermonitor zit te staren.

'Wat wil je?' vraag ik aan Carrie Grethen.

'Ik zie dat je gewapend en heel gevaarlijk bent, maar je kunt me niet neerschieten of zo.' Haar gezicht met littekens lacht me op afstand uit. Ze heeft haar haar in dezelfde kleur als dat van Lucy geverfd en het op dezelfde manier laten knippen. Ze zit op een groenleren bank in een kamer met kunst aan de muren. Ik zie antieke meubels, boeketten van verse bloemen en een raam met uitzicht op de skyline van een oude stad.

'Wacht, ik moet dit even bijstellen.' Carrie beweegt haar computerscherm, zodat ik de rieten cadeaumand kan zien; de fles rode wijn staat ontkurkt op de glazen salontafel. Ze heeft de focaccia die ik gebakken heb in stukjes gescheurd en dipt die in een schoteltje met de olijfolie die ik Sal voor zijn verjaardag heb gegeven. Heel even zie ik Carries linkerhand, verminkt door de drone die jaren geleden tegen haar aan vloog. De propellers beschadigden haar gezicht en sneden twee vingertopjes af. Ze heeft Sals goedkope kralenarmbanden om, die hij altijd droeg. Mijn woede is zo intens dat ik het bijna niet kan verdragen.

'De Tignanello heeft een zweem van viooltjes en aardbeien. Hij is heel lekker, zelfs na een lange reis.' Ze neemt nog een slok en laat de wijn in haar mond rondgaan als een sommelier. Het glas rode wijn wordt vastgehouden door haar verminkte vingers; ze zorgt ervoor dat ik herinnerd word aan het leed dat ik haar berokkend heb toen ze bij me thuis opdook. Dat was voordat ik terug verhuisde naar Virginia en mijn zus Carrie per ongeluk naar Cambridge, Massachusetts, had geleid. Ik probeerde alleen maar af te maken wat Carrie begonnen was. Ze neemt haar eigen beslissingen, die altijd rampzalig voor een ander uitpakken.

'Geen slecht jaar.' Ze zet het wijnglas met een klap neer.

Ik leg de Sig Sauer op het bureau. 'Wat wil je, Carrie?'

'Ik wil je een paar dingen vertellen, Kay.'

Ik aai Merlin over zijn kop en hij spint. Niet zoals hij normaal gesproken doet, maar zoals wanneer hij zich bedreigd voelt: een combinatie van spinnen en grommen met een vleugje gejank. Alsof er onrust uit zijn keel komt en hij op het punt staat zijn nagels uit te slaan.

'Rustig maar, rustig maar,' zeg ik tegen hem. Hij klopt met zijn staart op het bureau en staart naar Carries gezicht op de monitor.

'Wat heb je met Janet gedaan?' vraag ik.

'O, die is hier nog wel ergens.' Carrie kijkt verward uit haar ogen. 'Janet? Janet, waar o waar ben je?' Carrie lacht. 'Ah, daar ben je! Kom eens hier, lieverd.' Ineens is het alsof ze tegen een baby praat; ze lacht liefdevol op de gebogen monitor die groot genoeg is voor gamers. Ze steekt haar verminkte hand uit en ik zie weer de armbanden. Om haar nek hangt Sals haaientandfossiel aan een gouden ketting. Mijn woede laait weer op.

'Kom, Choo Choo.' Ze klopt naast zich op de bank, waar een grote gevlekte kat op springt. De mannetjescheeta die ik in het pretpark van Oz zag. Tenminste, ik denk dat het dezelfde is; hij spint zo luid dat ik hem kan horen. Geen wonder dat Merlin gromt en klaar is om toe te slaan.

'Je herinnert je Choo Choo toch wel uit "Somewhere Over the Rainbow", Kay? Je hoorde hem bewegen toen je op het damestoilet in het Witch's Castle zat. Nou, toen bevonden we ons allebei recht boven je hoofd,' zegt Carrie, terwijl ze achter zijn oren krabt. 'Totdat ik de tokkelbaan nam en in de mist verdween.'

'Waar heb je hem vandaan?' Ik ben me bewust van elke camera die Lucy hier geïnstalleerd heeft, zodat Janet de AI-avatar zo realistisch mogelijk kan reageren.

'Ik heb hem niet gestolen, maar bevrijd. Hij bleef verrassend rustig in het vliegtuig. Ik had hem in een hondenmand gestopt, wat hij niet heel leuk vond,' zegt Carrie. 'Ik geef toe dat het handig is om privé te vliegen.'

Ik sta bij het bureau om Merlin te aaien. Ik kan niet in Carries ogen op het beeldscherm kijken zonder erdoor meegezogen te worden. En ik wil niet meegenomen worden naar waar zij zich bevindt. Ik laat dat niet gebeuren en heb dat in het verleden ook niet toegestaan. Ik houd mijn blik gericht op de cheeta die als een porseleinen beeldje naast haar zit.

'Ik vind het vervelend om het je te moeten vertellen, maar Lucy maakt fouten,' gaat Carrie verder. 'Anders zouden we dit onderonsje niet hebben, Kay. Haar waterdichte firewalls blijken toch niet zo waterdicht. Nou, hier ben ik. Of eigenlijk ben ik op veel plaatsen tegelijk, voor als je dat nog niet doorhad. Op jouw kantoor, bijvoorbeeld.'

Ik zie de verdelger weer boven op de ladder staan.

'En, o jee, de problemen die je arme nichtje en haar verliefde partner Tron hebben met de cloudcomputer. *Lucy in the sky with malware...*' zingt Carrie.

Lucy is nu niet hier vanwege dat probleem. Daarom ging ik naar haar huisje om haar kat te voeren. Carrie schept verder op over hoe slim ze is – slimmer dan wij. Het probleem, legt ze uit, is dat onze emoties de missie in de weg staan. 'En dan verlies je je focus...'

Hoe kan ik een bericht versturen zonder dat Carrie het ziet? Ze zit ergens voor een videoscherm, waarschijnlijk in een duur huis of appartement in Warschau. Ze zendt elektronische signalen uit, en hoe langer ik haar aan de praat kan houden, hoe waarschijnlijker het is dat de politie haar vindt.

'Wat wil je?' Ik ga op Lucy's stoel zitten en rol hem naar haar bureau toe. Er zijn geen camera's op de vloer en ik pak voorzichtig mijn telefoon uit mijn zak. Ik voer zonder te kijken het wachtwoord in, terwijl Carrie me vertelt hoe erg ze het voor me vindt dat Sal Giordano is overleden.

'Het is verschrikkelijk als je iemand verliest die belangrijk voor je is, iemand met wie je een verleden hebt,' zegt ze met een suikerzoet stemmetje, alsof we close zijn en veel gemeen hebben.

'Ja, dat is inderdaad verschrikkelijk,' antwoord ik met geforceerde beleefdheid terwijl ik op mijn telefoon typ, uit het zicht op mijn schoot.

'Het is nog erger als het iemands schuld is. En jij hebt je daar herhaaldelijk schuldig aan gemaakt, Kay...'

Ze heeft je systeem gehackt, app ik Lucy.

Weten we, antwoordt ze meteen.

Ik besef dat dit Lucy's bedoeling was. Ze heeft een elektronische val opgezet waardoor Carries locatie wordt doorgegeven aan de Secret Service terwijl ze met mij online praat. Het lijkt erop dat Carrie geen idee heeft wat ik aan het doen ben. Ze weet niet dat Lucy Carrie heeft gehackt, terwijl die Janet heeft gehackt.

Hou haar aan de praat, appt Lucy me dan.

'En als er slechte dingen gebeuren, moet iemand daarvoor boeten,' zegt Carrie.

'Je geeft mij blijkbaar van veel dingen de schuld,' antwoord ik. 'Kun je me misschien vertellen waarom?'

'Vanaf het begin heb je je neus in zaken gestoken die jou niet aangingen. Eigenlijk lijkt dat wel jouw handelsmerk te zijn, Kay. En moet je nou eens zien voor hoeveel problemen je hebt gezorgd.'

Haar gekke ogen zijn strak op mij gericht, maar ik kijk naar een plek tussen haar wenkbrauwen – een truc die ik lang geleden in de rechtbank heb geleerd. Het lijkt alsof ik iemand aankijk, maar dat is niet zo. 'Wat wil je?' herhaal ik.

'Je kunt blijkbaar wel wat hulp gebruiken...' Plotseling verdwijnt haar gezicht van de monitor en wordt er een video afgespeeld. Binnen een paar seconden herken ik Luna Brileys roze slaapkamer. Ze zit op haar bed en eet chocoladepinda's uit een papieren zakje als haar moeder binnenkomt.

'Wat denk je dat je aan het doen bent, rotkind?' schreeuwt Piper Briley, die dronken lijkt. Ze grist de zak snoep weg, pakt Luna bij haar schouders en schudt haar door elkaar. Piper gilt en wurgt haar.

Dan verschijnt Ryder Briley in de deuropening, in zijn blote bast en met een boxershort. Hij kijkt haar woedend aan. 'Laat haar los! Ik zei toch dat je geen sporen mocht achterlaten, vuile trut!' snauwt hij naar zijn vrouw.

'En ik zei toch dat ze niet zou luisteren!' Ze draait zich om en staart hem vol haat aan, terwijl ik steeds kwader word.

'Dat is jouw schuld. Jij bent verdomme haar moeder. Doe je werk goed of ik zoek iemand anders die wel doet wat ik wil!'

'Je zoekt iemand die wel doet wat je wilt?' schreeuwt ze naar hem. 'Ik denk dat je diegene al gevonden hebt, fucking klootzak...!' Piper stormt weg en komt een paar seconden later weer terug. Hun kind zit ineengedoken op bed en is in huilen uitgebarsten.

'Wat doe je...?' roept Ryder als Piper de slaapkamer weer binnenstormt en het pistool op hun dochter richt. 'WAT DOE JE?!'

'Ik zorg ervoor dat ik geen sporen achterlaat!'

BANG!

De video stopt abrupt. Dan verschijnt Carrie weer op de monitor, haar gezicht vol littekens verwrongen door een mix van haat en extase. 'Zag je al die antieke poppen op de planken?' zegt ze, terwijl de cheeta haar kopjes geeft. 'In hun mooie kleine glazen ogen zitten allemaal verborgen camera's. Piper en Ryder hielden hun gevangen dochter graag goed in de gaten. Ze vonden het leuk om te zien hoeveel macht ze over haar hadden. Om te zien hoe ze zichzelf in slaap huilde. Na dit voorval verwijderden ze uiteraard de video. En ik heb hem uiteraard weer boven water gehaald. Zie je, ik had al een tijdje door wat er aan de hand was. Het is belangrijk om te weten met wie je samenwerkt, toch?'

'Je hebt Luna snoep gegeven toen je bij hen thuis was,' antwoord ik.

'Ik gaf haar vaak stiekem een zakje als haar vader en ik de verschillende grote projecten bespraken waar we bij betrokken zijn. Ik ben zelf dol op chocoladepinda's en ik deelde ze met haar. Daar is ook een video van, die Lucy als ze slim genoeg is misschien wel kan vinden.'

Carrie legt uit dat Piper Briley woedend was toen ze na de lunch de slaapkamer binnenliep en Luna betrapte op het eten van snoep. Maar dat gaf niet de doorslag. 'Ze was erachter gekomen dat haar liefhebbende man zijn gevangenishulpje Mira Tang neukt. Nou ja, neukte – dat hebben jullie aan mij te danken,' zegt Carrie met een minachtende glimlach die scheef trekt vanwege de schade die ik heb aangericht.

'Ik ga jou nergens voor bedanken,' zeg ik tegen haar.

'Jij bent stiekem net zo opgelucht als ik. Want laten we eerlijk zijn: de Brileys zijn uitschot.'

'Je weet totaal niet hoe ik over iets denk. Dat denk je alleen maar.'

'Over onderkruipers gesproken: dat brengt me bij die arme piloot op de bodem van de baai. Ik kan me zijn naam niet herinneren.' Carrie zucht. 'Niet echt een bijzonder iemand, maar het was niet nodig om hem te doden. Dat zou ik niet hebben gedaan. Maar Ryder drong aan op oog om oog, tand om tand vanwege die arrogante tv-journalist.' Carrie vertelt me dat Mira Tang de bekende B-52-cocktail aan het vitaminewater heeft toegevoegd. De flesjes haloperidol, lorazepam en vloeibare Benadryl zitten in een sporttas onder haar bed thuis. 'Ik heb Ryder Briley nog een laatste gunst verleend voordat hij en die rotvrouw van hem wegrotten in de gevangenis. En geloof me, dat is het ergste wat hun kan overkomen.' Carrie voert het jachtluipaard een bord tartaar. 'Moet je je voorstellen hoe ze de rest van hun leven behandeld zullen worden. Als ze het tenminste overleven. Allemaal door mij. Wraak.'

‘Waarvoor?’

‘Ze hebben niet gedaan wat ze moesten doen. En ik weet hoe het is om een hulpeloos kind te zijn, gevangen in een nachtmerrie van een huis, volledig overgeleverd aan klootzakken.’ Ze voert Choo Choo een rauwe gehaktbal.

‘Je verdiende het niet om als kind mishandeld te worden, Carrie. Tragisch genoeg ben je zelf net zo’n monster geworden,’ antwoord ik terwijl ik op de achtergrond gebonk hoor. Dan het kraken van hout, splinters... Stemmen schreeuwen: ‘*POLICJA!*’ en de monitor gaat uit. Ik kijk op mijn telefoon in mijn schoot en lees Lucy’s laatste app.

We hebben haar, staat er.

35

Aan het begin van de middag is het wisselvallige weer voorbij. De zon schijnt tussen de wolken door terwijl Marino en ik door de Shenandoah Valley rijden. Lucy, Tron, Benton en andere belangrijke agenten zijn geland in Warschau. Daarvoor hielden ze mijn online gesprek met Carrie Grethen in de gaten.

'Verdomd slim.' Marino heeft zijn Ray-Ban-zonnebril op en draagt een korte broek en T-shirt. 'Carrie Grethen is vast spinnijdig.'

'Het was briljant.' Ik draag een baggy trainingspak en sneakers na een stop bij mijn kantoor, waar ik een laatste blik heb geworpen op Luna Brileys lichaam. De striemen op haar bovenarmen en nek zijn duidelijker nu ze een tijd in de koeling heeft gelegen en bevestigen de videobeelden die Carrie Grethen deze ochtend aan me liet zien. Vlak voordat ze Luna doodschoot, greep haar moeder haar hardhandig vast in een vlaag van woede die gericht was op de echtgenoot die haar bedroog.

De Brileys en Mira Tang zitten vast zonder borgtocht en Marino en ik nemen de rest van de dag vrij. Min of meer. Dit is geen plezierreisje naar de bergen in het westen van Virginia, maar iets wat ik moet doen. Ik moet weten waarom Sal sinds vorig jaar bezoekjes bracht aan Weyers Cave, met duizenden dollars cash bij zich.

'Ik weet niet wat Lucy met Janet heeft bekokstoofd, maar zij hebben met z'n tweeën Carrie Grethen erbij gelapt. Punt uit,' zegt Marino. 'Ze hadden een val gezet in cyberland, en die psychopaat is er met open ogen in getrapt. Maar het verbaast me wel van Lucy.'

'Hoezo?' Ik kijk uit over de bergen van de Appalachen in de verte, denkend aan wat Lee Fishburne zei over vulkanisch gesteente.

'Eigenlijk gebruikte ze Janet als lokaas.' Marino opent de asbak en haalt er een pakje Juicy Fruit-kauwgom uit. 'Door Janet was Carrie niet meer op haar hoede. Verdomme, die twee praten waarschijnlijk al een tijdje met elkaar, sinds het hacken begon.'

'Over wie heb je het?'

'Carrie en Janet. Ik bedoel dat Carrie Lucy's computer heeft gehackt, maar dat Janet dat al wist, haar opwachtte. Eigenlijk is het heel mooi: Lucy en Janet weer samen, samen misdadigers in de val lokken.' Marino heeft het over de AI-geprogrammeerde avatar alsof ze een levend persoon is.

Carrie zit in de gevangenis in Warschau, als ze tenminste nog niet is overgeplaatst. Ik weet niet wat er daarna gebeurt en waar ze terechtkomt, maar ik vermoed dat ze naar een plek wordt gebracht waar Amerikaanse agenten haar kunnen ondervragen. Er zullen internationale deals gesloten worden waarover ik waarschijnlijk nooit meer iets hoor.

Marino verlaat de I-81 en een paar minuten later rijden we door het afgelegen gehucht Weyers Cave. Het heeft een paar duizend inwoners en is beroemd om zijn Grand Caverns waar soldaten kampeerden tijdens de Burgeroorlog. Honderden soldaten uit het Noorden en het Zuiden zochten beschutting in de grot; hun handtekeningen staan in de stenen muren gekerfd. Ik herinner me Lucy's verbazing toen ik haar meenam langs ruimtes die op een kathedraal leken of een dierentuin, met stenen die op dieren leken.

Marino rijdt langs het postkantoor en een methodistenkerk. Hij neemt Route 256, met de Little Rebel-buurtwinkel aan de linkerkant. We stoppen bij de benzinepompen; na een paar uur rijden is het verstandig om even te tanken en te pauzeren. Maar dat is niet de echte reden waarom we hier zijn.

Sal is hier meerdere keren geweest met zijn oude auto, om te tanken, koffie te halen en naar de wc te gaan. Het witte gebouw is oud en heeft een vervaagde groengestreepte luifel boven de veranda en posters met specials op de ramen. Een van de twee pompen aan de voorkant is voor dieselauto's.

'Dat zou de reden kunnen zijn waarom Sal deze plek heeft uitgekozen,' opper ik. 'Zijn pick-uptruck reed op diesel.'

'Misschien. Maar er zijn genoeg andere plaatsen waar je diesel kunt krijgen.' Marino zet de motor uit. 'Dat is dus niet de echte reden dat hij hier kwam.'

'Tank jij? Dan ga ik naar binnen om te betalen,' antwoord ik terwijl we onze portieren openen. 'En kijk ik wie er achter de kassa zit.'

Ik loop de oude winkel binnen. Een bel rinkelt vrolijk en doet me denken aan die van mijn vader toen ik opgroeide in Miami. De houten toonbank zit vol krassen en er staat een metalen kassa op die in een antiekwinkel thuishoort. Er zijn rekken met snoep en kauwgom en kleine vriezers met ijs. Een ventilator aan het plafond zoemt.

Een oudere vrouw komt uit een gangpad en droogt haar handen af aan een vel keukenpapier. Haar gezicht is gerimpeld als de bodem van de zee en wordt omlijst door kort grijs haar met pony. Ik bespeur een glimp van achterdocht in haar donkere ogen.

'Kan ik u ergens mee helpen, mevrouw?' Ze gaat op de stoel achter de toonbank zitten.

'Ik wilde graag betalen,' antwoord ik. 'Voor vijftig dollar aan benzine.'

'U kunt aan de pomp betalen met uw creditcard.' Ze wijst uit het raam. 'Maar ik neem net zo graag contant geld aan, hoor.'

Ik geef haar twee twintigjes en een tientje, terwijl ze me aandachtig bestudeert en een blik werpt op Marino, die aan het tanken is. Ik kijk rond en zie snacks, brood, conserven, schoonmaakmiddelen, toiletartikelen – bijna alles wat je ooit nodig zou kunnen hebben. Maar niets wat ik zie verklaart waarom Sal hiernaartoe kwam, behalve om even te pauzeren tijdens een lange rit.

'Ga je de grotten bezoeken?' De vrouw opent de kassa en stopt het geld erin. 'Dit is een goede tijd van het jaar daarvoor. Binnenkort wordt het erg druk. Vooral tijdens de nationale grottenweek. We hebben hier een paar goede.'

'Nou en of. Ik nam mijn nichtje er vroeger mee naartoe.'

'Ben je daarom hier? Voor de grotten?'

'Nee.' Ik ga niet liegen.

'Waar kom je vandaan?' Ze is me nu aan het ondervragen.

'Alexandria.' Ik kijk uit het raam naar Marino, die het vulpistool teruglegt.

'Hij heeft tweeënvijftig cent meer getankt, mevrouw,' vertelt de vrouw me. 'En ik merk dat u iets op uw lever hebt. U bent niet de enige die hier komt met vragen over die wetenschapper die ontvoerd is door een ufo en vermoord door buitenaardse wezens.'

'Wie is hier nog meer geweest?' Ik vind een briefje van vijf dollar in mijn portemonnee en zeg haar dat ze het wisselgeld mag houden.

'De FBI,' zegt ze.

'De wetenschapper was Sal Giordano, en hij was een vriend van me,' vertel ik haar.

Moet ik binnenkomen? appt Marino me.

Ik kijk hem door het raam aan en schud subtiel mijn hoofd. Nee. Niet binnenkomen.

'Dat is afschuwelijk,' zegt de vrouw. 'Maar ik zal je hetzelfde vertellen als wat ik de agenten van de Secret Service heb verteld. Ik kende hem niet. Hij kwam hier zo nu en dan langs om te tanken en naar het toilet te gaan. Soms kocht hij wat. Ik denk niet dat zijn dood met deze plek te maken had.'

'Heeft hij ooit iets gezegd over iemand die hem volgde?' vraag ik.

'Nee, mevrouw. Hij was altijd in een goede bui, behalve die laatste keer. Maandagmiddag. Hij voelde zich somber. Dat was duidelijk.'

'Herinnert u zich de eerste keer dat hij binnenkwam?'

'Ik werk hier al bijna mijn hele leven en voor de afgelopen zomer had ik hem nog nooit gezien,' zegt ze. 'Hij kwam voor het eerst langs op een zaterdag begin juni. Ik herinner het me omdat hij vriendelijk was en een Italiaans accent had, dat we hier niet vaak horen. Daarna kwam hij vaker langs.'

Ze werpt me een lange, doordringende blik toe, en haar gezichtsuitdrukking wordt verdrietig. 'U was op hem gesteld, hè?' zegt ze vriendelijk.

'Ja. Ik kende hem bijna mijn hele leven al,' antwoord ik. 'Ik probeer uit te zoeken wat er met hem gebeurd is. Dat zou hij hebben gewild.'

'Vast en zeker.'

'Heeft hij ooit gezegd wat hij hier deed?' vraag ik.

'Nee, hij heeft er nooit iets over gezegd. Ik had geen idee wie hij was totdat ik het nieuws zag over zijn dood. Ik wist niet dat hij bekend was.'

'Dus hij stopte alleen om te tanken en reed vervolgens weer verder,' antwoord ik. 'Meer niet?'

'Nou, soms reed hij niet terug naar de snelweg, maar ging hij die kant op. Richting het vliegveld.' Ze wijst naar het regionale vliegveld waarvandaan Carrie Grethen naar Warschau vloog.

Terug in de auto leg ik pakjes kauwgom in de asbak terwijl ik Marino vertel wat ik te weten ben gekomen. In plaats van terug naar de snelweg te gaan, rijden we net zoals Sal soms deed verder naar het westen.

We volgen de tweebaansweg langs silo's en groene velden. Weyers Cave is beroemd om zijn bloemenkwekerijen; we passeren hectaren aan chrysantenvelden en een schuur met een souvenirwinkel. Inmiddels is het halverwege de middag, de hemel is helder, de lucht warm en vochtig. Een Gulfstream-jet stijgt op van het Shenandoah Valley-vliegveld, dat vooral door privévliegtuigen gebruikt wordt. Er staat een aantal dure auto's op de parkeerplaats.

'Ik snap niet waarom Sal deze kant op zou rijden,' merk ik op.

'Ik ook niet.' Marino kijkt naar de moderne stenen terminal. Het vliegveld schiet buiten voorbij. 'Ik heb geen idee waarom hij hierheen zou gaan. Ik denk niet dat hij bloemen ging plukken of ergens heen vloog. Wat wil je doen, Doc?'

'Laten we nog zo'n vijftien kilometer verder rijden. Sal heeft ergens zo'n drie uur doorgebracht voordat hij in Green Bank aankwam en er zijn niet veel plekken waar hij had kunnen zijn.' Dan bespeur ik in de verte het zilveren silhouet van een soort industriële centrale. In de heuvels zijn steengroeven uitgehouwen en meren met afvloeiend water hebben een ongezonde groene kleur. Als we dichterbij komen, zie ik dat de centrale doorkruist wordt door krijtwitte onverharde wegen; rijen geparkeerde vrachtwagens glinsteren in de zon.

'Wat is dat nou?' vraagt Marino. 'Dat moet wel nieuw zijn. Maar goed, het is natuurlijk ook al een tijdje geleden dat ik hier ben geweest.'

'Ik denk dat ik hier voor het laatst was toen ik Lucy meenam naar Grand Caverns, toen ze nog op de middelbare school zat. Deze centrale was er toen nog niet.' Ik zie metalen silo's, pakhuizen en andere gebouwen. Als we dichterbij komen, herken ik torens, verticale ovens, stortkokers en transportbanden. Dan rijden we langs uitgestrekte zonneparken. Veld na veld vol panelen staan in perfecte rijen, met gras ertussen waar schapen grazen.

'Ze wekken hier vast veel energie op,' besluit ik.

Verderop is de ingang van de enorme centrale. Er is geen veiligheidshek, maar ik zie wel industriële borden en VERBODEN TOEGANG-borden. Er zijn meerdere grote koepelcamera's op hoge palen en de naam van het bedrijf zegt me eerst niets. Dan dringt het tot me door als een stroomstoot.

'True North Industries,' zeg ik tegen Marino. 'True North, zoals de initialen TN.'

'De code in de capsule die Sal inslikte. Tering.'

'Het zou kunnen.'

'Nou, daar gaat-ie.' Marino pakt zijn Colt 1911 uit de tussenconsole en schuift hem uit de holster. 'Voor als we onvriendelijke mensen tegenkomen.' Hij legt het zware pistool op zijn schoot en rijdt door de ingang van de betonnen centrale; wit stof waait op.

We komen er al snel achter dat de straten geen namen hebben, alleen nummers, en ik herinner me wat Sal op het briefje dat hij op de microfoto zette had geschreven. 'TN. 5L. 7R. 9L.' Ik app Benton om hem te laten weten waar we zijn en waarom.

'Daar is straat 3,' zegt Marino terwijl een kiepwagen onder het stof langs ons dendert. 'Daar is 4. De volgende is 5; ik ga linksaf.'

We nemen de bocht en rijden door naar straat 7. Slaan rechts af, gaan door tot straat 9. Daar slaan we links af, en voor ons doemt een enorm metalen gebouw op dat in de bergwand is gebouwd. Op een bordje boven de voordeur staat BANDO SOLUTIONS, ik app de naam naar Benton. Achter dit gebouw zijn er nog meer. De parkeerplaatsen staan vol met overslagwagens en graafmachines.

'Een Japans lucht- en ruimtevaartbedrijf gevestigd in Tokio, met kantoren over de hele wereld, waaronder een in San Francisco.' Ik zoek het bedrijf op op mijn telefoon. 'Er is geen vermelding van een locatie van Bando Solutions hier in Virginia of

West-Virginia. Niets hier in de buurt.'

'Klinkt alsof ze niet willen dat mensen het weten.' Marino parkeert de auto. We turen allebei door de voorruit naar het enorme raamloze gebouw. 'Shit. Je kunt daar wel een paar voetbalvelden in kwijt.'

'En Sal had interesse in wat ze deden, wat dat ook mag zijn. Heel veel interesse,' antwoord ik. 'Anders had hij ons niet hierheen geleid. Hij wil ons iets laten weten.'

Om ons heen staan enkele tientallen SUV's en pick-uptrucks, en alles wijst erop dat er werknemers binnen Bando Solutions zijn. We zijn niet welkom en zijn opgepikt door de beveiligingscamera's. Op dit moment hebben we volgens mij twee opties: we kunnen omkeren en weggaan, of we kunnen naar binnen lopen en een paar vragen stellen.

'Kom mee.' Ik open mijn portier. 'Het ergste wat ze kunnen doen is zeggen dat we moeten oprotten. Ik denk niet dat iemand ons hier gaat neerschieten.'

'Ik ook niet.' Marino controleert of er een kogel in de Colt zit en zet de veiligheidspal erop. 'Maar ik neem mijn vriend toch mee.' Hij schuift het pistool in zijn holster en klikt het vast aan zijn riem. We stappen uit de Raptor. De glanzende zwarte verf zit onder het hardnekkige stof. Hij richt de sleutel op de auto en doet hem op slot terwijl we naar de ingang lopen. De deur gaat al open voordat we er zijn, en een jonge man stapt naar buiten, ritst zijn stoffige witte overall open en zet zijn veiligheidsbril en zijn haarkapje af.

'Goedemiddag.' Hij haalt een pakje sigaretten tevoorschijn en steekt er een op als we naar hem toe lopen.

'Hoe gaat het?' vraagt Marino.

'Kan ik jullie ergens mee helpen?' Hij kijkt ons nieuwsgierig aan, maar in zijn ogen is een glimp van angst te zien. 'Zijn jullie naar iemand op zoek?'

36

Hij is denk ik in de dertig, heeft een zwaar Japans accent, een crewcut en tatoeages op zijn handen.

'We zijn hier vanwege Sal Giordano.' Ik zeg maar gelijk waar het op staat.

'Willen jullie iemand in het bijzonder spreken?' De man rookt een sigaret, leunend tegen een pilaar die de overkapping boven de ingang ondersteunt.

'Misschien kunnen we met jou beginnen,' stelt Marino voor.

De man haalt zijn schouders op; een schaduw van onbehagen trekt over zijn gezicht. 'Het is vreselijk wat er met hem gebeurd is.' Hij tuurt naar ons door de sigarettenrook.

'Hoe goed kende je hem?' vraagt Marino.

'Ik zag hem als hij langskwam. Dat was niet zo vaak. Met wie heb ik het genoegen?'

Marino haalt zijn portefeuille tevoorschijn en laat zijn felgouden badge zien. Ik doe hetzelfde; ik speel weer de rol van zijn partner, zoals we dat jaren geleden deden. We stellen ons voor. De man heet Daku. Hij lijkt bijna opgelucht om ons te zien en is tegelijkertijd zichtbaar nerveus.

'We onderzoeken de dood van Sal Giordano,' legt Marino uit voordat ik de kans krijg iets te zeggen; hij schiet weer in de rechercheursmodus alsof hij nooit iets anders is geweest.

'Het is verschrikkelijk, zoals ik al zei,' antwoordt Daku. 'Maar ik weet niets, behalve wat er in het nieuws is verteld.'

'Je weet wel iets, toch,' zegt Marino, en het is geen vraag. 'Ik bedoel, jij weet waarom hij hier al sinds afgelopen zomer komt. Laat ons jouw versie van het verhaal horen in plaats van die van iemand anders. Of je kunt wachten tot het hier vol zit met FBI-agenten.'

'Ik weet dat doctor Giordano erg enthousiast was over zijn werk.' Daku begint te praten alsof zijn verhaal hem van het hart moet. 'Het was zijn levenspassie en ik vond het eigenlijk heel erg voor hem. Maar ik wilde hem niet ontmoedigen.'

'Wat niet?' vraag ik.

'Hij wist heel goed hoeveel patenten nooit het daglicht zien,' antwoordt Daku. 'Daar zijn jullie denk ik nieuwsgierig naar. Naar wat hij hier deed vlak voordat hij stierf.'

'Dit is een van de plaatsen waar hij voor het laatst is geweest voordat hij ontvoerd en vermoord werd,' zegt Marino.

'Het nieuws kwam als een schok.' Daku neemt nog een trek van zijn sigaret.

'Over welk patent hebben we het?' vraag ik hem.

'Laat me raden,' zegt Marino. 'Het heeft iets te maken met nepmaanstof.'

'Het woord "nep" nemen we hier niet in de mond.' Daku tikt de as af. 'Jullie weten natuurlijk wat doctor Giordano onderzocht en wat een cool idee het is, ook al komt er nooit iets van terecht.'

'Over welk patent heb je het?' vraag ik opnieuw.

'Nou, hij heeft er meer dan één aangevraagd. Maar het doel is om beton te maken van een simulatie van maanregoliet,' legt Daku uit.

'Huh?' Marino fronst.

'Hij kwam langs om wat van het spul te kopen en ermee te experimenteren in zijn garage,' gaat Daku verder. 'Kleine hoeveelheden, en hij kwam hierheen om zijn vooruitgang te bespreken en hij nam monsters mee. En hij belde van tijd tot tijd. We werkten samen aan zijn project – als een soort bijbaantje.'

'Je bedoelt dat hij je zwart betaalde om te helpen met zijn onderzoek,' antwoordt Marino. 'Klinkt als een mooie deal. Zijn je werkgevers daarvan op de hoogte?'

'Ik zou het erg waarderen als de details van onze afspraak onder ons blijven.' Er is weer spanning van zijn gezicht af te lezen.

'Ik kan niets beloven, maar je moet je om andere mensen zorgen maken.' Marino legt hem als een ware rechercheur het vuur na aan de schenen. 'Dit is nog maar het begin, en hoe eerlijker je bent, hoe makkelijker het later voor je zal zijn.'

'Beton maken voor gebouwen op de maan?' vraag ik. 'Experimenteerde Sal Giordano daarom met maanstofsimulaties?'

'Die maken we hier. Ook Martiaanse en andere simulaties, waarvan we tonnen naar Japan en elders verschepen,' zegt Daku. Het hele gebouw voor ons maakt niets anders dan regolietsimulaties. Er wordt ook onderzoek gedaan naar zonnecellen vanwege het perovskiet dat hier gedolven wordt. Daku staart naar de groeven in de bergwand en legt uit dat Bando Solutions daarom besloten heeft om zich hier te vestigen. 'En vanwege de deal die ze hebben gesloten met Briley Enterprises, de eigenaar van True North Industries,' voegt hij eraan toe.

'Nou, dat is me wat,' zegt Marino nonchalant; we proberen allebei onze verbazing te verbergen. 'Je weet wat er met de Brileys is gebeurd, toch?'

'Ik zag het op het nieuws. Ik kende hen niet.' Daku lijkt de waarheid te spreken.

'Jullie maken denk ik ook simulaties van perovskiet?' vraag ik.

'Ja. Door doping met het echte spul.'

'Was Sal Giordano betrokken bij het onderzoek naar perovskiet?' Hij was er waarschijnlijk enorm nieuwsgierig naar.

'Hij was er vrij bekend mee.'

'Toen hij hier afgelopen maandagmiddag was, deed hij toen iets met perovskiet?' Ik denk aan de nanokorrels die onder Sals nagels zaten.

'Hij was altijd geïnteresseerd in wat er allemaal gebeurde,' zegt Daku. 'En maandag heb ik hem onze nieuwste zonnepanelen laten zien waarmee we onze eigen stroom kunnen opwekken. Hij wilde panelen op zijn huis installeren in Alexandria.' Maar dat is niet waarom Sal Bando Solutions bezocht, gaat Daku verder. Hij richtte zich op de maanstofsimulatie, en zijn patent had niets te maken met leefomgevingen bouwen op de maan of Mars. De NASA en andere ruimtevaartorganisaties zijn daar immers al mee bezig. 'Zijn droom was om de eerste telescoop op de maan te bouwen,' legt Daku uit.

'Van fucking beton?' flapt Marino eruit.

'Jazeker.' Hij steekt nog een sigaret op.

Marino kijkt er verlangend naar. 'Zou ik er ook eentje mogen?'

'Tuurlijk.' Daku tikt een sigaret uit het pakje, geeft hem aan Marino en steekt hem met de Bic-aansteker aan.

Ik kan mijn ogen niet geloven. Marino smokkelt terwijl ik er met mijn neus bovenop sta. Hij kijkt me niet aan en lijkt er niet mee te zitten, en ineens bevinden we ons weer in het verleden. Hij is de grote stoere rechercheur die rook uitblaast en vloekt, pronkend als een pauw.

'Voor een telescoop op de maan heb je een gigantische schotel nodig, die je kunt maken door een krater te vullen met cement gemaakt van maanstof.' Daku vertelt ons wat de kern is van Sals patenten. 'Vervolgens moet je het zien te verhitten, zodat het materiaal in glas verandert, en dan heb je daar een geweldige stationaire radiotelescoop. Het zou de krachtigste ooit zijn, omdat er op de maan geen atmosfeer is die alles vervormt.'

'Dat is inderdaad best cool,' zegt Marino, genietend van zijn gebietste sigaret, terwijl ik de verleiding probeer te weerstaan. 'Maar ik begrijp niet hoe zoiets zou kunnen werken.'

'Zijn ontwerp zou zeker weten werken. Het is jammer dat hij het niet kan meemaken.' Daku lijkt diep teleurgesteld. 'Hij beloofde me dat als het project zou worden goedgekeurd hij me erbij zou betrekken.'

'Jij bent overduidelijk ook een wetenschapper,' zeg ik tegen hem.

'Een geoloog.'

'Hoelang werk je hier al?'

'Twee jaar.'

'Kun je je herinneren wanneer je Sal Giordano ontmoette?'

'Afgelopen juni. Hij hoorde wat we hier maken en kwam langs. Je kunt je vast wel voorstellen dat het nogal wat was dat er een Nobelprijswinnaar bij ons op de stoep stond. We bespraken het project dat hij in gedachten had. Hij wilde niet dat iemand ervan afwist.'

'Waarom niet?' vraagt Marino.

'Hij was met name bang dat de overheid zijn idee zou stelen,' legt Daku uit met een flits van wrok. 'Hij wilde contant betalen voor de zakken met het simulatiemiddel die hij nodig had voor het onderzoek. En hij zou ons belonen voor onze tijd.'

'Ons of jou?'

'Nou ja...'

'Hé Daku?' Marino blaast een perfecte rookring uit. 'Dat maakt ons geen bal uit, hoor.'

'Mij. En er mocht geen elektronisch of papieren spoor zijn.'

'Wat een toeval, hè?' Marino kijkt me aan. 'Hij neemt net een rookpauze als wij aan komen lopen.'

'We hebben overal beveiligingsmonitoren,' zegt Daku. 'Ik zag jullie aan komen rijden en wist dat jullie hier niet werken. Niemand rijdt hier in een zwarte auto. Het was alleen maar een kwestie van tijd voordat iemand vragen kwam stellen.'

'Dat kun je maar beter voor zijn, hè?' zegt Marino.

'Ja. Doctor Giordano was een briljante wetenschapper en een goed mens. Zijn ideeën moeten niet door de overheid of wie dan ook gestolen worden.'

'En zijn eigenlijke onderzoek werd hier gedaan?' wil ik weten. 'Daarvoor kocht hij de simulatie?'

'De simulatie verlaat dit gebouw niet, behalve de kleine hoeveelheden die hij mee naar huis nam om mee te experimenteren,' zegt Daku.

Ik zie het residu voor me dat kobaltblauw oplichtte onder de uv-lamp. In Sals pick-uptruck zijn daar sporen van aangetroffen; logisch als hij af en toe de faciliteit bezocht en wat van het gesimuleerde maanstof mee naar huis nam. Hij was enorm voorzichtig, dus ik weet zeker dat hij een mondkapje droeg als hij ermee werkte. Maar er zou hoe dan ook wat aan hem blijven kleven. Je ziet het residu dan misschien niet met het blote oog, maar wel onder een uv-lamp.

'Het zou fijn zijn als we even binnen konden kijken. Daarna ben je van ons af,' zegt Marino alsof het de normaalste zaak van de wereld is. 'Misschien kun je ons het maanstof laten zien. En waar Sal Giordano zich bevond als hij langskwam.'

De geoloog ritst zijn overall dicht en zet zijn haarkapje en zijn bril op. Hij voert een code in om de deur te openen waardoor hij eerder naar buiten kwam. We staan in een grote werkruimte die opgedeeld is in verschillende stations; iedereen is van top tot teen bedekt met wit Tyvek. In een voorkamer liggen rekken met beschermende kleding, en Daku overhandigt ons overalls.

We trekken kisten aan, doen mondkapjes om en zetten brillen op. De slijpmachines en andere apparaten zijn luid en we krijgen oordopjes en helmen van Daku. We volgen hem over de met stof bedekte vloer; ik kan me niet voorstellen hoe het is om in zo'n omgeving te werken zonder ademhalingsapparaat of op z'n minst een gezichtsmasker.

Tegen een muur verderop staan pallets met maanregolietsimulaties in zakken van twintig kilo, klaar om verscheept te worden. Het opschrift is in het Japans. Daku brengt ons naar een andere ruimte met een kogelmolen die de benodigde mineralen fijnmaalt. Werknemers besturen vorkheftrucks en karretjes met vierwielaandrijving; niemand besteedt echt aandacht aan ons terwijl we een rondleiding krijgen.

Onze gids de geoloog bespreekt in detail hoe erts gewonnen en vervolgens met andere mineralen verwerkt wordt tot fijnstof. De afzonderlijke korrels zijn te klein om met het blote oog waar te nemen. Hij klaagt erover hoe hardnekkig het stof is. 'Het kleeft aan alles, net als klittenband,' zegt hij.

Het volgende gebouw, dat met het eerste verbonden is, produceert zonnecellen en -panelen. Van daaruit lopen we door een laadruimte waar vrachtwagens worden ingeladen met pallets vol maan-, Mars- en perovskietsimulaties. We gaan door een serie deuren die naar een klein kantoor zonder ramen leiden, waarin twee bureaus, een kopieermachine, een koffiezetapparaat en een waterkoeler staan.

'Hier praatte ik met doctor Giordano,' zegt Daku.

Maar ik word afgeleid door de radio, waarop een talkshow te horen is. De presentator gaat tekeer over politieke samenzweringen. Ik voel een rilling over mijn nek lopen.

'Ze willen je zo in het duister houden. Ze willen elke gedachte en emotie beheersen!' verklaart de presentator.

Het doet me denken aan wat ik op de achtergrond hoorde toen ik die gekke telefoontjes kreeg in het mortuarium en op mijn mobiel. Er hangt hier veel stof in de lucht en ik zie spinnenwebben en dode insecten. Roze glasvezelisolatie steekt uit een beschadigde muur.

En afval zoals insectenpootjes, isolatiemateriaal, spinnenwebben en dergelijke, had Lee Fishburne gezegd over de monsters die ik van Sals lichaam had genomen. Lee had het ook over huidschilfers van katten, en ik vraag Daku of iemand misschien zijn huisdier meeneemt naar het werk.

'Er zijn hier geen dieren, behalve de dieren in de grotten. Vleermuizen, soms een rattenslang. Spinnen, salamanders, duizendpoten.' Hij wijst naar de andere kant van de kamer.

Door een open doorgang kan ik binnen in een sombere grot kijken. De ruwe stenen muren worden ongelijkmatig verlicht. Ik herinner me wat Lee me vertelde over vulkanische activiteit die de stollingsgesteenten heeft gevormd die nodig zijn voor de productie van maanstof en perovskiet.

'Ze willen je tot slaaf maken, ze hersenspoelen ons zodat we geloven dat het voor ons eigen bestwil is...' De talkshowhost blijft zijn gal spuwen.

'Sorry hiervoor.' Daku zet het volume op de radio zachter. 'Een van de beveiligers luistert er non-stop naar. Ikzelf heb mijn buik vol van politiek.'

'Anders ik wel,' zegt Marino, terwijl we naar de videoschermen kijken die aan de muur gemonteerd zijn. De beelden worden vastgelegd door het netwerk van camera's in de hele True North-fabriek, de steengroeven en mijnen; ze filmen ook de activiteiten bij Bando Solutions. Ze hadden Marino en mij in de gaten zodra we de fabriek naderden. Ze houden ons ook nu in het oog, denk ik terwijl ik verder rondkijk. Maar Carrie Grethen of de Brileys kunnen het niet zijn. Mira Tang ook niet.

'Wat is dit voor ruimte?' vraagt Marino.

'Een soort van *mission control*,' zegt Daku. 'Hier zorgen we ervoor dat alles is zoals het hoort te zijn.'

Op de monitoren zijn beelden te zien van de molens, de malers, de ovens, de silo's. Ik zie dat de kunstleren bank een slaapbank is: onder een kussen piept een hoek van een gekreukeld laken uit. Er is een kleine koelkast, een tafel, een wasbak met een druiprek – alles wat je nodig hebt om te blijven overnachten.

'Goed, ik zal jullie nu het meest recente resultaat laten zien van doctor Giordano's werk,' zegt Daku. 'Dit is zo goed als en misschien wel dé juiste formule, afhankelijk van hoe de telescoop het zou doen in extreme ruimteomstandigheden, zoals zonnevlammen en meteoorinslagen. En de zwaartekracht is op de maan niet hetzelfde natuurlijk.' Hij gaat achter een bureau zitten, waar een rugzak op ligt, samen met een SpaceX-koffiemok en een foto van een mooie jonge vrouw. Hij opent een la en haalt er een blauwe stoffen aktetas uit met een zwarte schouderband, die tot mijn verrassing aan de beschrijving van Gus Gutenberg voldoet.

'Had Sal Giordano deze aktetas bij zich toen hij hier maandag was?' vraag ik.

'Ja.' Daku opent de tas en haalt er een kartonnen doos uit.

'Toen hij de aktetas maandag aan je gaf, zat er vast geld voor je in,' zegt Marino.

'En zijn nieuwste monster.' Trots overhandigt hij me het doosje, en ik haal het deksel eraf. Binnenin ligt op een bedje van katoen een lichtgrijs blokje van wat alledaags beton lijkt. Ik voel hoe zwaar het is, strijk met mijn vingers over het gladde, gepolijste oppervlak en stel me voor hoe opgewonden Sal moet zijn geweest over een droom die hij niet deelde met de NASA, de NSA, de CIA en de president van de Verenigde Staten; bijna met niemand, en ook niet met mij.

Hij was vastbesloten om een maantelescoop uit te vinden waarmee we beter zouden kunnen begrijpen hoe het universum is ontstaan en wie wij zijn. Zijn uitvinding zou op de maan worden gebouwd en zijn nalatenschap vormen, en het doet me verdriet dat hij dit niet met mij heeft gedeeld. Maar het verbaast me ook niets. Sal besprak zijn werk nooit in detail, en ik begrijp nu heel goed waarom.

Hij had het nooit over zijn patenten, en ik wist niet dat hij ze had aangevraagd. Maar hij wilde dat ik uiteindelijk op de hoogte was van zijn droom, dat ik ervoor zou zorgen dat die niet vergeten zou worden. Of gestolen zou worden; dat de eerste maantelescoop niet door de Russen zou worden gebouwd. Nu Carrie is opgepakt zal dat hopelijk niet meer zo snel gebeuren – misschien wel helemaal niet.

Wie de maan regeert, regeert de aarde, zei Sal altijd. *Daarom noemen we haar King of the Hill, amore…*

Ik zie de code voor me van de microfoto die hij onlangs genomen moet hebben:

TN-5L-7R-9L

De kinderlijke eenvoud raakt me. Het doet me denken aan een speurtocht of schattenjacht, een onschuldig spel. Ik geef het betonnen blokje van gesimuleerd maanstof aan Marino.

Hij kijkt ernaar en legt het met een schouderophalen terug in de doos. 'Ik snap nog steeds niet hoe je van zoiets een telescoop maakt. Het lijkt mij net zo onmogelijk als iemand neerschieten met een betonblok,' besluit hij.

'Geen optische telescoop. Maar een radiotelescoop,' herhaalt Daku, alsof dat alles duidelijk maakt.

'Dus je kunt ook van een stoep of een leeg zwembad een telescoop maken,' sneert Marino.

'Eh... Dat denk ik niet, maar ik weet het niet zeker.' Daku denkt hier even over na.

'Kunnen we naar buiten zonder de hele tent door te lopen met al deze stomme beschermende kleding aan?' vraagt Marino, de stoere jongen.

'Het gebouw hierna is de hanger waarin de gewassen bespoten worden. De deur is waarschijnlijk open, omdat de dampen daar sterk zijn, vooral nu het warmer is. Je kunt daarlangs naar buiten als je wilt.'

'Dat zou beter zijn.' Marino zweet als een otter en ik snak naar frisse lucht. Mijn ogen tranen en jeuken van het stof. Daku loopt met ons door een opslagruimte, langs een toilet waarvan Marino gebruikmaakt. Hij trekt zijn beschermende kleding uit en ik ook.

'Je kunt het gebouw uit door die deur daar.' Daku wijst. 'Loop door de hangar en je komt uit op een paar straten vanwaar jullie geparkeerd hebben. Je zult een stukje moeten lopen, maar het is niet erg ver.'

'Wie bespuit jullie gewassen?' vraag ik hem.

'Een echt geweldige wetenschapper uit Polen die ook piloot is. Zofia Puda,' zegt hij.

Carrie was hier dus.

'Ah, piloot voor wat voor soort vliegtuig?' vraag ik nonchalant.

'De Cessna die in de hangar staat. Maar ze vliegt ook geregeld in de helikopter die daar staat.'

'Waar is ze nu?'

'Ze werkt niet elke dag,' antwoordt hij. 'Ik heb haar al een paar dagen niet gezien.'

'Heel erg bedankt,' zeg ik tegen hem. 'Je hebt ons enorm geholpen.'

Hij loopt het kantoor weer binnen en keert waarschijnlijk terug naar het eerste gebouw, waarbuiten we hem ontmoet hebben. Ik app Benton alles wat ik weet en hoor dat het toilet doorgetrokken wordt. Het geluid van stromend water in de wasbak, papieren handdoeken die uit de automaat worden getrokken. Marino komt tevoorschijn en luistert met grote ogen naar het nieuws over Zofia Puda, alias Carrie. Ze heeft Sal hier de hele nacht vastgehouden, diende hem allerlei drugs toe om hem verdoofd te houden.

'Waarschijnlijk weet niemand hier wie Zofia Puda werkelijk is,' zegt Marino. 'Misschien kenden zelfs de Brileys haar echte naam niet.'

'Vast niet. Deze kant op.' Ik loop naar de deur die Daku me aangewezen heeft.

37

Op het moment dat Marino en ik de hangar binnenlopen komt ons een scherpe azijngeur tegemoet. Tientallen grote witte plastic vaten staan op pallets tegen een muur.

Een scherp zuur... Azijnachtig, beschreef Lucy de geur die ze rook op de plaats delict.

Ik zie het eenmotorige Cessna-vliegtuig waar Daku het over had en ik vermoed dat Carrie het vaak gebruikte om zich te verplaatsen. Misschien vloog ze naar Ronald Reagan Washington National Airport als ze met de Brileys of anderen in dat gebied had afgesproken.

Marino en ik lopen langs een wit bestelbusje zonder ramen en met een dakladder. Het lijkt op het busje dat ik op Sals oprit en mijn parkeerplaats zag, en voldoet aan de beschrijving van het busje dat Dorothy volgde. Er zijn geen nummerplaten, noch op de voor-, noch op de achterkant. Vlakbij staat een GPU-karretje dat is aangesloten op een vreemd geconfigureerde eenmotorige Eurocopter die Carrie gebruikte om de gewassen te bespuiten. De vier deuren zijn eruit gehaald en opgeborgen in een rek.

De helikopter is geverfd in een kameleonkleur, die verandert als we dichterbij komen. Dat lijkt misschien een esthetische keuze, maar de pigmenten weerkaatsen het licht op verschillende manieren, waardoor de radar verstoord wordt. Aan het landingsgestel is een metalen sproeisysteem bevestigd en er liggen er nog meer op de vloer bij een werkbank.

Aan het chassis van de helikopter zijn roestvrijstalen spuitbomen met verschillende sproeikoppen vastgemaakt. Sommige zijn wel drie meter lang. Ik zie het gekneusde bovenbeen van Sal weer voor me. Het patroon was heel gelijkmatig: de vier schaafwonden bevonden zich op precies dezelfde afstand van elkaar. Ik haal een meetlint uit mijn werktas. De afstand tussen de sproeiers is hetzelfde als die tussen de schaafwonden.

Ik kijk door de openingen waarin de deuren zouden moeten zitten, en op de cyclische stuurknuppel zit de trekker van de spuitinstallatie. Misschien raakte Carrie die per ongeluk toen ze Sals lichaam uit de linkerstoel probeerde te duwen en besproeide ze de plaats delict met de azijnoplossing. Of misschien werd de zure douche veroorzaakt toen hij tijdens zijn val de spuitboom raakte. Beide scenario's verklaren waarom er zo'n sterke geur hing toen Lucy en Tron in het Oz-themapark kwamen.

De gordels van de stoelen voor en achter in de helikopter zijn vast. Zo hoort het, en ik herinner me de vastgemaakte gordels in de verongelukte Chevy van Sal. Carrie zou ze automatisch vast hebben gemaakt, uit gewoonte; of – waarschijnlijker – ze wilde niet dat het alarm afging terwijl ze Sal naar een wachtend voertuig reed voordat ze zijn lege auto de berg af liet rollen.

Ik loop dichter naar de 200-litervaten azijn die verdund met water in de witte plastic tank op de buik van de helikopter moeten worden gepompt. Terwijl Marino en ik verder rondkijken en foto's nemen, kijk ik rond naar camera's; hoelang zou het duren tot iemand iets van ons gesnuffel gaat zeggen?

Ik haal handschoenen uit mijn werktas, geef een paar aan Marino en we trekken ze aan. We lopen naar de werkbank, waar hij een stapel magnetische bordjes doorzoekt; van BUG OFF tot FIRST FAMILY FLORISTS. Er zijn werkdoeken, tubes vetverwijderaar en een karretje met lades vol luchtvaartgereedschap. Mijn oog valt op een doos met doorzichtige plastic ovenwanten die gewoonlijk in restaurants en delicatessenzaken worden gebruikt; ze lijken hier niet thuis te horen.

Ik trek er een uit de doos; hij lijkt op een boterhamzakje in de vorm van een handschoen. Ze worden gebruikt bij het bereiden van voedsel, maar kunnen ook handig zijn als je veilig wilt omgaan met bepaalde materialen en stoffen zoals azijn, die in je huid kunnen bijten. De wanten zijn ontworpen voor eenmalig gebruik en zijn goedkoop; er zitten tweeduizend stuks in een doos. Een ander voordeel is dat de drager geen vingerafdrukken achterlaat en mogelijk ook geen DNA.

Ik denk aan de vreemde afdrukken die van het raam van Sals auto zijn gehaald. Ik zie Carries linkerhand voor me, de twee ontbrekende vingertoppen, de littekens op haar vingers en duim. Handschoenen passen haar niet meer helemaal, leg ik Marino uit terwijl ik meer foto's maak met mijn telefoon.

Hij doorzoekt een stapel nummerplaten uit Virginia die waarschijnlijk gestolen zijn. Ik kijk toe terwijl hij door luchtvaart- en landbouwtijdschriften bladert, in een stapel post boven op de werkbank. Hij pakt een envelop op en leest het adres voor.

'Zofia Puda,' zegt hij, en hij laat me het gedrukte etiket zien: ZOFIA PUDA, SABO SOLUTIONS, HOOFD LUCHTVAARTEENHEID.

'Sabo Solutions huurde haar in als hun gewasspuitpiloot, zonder ook maar een idee te hebben wie ze was,' leg ik uit.

'Ondertussen steelt ze al hun techgeheimen en wie weet wat nog meer. En ze richtte zich op Sal Giordano,' zegt Marino. 'Misschien was ze hier aanwezig toen hij kwam opdagen voor zijn nepmaanstofonderzoek.'

'Dat zou kunnen. Misschien zullen we het wel nooit weten,' antwoord ik. 'Maar ik denk echt niet dat hij die zogenaamde Zofia Puda hier heeft gezien of zelfs maar een glimp van haar gezicht heeft opgevangen. Anders zou hij weten dat zij hem een paar weken geleden in Rome gevolgd had.'

'Als hij tenminste toen door Carrie gevolgd werd.'

'Ik denk dat we dat wel zeker weten.'

'Je hebt waarschijnlijk gelijk,' zegt Marino. 'Ze heeft hem ontvoerd toen hij naar de lodge reed. Daarna heeft ze hem de hele nacht hier vastgehouden om informatie los te peuteren. Vervolgens vloog ze hem in de helikopter naar het themapark, waar ze hem naar buiten heeft geduwd.'

Ik weet nog hoe Carrie lang geleden in helikopters leerde vliegen, toen ze er eentje gebruikte om te ontsnappen uit het Kirby Forensisch Psychiatrisch Centrum op Hart Island in New York. Ze moet alles doen wat Lucy doet, maar dan op een manier die zo veel mogelijk schade aanricht. Terwijl we praten, blijf ik naar mijn telefoon kijken, in de hoop dat de politie snel deze kant op komt.

Er is hier veel bewijs, app ik naar Benton.

Hulp is onderweg, antwoordt hij.

'Ze heeft bij Bando Solutions gewerkt. Waarschijnlijk moest ze een azijnoplossing uit de helikopter spuiten om de kilometerslange zonneparken schoon te maken,' zegt Marino.

'Ik gebruik dezelfde oplossing om de oude glazen ramen in ons huis schoon te maken,' antwoord ik. 'Zolang het niet te geconcentreerd is, is azijn met water niet schadelijk voor vee, zoals de schapen die we eerder zagen. En het helpt ook tegen onkruid...'

Ik word onderbroken door het geluid van voetstappen, en iemand schraapt achter ons zijn keel. 'Iets interessants gevonden?' zegt een agressieve stem, terwijl Marino en ik ons omdraaien.

Vanuit de grote vierkante opening in de hangar loopt Norm Duffy naar ons toe. De beveiligingsbeambte, die ik afgelopen herfst heb ontslagen, draagt een spijkerbroek en een losvallend spijkershirt met het True North-logo erop. Hij heeft een kwaadaardige glimlach op zijn bebaarde gezicht, zijn vuisten zijn gebald langs zijn lichaam en hij hoest zachtjes alsof hij astma heeft.

'Rustig, man...' begint Marino.

'Jullie zijn op verboden terrein, klootzakken!' Hij reikt naar zijn rug en haalt een pistool tevoorschijn.

Dan trekt Marino zijn pistool, richt – en er gebeurt niets. Hij haalt zenuwachtig de veiligheidspal eraf, schiet en mist. Duffy zoekt dekking. De kogel is uit de huls en steekt uit de trommel; het pistool blokkeert. Marino probeert hem te verwijderen terwijl wij zigzaggend naar de deur rennen, ons achter de helikopter verstoppen en dan achter het busje. Het vuur wordt op ons geopend.

Kogels knallen als we terug het gebouw in rennen en Norm ons achtervolgt; nog een schot raakt de deur, die Marino net heeft dichtgeslagen. We doen de deur van het kantoor op slot en blokkeren hem met een stoel. Naast ons is de gapende ingang van de grot; ik pak Marino's arm en trek hem ernaartoe. Hoe claustrofobisch hij ook is, deze keer maakt hij geen bezwaar.

We haasten ons naar binnen. Onmiddellijk is het koeler en we horen water druppen in de ongelijke schaduwen. Gekooide lampen boven ons verdrijven de duisternis. We duiken een nis in, waar Marino zijn pistool repareert. We luisteren, ademen nauwelijks, en ik weet wat Marino van plan is. Hij wacht tot Norm Duffy de grot binnenkomt, om hem vervolgens neer te schieten.

Ik hoor voetstappen bij de ingang van de grot. Norm Duffy hoest zachtjes en schraapt zijn keel. 'Welterusten!' roept hij terwijl hij weer hoest. Het licht van zijn zaklamp strijkt langs ons heen en verdwijnt dan als de deur dichtslaat.

Even ben ik te geschokt om me te verroeren. Dit kan niet waar zijn. 'Jezus,' fluister ik. 'We zitten hier nu toch niet opgesloten?'

Marino loopt met gericht pistool terug naar de deur en probeert de knop. 'Fuck.' Hij blijft eraan draaien om hem te forceren. 'FUCK!' Hij schopt hard tegen de metalen deur, en plotseling vliegt hij open. Er klinken geweerschoten, en Marino valt naar binnen met een zware plof. Dan stilte. Ik luister of ik hem hoor, maar ik hoor niets. Ik word overspoeld door angst. Hij zou het me laten weten als hij in orde was, en ik wacht. Ik hoor niets, behalve het geluid van voetstappen die terugkeren naar de ingang van de grot. Dan komen ze naar mij toe.

Alsjeblieft niet... Alsjeblieft niet...

Ik ga dieper de grot in. Mijn hart bonst, ik ben misselijk van bezorgdheid over Marino. De tunnel die ik volg is breed genoeg voor een auto. Water druppelt van stalactieten aan het plafond die op ijspegels in alle maten lijken. Ik reik omhoog en breek er een af, maar hij verbrokkelt in mijn hand; na de duizenden jaren die het duurde om hem te vormen, is er niets meer van over.

God, vergeef me voor mijn zonden, denk ik terwijl ik een andere stalactiet vastpak, maar het lukt me niet hem af te breken. Ik probeer het nog een keer, en deze keer heb ik er een van bijna een halve meter in handen. Hij lijkt stevig. De lampen in de grot gaan plotseling uit, waardoor ik me in een duisternis bevind die net zo zwart is als de nachtelijke hemel. Op de tast volg ik een muur; ik durf de zaklamp van mijn telefoon niet aan te doen of geluid te maken.

Ik heb geen idee waar ik heen ga, en als ik hier verdwaal kan het lang duren voordat iemand me kan vinden. Of nog erger: Norm Duffy vindt mij voordat anderen het doen. Het koude, ruwe steen prikt ongemakkelijk in mijn rug. Ik kruip verder, tot ik een lichtstraal zie. Ik hoor zware voetstappen op het steen. Losse kiezels kletteren.

'Ik weet dat je hier bent, Kay!' roept Norm, waarna hij weer piepend moet hoesten. 'Waar is de grote boze baas nu? Zich ergens aan het verstoppen, hè?'

Ik kan de triomf in zijn spottende stem horen terwijl hij op me af komt, zwaar ademend en nog meer hoestend. Dat komt vast door de gevaarlijke stoffen waaraan hij chronisch wordt blootgesteld als hij de veiligheidsrondes doet voor Briley Enterprises.

'Zoals gewoonlijk, Kay, steek je je neus in andermans zaken. En raad eens wat er dan gebeurt?' Norm doet nog een stap dichterbij. 'Niemand anders dan ondergetekende rekent af met trutten zoals jij, en ik heb verdomme lang genoeg op dit moment gewacht. Kom tevoorschijn, Kay!'

Hij kan niet meer dan drie meter van me vandaan zijn, en ik voel de gebroken stukjes stalactiet die ik nog steeds in mijn hand heb. Ik gooi een stukje voorbij de lichtstraal.

Norm grinnikt weer, hijgend. 'Weet je, Kay, het komt er eigenlijk altijd op neer wat iemand drijft.' Nog een stap, nog een hoest. 'En ik heb genoeg redenen om met jou te fucken.'

Ik gooi nog een stuk, verder deze keer. Dan het laatste stukje, en hij grinnikt weer. Ik ruik zijn zweet als hij stilhoudt bij de nis waar ik me plat tegen de muur druk, als een mot die gevangenzit.

'Dit wordt vervelend, Kay!' roept hij. De rode stip van de laser van zijn pistool danst over de wanden van de grot.

Dan zie ik zijn vage profiel in het schijnsel van de telefoon die hij in zijn ene hand houdt. Met zijn andere houdt hij zijn pistool vast, slechts een paar centimeter van mij vandaan. Ik grijp de intacte stalactiet als een dolk vast en sla toe, gooi mijn hele gewicht in de strijd en steek hem van onderaf neer. Ik voel hoe de scherpe punt stof en vlees doorboort. Hij schreeuwt. Het pistool klettert op de rotsgrond.

Ik steek de stenen schacht dieper, onder zijn ribben, zijn borstholte in, terwijl hij schreeuwt, gilt en naar me grijpt, maar het is al te laat. Ik laat de stalactiet los en hij valt met een zware plof op de grond. Mijn handen trillen en zitten onder het bloed. Ik doe de zaklamp van mijn telefoon aan en schijn op hem. Zijn ogen zijn wijd open en kijken me aan. Het dikke uiteinde van de stalactiet steekt uit zijn romp, het bloed doordrenkt zijn shirt.

Hij beweegt zijn lippen alsof hij om genade smeekt, maar ik zal hem die niet geven. Ik vind zijn pistool en pak het op: een Glock 9-mm, die ik met me meeneem. Voor geen goud laat ik die hier achter. Ik denk niet dat hij zijn verwondingen overleeft, maar ik neem nu het zekere voor het onzekere en zal dat misschien wel mijn hele leven blijven doen.

Ik volg het licht van mijn telefoon en vind de weg terug naar de deur die Norm Duffy wijd open heeft laten staan. Ik app MAYDAY naar Benton en zeg dat hij een ambulance moet sturen, terwijl ik me doodsbang terug naar binnen haast.

'Marino?' schreeuw ik. Alsjeblieft, laat hem oké zijn. 'Marino?' Ik loop langs het toilet. Alsjeblieft, alsjeblieft.

'Yo! Hier binnen!' roept hij tot mijn enorme opluchting. Mijn knieën knikken.

In het kantoor zit hij met ontbloot bovenlijf in een stoel en kijkt me verdwaasd aan. De vloer is bezaaid met bloed; zijn pistool ligt een eindje verderop onder de bank.

'Jezus! Niet bewegen.' Ik was mijn bebloede handen in de wasbak.

'Zal ik niet doen,' zegt hij. 'Ik weet niet eens hoe ik in deze stoel ben gekomen.'

Ik haal het shirt weg dat hij over een gapend schampschot achter op zijn hoofd houdt. 'Er komt zo een ambulance aan. Herinner je je dat je viel en de grond raakte? Was je bewusteloos?'

'Wanneer?' vraagt hij op een vreemde manier.

'Het komt allemaal goed, Marino,' verzeker ik hem.

Buiten klinken de sirenes. 'Is er ergens brand?' Zijn ogen zijn glazig.

Op de beveiligingsmonitoren zie ik een karavaan van politieauto's en ambulances naar de cementfabriek rijden. Benton heeft mijn appjes gekregen en vanuit Polen hulp ingeschakeld.

'Hoe ben je hier gekomen, Doc? We vliegen toch niet terug met de helikopter, hè?' vraagt Marino. Hij kan niet helder nadenken. 'Zeg Lucy dat we naar huis rijden, oké? Waar is ze trouwens?'

'Rustig aan,' antwoord ik.

Als ik voorzichtig met mijn vingers over zijn hoofdhuid strijk, om er zeker van te zijn dat de kogel niet is binnengedrongen, krimpt hij ineen. Gelukkig is dat niet zo. Maar een fractie van een centimeter verder en hij zou door zijn schedel zijn gegaan. Ik maak me meer zorgen over zijn val, dat hij zijn hoofd heeft gestoten. Hij moet zo snel mogelijk naar het ziekenhuis.

'Vertel me wat je je herinnert.' Ik bind zijn bebloede shirt om zijn hoofdwond, zodat er een soort verband ontstaat.

'Waarover?'

'Over Norm Duffy die je neerschoot.'

'Wat doet hij hier?' Marino kijkt verbijsterd. 'Ik kan me niet herinneren dat ik neergeschoten ben. Weet je dat wel zeker?'

'Een schampschot, maar misschien ben je bewusteloos geraakt,' antwoord ik.

Hij begint te ratelen over dat hij misschien op de grond lag en het bloeden probeerde te stelpen, terwijl hij niet wist waar hij was of wat er gebeurd was. 'Toen kwam jij binnen, Doc, en ik kon mijn ogen niet geloven. Waar was je nou?' gaat hij slaperig verder. 'Ik dacht: o nee! Ze is opgestraald, net als Sal Giordano. En ik ben hier achtergelaten...'

Tien dagen later

Sal zei altijd dat in een perfecte wereld niemand op zondag afscheid zou nemen. Dat zei hij voor het eerst tijdens ons eerste weekend samen in Rome. Het was niet handig om bij hem te blijven slapen, omdat ik maandagochtend vroeg college moest geven.

Maar ik deed het toch. Elke keer weer. In het donker glipte ik naar buiten, sloeg de waarschuwingen in de wind. Ik ging laat naar bed, stond vroeg op, gaf mijn lezingen, en die hele zomer heb ik nooit op zondag afscheid van hem genomen.

Vandaag wordt de eerste keer. Het weer is tenminste goed. In Old Town luiden de kerkklokken. Veel mensen bezoeken graven en wandelen door de kronkelende lanen van Ivy Hill Cemetery.

We zijn met een kleine groep. De roze en witte kornoeljes bloeien uitbundig. Vlinders strijken neer op grafstenen, vogels tjilpen vrolijk vanaf takken alsof het helemaal geen verdrietige dag is. Benton, Dorothy, Marino, Lucy, Tron en ik zijn er. Op de begraafplaats staan werkers vlakbij, klaar om het graf met de Italiaanse aardewerken urn erin te bedekken.

We houden een privéherdenking en filmen het voor Sals zus, Sabina. Zij kon niet komen. Het was te moeilijk, vertelde ze me over de telefoon. Maar ze ziet ons de volgende keer dat we in Rome zijn, hopelijk heel snel. Ik heb het perceel uitgekozen, dat toepasselijk dicht ligt bij dat van de vader van het Amerikaanse ruimtevaartprogramma, Wernher von Braun. Dat had Sal leuk gevonden.

Ik weet niet zeker wat hij als grafschrift op zijn eenvoudige marmeren grafsteen had gewild, maar toch moest ik iets kiezen. *Continua a guardare in alto*, hoor ik hem zeggen – blijf omhoogkijken. Wijzend naar de sterren.

'Ik weet dat hij niets bijzonders zou willen. Maar als iemand iets bijzonders verdient, is hij het wel.' Ik sta bij het open graf, iedereen staat eromheen. 'Hij zou vooral samen met zijn vrienden willen zijn.'

Vlakbij, op een stenen bank, ligt de kleine schop die ik laatst bij Walmart heb gekocht. Iedereen strooit om de beurt wat aarde op de urn. Eerst horen we die tegen het porselein kletteren, dan wordt het stil. Als ik de laatste schep aarde strooi, hoor ik die niet vallen en kan ik de kleurrijke keramische urn die ik online voor Sal heb gekocht niet meer zien.

'Als ik verzandde in alle rotzooi van deze wereld, wees hij naar boven,' vertel ik iedereen. 'Hij zei: "Vergeet nooit waar we vandaan komen..."'

De tranen staan in Dorothy's ogen. Ze heeft een laag uitgesneden zwarte jurk aan en een zwarte flaphoed op. Ze houdt zich aan Marino's arm vast alsof ze haar beste vriend heeft verloren; laat het maar aan mijn zus over om van alles een drama te maken.

Marino is trots op het heftige rode litteken op zijn achterhoofd. Hij zal dat heldenverhaal voor de rest van zijn leven blijven vertellen.

Hij herinnert zich nog steeds niet dat hij werd neergeschoten. En gelukkig ook niet dat hij vergeten was de veiligheidspal van zijn pistool te halen. Hem kennende zou de eerste kogel die hij had afgevuurd het einde van Norm Duffy hebben betekend, wat ons het trauma en het gedoe daarna zou hebben bespaard. Marino denkt dat we in een hinderlaag liepen, dat ik dekking zocht en me verborg in de grot, waar ik Duffy doodstak.

Ik wil niet dat Marino erachter komt dat het voorval in de hangar deels aan hem te wijten is. Nu voelt hij zich goed over zichzelf. Ik kan me niet herinneren wanneer ik hem voor het laatst in een pak zag – dit zwarte pak met een zwart overhemd en stropdas. Zijn Ray-Ban is op mij gericht terwijl ik Sal gedenk.

'Hij wees me altijd op wat belangrijk is, vooral waartoe we in staat zijn...' zeg ik tegen mijn familie.

Lucy speelt een opname van Mendelssohns *Symfonie nr. 4* af, een favoriet van Sal. We luisterden er altijd naar op zijn dak in Rome, als we naar de nachtelijke hemel keken en hij me vertelde dat de maan de poort is naar alles wat daar buiten te vinden is.

'Daarom hoop ik maar dat zijn telescoop daar ooit wordt gebouwd en naar hem vernoemd wordt,' zeg ik later tegen Benton als we over het kerkhof naar onze auto's lopen.

'Dat hoop ik ook,' zegt hij. 'En dat een groot techbedrijf er niet met zijn idee vandoor gaat. Wat waarschijnlijk wel gaat gebeuren.'

'Ik vrees dat de Russen het zullen doen.'

'Ze zullen proberen ons voor te zijn en daar iets te bouwen.' Benton haalt zijn telefoon tevoorschijn en kijkt erop.

'Echt? Moet dat nu?' Ik sla mijn arm om hem heen. 'Kun je hem niet langer dan tien minuten in je broek houden?'

'Dat klinkt schunnig.' Hij kust me.

'We zijn op een begraafplaats, Benton.' Ik weersta de neiging om in lachen uit te barsten. Dan krijg ik weer het gevoel dat ik moet huilen.

'Vroeger zoende ik altijd met mijn afspraakjes op begraafplaatsen,' zegt hij.

'Nooit met mij. Nu ben ik een beetje jaloers.'

Iedereen stapt in zijn auto en we rijden naar huis, waar ik een eenvoudige maaltijd zal koken die Sals goedkeuring zou wegdragen en die hij me ongetwijfeld had helpen bereiden. Ravioli gevuld met ricotta, in een pittige basilicumsaus. Ik heb een ambachtelijk Italiaans brood gebakken en maak een antipasto met de kazen en olijven waar hij van hield.

We zullen op hem toosten en zijn leven vieren terwijl we tenminste opluchting voelen dat Carrie achter de tralies zit. De cheeta die ze heeft gestolen en naar Polen heeft gebracht is gered en in een wildopvangcentrum geplaatst. Uiteindelijk zal hij worden teruggebracht naar het centrum voor bedreigde diersoorten in Virginia waar Carrie hem vandaan had.

Blijkbaar volgde de kat Carrie als een schaduw; ze was dus in het pretpark toen wij op de plaats delict waren. Ze was in het Witch's Castle terwijl Marino en ik daar waren, wat de geluiden verklaart die we hoorden. Toen we op het dak keken, verstopte de kat zich misschien en keek hij toe. Carrie was weg, ze had de tokkelbaan genomen om in de mist te verdwijnen.

Ze was misschien in de buurt toen we de cheeta op de Yellow Brick Road zagen. Ze had ons elk moment allemaal kunnen vermoorden. Maar dat deed ze niet. Benton denkt dat wij de enige familie zijn die ze heeft, en ik kan het niet verdragen dat te horen. Ze krijgt er een kick van om dicht bij ons te zijn, ons te bekijken, onze acties te voorspellen, zich te voeden met onze emoties, om te voelen wat wij voelen. En ik kan er niets tegen doen.

'De Sal Giordano-maantelescoop. Dat klinkt goed,' zegt mijn man terwijl we langs een monument rijden waar witte rozen overheen klimmen. 'Ik denk dat we het aan onze collega's moeten vertellen, zoals aan de directeur van de NASA.'

'Als zijn enorme schotel van maanstof daar eenmaal staat, kunnen we zo ver terugkijken als we willen. Helemaal tot aan de oerknal, en dan kunnen we het zien gebeuren.' Ik leg mijn hand op die van Benton. 'We zullen eindelijk zelf zien hoe we zijn ontstaan.'